JEN GILROY ist unter dem weiten Himmel Westkanadas aufgewachsen. Nach vielen Jahren in England lebt sie jetzt in einer kleinen Stadt im Südosten von Kanada. Sie liebt Eiscreme, Cafés im Vintage-Stil und die wunderschöne Landschaft Nordamerikas. Ihr Ehemann ist ihr romantischer Held im wirklichen Leben, und ihre Tochter erinnert sie stets daran, für jeden Tag mit ihren Lieben dankbar zu sein. Ihren Nine-to-five-Job hat Jen Gilroy an den Nagel gehängt, um sich mit Liebesromanen in die Herzen ihrer Leserinnen zu schreiben. *Dort, wo ich dich finde*, der Auftakt ihrer Firefly-Lake-Serie, war für den Golden Heart Award der Romance Writers of America nominiert.

Dort, wo ich dich finde in der Presse:

»Emotionsgeladen. Gilroys Protagonisten gehen ans Herz und lassen nicht los. Diese Geschichte besitzt jede Menge Charme und lädt die Leser ein, einzutauchen und zu verweilen.«
Publishers Weekly

Außerdem von Jen Gilroy lieferbar:

Die Firefly-Lake-Serie:

Dort, wo ich dich finde
Wenn ich dir nahe bin
Du bist mein Zuhause

Jen Gilroy

Mein einziger *Wunsch* bist du

Roman

Aus dem Amerikanischen
von Veronika Dünninger

PENGUIN VERLAG

Die Originalausgabe erschien 2020
unter dem Titel *The Wishing Tree in Irish Falls*
bei Soul Mate Publishing LLC.

FSC www.fsc.org MIX Papier aus verantwortungsvollen Quellen FSC® C014496

Klimaneutral* Druckprodukt ClimatePartner.com/14044-1912-1001

Penguin Random House Verlagsgruppe FSC® N001967

2. Auflage

Redaktion: Angela Kuepper
Umschlaggestaltung: bürosüd GmbH
Umschlagabbildung: www.gettyimages.de/Jon Lovette,
www.buerosued.de
Satz: Uhl + Massopust GmbH, Aalen
Druck und Bindung: GGP Media GmbH, Pößneck
Printed in Germany
ISBN 978-3-328-10657-9
www.penguin-verlag.de

Für Papa,
voller Liebe und glücklicher Erinnerungen

Ein guter Mann und Vater, den ich so vermisse.
Da dieses Buch von Musik handelt,
ist es deinem Andenken gewidmet.

Kapitel 1

»Nein!« Annie Quinn balancierte ein Tablett mit Blaubeermuffins auf einer Hüfte, während sie ihre Schwester über die Bäckereitheke hinweg beäugte.

»Du hattest doch nur ein einziges Date mit ihm.« In dem Blick aus Taras haselnussbraunen Augen lag ein neckendes Funkeln, das Annie seit über einem Jahr nicht mehr gesehen hatte.

»Eines zu viel.« Annie schob die Muffins in die gläserne Vitrine. Ihre Schwester meinte es nur gut, aber sie hatte genug von arrangierten Dates. Sie konnte ihre Verabredungen selbst treffen – *falls* sie es wollte.

»Blake schien perfekt.« In Taras Stimme lag ein schmeichlerischer Ton. »Hier in der Gegend gibt es nicht viele neue Singletypen, und er sieht auf jeden Fall nett aus.« Sie begann damit, eine stufenförmige Auslage von Scones in der Nähe der Kasse umzuarrangieren, und wich Annies Blick aus.

»Er hat fast das ganze Date über von Siamkatzen geredet. Er hat zwei und fährt an den meisten Wochenenden mit ihnen zu Katzenausstellungen.« Annie zählte die Muffins, jede saftige Blaubeere eine köstliche Erinnerung an einen perfekten Sommertag in den Adirondacks. »Außerdem hat Hannah nur einen Blick auf ihn geworfen und mit den Augen gerollt. Sie nennt ihn Blake den Blindgänger.«

»Deine Tochter ist sechzehn. Wir haben dieses Augenrollen erfunden, als wir in ihrem Alter waren.« Taras Mund verzog sich zu einem schiefen Lächeln. »Und du magst Katzen. Vielleicht war Blake einfach nervös und wusste nicht, worüber er sonst mit dir reden sollte.«

»Ich war am Anfang auch nervös. Dass die eigene Tochter ein Date abcheckt, würde jeden nervös machen, und Hannah war ziemlich unverblümt. Aber selbst als wir im Restaurant waren, kam Blake jedes Mal, wenn ich das Thema wechseln wollte, prompt wieder auf Katzen zu sprechen.«

»Na schön, vielleicht hat es mit ihm einfach nicht geklappt, aber du musst auf jeden Fall im Spiel bleiben.« Tara stellte sich zu Annie hinter die Theke und wischte mit einem Staubtuch über die Vitrinen. »Du bist erst fünfunddreißig. Das ist viel zu jung, um jeden Samstagabend zu Hause zu sitzen, Nanaimo-Bar-Cheesecake zu essen und dir mit mir zusammen Filme anzusehen.« Die Traurigkeit in der Stimme ihrer Schwester griff Annie ans Herz.

»Ich sehe mir gern Filme mit dir an.« Aber selbst wenn sie das nicht tun würde, brauchte Tara sie, und sie würde tun, was immer und wie lange es nötig wäre, um für sie da zu sein. Tara war nicht nur Annies Schwester, sie war auch ihre beste Freundin. »Und was den Käsekuchen angeht, der ist jederzeit besser als Sex.«

Die Messingglocke über der Tür der Quinn's Bäckerei bimmelte, und Annies Kopf schnellte herum. Sie machte den Mund auf und wieder zu. Ein Mann stand auf der Schwelle, von der strahlenden Aprilsonne von hinten beleuchtet. Er trug Cowboystiefel, verwaschene Jeans und ein weißes T-Shirt unter einem heraushängenden grauen Hemd. Belustigung funkelte in seinen Augen, während er zwischen Annie und Tara hin- und hersah.

»Ich bin auf der Suche nach Annie Quinn.« Seine Stimme hatte einen breiten Südstaatenakzent.

»Die bin ich.« Ihr Gesicht begann zu glühen, und sie stellte das leere Muffintablett mit einem Rums auf der Theke ab. In ihrem Alter sollte sie gelernt haben, ihre Klappe zu halten, wenigstens bei der Arbeit. Quinn's war ein Familienunternehmen, aber es war immer noch ein Unternehmen.

»Seth Taggart.« Die Tür glitt hinter ihm zu, und er trat mit drei langen Schritten an die Theke. Seine Stiefel schlugen in einem synkopierten Rhythmus auf die blau-weißen Retro-Bodenfliesen, in dem der Takt von einhundert Top-Chart-Songs nachklang. »Jake Kerrigans Neffe.«

»Wir haben Sie nicht vor Freitag erwartet.« Annies Herz flatterte, und ihr Blick huschte zu Tara an ihrer Seite.

Ihre Schwester starrte Seth an, dann verengten sich ihre Augen, und sie warf Annie einen wissenden Blick zu. Die Art Blick, der früher, als sie Teenager gewesen waren, »Heißer-Typ-Alarm« bedeutet hatte.

Annie ignorierte Tara und wandte sich wieder an den Mann, der vor ihnen stand. »Heute ist Mittwoch«, fuhr Annie fort. Aber egal an welchem Tag der Woche, Seth Taggart war absolut nicht, wen und was sie erwartet hatte.

»Haben Sie die Nachricht nicht gekriegt, die ich Ihnen auf die Mailbox gesprochen habe? Ich habe Ihnen auch eine Nachricht und eine E-Mail geschickt.« Als er lächelte, vertieften sich die Fältchen um seine Nase und den Mund, und seine Miene war warmherzig und doch sexy.

»Äh … Ich war in den letzten Tagen auf einer Art Technologie-Entzug.« Ihr Gesicht begann zu glühen. Dank eines unbekümmerten Teenagers und eines Kätzchens, das ebenso schelmisch wie niedlich war, häuften sich bei Annie außerdem Rechnungen, bei denen sie bis zum Sommer brauchen würde, um sie abzubezahlen.

»Ich hoffe, es ist kein Problem, dass ich ein paar Tage früher aufgetaucht bin.« Seth' Lächeln veränderte sich und wurde leicht und geschliffen. Die Art Lächeln, dem Annie zu misstrauen gelernt hatte.

»Natürlich nicht.« Sie zwang sich, zurückzulächeln, selbst während Taras Blick sie durchbohrte. »Jakes Wohnung ist oben, wie auch der Radiosender. Sie wollen sicher die Schlüssel und …«

Sie brach ab. Sie hatte es schon wieder getan. Die stets hilfsbereite Annie. Sie musste lernen, zu denken, bevor sie sprach. Wie konnte sie sich sicher sein, dass dieser Typ überhaupt der war, der er zu sein behauptete? Als Jakes Testamentsvollstreckerin lag es in ihrer Verantwortung, gebührende Sorgfalt walten zu lassen. Sie war gesetzlich dazu verpflichtet, wie der Anwalt der Kanzlei drei Türen weiter ihr erst gestern bei einem Teller Zitronenschnitten in Erinnerung gerufen hatte. »Sie müssen mir zuerst irgendeinen Ausweis zeigen.«

»Na klar.« Er zog eine Brieftasche aus der Gesäßtasche seiner Jeans und entnahm ihr einen Führerschein. Seine Finger streiften ihre, als er die laminierte Karte über die Theke reichte.

»Jake war ein guter Mann.« Tara faltete das Staubtuch zu einem ordentlichen Quadrat zusammen und verstaute es in einer Schublade.

»Das habe ich gehört.« Seth' Stimme war leise, monoton.

Annies Finger kribbelten noch immer von der kurzen Berührung, während sie den Führerschein zwischen Daumen und Zeigefinger hielt und die Details überflog. Kalifornien. Der Name Seth Taggart neben dem Foto eines Mannes mit dem gleichen kurzen braunen Haar und dem kräftigen Kiefer wie des Typen, der vor ihr stand. Eine Adresse in Los Angeles und ein Geburtsdatum. Er war siebenunddreißig, bald achtunddreißig. Zwei Jahre und ein paar Monate älter als sie.

Seth nahm den Führerschein wieder von Annie entgegen und klopfte mit einem gestiefelten Fuß auf den Boden, in einem Rhythmus, der sie an Dinge denken ließ, an die sie nicht denken wollte. Dinge wie heiße Sommernächte, die melancholischen Klänge einer Gitarre und die scharfen Scherben eines zerbrochenen Traums.

»Ich hole rasch Jakes Schlüssel aus der Küche. Wollen Sie einen Kaffee, während Sie warten?« Ihre Worte überschlugen sich. »Oder einen Muffin?«

»Sie haben nicht gelebt, bevor Sie einen von Annies Blaubeermuffins gekostet haben. Das ist heute unser Muffin des Tages.« Tara grinste und stützte beide Ellenbogen auf die Theke. »Big Blues werden sie von den Leuten hier genannt.«

Annie spürte, wie ihr Gesicht sich schon wieder erhitzte. »Es sind ganz gewöhnliche Blaubeermuffins.«

So ähnlich wie sie. Ihre Handflächen wurden feucht. Früher einmal war sie ein verträumtes Mädchen mit einer goldenen Stimme gewesen, das sich vorgestellt hatte, es könnte es in der Musikbranche zu etwas bringen. Aber heutzutage war sie eine ganz gewöhnliche Person, und sie hatte hart gearbeitet, um sich zu überzeugen, dass sie nichts weiter wollte, als Hannah großzuziehen und ihr Alltagsleben zu führen. Und wenn es manchmal langweilig war, so wie ihr Date mit Blake, musste sie sich nur an die Alternative erinnern. Dann sah langweilig gleich wieder richtig gut aus.

»Ein Muffin klingt gut. Kaffee auch, schwarz, bitte.« Seth' Lippen verzogen sich wieder zu einem Lächeln, weitaus weniger geschliffen und viel zu liebenswert.

Ihr Magen zog sich zusammen, und sie presste sich eine Hand an den Hals.

»Es sei denn, Sie haben etwas von diesem ... wie haben Sie ihn genannt, Nanaimo-Bar-Cheesecake?«

»Heute nicht.« Annies Atem beschleunigte sich, und sie biss sich hart auf die Unterlippe. Dieser Käsekuchen war nicht gewöhnlich. Oder langweilig. Und jedes Mal, wenn sie ihn machte, fühlte sie sich wie jemand anderes – eine Frau, die furchtlos war und die sich von nichts – und niemandem – davon abhalten ließ, ihre Träume zu verfolgen.

»Diesen Käsekuchen haben wir über Ostern ausverkauft, und Annie hatte noch keine Zeit, Nachschub zu backen. Es ist ihr Geheimrezept, und zusammen mit den Muffins ist es das, wofür sie hier in Irish Falls berühmt ist.«

Annie zuckte zusammen. Wie hatte sie je zulassen können, dass sie durch Käsekuchen und Muffins definiert wurde?

Tara legte einen Finger an die Lippen. »Ich bin Tara, ihre jüngere Schwester.« Sie streckte die Hand aus, und Seth ergriff sie.

»Nur um elf Monate.« Annie wusste nicht, warum sie sich gezwungen fühlte, das hervorzuheben, aber sie tat es.

»Also nicht ganz Zwillinge?« Seth zog fragend eine dunkle Augenbraue hoch, und seine Miene war belustigt.

»Irische Zwillinge, mit weniger als einem Jahr Abstand geboren«, grinste Tara. »Wir haben noch eine Schwester, ein Jahr jünger als ich, aber sie arbeitet nicht hier. Annie und ich führen diesen Laden zusammen mit unserem älteren Bruder und …«

»Die Schlüssel.« Annie verschwand durch die Schwingtür in Richtung Küche.

Taras kehliges Lachen ertönte, gefolgt von Seth' tieferem, dann schepperte die Kaffeekanne.

Annie presste die Hände auf ihre glühenden Wangen. Während der kurzen Verschnaufpause zwischen ihrem frühmorgendlichen Backpensum und dem Mittagsansturm auf Sandwiches und Quinn's herzhafte Suppen war die Küche leer. Ihre Handtasche hing an ihrem üblichen Haken in der sonnigen Nische neben einem Fenster mit Blick auf den Wasserfall, dem Irish Falls seinen Namen verdankte. Mit seinem Frieden, den tiefen Wurzeln und der allgegenwärtigen Schönheit war Irish Falls genau das, was sie gebraucht hatte, als sie vor all den Jahren nach Hause zurückgekehrt war.

Aber trotz dieses Gefühls von Trost und Zugehörigkeit fehlte etwas Wichtiges, und Annie konnte es nicht länger leugnen. Hannah war fast erwachsen, bald würde sie aufs College gehen. Wenn es so weit war, wer würde Annie dann sein, und was würde sie tun? Ihr Magen verkrampfte sich. Sie musste die Heldin ihres eigenen Lebens werden. Sie wollte keine traurige und einsame Mom sein, die Hannah nicht besuchen wollte. Sie wollte eine Mom sein, die neuen Interessen – und neuen Träumen – folgte.

Sie schnappte sich ihre Handtasche und kramte darin, bis sie Jakes Schlüsselbund fand. Während sie die Finger um die glänzende Messing-Musiknote legte, schnürte sich ihre Kehle zu. »Warum musstest du sterben?«, flüsterte sie. »Was soll ich ohne dich nur tun? Du hättest mir geholfen, die Person zu werden, die ich wirklich bin – die Person, die ich sein muss. Du hast mich für mehr als meine Backkünste wertgeschätzt.«

Jakes Lachen, voller Wärme und Liebe, hallte in ihrem Kopf wider, und sie dachte an seine tief liegenden blauen Augen mit den Fältchen drum herum. Bis zu seinem Ende war er scharfsinnig und weise gewesen. *Der große Mann dort oben hat mir kaum eine andere Wahl gelassen, Annie-Mädchen. Aber du schaffst das. Diese Person, die du sein musst, ist schon die ganze Zeit in dir. Sie ist nur für eine Weile still gewesen. Und vergiss nicht, du bist die Tochter meines Herzens. Die Tochter, die ich mir immer gewünscht habe.*

Annies Augen brannten, und sie starrte wieder aus dem Fenster. Auf der anderen Seite des Wasserfalls stand der Wunschbaum mit den Zetteln und Glücksbringern, die mit Schleifen und Bändern an seinen Zweigen befestigt waren. Sie enthielten die Hoffnungen und Träume von Leuten aus nah und fern – nur nicht von ihr. Früher einmal hatte sie sich an diesem Baum auch Dinge gewünscht. Aber törichte Wünsche an Bäume zu hängen, war – neben arrangierten Dates mit Typen wie Blake – noch etwas, wovon sie genug hatte.

Seth lachte wieder, und Annie riss sich das Haarnetz vom Kopf, das sie bei der Arbeit trug. Ihr Leben in die Hand zu nehmen, hieß, herauszufinden, wer sie jetzt war und was sie wollte. Es hieß nicht, sich Dinge zu wünschen, die sie nicht haben konnte, oder einen Traum zu träumen, der mit einem gebrochenen Herzen enden würde.

Von der anderen Seite der Bäckereitheke plapperte Taras schrille Stimme am laufenden Band, aber ihre Worte drangen kaum zu Seth durch. Er hätte sich mehr bemühen sollen, Annie persönlich zu erreichen, bevor er hier auftauchte, aber er hatte aus L. A. verschwinden wollen und nicht gedacht, dass es auf ein paar Tage ankommen würde. Er leerte die Tasse Kaffee, und der Geschmack von Reue überlagerte die dunkle kolumbianische Röstung.

Die Schwingtür hinter der Theke ging quietschend auf, und Annie kam wieder zum Vorschein. Ihre Wangen waren gerötet, rotblonde Locken ringelten sich um ihr Gesicht. »Ich habe die Schlüssel. Ich werde mit Ihnen hochgehen und Ihnen alles zeigen. Bevor Jake starb, wusste keiner von uns hier, dass er einen Neffen hatte. Na ja, ich nehme an, der Anwalt wusste es, aber Sie haben einen Verlust erlitten, und es tut uns allen sehr leid, und …« Sie brach ab und klimperte mit den Schlüsseln.

»Jake und ich standen uns nicht sehr nahe.« Er trat von einem Fuß auf den anderen und starrte auf den tadellosen Boden.

»Der Anwalt hat gesagt, Sie arbeiten in der Musikbranche. Dass Sie Songwriter sind.« Tara warf einen raschen Blick auf Annie. »Jake hat Musik auf jeden Fall geliebt. Das ist vermutlich der Grund, weshalb er Ihnen seinen Radiosender vermacht hat.«

Seth nahm die Papiertüte mit dem Muffin, den er sich zum Mitnehmen bestellt hatte, von der Theke. Er war noch immer Songwriter, und zwar ein guter. Er hatte Hits für Filme und Fernsehen und für Broadway-Shows geschrieben – und auch für einige der größten Aufnahmekünstler des Landes. Er steckte in einer kreativen Flaute, das war alles. Und sobald er da wieder heraus war, würde er einen anderen Auftrag kriegen – und vielleicht sogar einen anderen Geschäftspartner. Es würde alles klappen, denn er war nicht die Art von Mensch, die das Leben an sich vorbeiziehen ließ, ohne sich an seinen rechtmäßigen Platz zurückzukämpfen.

»Was den Sender betrifft …« Er zögerte, als er die Traurigkeit in Annies und Taras Augen bemerkte. Er war hier, um Jakes Nachlass abzuwickeln, so schnell er konnte. Dann würde er nach Hause nach L. A. zurückkehren und sein Leben – und seine Karriere – wieder auf Kurs bringen.

»Der Sender ist richtig beliebt.« Annie kam um die Theke herum zu ihm. Genau wie ihre Schwester trug sie über ihrer zierlichen Gestalt eine weiße Rüschenschürze mit dem Schriftzug *Quinn's, gegr. 1920* in grünen Buchstaben über der Brust. »Wir verpassen die Morgen-Show nie, und mittags gibt es einen Golden-Oldies-Sendeplatz. Den liebt meine Mom, weil das die Songs sind, zu denen sie und mein Dad früher auf der Highschool getanzt haben. Bevor er krank wurde, hat Jake Musikwünsche gespielt, und Mom … Er wusste, dass ihr das wichtig war.« Sie brach ab, ihre Unterlippe bebte, und sie schluckte. »Kommst du hier kurz allein klar, Tara?«

Ihre Schwester nickte und deutete über die Theke hinweg mit hektischen Gesten auf Annies Schürze.

»Ups.« Annie zog an den Schürzenbändern hinter ihrem Rücken, ließ dabei die Schlüssel fallen und bückte sich im selben Moment danach wie Seth. Ihr Kopf stieß gegen seine Brust. »Entschuldigung.« Sie zuckte so schnell zurück, dass sie gegen die Bäckereivitrine prallte, und er streckte eine Hand nach ihr aus.

»Immer mit der Ruhe.«

Ihre schlanke Hand war klein und weich, und ihre Nägel waren nicht lackiert. Ihr Haar roch nach Zimt, Zitrone und frischem Brot. Gute, ehrliche Gerüche, zusammen mit noch etwas anderem; einer Süße, die ihn umfing und in ihren Bann zog.

Sie riss ihre Hand zurück, als hätte sie sich verbrüht. »Normalerweise bin ich nicht so …« Sie nestelte an der Schürze herum und zog sie sich umständlich über den Kopf, dann bückte sie sich, um die Schlüssel aufzuheben. Das grüne T-Shirt, das sie darunter anhatte, rutschte hoch und entblößte einen Streifen heller Haut über einer schwarzen Jeans, die ihren Körper an allen richtigen Stellen betonte.

Seth blinzelte und schluckte. Er musste von der langen Fahrt quer durchs Land erschöpfter sein, als er dachte. Oder es war irgendetwas in diesem Kaffee gewesen, den er inhaliert hatte, in der Hoffnung, er würde ihn aus dem benommenen Zustand reißen, in dem er in den letzten paar Wochen gelebt hatte. Nach all den Jahren in L. A. war von seiner traditionellen Südstaaten-Erziehung nicht mehr viel hängen geblieben, aber einige der Lektionen seiner Großmutter waren noch immer fest in ihm verankert. Und eines der Dinge, die sie ihm eingetrichtert hatte – neben bitte, danke, und dass man niemals in der Öffentlichkeit eine Szene machte –, war, dass ein Mann den Blick stets auf das Gesicht einer Frau gerichtet hielt, egal, wie verlockend der Rest von ihr war.

Annie reichte Tara die Schürze und musterte ihn mit einem abschätzenden Blick. Ihre blauen Augen verdüsterten sich, als könnte sie in seine Seele und das Wesen des Mannes blicken, der er war. Dann huschte ihr Blick durch das blitzblanke Bäckereifenster mit der appetitlichen Auslage süßer Leckereien hin zu seinem Truck mit dem kalifornischen Nummernschild, der schräg auf dem Platz vor dem Geschäft parkte. Sie wandte sich um und nahm einen groben Strickpullover von einem Haken neben der Tür. »Wir nehmen die Außentreppe.« Sie öffnete die Tür und ging voran auf die belebte Straße, wo sie einer Gruppe Frauen zuwinkte, die in diesem Moment aus einem kuriosen kleinen Laden ein paar Türen weiter kamen.

Während er Annie auf einem schmalen, von mehreren noch kahlen Bäumen gesäumten Kiesweg um die Ecke des zweistöckigen Backsteingebäudes folgte, atmete Seth die frische Aprilluft ein, die mit einem erdigen Geruch vermischt war. Inmitten der Fremdheit dieser abgelegenen Kleinstadt im Norden des Bundesstaates New York, eines Punkts auf der Landkarte, von dem er bis vor einer Woche noch nie etwas gehört hatte, war es ein vertrauter und tröstlicher Geruch, der ihn in seine Kindheit in Georgia zurückversetzte.

Annie trippelte eine glänzende weiße Treppe hoch, und ihr dicker Pullover verbarg diese entzückenden Kurven, die zu bemerken er sich nicht gestatten sollte. »Kommen Sie?«

Die Morgensonne verlieh ihrem schulterlangen Haar einen kräftigen Kupferton.

»Was ist das denn für ein Krach?« Er erhob die Stimme über ein tosendes Geräusch.

»Irish Falls.« Sie schenkte ihm ein halbes Lächeln, und zwei Grübchen zeigten sich auf ihren Wangen. »Der Hauptwasserfall liegt genau hinter uns. Deswegen hat Jake die obere Etage gemietet. Er wollte am Wasser leben und arbeiten. Nach einer Weile fällt es Ihnen gar nicht mehr auf.«

Annie öffnete eine Glastür, auf der in schwarzen Lettern *KXIF* und *Der Sound der Adirondacks* stand. Hinter dem leeren Empfangstisch bellte ein Hund.

»Hey, Dolly.« Annie wühlte in der Tasche ihres Pullovers und holte ein Leckerli hervor.

Ein weißer Hund mit braunen Flecken sprang auf sie zu, wedelte mit dem Schwanz und schnappte sich den Leckerbissen aus Annies offener Hand.

»Dolly?« Seth wich einen Schritt zurück und stieß gegen einen der beiden grau gepolsterten Stühle, die einen kleinen Tisch mit einem Stapel Zeitschriften darauf flankierten. Er hatte nie einen Hund gehabt. Seine Großeltern hatten es ihm nicht erlaubt, als er ein Kind gewesen war, und sein Erwachsenenleben war seit jeher zu geschäftig für Haustiere.

»Jake war ein riesiger Dolly-Parton-Fan. Er hatte jedes Album, das sie aufgenommen hat. Die Sendekabine ist dort drüben.« Annie deutete über einen kleinen, mit beigem Teppich ausgelegten Bereich hinweg zur Ecke eines verglasten Studios. »Die Morgen-Show endet um zehn, und dann kommt der Farmreport, bevor es Zeit für die Lunchtime-Jukebox ist. Das ist die Oldies-Show, von der ich Ihnen erzählt habe. Die Mitarbeiter können es kaum erwarten, Sie kennenzulernen. Sie haben alle noch andere Jobs, daher herrscht hier ein Kommen und Gehen.«

»Was ist mit dem Empfang?« Seth warf einen Blick auf den leeren Schreibtisch. Ein flauschiger rosa Pullover hing über der Lehne des Schreibtischstuhls, und eine neongrün gerahmte Brille lag neben dem Computer.

»Oh, Sherri wird in etwa einer Stunde zurück sein. Ihr Dad hat Alzheimer, und sie bringt ihn jeden Mittwochvormittag zu einer speziellen Gesangsgruppe.«

»Aber was ist mit Anrufen? Zum Beispiel von einem Hörer oder jemandem, der einen Werbeslot kaufen will?«, fragte Seth, um einen gelassenen Ton bemüht. Wie konnte man denn ein Geschäft führen, wenn die Empfangssekretärin während der Arbeitszeit nicht da war? »Und was, wenn jemand hereinkommt? Sie hat die Tür unverschlossen gelassen.«

»Jeder hier weiß von Sherris Dad und seiner Gruppe, daher würde jetzt im Moment niemand vorbeischauen. Aber selbst wenn … Sherri stellt das Telefon immer auf die Bäckerei um, solange sie nicht da ist. Sie arbeitet Teilzeit am Empfang und putzt für den Sender und auch für ein paar andere Geschäfte in der Stadt. Sie ist der ehrlichste Mensch, den es gibt, das heißt, sie arbeitet die Zeit nach, und noch mehr. Und überhaupt, die meisten Leute lassen ihre Türen hier unverschlossen, zumindest tagsüber.« In Annies Stimme schwang etwas mit, das wie ein Lachen klang. »Kleinstadtleben.«

Er war kein Kleinstadttyp, aber selbst das ausgefeilteste Sicherheitssystem, das man sich mit Geld kaufen konnte, hatte ihn nicht vor der Art Diebstahl und Verrat geschützt, die am heimtückischsten war – ein Insiderjob. Seth' Magen verkrampfte sich, und er sah Dolly an, die an seinen Stiefeln schnupperte. »Dolly war Jakes Hund?«

Der Hund winselte, und das klägliche Geräusch hallte in Seth' Brust wider.

»Das war sie, und sie trauert um Jake. Ich habe mich um sie gekümmert, aber ich kann sie nicht mit in die Bäckerei nehmen, und zu Hause habe ich Katzen, die keine Hunde mögen.« Annie schüttelte den Schlüsselbund und fischte einen silbernen Schlüssel heraus. »Außerdem ist Dolly hier glücklicher. Ich glaube, sie fühlt sich Jake in diesen Räumen näher.«

»Was für ein Hund ist sie denn?« Seth betrachtete das Tier zu seinen Füßen, das mit kummervollen braunen Augen zu ihm aufsah.

»Ein Mischling mit einer ganzen Menge Hund, so hat Jake sie immer bezeichnet.« Annie bückte sich und kraulte Dollys Schlappohren. »Er fand sie vor zwei Jahren beim Wasserfall. Damals hat er Anzeigen aufgegeben, aber es hat sich kein Besitzer gemeldet. Vielleicht hat Jake sie ebenso sehr gebraucht wie sie ihn.«

»Und jetzt?« Seth zuckte zusammen, als die braunen Augen des Hundes hoffnungsvoll glänzten.

»Sie gehört Ihnen.« Annie entfernte sich vom Empfangstisch, und er folgte ihr einen mit Teppich ausgelegten Flur hinunter, der an einer holzgetäfelten Tür endete. »Jake wollte, dass Sie ihr ein Zuhause geben.« Sie drehte den Schlüssel im Schloss, und die Tür schwang auf.

Seth rieb sich den Nacken, als Dolly auf ihn zusprang und wieder an seinen Stiefeln schnupperte. Er würde Jakes Radiosender nicht übernehmen. Und er würde auch keinen Hund übernehmen. Er würde den Sender verkaufen und für Dolly eine nette Familie finden. Ein paar Kinder, mit denen sie spielen konnte, würden sie im Nu aufmuntern.

»Jake hatte nicht viel Zeug. Meine Mom und ein paar andere Leute in der Stadt haben ihm die meisten Möbel gegeben, nachdem er die Wohnung angemietet hatte. Sein Zuhause war dazu da, um zu schlafen, zu essen und an seinen Holzprojekten zu arbeiten. Er war ein guter Schreiner, und die meisten Leute hier in der Gegend haben irgendetwas, das er für sie oder ihre Kinder gemacht hat.« Annie drückte auf einen Schalter an der Wand, und ein Deckenlicht ging an. »Ich bin hier nur hineingegangen, um die verderblichen Lebensmittel aus dem Kühlschrank zu räumen und die Pflanzen zu gießen, ansonsten habe ich nichts angerührt.«

Seth sah sich in dem kompakten Wohnbereich um. Ein rot kariertes Sofa stand an einer Wand, mit einem Couchtisch davor. Eine altmodische Essecke befand sich vor einem Fenster, flankiert von zwei Grünlilien. Seitlich davon stand eine schlichte Holzkommode. Aber die Schlichtheit war trügerisch. Selbst aus drei Metern Entfernung trug das Möbelstück die Handschrift eines Meisters. Tatsächlich ähnelte es einem Schränkchen, das Seth ein paar Monate zuvor in einem exklusiven Möbelgeschäft in L. A. bewundert hatte.

»Als ich Jake das letzte Mal gesehen habe, war ich sieben. Ich habe keine Ahnung, warum er mir seinen Radiosender und seinen Hund vermacht hat. Ich wusste nicht einmal, wo er war, bis dieser Anwalt mich ausfindig gemacht hat.« Er hatte sogar versucht, nicht an Jake zu denken. Oder an diese schwülen Südstaaten-Abende, an denen er und Jake, während seine Mom immer kränker geworden war, im Schutz einer riesigen, mit Spanischem Moos bewachsenen Eiche ein Clubhaus gebaut hatten – eine Oase der Geborgenheit in einer großen, beängstigenden Welt.

Annies Blick aus ihren blauen Augen wurde etwas sanfter. »Sie müssen ihm viel bedeutet haben. Er hat Ihnen auch seine Gitarre vermacht.« Sie öffnete einen Wandschrank und entnahm ihm einen ramponierten Kasten. »Diese Gitarre war Jakes kostbarster Besitz.«

Seth schluckte den unerwarteten Kloß von Gefühlen hinunter, als noch mehr Erinnerungen in ihm aufstiegen. »Jake hat meine Mom und mich ein paarmal im Jahr besucht. Ich kann mich erinnern, dass er eine Gitarre hatte. Er hat oft für uns gespielt.« Diese baufällige Remise im alten Teil von Savannah, die seine Mom vom Freund eines Freundes gemietet hatte, war der Ort, an dem Seth die glücklichsten Jahre seiner Kindheit verbracht hatte.

Ein sanftes Lächeln breitete sich auf Annies Gesicht aus. »Jake war ein wundervoller Musiker, er konnte alles spielen. Er hat mich gebeten, ihm seine Gitarre ins Krankenhaus zu bringen. Es ist eine Gibson. Sie würde ihm Trost spenden, hat er gesagt. Er hat bis zu dem Tag, bevor er starb, gespielt.« Ihre Stimme war ehrfürchtig.

Seth zwang sich, die Hände auszustrecken und den Gitarrenkoffer von ihr entgegenzunehmen. Dann kniete er sich hin, um ihn zu öffnen und die Gitarre herauszunehmen. Er räusperte sich. »Es ist dieselbe Gitarre, die er vor all den Jahren hatte.« Er glitt mit einer Hand über den schimmernden Resonanzkörper, dann entdeckte er ein Plektrum aus Rosenholz und hielt es fest.

Ein Bild schoss ihm durch den Kopf, so klar, als wäre es erst gestern gewesen. Er hatte in der Küche der Remise auf Jakes Schoß gesessen, an dem Weihnachtsfest, als er sechs gewesen war, in dem Jahr, bevor seine Mom gestorben war. Jake hatte ihm gezeigt, wie er genau diese Gitarre halten und wo er seine Finger auf die Saiten legen sollte. Zusammen hatten sie Klänge erzeugt, die anders waren als alles, was Seth je zuvor gehört hatte.

Geborgen in Jakes kräftigen Armen, hatte sich irgendetwas in Seth' Seele verschoben und verändert.

Dann hatte seine Mom gelächelt, und Jake hatte zurückgelächelt und einen Song angestimmt wie die, die Seth immer in dem Radio hörte, das auf dem zerkratzten Küchentresen gestanden hatte. Die hohe Stimme seiner Mom war mit Jakes tieferer verschmolzen, und Seth hatte im Takt der Musik mitgeklatscht. Und Glück – zusammen mit einem neuen, unerwarteten Gefühl von Vollständigkeit – war in Seth aufgewallt.

»Sie werden etwas Zeit brauchen. Ich lasse Sie allein.« Annies Stimme holte ihn in die Gegenwart zurück.

»Warten Sie.« Er legte das Plektrum zurück in den Koffer und stand auf. »Wie ist Jake denn gestorben? Der Anwalt hat nichts gesagt.« Und er hatte nicht gefragt, zu beschäftigt mit seinem eigenen Leben, um über das Ende eines anderen nachzudenken.

»Lungenkrebs.« Annies Stimme brach. »Er hat nie geraucht, jedenfalls nicht, als ich ihn kannte, aber er hat in vielen Clubs gespielt, bevor er hierherkam. Vielleicht Passivrauchen, von vor vielen Jahren, das hat der Arzt gesagt. Es ging schnell.« Ihre Unterlippe bebte. »Anfangs hat er uns nicht gesagt, dass er krank war. Er war ein sehr zurückhaltender Mensch.«

Seth atmete aus, und Dolly schob sich näher an seine Beine und winselte wieder, eine Mischung zwischen einem Schreien und einem Stöhnen. Er konnte es sich nicht gestatten, über Jake nachzudenken. Oder all die anderen Verluste, die ihn hierhergeführt hatten, zu dieser Frau mit den freundlichen Augen, in denen eine Spur unerwartetes Misstrauen lag. Er musste nach vorn blicken. »Ich habe vor, den Sender zu verkaufen. In den nächsten Wochen sollte ich einen Käufer in Aussicht haben. Ich habe schon die Fühler zu ein paar Medienunternehmen ausgestreckt.«

Und sobald er mit dem Anwalt gesprochen und den Papierkram abgewickelt hätte, würde er von hier verschwinden. Dann konnte er wieder Kontakt zu seinem Sohn aufnehmen und auch seine Karriere aufs Neue in Schwung bringen.

Das Songwriting hatte ihm schon früher gutgetan, und es könnte ihm wieder guttun. Es bezahlte nicht nur die Rechnungen, es hatte ihm auch ermöglicht, für seinen Sohn zu sorgen und ein Zuhause für sie beide zu schaffen, Dinge, die er nicht hätte tun können, wenn er seinen Jugendtraum weiterverfolgt hätte und mit einer Band unterwegs gewesen wäre.

»Medienunternehmen. Sie meinen Ketten?«

Er nickte.

»Aber das hier ist ein kleiner Radiosender in örtlichem Besitz. Jake … Das war ihm wichtig. Er wollte eine vertrauensvolle, persönliche Beziehung zu seinen Hörern. Örtliche Inhalte für die Leute hier und auch örtliche Werbekunden.« Annies Ton war kühl, und sie verschränkte die Arme vor der Brust.

Seth holte einmal tief Luft. »Das verstehe ich, aber ich habe mit einigen meiner Kontakte in New York City und L. A. gesprochen, und heutzutage sind kleine örtliche Sender eine Anomalie. Die meisten sind wirtschaftlich auch nicht rentabel. Jede Kette würde immer noch den örtlichen Markt mit Nachrichten und dem Wetterbericht versorgen, aber Sie würden außerdem mehr Programme und auch mehr Unterstützung bekommen. Hier gibt es – was? Ein paar Tausend Leute in dieser Stadt? In Buffalo und …«

»Irish Falls ist nicht Buffalo, und größer ist nicht immer besser.« Ihre Stimme hatte einen scharfen Unterton, den er nicht erwartet hatte. »Ich nehme an, Sie haben Jakes Testament noch nicht gesehen?«

»Nein, der Anwalt hat nur gesagt, dass Jake mir den Sender vermacht hat und ich hierherkommen muss, um den Papierkram und Anweisungen durchzugehen.« Die unerwartete Großzügigkeit seines Onkels bedeutete, dass er mehr als genug Geld haben würde, um sich über Wasser zu halten, bis er seine Muse wiederfand. In seinem Leben hatte es schon früher Flauten gegeben. Er hatte auch schon früher mit Haien zu tun gehabt. Und jedes Mal war er stärker als je zuvor daraus hervorgegangen.

Dolly setzte sich auf Seth' Füße und wickelte ihren Schwanz um den Gitarrenkoffer wie einen flauschigen weißen Schal.

»Anweisungen hat er allerdings hinterlassen.« Annies Stimme war leise und zitterte verräterisch. »Sie dürfen den Sender nicht verkaufen und den Erlös für sich behalten, wenn Sie ihn nicht sechs Monate betreiben. Außerdem wollte er, dass Sie Dolly ein lebenslanges Zuhause geben.«

»Was?« Seth wich einen Schritt zurück, und Dolly

kläffte. »Was für ein Testament ist das denn?« Er bückte sich, um den Hund unbeholfen zu tätscheln. Er hatte nichts gegen diesen – oder irgendeinen anderen – Hund, aber ein Haustier war eine große Verpflichtung, und mit Verpflichtungen konnte er nicht gut umgehen. Außerdem, waren in seiner Eigentumswohnanlage Haustiere überhaupt erlaubt?

»Jakes Testament.« Annies Mund wurde verkniffen. »Sie müssen den Sender …«

»Ich habe Sie gehört, aber da muss es doch irgendeinen Ausweg geben.« Seth rieb sich den Nacken und trat an das Fenster, das auf den Wasserfall hinausging. Das tosende Geräusch war hier sogar noch lauter. »Der Anwalt wird ein Schlupfloch finden müssen. Was hat Jake sich denn gedacht? Ich kann doch nicht sechs Monate hierbleiben. Mein Leben ist in L. A. Abgesehen von der Highschool und damals, als ich nach Kalifornien gegangen bin, habe ich seit Jahren nicht mehr beim Radio gearbeitet. Außerdem, was soll ich an einem Ort wie diesem denn tun? Er ist hübsch, na klar, aber …« Er brach ab und starrte aus dem Fenster.

Hohe Bäume mit dicken Stämmen säumten eine Straße, die vom Wasserfall zu einem Fluss hinunterführte, den eine Drehbrücke in zwei Hälften teilte. Eine kleine steinerne Kirche schmiegte sich auf der anderen Seite des Wasserfalls zwischen die Bäume, hinter einem Park mit einem Baseballfeld und einem Kriegerdenkmal. Kinderfahrräder und Skateboards lehnten an farbenfrohen Schindelhäusern, die von weißen Lattenzäunen umsäumt waren. Wäsche tänzelte in der Brise auf Wäscheleinen vor einem strahlend blauen Himmel. Es war ein Bilderbuchanblick, Kleinstadt-Amerika wie in den Szenen auf den Ziertellern, die seine Großmutter gesammelt und in dem schattigen Esszimmer ihres großen Hauses in Savannah ausgestellt hatte.

Er wandte sich wieder zu Annie um. Sie hatte Dolly hochgehoben und hielt den Hund vor sich wie einen Schutzschild. Obwohl ihre Lippen noch immer bebten, war ihre Miene bemüht ausdruckslos. »Jake hat sein Testament eine Woche vor seinem Tod aktualisiert. Ich wusste nicht, was er wollte. Damals wusste ich auch nichts von Ihnen.« Ihre Stimme war leise. »Und ich weiß auch nicht, was er sich gedacht hat. Vielleicht hat er sich gar nichts gedacht. Ich meine, es wäre schon seltsam, wenn ein Typ wie Sie hierbleiben sollte …« Sie brach ab. »Wenn Sie den Sender nicht wollen, werden der Anwalt und ich ihn verkaufen, und der Erlös wird an eine Hilfsorganisation gehen. Es ist Ihre Entscheidung.«

Das war es tatsächlich. Und in Seth' auf einmal viel zu kompliziertem Leben waren der Radiosender, der Hund und sogar die Frau mit dem gequälten Ausdruck in den Augen, der ihn wie ein Schlag in die Magengrube traf, lauter Komplikationen, die er nicht brauchen konnte.

Kapitel 2

»Hannah Geraldine Quinn. Wenn ich dich noch ein einziges Mal bitten muss …« Annie erhob die Stimme über den Carrie-Underwood-Song, der aus Hannahs Schlafzimmer dröhnte.

»Was?« Der rotblonde Schopf ihrer sechzehnjährigen Tochter tauchte über dem Geländer am oberen Ende der Treppe auf. »Ich habe dir doch gesagt, ich habe zu tun.«

»Ich habe auch zu tun, und ich brauche deine Hilfe.« Annie umklammerte den Treppenpfosten und zählte im Stillen bis fünf. »Wir sind zu zweit in dieser Familie, und das Essen kocht sich nicht von selbst.«

Hannahs Kopf verschwand, gleich darauf kehrte Stille ein. Dann ertönte das Poltern ihrer Schritte über die obere Diele und die Treppe hinunter. »Ich habe tonnenweise Hausaufgaben. Ich sollte dir nicht beim Kochen helfen müssen.«

»Du warst den ganzen Tag in der Schule. Ich habe dich kaum zu Gesicht bekommen.« Als Hannah sie erreichte, strich Annie über die Locken, die ihrer Tochter über die Schultern fielen.

Hannah stieß einen Seufzer aus und drückte Annie mit einem Arm an sich. »Sorry.«

»Schon gut.« Sie gingen zusammen durch die Eingangsdiele zur Küche im hinteren Teil des Hauses. Annie hatte den Raum in einem warmen Grauton gestrichen. Töpfe mit roten und weißen Geranien, die die Nachmittagssonne einfingen, standen aufgereiht auf dem breiten Fenstersims.

»Ich hasse es, wenn du mich Geraldine nennst. Das ist ein Name für alte Damen.« Hannah schnappte sich den Kopfsalat und eine Handvoll Tomaten, die Annie auf dem Küchentresen bereitgelegt hatte.

»Wir haben es deiner Nana Geraldine zu verdanken, dass wir in diesem Haus leben können.«

Und kein Tag verging, an dem Annie ihre Großmutter nicht vermisste. Auch wenn niemand in der großherzigen Familie Quinn Annie verurteilt hatte, als sie nach ihrem ersten Collegejahr schwanger mit Hannah und ohne einen Ehemann oder Freund im Schlepptau nach Hause zurückgekehrt war, so war es die verwitwete Nana Gerry gewesen, die ihr vorgeschlagen hatte, bei ihr einzuziehen, unter dem Vorwand, sie brauche Gesellschaft. Und mit sanfter Liebe und viel Verständnis war es Nana Gerry gewesen, die Annie geholfen hatte, die Scherben ihres Lebens wieder zusammenzusetzen.

»Das hast du mir schon x-mal gesagt.« Hannah nahm ein Schälmesser aus der Schublade. »Es ist ja toll, dass Nana uns ihr Haus vermacht hat, aber hättest du mir trotzdem nicht einen anderen Namen geben können? Ich kann mich nicht mal an sie erinnern.«

Annie holte die Lasagne aus dem Kühlschrank, die sie an diesem Morgen zum Auftauen aus dem Gefrierfach genommen hatte. »Nach mir war Nana Gerry die Erste, die dich am Tag deiner Geburt gehalten hat.«

Und sie hatte diese alles verzehrende, bedingungslose Liebe zu ihrer kleinen Tochter geteilt, die Annie wie eine Flutwelle überrollt hatte. Eine Liebe, die die Vergangenheit hinweggespült, die Reue ausgelöscht und ihr geholfen hatte, mit Hoffnung in die Zukunft zu blicken.

»Was, wenn ich in der Musikszene von Nashville groß rauskomme und jemand herausfindet, dass mein zweiter Vorname Geraldine ist?« Hannah schnitt Tomaten in Stücke.

»*Falls* du in Nashville oder sonst irgendwo groß rauskommst, wird sich niemand darum scheren, wie dein zweiter Vorname lautet.« Annie schob die Lasagne in den vorgeheizten Ofen. »Aber zuerst musst du die Highschool und das College schaffen.«

»Du weißt genau, dass ich nicht aufs College gehen will.« Hannahs Ton war mürrisch, und ihr Mund war zu einer sturen Linie verkniffen. »In der Musik muss man jung anfangen.«

Annie wischte sich die Hände an einem bunten Geschirrtuch ab, um ihr Zittern zu unterdrücken. »Du bist ein kluges Mädchen, und ich will, dass du etwas hast, worauf du zurückgreifen kannst. Ein Collegeabschluss bietet dir Möglichkeiten. Du könntest auf dem College

Musikerziehung studieren, dann könntest du neben deinem Singen und dem Schreiben von Songs unterrichten.« Sie wollte nicht, dass das Leben ihrer Tochter den gleichen Lauf nahm wie ihres. Annies Blick verschwamm, als Tränen hinter ihren Augen brannten. »Was, wenn es mit der Musik nicht klappt? Was wirst du dann tun?«

»Es *wird* klappen.« Hannah gab den Kopfsalat und die Tomaten in eine gläserne Schüssel. »Viele erfolgreiche Leute sind nicht aufs College gegangen oder haben es abgebrochen. Außerdem habe ich das Geld, das Nana Gerry mir hinterlassen hat, gespart, und alle sagen, dass ich Talent habe.«

»Das hast du ja auch, Schatz, aber manchmal …« Annie zögerte einen Moment. »Es gibt viele Teenager mit Talent. Um es in Nashville oder irgendeiner anderen Großstadt zu etwas zu bringen, braucht man aber auch Fleiß, Belastbarkeit und eine ganze Menge Glück.«

Vor allem musste man den richtigen Leuten vertrauen und durfte nicht Teile von sich weggeben, die man nie mehr zurückbekommen konnte.

»Das habe ich doch alles.« Hannah öffnete eine Schublade in der Eichenanrichte und entnahm ihr zwei rote Quilt-Platzdeckchen.

»Wenn ich mehr als nur einen Highschoolabschluss gehabt hätte, um darauf zurückzugreifen, dann hätte ich vielleicht nicht in der Bäckerei arbeiten müssen.« Annie hob eine Hand, um zu verhindern, dass Hannah ihr ins Wort fiel. »Quinn's ist ein gutes Unternehmen, klar, und ich mag meinen Job und die Tatsache, dass ich mit meiner Familie zusammenarbeite, aber ich will mehr für dich.«

»Ich könnte eine Zeit lang in Jakes Radiosender arbeiten. So wie letzten Sommer. Er hat gesagt, dass ich ein Naturtalent bin, erinnerst du dich?« Hannah ließ scheppernd Besteck auf den Tisch fallen. In dem Katzenkorb unter dem Fenster schlug Hazel, Annies ältere Tigerkatze, schläfrig ein Auge auf und stupste Olivia an, Hannahs weiß-graues Kätzchen.

Annie entfernte sich vom Herd und ging auf die Katzen zu. »Du *bist* ja auch talentiert, aber es ist nicht mehr Jakes Sender, Schatz. Wir wissen nicht, was der neue Eigentümer damit vorhat.« Nur dass sie Seth' Miene genau gesehen hatte, als er davon geredet hatte, einen Käufer in Aussicht zu haben. Er verstand nicht, dass das örtliche Radio das Lebensblut einer Stadt wie Irish Falls war, und ihm war nicht bewusst, wie viele Leute darauf angewiesen waren – weit mehr als nur diejenigen, die dort arbeiteten. Jake hatte nicht nur ein örtliches Unternehmen geführt – der Sender hatte auch geholfen, andere örtliche Unternehmen zu unterstützen.

Sie biss die Zähne zusammen, hob eine Spielzeugmaus aus Filz neben dem Katzenkorb vom Boden auf und warf sie, damit Olivia ihr nachjagte. »Es gibt andere Radiosender in größeren Städten, für die du arbeiten könntest. Aber wenn du schon nicht unterrichten willst, könntest du auf dem College Rundfunkwesen oder Musikproduktion studieren. Oder Musiktheater oder sogar Musiktherapie. Du hast anderen Leuten doch immer gern geholfen. Es gibt Colleges hier im Bundesstaat New York, die all diese Studiengänge anbieten. Und ich bin sicher, Nana Gerry hätte gewollt, dass du das Geld, das sie dir hinterlassen hat, für deine Ausbildung verwendest.«

»Nana Gerry hat in ihrem Testament nur gesagt, dass das Geld mir gehören würde, wenn ich achtzehn werde.« Hannahs Stimme war ernst. »Ich will nicht noch vier Jahre zur Schule gehen. Ich will in der Praxis lernen. Wenn ich singe oder Musik schreibe, habe ich das Gefühl, die zu sein, die ich immer schon sein sollte.« Die untergehende Sonne, die durchs Küchenfenster hereinströmte, verlieh Hannah einen flammenden Heiligenschein, während sie Papierservietten aus dem Halter nahm. »Ich erwarte nicht, dass du das verstehst.«

Annie lehnte sich gegen die Kücheninsel. Die Wanduhr, die seit mehreren Generationen im Besitz ihrer Familie war, tickte in einem gleichmäßigen Rhythmus zu ihren Gedanken. »Du wirst es vielleicht nicht glauben, aber ich verstehe das durchaus. Ich habe früher selbst davon geträumt, es als Sängerin zu etwas zu bringen.« *Nur dass dein Traum manchmal, egal, wie sehr du es dir wünschst, einfach nicht wahr wird.* Es gab Leute, die einem den Traum nahmen und ihn sich zu eigen machten. Dieselben Leute, die einen benutzten und dann wegwarfen wie altbackenes Brot.

»Aber …«

»Ich sage ja nicht, dass du deinen Traum nicht verfolgen sollst, aber du musst auch praktisch denken. Verlier dich nicht so sehr darin, dass du darüber den Rest deines Lebens vergisst.« Annie zwang sich, einen Fuß vor den anderen zu setzen und quer durch die Küche auf ihre Tochter zuzugehen. »Ich liebe dich mehr, als du je wissen kannst, jedenfalls nicht, bevor du selbst eine Mom bist. Es ist mein Job, mich um dich zu sorgen und dir dabei zu helfen, gute Entscheidungen zu treffen.«

Hannahs Miene wurde sanfter, und die dunklen Augen mit den dunklen Wimpern, eines der wenigen physischen Vermächtnisse ihres Vaters, wurden flehend. »Ich muss es in der Musik schaffen. Ich muss einfach.«

»Ich weiß, aber du bist erst sechzehn. Warum besorgst du dir nicht wenigstens ein paar Informationen über Colleges? Du könntest mit der Berufsberaterin in der Schule darüber reden. Sie hat bestimmt gute Ideen. Wenn es irgendeinen Campus gibt, den du gern besichtigen würdest, könnten wir zusammen hinfahren.« Annie strich Hannahs seidige Locken glatt. Eine Außenstehende könnte vielleicht leichter zu ihrer eigenwilligen Tochter durchdringen und ihr helfen zu erkennen, dass sie mehr als nur einen Weg wählen konnte.

»Ich werde im August siebzehn, aber ich nehme an, es schadet nichts, sich Informationen zu besorgen, auch wenn ich meine Meinung nicht ändern werde.«

»Ich erwarte von dir ja nicht, dass du deine Meinung änderst.« Annie hätte das in Hannahs Alter ebenso wenig getan. »Ich bitte dich nur, dass du dir die Zeit nimmst, alle Optionen in Betracht zu ziehen.«

Hannah schenkte ihr ein strahlendes Lächeln. »Auf

dem Nachhauseweg von der Schule habe ich vom Bus aus gesehen, wie irgendein Typ Zeug zu Jakes Wohnung hochgeschleppt hat. Was war das denn?«

Annie blinzelte bei dem plötzlichen Themenwechsel. Hannah hatte auch die Fähigkeit ihres Vaters geerbt, all das herauszufiltern, was sie nicht hören wollte. »Das wird Jakes Neffe gewesen sein, Seth Taggart. Er ist ein paar Tage früher als erwartet aufgetaucht.«

»Er ist heiß. Dieser düstere, grüblerische Blick stand ihm auf jeden Fall gut.«

Es stimmte, und das war der Grund, weshalb Annie in seiner Nähe auf der Hut sein musste. Sie war von einem solchen Typ Mann einmal verletzt worden und hatte für den Rest ihres Lebens genügend Lektionen gelernt. »Seth Taggart ist viel zu alt für dich.«

»Mom.« Begleitet von einem typischen Augenrollen, war das Wort erfüllt von Teenager-Sarkasmus. »Ich habe dabei an dich gedacht.« Hannah grinste. »Er muss besser sein als Blake der Blindgänger.«

»Blake ist ein rundum netter Mann.« *Wenn man sicher und berechenbar mag*, flüsterte eine leise Stimme in Annies Kopf.

»Er sieht aus, als ob er gewaschen und gebügelt wurde.« Hannahs Lächeln wurde breiter. »Seth Taggart hat einen wuscheligen und sexy Groove. Und er hatte auch tolle Stiefel an. Kannst du dir Blake den Blindgänger in Cowboystiefeln vorstellen?«

Annie konnte es, und der Vergleich fiel nicht zu Blakes Gunsten aus. »Hannah …«

»Geraldine Quinn.« Ihre Tochter streckte ihr die Zunge heraus. »Du musst mal rauskommen und ein bisschen Spaß haben.«

»Ich komme doch raus.« Annies Mund wurde trocken. »Wer ist denn letzten Monat mit dir zu diesem Konzert nach New York City und in den Frühjahrsferien nach Smugglers' Notch gefahren? Außerdem gehe ich mit Tante Tara ins Fitnessstudio, und dann ist da noch Tante Rowans Buchclub. Im Winter fahre ich Ski und im Sommer Inlineskates. Ich singe im Kirchenchor und mache Yoga.« Sie presste sich eine Hand an den Bauch. All diese Dinge bedeuteten Spaß, aber sie machte sie entweder allein oder mit ihrer Tochter und ihren Schwestern.

»Ich habe Spaß mit Typen gemeint.« Hannah verzog missbilligend das Gesicht. »Im Buchclub sind nur Frauen und im Yogastudio auch. Der jüngste Mann im Chor ist Mr. Flaherty, und der ist im Ruhestand, und ins Fitnessstudio gehst du nur, wenn Tante Tara dich dazu zwingt. Und was das Skifahren und Inlineskaten angeht, das sind nicht gerade Teamsportarten.« Sie zog einen Stuhl vom Küchentisch zurück und setzte sich. »Klar, wir machen viele tolle Sachen zusammen, aber mit mir im Schlepptau wirst du wohl kaum Männer kennenlernen. Und Onlinedating willst du auch nicht versuchen.«

Annie atmete einmal tief aus. »Du wohnst noch zu Hause, und ich habe einen vollen Terminkalender. Für mich ist jetzt nicht der richtige Zeitpunkt für eine Beziehung.« Sie hatte Dates, wenn sie es wollte, aber im

Moment wollte sie eben nicht. Da gab es viele andere Dinge, über die sie sich zuerst klar werden musste. »Du hast mit Tante Tara geredet.«

»Nein.« Hannah stützte das Kinn in die Hände, und ihre Miene wurde ernst. »Aber wenn du willst, dass ich die Dinge anders betrachte, dann musst du auch ein paar Dinge anders betrachten. Was wirst du denn tun, wenn ich zu Hause ausziehe?«

Annies Herz schmerzte. Sie wollte nicht darüber nachdenken, wie ihr Leben ohne Hannah unter ein und demselben Dach aussehen würde, aber das musste sie. Und wenn sie ihr Leben jetzt nicht in die Hand nahm, dann würde sie es vielleicht nie tun. »Okay.« Sie atmete aus. Vielleicht war sie ein bisschen eingefahren, was ihr Leben anging, und daran könnte sie tatsächlich etwas ändern. Aber Seth war aus allen möglichen Gründen tabu – Gründen, über die sie mit ihrer Tochter nicht reden konnte.

Hannah klatschte in die Hände. »Wie lange wird dieser Seth denn in der Stadt sein?«

»Ich weiß nicht.« Wenn das, was Annie in seinem Gesicht gesehen hatte, stimmte, dann würde er auf sein Erbe pfeifen und der Sender verkauft werden, noch bevor sich die ersten Blätter am Wunschbaum zeigten.

Sie schloss die Augen und schickte ein stilles Gebet zu Gott, den Heiligen und auch zu Nana Gerry. Ihre Dämonen waren ihre Dämonen. Sie hatten nichts mit Seth Taggart zu tun.

Seth rollte sich im Bett herum. Das Summen war nicht in seinem Kopf. Es kam von dem Wecker in dem uralten Uhrenradio auf dem Nachttisch neben ihm. Er tastete nach dem Schalter an der Lampe.

Zu dem Summen gesellte sich ein Bellen, und dann stupste eine kalte, nasse Nase seine Wange an.

Er drückte auf den Lichtschalter und dann den Wecker und setzte sich benommen auf, während die Bettfedern protestierend quietschten.

»Dolly?«

Die Hündin starrte zu ihm zurück und stützte dann die Pfoten auf Seth' nackte Schultern. Ihre großen braunen Augen waren auf einer Höhe mit seiner Nase.

»Was tust du denn hier?«

Dolly winselte und leckte sein Ohr.

»Oh, nein, das lässt du lieber.« Seth riss die Quiltdecke bis über die Schultern hoch.

»Guten Morgen, Irish Falls.« Der näselnde Singsang einer männlichen Stimme kam irgendwo von Seth' rechter Seite. Er taumelte aus dem Bett und riss dabei die Quiltdecke mit, aber die körperlose Stimme drang aus dem Radio und nicht aus der Wohnung.

Dolly bellte wieder und sprang von einem Ende des Bettes zum anderen, als hätte sie Sprungfedern an den Pfoten.

»Sie hören KXIF, die Stimme der Adirondacks. Falls Sie auf dem Weg aus dem Ort sind, ich habe soeben einen Anruf hereinbekommen, dass eine Herde Kühe die Straße am Fuß des Berges blockiert.« Der Mann, der außerdem so klang, als wäre er stark erkältet, verschluckte das »t« am Ende der Wörter, sodass »Ort« zu »Or« wurde, und dehnte die Vokale, sodass »Kühe« eher wie »Küüühe« klang.

Seth wühlte in seiner Reisetasche nach einem T-Shirt und streifte es sich über, dann setzte er sich wieder auf die Bettkante und stützte den Kopf in die Hände. Das alles war kein Albtraum. Es war echt. Fast vierundzwanzig Stunden später war er noch immer hier, was hieß, dass die Katastrophe, die der Rest seines Lebens war und aus der er sich herauskämpfen musste, ebenfalls hier war.

Er schaltete das Radio aus, um dem Typen mitten im Satz das Wort abzuschneiden, und hob den Kopf, um den Hund zu beäugen. »Ich brauche eine Dusche und einen extragroßen Kaffee, und danach werden wir beide einen Spaziergang unternehmen, um uns einen Ausweg aus diesem Schlamassel zu überlegen.«

Dolly winselte und schlug mit dem Schwanz, wobei sie weiße Haarbüschel auf der marineblauen Steppdecke hinterließ.

»Okay, ein Frühstück kriegst du auch.« Eine gehäufte Schaufel aus dem großen Sack Hundefutter, der in einer Ecke von Jakes Dielenschrank stand. »Ich werde immer noch eine gute Familie für dich finden, doch ich kann verstehen, warum Jake dich mochte.« Seth kraulte eines von Dollys seidigen braunen Ohren. »Aber dieses Bett teilen wir uns nicht mehr, hörst du?«

Drei Stunden später war Dolly, das Fellknäuel in seinem Bett, die geringste von Seth' Sorgen. Einen Kaffee zum Mitnehmen in einer Hand und Dollys Leine in der anderen, stand er auf dem schmalen Fußgängerweg auf der Brücke, die den Black Duck River in der Mitte der Stadt überspannte.

Nicht dass er an ihren Worten gezweifelt hatte, aber der Anwalt hatte bestätigt, was Annie gesagt hatte. Der Sender gehörte ihm nur dann – und konnte auch nur dann von ihm verkauft werden –, wenn er ihn sechs Monate betrieb. Jake hatte außerdem eine lange Liste mit Bedingungen hinzugefügt, um sicherzustellen, dass Seth nicht aus der Stadt verschwinden und jemanden einstellen konnte, der ihn vertrat.

Er zückte seine Brieftasche und klappte sie so auf, dass das zerfledderte Foto ganz hinten in der Plastikhülle sichtbar wurde. Der fünfjährige Dylan strahlte ihn hinter einem mit Rennwagen verzierten Geburtstagskuchen an, und wie immer rührten die Liebe und das Vertrauen in den Augen seines Sohnes sein Herz und erinnerten ihn an das, was er verloren hatte. Dylan war im Nu erwachsen geworden, führte inzwischen sein eigenes Leben und ging in New York City aufs College. Seth hingegen war ein Zuschauer, der an die Seitenlinie verbannt worden war.

Dolly stupste sein Bein an, und er bückte sich, um ihren flauschigen Kopf zu tätscheln. Er starrte in das silbrige Wasser, das gegen die dunklen Felsen unter der Brücke schäumte. Stöckchen, von der Strömung erfasst, trieben auf den Wasserfall zu. Es war nicht zu spät für einen Neuanfang mit seinem Sohn. Wenn seine Ex-Frau doch nur imstande gewesen wäre, eine Mom zu sein – vielleicht hätte sie gewusst, was jetzt zu tun wäre. Aber wenn Amanda in all den Jahren, in denen er Dylan großgezogen hatte, da gewesen wäre, dann wären er und sein Sohn womöglich gar nicht erst in diesem Durcheinander gelandet.

»Seth?« Schritte klapperten über die Holzbohlen der Brücke, und er zuckte zusammen, als Annie neben ihm stehen blieb. »Ich hoffe, Sie haben nicht vor, in den Fluss zu springen. Angeblich hat ein Typ das als Mutprobe gemacht, damals in den Vierzigerjahren. Die Strömung ist stärker, als sie aussieht, und so ist er ertrunken. Manche Leute glauben, dass sein Geist diese Brücke noch immer heimsucht.« Ihr Lächeln milderte ihre Worte ab, aber es konnte die Besorgnis in ihren Augen nicht ganz verschleiern.

Er klappte die Brieftasche zu und steckte sie wieder ein. »Nein. Ich habe nur die Zeit vergessen.« Und er hatte sich zwischen einer Vergangenheit, über die er nicht nachdenken wollte, und einer Zukunft, die er sich noch nicht vorstellen konnte, verheddert.

»Ein Sturm zieht auf. Ist Ihnen das nicht aufgefallen? Wir werden bestimmt Regen kriegen, vielleicht sogar späten Schnee.«

Annies Blick verharrte auf ihm. Irgendetwas, was er nicht benennen wollte, knisterte zwischen ihnen.

»Schnee? Wir haben die dritte Aprilwoche. Was für ein Klima ist das denn?«

»Das Adirondacks-Klima. Hier nimmt uns der Winter, auch wenn er so wie in diesem Jahr milder ist, fest in den Griff und will so schnell nicht wieder loslassen.« Sie schenkte ihm ein schelmisches Grinsen. »Dolly hasst Nässe.«

»Ich … äh.« Seth sah auf den Hund und dann zurück zu Annie.

Sie trug eine dunkelblaue Regenjacke, und darüber waren ihre hübschen Haare windzerzaust.

»Geht es Ihnen gut?« Ihre Augenbrauen zogen sich zusammen, als sie die Stirn furchte. »Als ich Ihren Namen das erste Mal gerufen habe, haben Sie nicht reagiert. Ich komme eben von der Bank. Egal, wohin Sie in der Stadt wollen, Sie müssen praktisch immer über diese Brücke gehen oder fahren.«

»Es geht mir gut.« Die Lüge kam ihm leicht über die Lippen.

Er wandte sich um, um ihr von der Brücke zu folgen. Unter dem Saum ihrer Jacke wippte ihr Gesäß in einer figurbetonten Jeans. Seth riss den Kopf hoch. *Wow*. Sie war Jakes Testamentsvollstreckerin. Er durfte freundlich zu ihr sein, aber nicht mehr, als er es zu irgendeinem Fachkollegen wäre.

Als sie die Bäckereiseite der Brücke erreichte, blieb Annie stehen und holte ein Hundeleckerli für Dolly aus ihrer Jackentasche. »Der Anwalt hat gesagt, Sie haben mit ihm geredet.«

»Neuigkeiten sprechen sich hier ja schnell herum.« Seth ging auf dem Gehsteig neben ihr her, der den Hügel zu der Bäckerei in der Malone Street im Zentrum von Irish Falls hinaufführte.

»Karls Kanzlei ist drei Türen weiter von Quinn's.« Ein halbes Lächeln umspielte Annies Mund. »Er kommt morgens und nachmittags auf einen Kaffee und eines der deutschen Gewürzplätzchen vorbei, die Tara nach dem Rezept seiner Oma backt. Man könnte die Uhr nach ihm stellen.«

»Ich habe ihn nach Jakes Testament gefragt.« Seth trat etwas näher an sie heran, als ein roter Pick-up auf der Straße neben ihnen vorbeirumpelte, wobei er eine Spur aus Stroh und Schlamm hinter sich zurückließ.

»Was hat er gesagt?« Sie wich zur Seite und bugsierte Dolly zwischen sie beide.

»Ich will eine zweite Meinung.« Die Wahrheit starrte ihm vielleicht ins Gesicht, aber er musste es trotzdem versuchen. Er zuckte zusammen, als ein eisiger Regentropfen auf seiner Nasenspitze landete.

»Karl ist hier seit fast dreißig Jahren als Anwalt tätig. Er ist schlau, und Jake hat seinem Rat vertraut. Aber wenn Sie den Sender nicht wollen, dann könnten die Hilfsorganisationen, die Jake für den Fall benannt hat, dass Sie ablehnen, mit dem Geld sicher viel Gutes tun.« Annie beschleunigte ihre Schritte, und Seth fiel in einen Sprint, um mit ihr mitzuhalten.

»Wenn Jake die Arbeit von Hilfsorganisationen so am Herzen lag, warum hat er den Sender ihnen dann nicht von vornherein vermacht? Und warum hat er darauf bestanden, dass ich persönlich hierherkomme, um die Bedingungen seines Testaments zu erfahren?« Seth' Magengegend verhärtete sich, und er starrte auf die farbenfrohen jahrhundertealten Gebäude, die die Malone Street säumten. »Wenn er mir den Sender unter dem Vorbehalt vermacht hat, dass ich ihn sechs Monate betreibe, muss er doch einen Grund dafür gehabt haben.«

»Den hatte er bestimmt.« Eine Windböe blies Annie die Haare ums Gesicht, und sie riss die Kapuze ihrer Jacke hoch, als nebliger Regen mit dem Wind heranwehte.

»Es klingt, als ob Sie Jake nahestanden. Warum hat er den Sender nicht Ihnen vermacht?« Seth machte einen Satz nach vorn, als Dolly an der Leine zerrte.

»Ich bin nicht Jakes Familie. Sie schon.« Sie fixierte ihn mit einem stählernen Blick. »Sie sind sein einziger lebender Verwandter.« Ihre linke Hand schloss sich über Seth' rechter und zog an der Leine. Dolly hörte auf zu zerren.

Ihre Berührung erwärmte ihn. Dann nahm Annie ihre Hand fort, steckte sie in ihre Jackentasche und ging mit großen Schritten voraus.

»Ich… hey…« Seth' Hand kribbelte vom Abdruck ihrer Finger, und Gefühle, bei denen er sich sicher war, dass er sie vor Jahren hinter sich gelassen hatte, rumorten in seinem Bauch.

Annie hielt unter der grün-weiß gestreiften Markise der Bäckerei an. Drinnen standen zwei Frauen hinter der Theke und starrten sie und Seth durch die große Schaufensterscheibe an. Eine von ihnen war Tara, und nach den leuchtend roten Haaren und dem zu urteilen, was der Anwalt ihm vorhin über die Familie Quinn erzählt hatte, musste die andere die dritte Schwester, Rowan, sein.

Seth kehrte dem Fenster und den beiden neugierigen Augenpaaren, die sich in ihn bohrten, den Rücken. »Entschuldigung. Normalerweise bin ich nicht so ... schroff.« Er schluckte, als ihm die Worte in der Kehle stecken blieben. »Jakes Tod hat mich aus heiterem Himmel getroffen. Ich hatte seit Jahren nicht mehr an ihn gedacht, und auf einmal bekam ich einen Anruf von irgendeinem Anwalt in einem Ort, von dem ich noch nie gehört hatte, der mir sagte, ich sei der einzige Begünstigte von Jakes Nachlass. Wenn ich gewusst hätte, dass er krank war, hätte ich ihn besucht. Ich hätte zur Beerdigung hier sein sollen. Sie war doch erst letzte Woche.«

»Jake hat auch dazu Anweisungen hinterlassen.« Annies sanfte Stimme war wie Balsam für seine Seele. »Er wollte Sie zu der Zeit nicht hierhaben. Er wollte, dass Sie ihn so in Erinnerung behalten, wie er war, als Sie ein Kind waren, nicht den kranken alten Mann, der er zum Ende hin war. Er hat Karl angewiesen, Sie erst nach der Beisetzung zu kontaktieren. Wir mussten ein paar Wochen mit der Beerdigung warten, bis der Boden genug aufgetaut war.« Ihre Stimme stockte, und sie wandte sich halb von ihm ab.

Seth warf einen Blick auf Dolly, die an der Bäckereiwand kauerte. Ihre Augen waren zwei braune Tümpel der Traurigkeit, und ihr kleiner Körper zitterte. Er hob sie hoch und bettete sie in seine Armbeuge. »Ich nehme sehr ernst, was Jake wollte, aber ich habe Verpflichtungen und Verantwortungen.« Von denen die meisten entweder gebrochen oder unbedeutend waren. »Wie kann ich denn sechs Monate hierbleiben?«

»Ich weiß nicht, aber unterm Strich ist Familie alles, was man hat.« Ihre Miene war wehmütig, und ihr Ton ließ vermuten, dass sie ihn in diesem Augenblick nicht besonders mochte.

»Sicher, doch …« Seth' Herz hämmerte gegen seine Rippen. Abgesehen von Dylan hatte er eigentlich keine nennenswerte Familie.

»Mein Dad starb, als ich zwölf war, und als Jake hier auftauchte, füllte er eine große Lücke in unser aller Leben.« Annie blinzelte, und sie sprach stockend. »Er hat meinen Dad nicht ersetzt. Das könnte niemand je tun. Aber er hat meiner Mom geholfen, Dinge rund um die Bäckerei zu reparieren, und er war für meine Schwestern und meinen Bruder und mich immer da, wenn wir ihn brauchten. Wir wussten nicht, dass er selbst Familie hatte, aber die hatte er. Sie.«

»Das mit Ihrem Dad tut mir leid. Ich …« Seth' Kehle wurde rau. Es gab Seiten an ihm, die er selbst auch nicht besonders mochte, aber in den letzten Wochen hatte er sich geschworen, seinem Leben einen Neuanfang zu geben. Könnte er das vielleicht hier tun? Zumindest für eine kleine Weile? Den Sender zu betreiben, mochte sich für ihn vielleicht als Vorteil erweisen. Eine Familienerbschaft wäre ein guter Grund, um sich von L. A. fernzuhalten, und sechs Monate wären mehr als genug Zeit, um einen klaren Kopf zu kriegen und sich mit einem groß angelegten Schlachtplan wieder in die Arbeit zu stürzen. Und Irish Falls lag in derselben Zeitzone wie New York City, daher würde sein Sohn ihn vielleicht nicht so leicht abblitzen lassen können, wenn er versuchte, wieder Kontakt zu ihm aufzunehmen.

Das Schweigen zwischen ihnen zog sich in die Länge, während er die Straße betrachtete, malerisch selbst im Regen. Bilderbuch-Ladenfassaden wie die von Quinn's Bäckerei erstreckten sich den Hügel hinauf bis zu einem Wasserturm, auf dem in grünen Lettern Irish Falls geschrieben stand, umrahmt von Kleeblättern. Auf halber Höhe befand sich ein winziger Platz mit einem weiß gestrichenen Musikpavillon in der Mitte, und dahinter hallten Kinderstimmen von einem Schulhof, während gelbe Busse dicht gedrängt davorstanden wie ein Konvoi von Planwagen.

»Es ist lange her, dass mein Dad gestorben ist. Meine Mom hat vor neun Jahren wieder geheiratet, und mein Stiefvater ist wundervoll zu ihr und uns allen«, sagte Annie. Ihre Schuhe schlugen in einem schnellen Stakkato auf die Pflastersteine, als sie auf die Bäckereitür zutrat.

»Aber Ihr Dad ist Ihnen immer noch wichtig.«

Annie blieb an der Tür stehen und ließ die Schultern hängen. »Natürlich ist er das. Das wird er immer sein. Mein Dad war mein Held, und …« Ihr Mund zuckte, und sie starrte auf den Gehsteig.

Seth' Innerstes verkrampfte sich. Wie anders wäre sein Leben verlaufen, wenn er seinen Vater kennengelernt hätte oder wenn seine Mom nicht so jung gestorben wäre? »Ich muss über das alles nachdenken. Ich will nichts versprechen, aber Sie haben recht, Jake war mein Onkel, und ich stehe in seiner Schuld.« Zum Gedenken an seine Mom und dafür, wie Jake Spaß und Lachen in ihrer beider Leben gebracht hatte. »Ich werde die Bücher des Senders durchgehen, mir das Studio und Equipment noch einmal genauer ansehen und ein bisschen mehr mit Ihnen und den Mitarbeitern reden.«

»Na klar. Das ist toll.« Annies Ton war ausdruckslos, ihre Lippen wirkten verkniffen, und dann tastete sie nach der Türklinke, die wie ein Nudelholz geformt war.

Seth wich einen Schritt zurück. Sein anfänglicher Eindruck war falsch gewesen. Es war keine Abneigung gegen ihn, die er vorhin in Annies Stimme gehört hatte. Es war eher etwas wie Misstrauen oder sogar Angst.

Kapitel 3

Maureen McNeill, die sich manchmal noch immer als Maureen Quinn sah, trat aus der Küche in den Verkaufsraum der Bäckerei. Tara saß hinter der Theke, machte Eintragungen ins Bestellbuch und klopfte dabei mit dem Fuß im Takt zu Hannahs Taylor-Swift-Lieblingssong im Radio. »Ich dachte, ich hätte Annie reden gehört.«

»Das hast du auch.« Ihre Tochter sah auf. »Sie ist im Büro.« Tara dämpfte ihre Stimme. »Mit Jakes Neffen, Seth Taggart.« Taras Blick huschte zur Flurtür, als ob Seth dahinter lauerte.

Maureen stützte sich mit beiden Händen auf ihren Gehstock. Ihr Sohn und ihre Töchter führten die Bäckerei ebenso gut, wie sie es getan hatte, aber sie vermisste es, ein richtiger Teil des Unternehmens zu sein.

»War Rowan auch hier?« Sie starrte durchs Fenster auf die Malone Street, wo tiefe Nebelschwaden hingen und sanftes Licht von den viktorianisch inspirierten Straßenlaternen den glatten Gehsteig erhellte. Ein paar hartgesottene Fußgänger huschten zwischen Geschäften hin und her, halb verborgen unter Regenschirmen.

»Sie ist nur kurz vorbeigekommen, um die Cupcakes für den Elternsprechtag abzuholen.« Taras Lachen klang gezwungen. »Du weißt doch, wie beschäftigt sie immer ist, mit ihren Kindern, der Arbeit und … na ja, allem eigentlich.«

Maureen schluckte einen Seufzer hinunter. Genau wie Taras Traurigkeit und Annies allzu zerbrechliche Fröhlichkeit bereitete ihr Rowans fast hektische Geschäftigkeit Sorgen. »Es ist wenig los heute Nachmittag.«

»Wärst du bei diesem Wetter gern draußen?« Taras Mund verzog sich zu einem sanften Lächeln.

»Wie deine Nana Gerry gesagt hätte, Aprilregen bringt Maiblumensegen.« Maureen kicherte. »Ich mag diese Zeit des Jahres, trotz des Wetters. Zu jeder anderen Jahreszeit müssen wir Irish Falls mit den Touristen teilen, aber in diesen wenigen Wochen gehört es nur uns. Nicht dass ich etwas gegen die Touristen hätte. Sie sind gut für die Stadt und helfen uns, im Geschäft zu bleiben. Aber ich schätze diese Wochen zwischen der Skisaison und dem Memorial Day, wenn wir zusehen können, wie der Frühling Einzug hält. Und wenn keine Fremden in der Stadt sind, sodass ich jeden kenne.«

Bis auf dieses Jahr. Maureen biss sich auf die Lippe. »Irgendetwas an Seth hat Annie aufgewühlt. Sie will nicht mit mir reden. Hat sie was zu dir gesagt?« Die Tatsache, dass Annie es vermieden hatte, über Jakes Neffen zu reden, verriet Maureen, dass etwas nicht stimmte.

»Nein, sie will auch nicht mit Rowan oder mir reden.« Taras Ton war beschützerisch.

Maureen fand eine Zange und griff damit in die Bäckereivitrine. »Es war Hannah, die mir gesagt hat, dass er früher als erwartet aufgetaucht ist.« Sie nahm zwei große Stücke Apfelkuchen und steckte sie in eine Papiertüte.

»Komm, ich helfe dir.« Tara griff nach der Tüte, aber Maureen tat es mit einer Handbewegung ab.

»Ich hab's schon.« Ihre Tochter meinte es nur gut, aber konnte sie denn nicht verstehen, wie verletzend es war, sich ständig helfen zu lassen? Wie verletzend es war, wenn sich die Leute nach ihrer Hüfte erkundigten, als ob die Stifte und Platten, die den gebrochenen Knochen zusammenhielten, grundlegend verändert hätten, wer sie war? Sie öffnete die Tür zum Flur mit ihrer gesunden Hüfte und folgte dem leisen Stimmengemurmel zu dem kleinen Büro der Bäckerei.

Die Geräusche verstummten, als Maureen um die Ecke bog. Annie saß hinter dem vollgekramten Schreibtisch, und ein Mann, der Seth Taggart sein musste, hatte in dem Sessel ihr gegenüber Platz genommen. Dolly lag zusammengerollt auf seinem Schoß, in ein rosa Badetuch gewickelt. In einer Ecke surrte ein Heizlüfter und blies warme Luft in den Raum, wo sie sich mit dem Geruch von nassem Hund vermischte.

»Mom.« Annie sprang auf.

Seth erhob sich ebenfalls, hielt Dolly aber noch immer fest. »Bitte nehmen Sie meinen Platz, Ma'am.«

Maureen schüttelte den Kopf. Irgendjemand hatte ihm Manieren beigebracht, aber bei diesem respektvollen »Ma'am« fühlte sie sich nur noch älter, als sie es ohnehin schon tat. »Ich bleibe nicht lange.« Anspannung knisterte in dem kleinen Raum. »Ich bin nur vorbeigekommen, um mich vorzustellen. Ich bin Annies Mom, Maureen McNeill.«

Seth setzte Dolly auf dem Boden ab und ergriff ihre ausgestreckte Hand. »Es freut mich, Sie kennenzulernen.« Sein Händedruck war warm und fest, und er hatte etwas von Jake an sich. Die gleichen dunkelbraunen Haare, hervorstehenden Wangenknochen und tief liegenden Augen, die dafür gesorgt hatten, dass die Frauen sich ihm zu Füßen warfen, als Jake vor über zwanzig Jahren in Irish Falls aufgetaucht war. »Der Anwalt hat mir erzählt, was Sie für meinen Onkel getan haben, als er krank war. Dafür bin ich Ihnen sehr dankbar.«

»Jake war für uns wie Familie.« Maureen musterte ihn von Kopf bis Fuß. »Und damit gehören Sie praktisch auch zur Familie.«

»Mom, du …« Annies Stimme enthielt einen warnenden Ton.

»Was denn?« Maureen hielt dem Blick ihrer Tochter entschlossen stand. »Ich habe euch schließlich zu gutnachbarlichem Benehmen erzogen, oder?« Sie wandte sich wieder an Seth. »Ich habe Ihnen etwas von meinem Apfelkuchen mitgebracht, als Nachtisch zu Ihrem Abendessen. Jake hat für diesen Kuchen geschwärmt. Er hat gesagt, er würde ihn an einen erinnern, den seine Mutter immer gebacken hat.«

Sie hielt ihm die Tüte hin, und Seth nahm sie entgegen.

»Danke.« Ein Lächeln zeichnete sich um seinen Mund ab und wanderte hoch bis zu seinen fesselnden blaugrauen Augen.

Trotz ihrer fünfundsechzig Jahre stockte Maureen der Atem. Sie warf einen Blick auf Annie. Die Haare ihrer Tochter fielen um ihr gerötetes Gesicht, und sie starrte durch das Bürofenster in den steten Regen, von Seth abgewandt. »Jakes Radiosender ist das Herzblut von Irish Falls. Ich habe gehört, dass Sie in der Musikbranche sind. Werden Sie Jakes Erbe annehmen? Wir alle vermissen es, ihn in der Morgen-Show zu hören.«

»Ich …« Seth sah hinüber zu Annie, die seinem Blick noch immer auswich. »Ich bin Songwriter, kein Radiomoderator oder Senderleiter.«

»Sie sehen mir nach einem schlauen Mann aus, daher möchte ich wetten, Sie könnten das im Handumdrehen lernen. Dieser Sender ist ohne Jake nicht derselbe. Als er zu krank zum Arbeiten wurde, mussten er und Annie jemanden engagieren, der für ihn einsprang. Vielleicht haben Sie Steve schon gehört? Er macht auch Jakes Show. Der Mann klingt wie eine Katze, die sich den Schwanz in der Tür eingeklemmt hat. Nicht die Art Stimme, zu der man aufwachen will, wohingegen Sie …«

»Seth hat noch keine endgültigen Entscheidungen getroffen«, schaltete Annie sich ein. Sie kam um den Schreibtisch herum und nahm Maureens Arm. »Er ist erst gestern angekommen. Bisher hat er noch nicht einmal den Sender richtig gesehen oder die ganzen Mitarbeiter kennengelernt.«

Maureen schüttelte Annies Hand ab. Sie war nicht so alt oder gebrechlich, dass sie gestützt werden musste, und sie würde sich auch von keinem ihrer Kinder herumkommandieren lassen. »Dieser Sender war Jakes Leben. Er wäre mächtig stolz, wenn sein Neffe ihn übernimmt.«

»Mrs. McNeill.« Seth lächelte sie wieder an, und diesmal verbarg sich eine Spur von Stahl hinter dem Charme.

»Maureen, bitte.« Dieses Lächeln verriet ihr, dass er Rückgrat hatte. Sie mochte Rückgrat.

»Maureen.« Sein Lächeln schwand. »Wie Annie eben gesagt hat, ich habe noch keine Entscheidungen getroffen.«

Eine Mischung aus Regen und Schnee prasselte gegen die Scheibe. Dolly jaulte und verkroch sich unter Seth' Sessel.

»Das Leben überrumpelt einen oft, während man dabei ist, Entscheidungen zu treffen.« Maureen fixierte ihn mit ihrem entschlossensten Blick. »Irgendwo habe ich gelesen, dass hierzulande mehr Leute Radio hören als fernsehen oder Computer oder schicke Telefone oder was auch immer benutzen. Und es sind nicht nur die alten Leute. Viele dieser Generation-X-ler und Millennials sind große Radiohörer. Und das gilt auch für Jakes Sender. Jeder in dieser Stadt verlässt sich darauf und hört ihn Tag für Tag.«

»Ich werde natürlich eine Lösung für den Sender finden. Die Leute in Irish Falls nicht hängen zu lassen, ist das Mindeste, was ich tun kann.« Seth schenkte ihr ein entspanntes Lächeln.

»Danke.« Maureen erwiderte sein Lächeln nicht. Stattdessen warf sie einen Blick auf Annie, deren Augenbrauen besorgt gefurcht waren. Sie wusste nicht viel darüber, was in Annies Kopf vor sich ging. Ihre Tochter war ihr ein Rätsel, seit sie damals schwanger mit Hannah vom College zurückgekommen war. Obwohl sie nach außen hin zufrieden mit ihrem Leben schien, waren da eine gewisse Rastlosigkeit und auch eine Mauer, die Maureen nie wirklich zu durchdringen vermocht hatte.

Wenn sie darüber nachdachte, war sie ähnlich wie die Mauer, die zwischen ihr und ihrem Ehemann entstanden war. Duncan hatte neue Liebe in ihr Leben gebracht, gerade als sie erwartet hatte, als Witwe zu sterben, aber in letzter Zeit hatten sich die Dinge zwischen ihnen verändert. Und genau wie Annie hatte auch er sie ausgeschlossen.

Den ganzen Winter über hatte sie nach einem Zeichen Ausschau gehalten. Sie hatte sich sogar am Wunschbaum etwas gewünscht, heimlich, denn ihre Kinder glaubten nicht an die alten Bräuche. Sie sah zwischen Annie und Seth hin und her. »Annie hat nicht gesagt, wie lange Sie vorhaben, in der Stadt zu bleiben, aber wir würden uns freuen, wenn Sie uns am Sonntagabend zum Essen Gesellschaft leisten würden.«

»Mom, ich bin sicher, er hat andere Pläne.« Annies Stimme schwoll um eine Oktave an.

»Das ist sehr freundlich von Ihnen, aber ich möchte mich nicht aufdrängen«, erwiderte Seth.

»Unsinn. Sie sind hier ein Fremder, und wir wollen

Sie besser kennenlernen. Wir sehen Sie gegen fünf.« Der einzige Vorteil des Älterwerdens war es, dass die Leute sich nicht mehr so mit ihr anlegen konnten, wie sie es früher getan hatten. »Nicht dass Irish Falls groß genug wäre, um sich zu verlaufen, aber Annie wird Ihnen den Weg beschreiben.«

Maureen verstärkte den Griff um ihren Gehstock. Bevor wieder eine Jahreszeit der nächsten wich, musste sie anfangen, die Veränderungen voranzutreiben, die sie in ihrem und auch in Annies Leben sehen wollte. Vielleicht war Seth eines der Zeichen, die sie sich gewünscht hatte.

Eine Stunde später setzte Annie ein, wie sie hoffte, neutrales Lächeln auf und führte Seth am Studio und Jakes winzigem Büro vorbei zu der kleinen Küche, wo Jakes »Boss«-Becher noch immer auf dem Regal über der Spüle stand. »Entschuldigen Sie meine Mom. Sie nimmt kein Blatt vor den Mund, und das Sonntagsessen mit meiner Familie … Sie müssen nicht kommen. Wenn Sie nicht wollen, meine ich.« Ihr Magen verkrampfte sich, zusammen mit ihrer Zunge.

»Es ist nur ein Abendessen. Ihre Mom war sehr gastfreundlich.« Seth zog sich aus der Küche zurück, dicht gefolgt von Dolly, und blieb vor dem verglasten Studio stehen, wo die Spätnachmittags-Talkshow *Stimmen des Nordens* in vollem Gange war. »Es sei denn, Sie wollen nicht, dass ich zum Essen komme.« Seine Stimme klang ausdruckslos.

»Aber nein. Sie sind herzlich willkommen.« Annie

lächelte noch angestrengter. »Wie Sie gesagt haben, meine Mom ist sehr gastfreundlich.« Aber sie führte irgendetwas im Schilde, und es schien mit Seth zusammenzuhängen und über gutnachbarliches Benehmen gegenüber Jakes Neffen hinauszugehen. Ein Essen war gutnachbarlich und dieser Apfelkuchen auch, aber in den Augen ihrer Mom hatte Annie ein Funkeln bemerkt, das sie misstrauisch machte.

»Ich habe nicht erwartet, dass der Sender so modern ist.« Seth nickte dem Moderator durch die Glasscheibe zu, und der Mann tippte zum Gruß an seine John-Deere-Baseballkappe. »Wie ich bereits sagte, ich weiß nicht viel übers Radio, aber ich bin beeindruckt. Dieses ganze digitale Equipment, das Streaming, damit die Leute es auf dem Computer hören können … und Jake hat sogar einen Service abonniert, um Nacht- und ein paar Wochenendprogramme abzudecken. Der Betrieb ist auch weitaus größer, als ich dachte.« Seth' Augen verengten sich. »Und obwohl ich mir die Bücher noch nicht im Detail angesehen habe, scheint er durchaus profitabel zu sein.«

»Jake hat nie viel darüber geredet, wie sein Leben war, bevor er hierherkam. Ich habe auch nie danach gefragt, aber er war entschlossen, diesen Sender zum Erfolg zu bringen, daher hat er gute Leute engagiert, die ihm geholfen haben, und jeder, der hier arbeitet, packt überall ein bisschen mit an. Und er hatte Geschäftssinn. Er hatte Investoren, um den Sender an den Start zu bringen, und hat sie vor Jahren ausgezahlt.« Annie rieb sich die Unterlippe, ihr Körper fühlte sich auf einmal schwer an. Auch wenn ein Teil von ihr wollte, dass Seth sofort wieder nach L. A. verschwand, konnte sie nicht tatenlos zusehen, wie Jakes Lebenswerk zerstört wurde. Sie musste versuchen, den Sender zu retten.

Seth zog eine dunkle Augenbraue hoch. »Warum können diese guten Leute nicht weiterhin tun, was sie bisher getan haben?«

Annies Kiefermuskulatur verspannte sich. »Jakes Krebs wurde vor vier Monaten diagnostiziert, und er hat uns erst vor zwei Monaten davon erzählt. Alle wollten die Dinge für ihn am Laufen halten. Jetzt, wo er nicht mehr ist …«

Seth atmete schwer aus. »Veränderung, verstehe.«

»Er war der Dreh- und Angelpunkt, der diesen Sender zusammengehalten hat.« Annie sah durch das Studiofenster und dann zu dem leeren Empfangstisch. »Ohne Jakes Leitung laufen die Dinge aus dem Ruder. Selbst Sherri …« Sie wies mit einer Handbewegung zum Schreibtisch. »Heute hat sie sich krankgemeldet, und einmal ist sie mit fast neununddreißig Grad Fieber zur Arbeit gekommen. Ihre Schwester war vorhin in der Bäckerei und hat gesagt, Sherri hätte Angst, ihren Job zu verlieren.«

»Aber warum denn?« Seth runzelte die Stirn. »Jeder, der den Sender kauft, würde immer noch eine Empfangssekretärin und eine Reinigungskraft brauchen. Das habe ich Sherri gegenüber klargestellt, als ich sie gestern kennengelernt habe.«

»Eine Reinigungskraft schon, aber vielleicht keine Empfangsdame wie sie. Wenn ein großes Unternehmen den Sender übernimmt, würden sie vielleicht jemand anderes wollen. Jake hat Sherri einen Job gegeben, nachdem ihr Ehemann bei einem Unfall mit einem Schneemobil ums Leben kam. Sie war jahrelang zu Hause, um ihre Kinder großzuziehen, und sie hat schnell gelernt. Inzwischen hilft sie sogar im Vertrieb aus, und sie ist toll, aber …« Annie musste schlucken. »Wenn sie diesen Job verliert, wird sie vielleicht nur noch eine Putzstelle finden. Und sie hat eine Familie zu ernähren.«

»Verstehe.« Seth hob eine Hand halb, dann ließ er sie wieder sinken. »Und die Morgen-Show, die Ihre Mom erwähnt hat?«

»Steve, der Typ, den wir engagiert haben, ist kein guter Moderator, und er kann auch nicht besonders mit Menschen umgehen.« Annie schluckte den Kloß in ihrer Kehle hinunter. »Ich fühle mich verantwortlich, weil ich letztendlich die Entscheidung getroffen habe, ihm eine Chance zu geben, aber als ich am Montag mit ihm über seine Performance geredet habe …« Sie blinzelte. »Er hat gesagt, er glaube nicht, dass irgendjemand diesen Sender zum Erfolg führen könne. Jake hatte seine eigene Art, die Dinge zu handhaben. Für ihn hat es funktioniert, aber ohne ihn sind die Mitarbeiter verloren. Ich konnte hier in der Gegend niemanden mit Jakes Fähigkeiten oder seiner Persönlichkeit finden.« Sie ging hinüber zum Empfangsbereich und zeigte auf die verschiedenen Auszeichnungen, die an der Wand hinter dem Schreibtisch hingen. »Jake hat die hier verdient, aber sie gehören der Vergangenheit an. Niemand sonst hat die Vision, die er hatte, oder den Geschäftssinn.«

Oder das Charisma. Annie wich einen Schritt vor Seth zurück, als könnte sie sich damit vor seiner ganz ähnlichen Ausstrahlungskraft schützen. Das Alter hatte Jakes Charme abgemildert, aber bei Seth war diese pure Männlichkeit noch immer vorhanden – und gefährlich.

»Selbst wenn ich den Sender für sechs Monate übernehme, wie Jake es wollte, würde er letztendlich nicht sowieso verkauft werden müssen?« Seth starrte auf seine Handflächen, doch sein Blick schien sie gar nicht wahrzunehmen.

»Vielleicht, aber wenn jemand wie Sie ihm eine Chance geben würde ... Die Mitarbeiter und ich könnten Ihnen helfen, sich einzuarbeiten.« Aus ihrer Warte, und vielleicht auch aus Seth', war es eine unmögliche Situation, aber irgendwie musste sie ihm begreiflich machen, was dieser Sender bedeutete. Ganz abgesehen von Jakes Vermächtnis, verließen sich die Mitarbeiter auf ihre Jobs hier, nicht nur wegen des Geldes, das sie verdienten, sondern auch wegen eines Gemeinschaftsgefühls, das sich nicht in Dollars und Cents bemessen ließ. »Dieser Sender ist wie eine Familie. Ich weiß, Sie haben zu Hause in L. A. ihr eigenes Leben, und Irish Falls ist nun mal eine Kleinstadt. Das kann man nicht vergleichen. Aber wenn Sie es zumindest in Betracht ziehen könnten ... für eine kleine Weile ... Nehmen Sie sich etwas Zeit, um den Ort und die Leute kennenzulernen, bevor Sie verkaufen.«

Seth verschränkte die Arme vor der Brust, und seine Augenbrauen zogen sich zusammen. »Sie haben gesagt, Jake hätte sein Testament eine Woche vor seinem Tod aktualisiert. Wissen Sie, warum?«

»Nein. Das war seine Sache.« Genau wie Jake ihre Privatsphäre immer respektiert hatte, hatte sie auch seine respektiert und keine Fragen gestellt, als der Anwalt an seinem Krankenhausbett aufgetaucht war.

Seth löste die verschränkten Arme und lehnte sich gegen einen Aktenschrank neben dem Schreibtisch. Die lässige Pose stand im Widerspruch zu seiner grimmigen Miene und der düsteren Gebanntheit seines Blickes.

Dolly legte sich neben dem Schreibtisch hin und sah von Seth zu Annie.

»Ich habe erst nach seinem Tod erfahren, in welchen Punkten Jake sein Testament geändert hatte. Und erst da habe ich auch von Ihnen erfahren.« Annie tastete nach dem winzigen Schlüssel, den sie seit Jakes Beerdigung an einem Kettchen um den Hals trug. »In der Nacht, in der er starb, hat er mir einen Umschlag gegeben.« Sie hakte die Kette auf, und der Schlüssel glitt in ihre hohle Hand. »Er hat mir gesagt, ich solle ihn erst danach öffnen, und als ich es getan habe, war darin eine Nachricht für mich, zusammen mit diesem Schlüssel.« Tränen brannten in ihren Augen, und sie schloss die Hand um das kleine Stück Metall.

»Danach?«

»Er wusste, dass er im Sterben lag. Er wusste, dass er nicht mehr lange zu leben hatte. Ich versprach ihm, seinen Worten Folge zu leisten, und dann verließen wir – meine Mom, meine Schwestern und ich – das Zimmer, obwohl wir eigentlich bei ihm bleiben wollten. Er bat uns zu gehen und etwas zu essen. Eine halbe Stunde später rief mich die Schwester auf dem Handy an. Er war friedlich eingeschlafen.«

Seth beugte sich vor und drückte ihre Hand. »Sie haben mir gesagt, er sei ein zurückhaltender Typ gewesen. Vielleicht wollte er einfach zu seinen eigenen Bedingungen gehen und es Ihnen ersparen.«

»Vielleicht.«

Seine warme Hand verharrte auf ihrer. Die Haut an seinen Fingerspitzen war schwielig, wie bei einem Menschen, der viel Gitarre spielte.

Annie versteifte sich, riss ihre Hand zurück und holte einmal tief Luft, um sich zu beruhigen. Sie war keine achtzehn mehr, und sie war immun gegen männliches Charisma, egal wie mächtig es auch war. »Dieser Schlüssel ist für die Kommode im Wohnzimmer von Jakes Wohnung. Abgesehen von einem Schließfach in der Bank hat er alles persönliche Zeug, das er hatte, in diesen Schubladen aufbewahrt. In der Nachricht, die er mir hinterließ, sagte er, Sie seien sein Neffe, und bat mich, Ihnen den Schlüssel zu geben, nachdem ich Ihnen den Sender gezeigt hätte.«

Als Seth den Schlüssel von ihr entgegennahm, verriet seine Miene nichts.

»Er sagte immer, bis auf seine Gitarre hätte er nichts Wertvolles, das man stehlen könnte, aber vielleicht sind ja irgendwelche Familiendokumente in der Kommode oder etwas über sein Leben.« Sie spürte Seth und die Hitze, die von ihm ausstrahlte, überdeutlich neben sich und wich einen Schritt zurück.

»Vielleicht.« Seth' Mund war verkniffen.

»Wie meine Mom gesagt hat, war Jake wie Familie für uns.« Annie blinzelte die Tränen zurück, die hervorzuquellen und über ihre Wangen zu kullern drohten. »Wir alle haben uns um ihn gesorgt. Jeder von uns hätte alles getan, worum er bat, um ihm sein Sterben zu erleichtern.«

Seth' Handy klingelte mit der Melodie von Dolly Partons »9 To 5«, und Annie zuckte zusammen. »Entschuldigung, da muss ich rangehen«, meinte er, und seine Stimme klang rauer.

»Na klar.« Sie wies mit einer Handbewegung zu Jakes Büro neben dem Empfangsbereich. Während sich die Tür hinter Seth schloss, setzte sie sich auf Sherris Platz und wandte sich einem Stapel ungeöffneter Post zu. Sie hatte ihm den Schlüssel gegeben, wie Jake sie gebeten hatte. Und genau wie der Grund, aus dem Jake sein Testament plötzlich aktualisiert hatte, war auch das, was in dieser Kommode war, nichts, was sie etwas anging.

»Ich nehme an, Seth ist auch ein Dolly-Parton-Fan.« Sie streckte eine Hand nach unten aus und tätschelte Dollys Kopf.

»Das kann nicht dein Ernst sein. Nichts von alledem war meine Schuld, warum also …« Auf der anderen Seite der geschlossenen Tür wurde Seth' Stimme laut.

Dann trat wieder Stille ein, und Annie senkte den Kopf und versuchte, sich darauf zu konzentrieren, Werbung von Rechnungen und Zahlungen zu trennen.

Fünf Minuten später schwang die Tür auf und knallte laut gegen die Wand dahinter. Annie zuckte zusammen und sah auf, während Seth sein Handy in die Vordertasche seiner Jeans rammte. Alles, was sie vielleicht gesagt hätte, erstarb ihr auf den Lippen, als sie die Miene auf seinem Gesicht sah. Es war Jake, wenn er vor Wut schäumte.

»Entschuldigung, dieser Anruf… Ich musste mich um ein paar… Dinge kümmern.« Seth blieb vor dem Schreibtisch stehen und nahm sich den Schlüssel, den er hatte fallen lassen, als sein Handy geklingelt hatte.

»Natürlich.« Sie behielt einen neutralen Ton bei und warf die Werbung in den Papierkorb.

»Was den Sender angeht«, begann er, hielt dann einen Moment inne und bedachte sie mit einem angespannten Blick. »Ich habe noch keine Entscheidung darüber getroffen, was ich langfristig tun will, aber wenn Sie mit einem Amateur leben können, werde ich ihn eine Weile betreiben. Es klingt, als ob er Ihnen wichtig wäre.«

»Es ist uns allen wichtig.« Annies Brust schnürte sich zu.

»Ich werde morgen anfangen.« Seth' Miene war verschlossen.

»Wirklich?« Annie starrte ihn mit offenem Mund an.

»Ja.« Sein Ton war kurz angebunden, und zwischen seinen Augenbrauen bildete sich eine Furche, aber anstatt wütend zu blicken, war seine Miene jetzt trostlos. »Steve kann mir ja zeigen, wie das ganze Equipment funktioniert. Die Radiotechnologie ist viel computergesteuerter seit damals, als ich in einer Sendekabine gearbeitet habe.«

»Steve ist Freiberufler. Ich hatte ihn anfangs für zwei Monate engagiert und dann von Woche zu Woche, bis klar wäre, was Sie vorhaben. Wenn ich ihn jetzt anrufe, kann er Sie morgen einweisen, bevor er geht.«

»Sehr gut.« Seth' Ton war entschieden. »Da Sherri sich krankgemeldet hat, könnten Sie mir vielleicht helfen, die Mitarbeiter für ein Start-in-den-Tag-Meeting hier zusammenzubringen? Ich würde Sie nicht bitten, wenn es anders ginge. Allerdings nehme ich an, dass Sie die meisten von ihnen kennen.« Einer seiner Mundwinkel verzog sich zu einem steifen Lächeln.

»Ich kenne sie alle.« Annie verschränkte die Hände, um ihr Zittern zu unterdrücken. »Und ich helfe gern.«

»Danke.« Seine Stimme wurde wieder rauer. »Wie schwer kann es schon sein, besser zu sein als ein Typ, der klingt wie eine Katze, die sich den Schwanz in der Tür eingeklemmt hat?« Etwas, das vielleicht Belustigung war, flackerte in Seth' Augen auf, bevor es wieder verlosch.

»Überhaupt nicht schwer.« Annie wand sich innerlich.

Seth hatte sich an das erinnert, was ihre Mom gesagt hatte.

»Steve war der Einzige, den ich auf die Schnelle finden konnte.«

»Dann haben Sie mir vielleicht einen Gefallen getan. Es kann nur besser werden, oder?« Seth' Lächeln war angespannt. Er betastete Jakes Schlüssel, und Dolly sprang auf und schnupperte an seiner Hand.

Trotz ihrer Erleichterung machte sich ein flaues Gefühl in Annies Magengrube breit. Warum sollte sich ein Mann wie Seth an einen Ort wie Irish Falls zurückziehen wollen, wenn auch nur für eine kleine Weile? Dieser Anruf hatte irgendetwas verändert, und obwohl es vielleicht gut für den Sender war, war sie sich nicht so sicher, ob es gut für sie sein würde.

Sie starrte auf die Post, ohne sie wirklich zu sehen. Sie würde mit Seth bei der Abwicklung des Nachlasses zusammenarbeiten müssen. Und während er sich mit dem Betrieb des Senders vertraut machte. Aber danach würde sie nicht mehr viel mit ihm zu tun haben müssen. Außerdem war sie dabei, die Dinge in die Hand zu nehmen und sich zu überlegen, was sie in dieser neuen Phase ihres Lebens anfangen wollte. Sie hatte sich längst ihren alten Ängsten gestellt, aus ihren Fehlern gelernt und nach vorn geblickt. Es spielte keine Rolle, dass Seth in der Musikbranche war. Dieser Teil ihres Lebens war vorbei, Musik nichts als ein Hobby.

»Annie?« Seth' Stimme durchschnitt ihre Gedanken. »Jake konnte sich glücklich schätzen, Sie und Ihre Familie zu haben. Diese Art Loyalität … das ist heutzutage nicht … Das findet man selten.«

Ihre Kehle schnürte sich zu. »Wir konnten uns auch glücklich schätzen, ihn gehabt zu haben. Er war uns ein guter Freund.« Und Jake war vor allem ihr ein guter Freund gewesen. Nachdem Nana Gerry – die Frau, die ihr Herz geheilt hatte – gestorben war, hatten Jake und das Band, das sie über die Musik zu ihm geknüpft hatte, ihr dabei geholfen, ihre Seele zu heilen.

Seth wandte sich ab und sah aus dem Fenster. »Aber was ich nicht verstehe, ist, warum Jake ausgerechnet hier gelandet ist. Nach meiner Erinnerung mochte er helle Lichter, Großstädte und Clubs, und er sah sich gern jeden Abend eine neue Gruppe an, wenn er nicht selbst mit einer seiner Bands auf der Bühne stand.«

»Ich nehme an, er hat hier etwas gefunden, was er brauchte.« Genau wie sie. Nachdem sich ihr Traum in einen Albtraum verwandelt hatte, war sie zu dem Ort zurückgekehrt, an dem sie Wurzeln hatte und sich geborgen fühlte.

Annie stand auf und ging um den Schreibtisch herum, um sich zu Seth ans Fenster zu stellen. Draußen rieselten hauchzarte Schneeflocken von einem sanften grauen Himmel.

Seth zeigte auf den Wasserfall. »Warum hängen an den Baum dort drüben lauter Zettel und Schleifen?«

»Das ist der Wunschbaum von Irish Falls.« Annie hatte Neuankömmlingen ihr Leben lang davon erzählt. »Angeblich ist er magisch. Wenn Sie Ihren Wunsch auf einen Zettel schreiben und ihn an einen der Zweige des Baumes binden, wird er wahr werden.«

»Sie veräppeln mich, oder?« Er legte den Kopf auf die Seite und schürzte die Lippen.

»Nein.« Wenn überhaupt, hatte sie sich selbst veräppelt, damals, als sie einer der Leute gewesen war, die sich an diesem albernen Baum etwas wünschten. Als ob ein Baum die Macht hätte, Wünsche wahr werden zu lassen, selbst Wünsche mit Plänen und Talent dahinter. »Der Wunschbaum verhilft Irish Falls zu einem Platz auf der touristischen Landkarte. Jedes Jahr im Juli organisiert die Stadt ein Wunschbaum-Festival, das Besucher aus dem ganzen Nordosten und auch aus Kanada anlockt. Der Radiosender und die Bäckerei sind beide große Unterstützer des Festivals.«

Seth machte ein Geräusch irgendwo zwischen einem Prusten und einem Lachen. »Aber was passiert, wenn es regnet und schneit, so wie jetzt? Diese ganzen Wünsche müssen doch ein einziges großes, matschiges Durcheinander sein.«

Annie versteifte sich. Auch wenn sie nicht an den Baum glaubte, hatte ein Außenstehender kein Recht, sich über ihn oder das, was er für die Leute bedeutete, lustig zu machen. »Freiwillige sammeln die Wünsche ungefähr einmal die Woche ein. Wenn das Wetter schlecht ist, auch öfter. Sehen Sie den Typen dort drüben?« Sie zeigte auf einen älteren Mann in einer schwarzen Regenjacke, der mit einem Korb unter dem Arm auf der anderen Seite des Baumes stand. »Er pflückt die Wünsche vom Baum. Im Moment hängen nur ein paar dran, aber im Sommer ist zuweilen so viel los, dass die Wünsche zwei- bis dreimal die Woche eingesammelt werden müssen, damit die Zweige nicht zu schwer werden und brechen. Wenn die Zettel nass sind, werden sie im Konservierungsraum des Bezirksmuseums getrocknet, bevor sie archiviert werden.«

»Ist das etwas Religiöses?« Seth' Miene wurde sanfter und neugierig, nicht respektlos.

»Spirituell, aber in keinem Zusammenhang mit irgendeiner organisierten Religion.« Annie rieb sich die pochende Schläfe. »Jeder Wunsch ist eine Geschichte, Teil eines Anfangs, einer Mitte oder eines Endes. Die Leute bringen Wünsche für ihre Hoffnungen und Träume an. Manche Wünsche sind glücklich und andere traurig.« Und vor langer Zeit einmal hatte sie sich selbst beiderlei Arten gewünscht.

»Sie sagten, die Wünsche werden archiviert?« Sein Lächeln war jungenhaft und bildete Fältchen um die Augen.

»Ja, heutzutage werden sie in einer Onlinedatenbank gespeichert, aber das Museum besitzt eine Sammlung schriftlicher Wünsche, die bis in die 1880er-Jahre zurückreichen. Vor ein paar Jahren haben sie eine Ausstellung gemacht.« Und auch wenn die Welt sich verändert hatte, waren die Wünsche der Menschen im Laufe der Jahre erstaunlich gleich geblieben – Wünsche für den Weltfrieden, die Versöhnung von Familienangehörigen oder Freunden, um Heilung von einer Krankheit oder um dauerhafte Liebe zu finden. Annies Brust schnürte sich zu.

»Glauben Sie, dass der Baum magisch ist?«, fragte Seth behutsam.

Annie schüttelte den Kopf. »Nein, aber versuchen Sie

nicht, meine Mom davon zu überzeugen, dass der Baum nichts Besonderes ist. Sie lässt nichts auf ihn kommen. Ich spiele mit, weil es gut fürs Geschäft ist. Quinn's verkauft vom Memorial-Day-Wochenende bis zum Labor Day Wunschbaum-Picknickpakete. Sie sind sehr beliebt.«

»Ich glaube nicht an Wünsche.« Seth' Stimme war leise und von Schmerz durchsetzt.

»Ich auch nicht, aber viele Leute hängen sehr an diesem Baum.« Sie räusperte sich, und der Schmerz in ihrer Brust verschlimmerte sich. »Vielleicht wissen Sie nicht viel über das Kleinstadtleben, aber hier in der Gegend soll es Unglück bringen, wenn man irgendetwas gegen unseren Wunschbaum sagt.«

Die Verbitterung in seinem Lachen ließ sie zusammenzucken. »Hat Jake daran geglaubt?«

»Er hat es nie offen gesagt, aber ich weiß, dass er sich dort Dinge gewünscht hat.« Auch wenn er Annie nicht erzählt hatte, worum es bei den meisten dieser Wünsche ging. »Jake hat gesagt, der Baum hätte ihm Dolly gebracht.«

Die Hündin stieß ein kehliges Winseln aus, so wie immer, wenn sie Jakes Namen hörte, und ein vertrauter Kloß stieg in Annies Kehle auf.

»Ich kenne mich mit Hunden ja nicht aus, aber Dolly scheint ein guter zu sein.« Seth warf einen Blick auf den Mischling, der ihn erwartungsvoll ansah. »Ihre Mom will Dolly nicht adoptieren?«

Annie schüttelte den Kopf. »Jetzt, wo sie mehr oder weniger im Ruhestand ist, wollen sie und mein Stiefdad,

Kapitel 4

An diesem Abend saß Seth zusammengesackt auf einem Stuhl an einem Tisch in einer Ecke des Black Duck, der Raststätte am Rande der Stadt. Er starrte in sein Glas Diätlimonade, aber auch dort waren keine Antworten zu finden.

Im Allgemeinen hielt er sich für einen Mann mit Durchblick; doch zuletzt war er so beschäftigt damit gewesen, was mit seinem Sohn schiefgegangen war, dass er die Anzeichen in der Arbeit übersehen hatte. Oder vielleicht hatte er sie ignoriert, weil er seinem Geschäftspartner vertraut hatte. Die Mitteilung seines Anwalts vorhin am Telefon war unmissverständlich gewesen. Seth war betrogen, belogen und bestohlen worden. Und neben dem großen Vertrag, den sie in Kürze hatten unterzeichnen wollen, war ihre Zusammenarbeit jetzt offiziell gescheitert.

Eine Gruppe älterer Männer in Karohemden und Jeans spielte in einer Ecke des niedrigen Raumes Darts. Im Fernseher über der Bar lief ein NHL-Eishockeyspiel, der Ton war stumm geschaltet. Auf der kleinen Bühne an der hinteren Wand zupfte ein junger Mann eine Gitarre, und eine Platinblondine in kniehohen Stiefeln, engen Jeans und einem noch engeren Top sang einen alten Vince-Gill-Hit. Seth wand sich innerlich, während sie trällerte und der Typ scheinbar wahllos Akkorde klimperte.

»Seth?«

Er hob den Kopf. »Hey.«

Annie stand neben seinem Stuhl. Sein Blick huschte zu dem jugendlichen Mädchen an ihrer Seite. Ein paar Zentimeter größer als Annie, mit rotblonden Locken und dunklen Augen, die ihn mit unverhohlener Neugier anstarrten.

»Das ist meine Tochter Hannah.« In Annies Stimme lag eine Wärme, die er bislang noch nicht bei ihr gehört hatte.

»Freut mich, dich kennenzulernen.« Er streckte eine Hand aus, und das Mädchen ergriff sie grinsend.

»Sag Grandpa Duncan, er soll in die Gänge kommen«, meinte Annie zu ihr.

»Klar.« Sie warf noch einen raschen Blick auf Seth, bevor sie hinüber zu den Dartspielern ging und einen Mann mit vollem weißem Haar ansprach.

»Duncan, mein Stiefdad, spielt hier jeden Donnerstagabend Darts. Bis er seine Grauer-Star-Operation gehabt hat, soll er nach Einbruch der Dunkelheit nicht Auto fahren.« Annie spielte mit dem Riemen ihrer Handtasche. »Mom passt auf die Kinder meiner Schwester auf, daher hole ich ihn ab.«

kel. »Wenn dein Sohn zu Besuch kommt, während du hier bist, wird Mom ihn auch zum Essen einladen wollen. Sie liebt es, Leute zu bekochen.«

»Dylan ist ganz mit seinem Studium beschäftigt.« Seth vergrub eine Hand in der Tasche seiner Jeans und legte die Finger um seine Autoschlüssel, bis sich das Metall in seine Handfläche bohrte.

»Es ist gut, dass er sich aufs College konzentriert. Hannah sollte mehr übers College und ihre Zukunft nachdenken.« Ihre Miene verriet Anspannung, als sie hinüber zu ihrer Tochter sah, die mit einem hingerissenen Gesichtsausdruck am Rand der Bühne stand. »Ich muss Duncan nach Hause bringen, und wenn ich Hannah nicht von hier wegschleife, wird sie für den Rest des Abends dieser Musik zuhören wollen. Aber sie hat morgen Schule. Ich stecke dir Moms Adresse unter der Tür von Jakes Wohnung durch. Sie und Duncan wohnen drei Straßen weiter von der Bäckerei, hinter der katholischen Kirche. Ihr Haus ist leicht zu finden.«

»Die katholische Kirche?« Nach dem, was er bis jetzt gesehen hatte, gab es in Irish Falls eine Vielzahl von Kirchen, die meisten davon historisch.

»Die mit den Heiligenstatuen davor.« Sie schenkte ihm ein leichtes Lächeln.

»Danke.« Seine Hände wurden feucht. Er konnte keine Gefühle für Annie haben. Er hatte sie erst gestern kennengelernt. Außerdem war er nicht am richtigen Punkt in seinem Leben, um Gefühle für irgendeine Frau zu haben, schon gar nicht für eine, die hier lebte.

Irish Falls und alles, was dazugehörte, waren nur vorübergehend. »Ich wusste ja nichts von Jakes Beerdigung, aber wo wurde er denn beigesetzt? Ich würde ihm gern die letzte Ehre erweisen.«

»Natürlich.« Annies Gesicht rötete sich. »Ich werde dich hinbringen. Wie wär's morgen Nachmittag? Ich komme um zwei von der Arbeit. Der Friedhof liegt ein paar Meilen außerhalb der Stadt.«

»Ich will dir keine Umstände machen. Ich bin sicher, ich finde selbst hin, wenn du mir die richtige Richtung zeigst. Mein Navi funktioniert ganz gut.« Außerdem würde er, wenn er seine Zeit mit ihr begrenzte, auch dieses Kribbeln der Anziehung unter Kontrolle bekommen.

»In dieser Gegend hier wird es das nicht.« Ein Anflug von Belustigung schwang in ihrer Stimme mit. »Du könntest dich mitten in einem kleinen Fluss oder auf halbem Weg einen Berg hinauf wiederfinden.« Die Röte ihres Gesichts vertiefte sich, und sie räusperte sich. »Es macht keine Umstände. Jetzt, wo der Schnee geschmolzen ist, will ich selbst hinausfahren und ein bisschen Ordnung schaffen und … du weißt schon … den Friedhof besuchen. Mein Dad und meine Großmutter sind auch dort begraben. Ich habe wegen eines Grabsteins für Jake noch nichts unternommen. Ich dachte, darum würdest du dich lieber selbst kümmern wollen.«

»Natürlich.« Er starrte auf seine Füße. Die Rituale des Todes waren vertraut und fremd zugleich, vor allem für einen Mann, an den er sich kaum erinnerte.

»Dann sehen wir uns morgen.« Die Anteilnahme in Annies Ton gab ihm das Gefühl, als würde er sie seit Jahren kennen. »Und viel Glück mit der Show. Wir werden alle zuhören.« Sie berührte seinen Arm, und dann, mit einem kleinen Wink, war sie verschwunden. Ein frischer blumiger Duft wehte ihr hinterher und überlagerte den schalen Gaststättengeruch.

Die blonde Sängerin schwang ihre kurvigen Hüften und piepste einen hohen Ton heraus. Der Gitarrist sah zu Seth, hob die sandblonden Augenbrauen und zuckte die Schultern.

Unter dem Schutz der Musik stieß Seth ein Lachen aus. Er hatte die Sache mit seinem Sohn vermasselt, und auch wenn es nicht seine Schuld war, war auch seine Karriere hinüber, und seine kreative Muse war derzeit verschollen. Aber selbst wenn er kurzfristig am Boden lag, war er mit Sicherheit nicht k. o.

Er schlüpfte in seine Jacke und drückte die Schultern durch. Niemand, nicht einmal Dylan, würde je den wahren Grund erfahren müssen, warum er entschieden hatte, erst einmal in Irish Falls zu bleiben. Jakes Sender war in einem erstaunlich guten Zustand. Seth musste niemandem etwas beweisen, aber ihn für eine Weile zu betreiben, war vielleicht genau das, was er brauchte. Wenn irgendjemand in L. A. je fragen sollte, dann war es eine Geschäftsgelegenheit. Und wenn er irgendwann in die Stadt der Engel zurückkehrte, würde er seinen Namen reingewaschen und wieder Respekt vor sich selbst und, was am wichtigsten war, von seinem Sohn gewonnen haben.

»Seth hat auf jeden Fall eine sexy Stimme.« Tara neigte den Kopf zu dem Radio, das auf einem Regal in der Küche der Bäckerei stand, und schnitt in einem gleichmäßigen Rhythmus den gekühlten Keksteig in Scheiben. »Die Art Stimme, zu der man gern jeden Morgen aufwachen würde.« Sie zwinkerte Annie zu. »Auf einem Kissen neben sich.«

»Hör schon auf.« Annies Magen rumorte, und sie warf einen Blick auf Holly, die Ehefrau ihres Bruders Brendan, die auf der anderen Seite des großen Tisches Scones machte.

Sie musste nur so tun, als wäre es ein ganz gewöhnlicher Morgen und die Show mit Seth nichts anderes als das, was sie mit Steve oder sogar Jake gewesen war. Kein Grund zur Aufregung. Spätestens bis zum Montag würde sie sich etwas besser an Seth' Stimme, warm wie heiße Schokoladensoße auf kaltem Vanilleeis, und das Gefühl, das sie in ihr auslöste, gewöhnt haben.

»Kein Grund, ihr den Mund zu verbieten, wenn du mich fragst, Süße«, warf Holly ein. »Tara hat recht. Seth Taggart ist genau das, was diese Morgen-Show braucht. Und sein Gesicht und sein Körper passen auch zu dieser Stimme. Gestern Abend beim Yoga wurde gemunkelt, Lisa Drysdale hätte Hitzewallungen gekriegt, als sie ihm in der Obst- und Gemüseabteilung in Nolan's Lebensmittelladen über den Weg gelaufen ist. Ich kann auf jeden Fall verstehen, warum.« Holly grinste und fächelte sich mit einem Topflappen Luft zu.

»Sagt niemand Geringeres als die Frau, die seit fast

fünfundzwanzig Jahren mit meinem großen Bruder verheiratet ist.« Annie trat an die Spüle und ließ kaltes Wasser über ihre mehlbestäubten Hände laufen. »Brendan sollte besser nicht mitbekommen, wie du redest. Er ist vorn im Laden und überprüft eine Lieferung.«

Hollys kehliges Lachen perlte hervor. »Brendan hat keinen Grund zur Besorgnis. Wie guter Wein ist er mit dem Alter nur noch besser geworden.« Sie warf den Teig mit einer geschickten Bewegung auf die bemehlte Arbeitsfläche. »Auch wenn er in letzter Zeit eher zu einer Art Silberfuchs wird, ist er noch immer mein heißer Rotschopf, und das weiß er auch.«

»Wir haben doch gar keine Ahnung, wie lange Seth hierbleiben wird. Wir dürfen uns nicht daran gewöhnen, dass er die Show macht«, warf Annie ein. Sie holte zitternd Luft. Es wäre allzu leicht, sich an ihn zu gewöhnen, und niemand in Irish Falls, der einmal zu Seth aufgewacht war, würde je wieder zu Steve aufwachen wollen. Ihre Finger kribbelten, als sie sie an einem Küchenhandtuch abtrocknete. Selbst wenn er von etwas so Gewöhnlichem wie dem Wetter redete, berührte Seth' Stimme sie tief und gab ihr das Gefühl, als wären seine Worte allein für sie bestimmt.

»Wir müssen ihn zum Bleiben überreden.« Tara schob ein Blech Kekse in einen der Bäckereiöfen und stellte die Zeitschaltuhr.

Annie holte die Zutaten für das Dattel-Walnuss-Brot, Quinn's Freitagsspecial, aus dem Schrank. Abgesehen von den Spezialitäten des Tages änderte sich ihre Morgenroutine, tröstlich und vorhersehbar, nie. »Warum sollte ein Typ wie Seth an einem Ort wie Irish Falls bleiben wollen? Er ist ein Überflieger. Seht euch doch nur seine Kleidung an und diesen neuen Truck, der hinter dem Haus parkt.«

Aber es war mehr als das, was von außen zu sehen war. Selbst nach dem wenigen, was Annie über ihn wusste, strahlte Seth' Haltung Großstadt und nicht Kleinstadt aus. Ob er die Malone Street hinunterging oder im Black Duck saß, es war offensichtlich, dass er nicht in diese Gegend gehörte. Und das, noch bevor er den Mund aufmachte und dieser gedehnte Südstaatenakzent durchschimmerte und ihre Eingeweide in Pudding verwandelte.

»Seth ist nicht so erfolgreich, wie man glauben könnte.« Obwohl die drei allein in der Küche waren, dämpfte Holly ihre Stimme. »Als ich vom Yoga nach Hause gekommen bin, habe ich im Internet nachgesehen. Ich konnte nicht herausfinden, was genau passiert ist, aber es klingt, als ob irgendetwas mit einem Typen, mit dem er zusammengearbeitet hat, schiefgegangen wäre. Wie auch immer, obwohl es nicht Seth' Schuld war, hat er trotzdem einen großen Auftrag verloren und musste sein Geschäft schließen.«

»Das ist ja abscheulich.« Tara warf einen Blick auf Annie.

»Allerdings.« Holly legte die Stirn in Falten. »Ich weiß ja nicht, wie manche Leute nachts schlafen können. Bis vor einem Monat hatte Seth keine Ahnung, was los war.

Ich nehme an, sein Geschäftspartner hat ihn seit einer Ewigkeit betrogen.«

»Vor einem Monat?« Ungefähr zu der Zeit hatte Jake sein Testament aktualisiert. Annies Herz hämmerte, und Adrenalin schoss durch ihre Adern.

»So stand es in dem Artikel.« Hollys Blick aus den braunen Augen wurde sanfter. »Wenn das stimmt, dann braucht Seth eine Auszeit.«

Annie wandte sich ab und sah aus dem Fenster über dem Tresen. Die Zweige des Wunschbaums wiegten sich in der Frühlingsbrise, und Sonnenlicht tänzelte auf seinen neuen grünen Knospen. Jake hatte ihr oder den anderen gegenüber nie etwas von Seth erwähnt, aber er musste ihn aus der Ferne im Auge behalten haben.

»Wir sollten besser nichts sagen. Seth würde nicht wollen, dass die Leute über ihn reden.« Taras Stimme holte Annie mit einem Ruck in die Wirklichkeit zurück.

»Natürlich nicht.« Vielleicht war die Aktualisierung des Testaments ein Zufall. Oder vielleicht auch nicht. »Aber Holly wird vermutlich nicht die Einzige in der Stadt sein, die ihn googelt.« Wenn Hannahs destruktives Kätzchen nicht ihr Internet lahmgelegt hätte, dann hätte Annie es gestern Abend auch getan, als sie wach gelegen und über diese Traurigkeit in seinen Augen nachgegrübelt hatte, die ihr im Black Duck aufgefallen war. Ganz zu schweigen von diesem unerwarteten Kribbeln in ihren Fingerspitzen, als sie seinen Arm berührt hatte, um ihm viel Glück für die Show zu wünschen.

»Seth spielt Musikwünsche.« Hollys Stimme übertönte das Radio, und sie steckte ein paar vorwitzige braune Strähnen zurück unter ihr Haarnetz. »Schscht.«

»Holly, dieser Song ist für dich von Brendan, weil du immer die Liebe seines Lebens sein wirst.« Seth' melodische Stimme flutete in die plötzliche Stille der Küche, und Annie stockte der Atem. »Es ist ein Oldie, aber immer noch ein Goodie. John Michael Montgomery, ›I Love the Way You Love Me‹.«

»Oh, ooh, er ... Brendan ...«, kreischte Holly. »Das ist unser Song. Wir haben auf unserer Hochzeit den ersten Tanz dazu getanzt.«

»Wer hätte gedacht, dass mein Bruder so romantisch sein kann?« Tara schnappte sich einen Löffel und wiegte sich im Takt der Musik.

Annie hackte Walnüsse, und ihre Hand legte sich fester um den Griff des Messers. Es war romantisch. Wie musste es sein, jemanden zu haben, der einen genug liebte, um es vor der ganzen Stadt zu verkünden? Jemanden zu haben, der einen noch immer genauso liebte wie damals, als man achtzehn war, selbst nach vier Kindern, einer Hypothek und allen Höhen und Tiefen des Lebens?

Sie warf einen Blick auf Holly, die mit verzückter Miene auf das Radio starrte. Dann auf Tara, die die Augen geschlossen hatte, während sie sich zur Musik wiegte. Beide glaubten an ein Happy End – Holly, weil sie es noch immer hatte, und Tara, weil sie es früher gehabt hatte und die Erinnerungen auf ewig in ihrem Herzen bewahren würde. Annie schüttete die Walnüsse in eine Schüssel und riss eine Packung Datteln auf. Seth hatte so aufrichtig geklungen, als er von Liebe gesprochen hatte. Was war zwischen ihm und seiner Ex-Frau vorgefallen? Und warum hatte er seinen Sohn allein großgezogen?

Der Song endete, und ein Signalton kündigte die Nachrichten an. Es war schon acht, und sie hinkten mit ihrem Zeitplan hinterher. »Habt ihr zwei heute noch vor zu arbeiten? Der Kuchen für diese vierzigjährige Jubiläumsparty wird sich nicht selbst glasieren.« Annies Stimme klang schärfer als beabsichtigt, daher zwang sie sich zu einem Lächeln.

Tara lächelte zurück und warf den Löffel in die Spüle. »Das ist so süß. Ich wünschte …« Ihre Stimme stockte, und Schuldgefühle durchzuckten Annie. »Holly kann sich glücklich schätzen.«

»Ja, das kann sie allerdings.« Und diese ganze Süße und Glückseligkeit sorgten dafür, dass Annie sich völlig verkrampfte. Holly war nicht nur ihre Schwägerin, sie war wie eine Schwester. Und Brendan half ihr, Annie, mindestens einmal die Woche bei irgendetwas in Nana Gerrys altem Haus. Ihr Logenplatz bei der glücklichen Ehe der beiden hatte sie bislang nie gestört.

»Ich habe hier frische Zimtbrötchen für den Sender. Annie, bringst du sie hoch?« Holly schob ein Körbchen über den Tresen in ihre Richtung. »Freitag ist dein Tag.«

»Kannst du das nicht übernehmen … oder Tara?« Seth' Stimme hatte sie für den Morgen genug aus der Fassung gebracht. Sie musste den Mann nicht auch noch sehen.

Holly schenkte ihr ein freches Grinsen. »Nein. Sobald

ich mit den Scones fertig bin, will ich Brendan vorn im Laden helfen. Nach diesem Song muss ich meinem Ehemann unbedingt zeigen, wie sehr ich ihn liebe. Vielleicht kann er früher Schluss machen. Der Mann fängt jeden Morgen um vier mit der Arbeit an und steht um drei auf. Ich glaube, er braucht ein bisschen Erholung und Entspannung, meint ihr nicht auch?«

»Bitte keine weiteren Details. Das ist mein Bruder, von dem du da redest.« Annie verzog das Gesicht. »Tara?«

»Ich kann diese Kekse nicht allein lassen.« Tara schnitt noch einen Keksteig in Scheiben und wich Annies Blick aus.

»Aber …« Annie brach ab. Sie durfte sich vor ihrer Schwester oder Holly nicht anmerken lassen, wie – oder warum – Seth sie aufgewühlt hatte. »Na schön. Ich geh ja schon.« Sie band die Schürze los, nahm ihr Haarnetz ab und strich sich die Haare glatt.

»Du siehst wunderschön aus.« Taras Stimme war sanft.

»Ich gehe nur kurz nach oben.« Annie nahm das Körbchen, das mit einer blau karierten Serviette zugedeckt war.

Tara drückte Annie mit einem Arm an sich. »Es ist nicht anders als früher, als Jake und dann Steve oben bei diesem Sender waren, oder?« Ihr Kichern war viel zu selbstgefällig. »Geh schon, Annie-Bella.« Ihr Blick begegnete Annies über die duftenden Zimtbrötchen hinweg. »Du musst nur diese Treppe hochgehen.« Der Ton ihrer Schwester war liebevoll.

Tara hatte recht, nur dass Annie wenig später, als sie

Seth durch das vertraute Studiofenster betrachtete, eine Hand auf ihre flatternde Magengegend presste. Er trug ein langärmeliges schwarzes Henleyhemd, und sein Kiefer war dunkel von Bartstoppeln. Mit konzentrierter Miene saß er hinter einem der Mikrofone, die Kopfhörer über den Ohren.

»Der nächste Song ist für Annie Quinn und ihre Familie.« Seine Stimme drang durch die Overhead-Lautsprecher. »Ich will mich bei ihnen dafür bedanken, was sie für meinen Onkel, Jake Kerrigan, getan haben. Er war ein guter Mann, und ich weiß, dass er vielen von Ihnen ein Freund war.« Seth' Stimme brach, und er zögerte einen Sekundenbruchteil. »Es ist eine klassische Alabama-Melodie, die ich auf einer Playlist von Jake gefunden habe und die zu dem passt, was ich fühle.«

Die beschwörenden Klänge von »Angels Among Us«, einem Song, den Jake oft auf seiner Gibson gespielt hatte, verschmolzen mit dem Text, den Annie auswendig kannte.

Sie konnte den Blick nicht von Seth losreißen. Als ob er ihre Augen auf sich spürte, sah er auf und erhob sich halb von seinem Platz, um ihr ein Lächeln zuzuwerfen, das ebenso süß wie zärtlich war.

»Danke«, hauchte sie durch die Glasscheibe.

»Gern geschehen«, hauchte er zurück.

Sie trat einen Schritt auf die geschlossene Studiotür zu. Dolly lag zusammengerollt auf dem Teppich davor, der Inbegriff eines friedlichen, glücklichen Hundes. Sie konnte nicht dort hineingehen. Seth war live auf Sendung. Sie stellte das Körbchen mit den Zimtbrötchen auf einen Aktenschrank und zeigte darauf, bevor sie sich zurückzog.

Seth sah sie noch immer durch die Scheibe an, während die Musik bald lauter, bald leiser wurde, wie ein unsichtbarer Faden, der sie beide miteinander verband. Sie presste sich die Hände ans Gesicht. Egal, wie sehr sie es sich vielleicht wünschte, sie konnte sich nicht vormachen, dass dieser Morgen so wie jeder andere war. Solange Seth die Show machte, würde ein Morgen unter der Woche nie wieder so wie jeder andere sein.

Annie ging zur Tür hinaus und die hölzerne Treppe hinunter zur Bäckerei. Es nützte nichts, etwas zu wollen, was sie sich nicht gestatten konnte. Nicht einmal, wenn es groß und sexy war und eine so heiße Stimme hatte, die selbst ihre eisige Entschlossenheit zum Schmelzen bringen konnte. Annie hatte alles, was sie bereute, tief in sich vergraben, und sie hatte nicht die Absicht, es jetzt wieder auszubuddeln.

Kapitel 5

Seth stieß mit der Stiefelspitze gegen den Haufen frischer schwarzer Erde. Ein kleines Holzkreuz mit Jakes Namen steckte am Ende der Grabstelle gegenüber.

Der Friedhof lag drei Meilen außerhalb von Irish Falls. Ein paar baumgesäumte Schotterstraßen, die für ihn alle gleich aussahen, führten dorthin. Er bezweifelte, dass er ihn ohne Annies Hilfe gefunden hätte. Sie stand mit dem Rücken zu ihm vor einem Grabstein ein paar Reihen weiter. Sie trug denselben blauen Dufflecoat wie schon am Abend zuvor, und ihr helles Haar schimmerte in der winterlichen Nachmittagssonne.

»Ich bin's, Seth.« Wieder sah er auf den Erdhaufen. Er war hier, um seinem Onkel die letzte Ehre zu erweisen, nicht um über den Sinn des Lebens nachzugrübeln. Der Wind pfiff durch die kahlen Zweige der Bäume, und Seth fröstelte und steckte die Hände in die Jackentaschen. »Ich habe im Lauf der Jahre oft an dich gedacht.« Seine Kehle schnürte sich zu. »Dabei habe ich mich gefragt, warum ich dich nie wiedergesehen habe.«

Ihre letzte Begegnung war bei der Beerdigung seiner Mom gewesen. Jake hatte ganz hinten in der Kirche gesessen. In seiner schwarzen Jeans und dem schwarzen Anzughemd mit der silbernen Knopfleiste war er unter den ganzen anderen Trauergästen in ihren konservativen Anzügen und Kleidern aufgefallen.

Anschließend hatte er Seth in einer bärenhaften Umarmung an sich gedrückt und geflüstert: »Pass auf dich auf, kleiner Mann. Und versprich mir, dass du weiterhin singen wirst. Musik kann ein mächtiger Trost sein. Sie wird dir durch schwere Zeiten hindurchhelfen, wenn kaum sonst was es tun wird.«

Dann hatte seine Großmutter Seth von Jake weggezogen. Ihre blauen Augen waren eisig gewesen, und auch wenn Seth ihre Worte nicht genau gehört hatte, war ihr Ton unmissverständlich gewesen. Und Jake hatte nie wieder beim Haus seiner Großeltern vorbeigeschaut. In den Jahren danach hatte Seth sich manchmal gefragt, ob er ihn sich vielleicht nur eingebildet hatte. Seine Großeltern sprachen nie von Jake, zumindest nicht in seiner Hörweite, und es war, als hätte er nie existiert.

Jetzt kauerte Seth sich neben den Erdhügel. »Du hattest recht, Onkel Jake«, murmelte er. »Musik *war* ein Trost. Aber weißt du …« Er nahm zitternd einen Atemzug kalter Luft. »Ich habe ein paar Fehler gemacht. Ich will sie wiedergutmachen, doch ich weiß nicht, wie.«

In dem Baum neben Jakes Grab stieß eine Krähe einen Schrei aus, ein heiseres Krächzen, das Seth durch Mark und Bein ging.

»Ich habe heute Morgen deine Show gemacht. Ich wollte, dass du stolz auf mich sein kannst.« Er hob zwei kleine weiße Steine auf und stapelte sie übereinander. »Danke, dass du mir deine Gibson vermacht hast. Ich werde gut darauf achtgeben. Ich habe Gitarre spielen gelernt, als ich vierzehn war.«

Und seine Großmutter hatte es gehasst. Seth' Mund verzog sich zu einem schiefen Lächeln. Trotz der Klavierstunden, auf die sie bestanden hatte, war die Gitarre das Instrument, das er liebte. »Als ich siebzehn war, habe ich mich einmal heimlich in einen Club geschlichen, um dich spielen zu hören. Du warst gut.« Mehr als gut, aber das hatte Seth erst viel später erkannt. »Ich wollte nach dem Set mit dir reden, aber ich wusste nicht, was ich sagen sollte oder ob du dich überhaupt an mich erinnern würdest.«

Seth war mit Freunden dort gewesen, und er hatte vor den anderen Typen nicht wie ein Idiot dastehen wollen. Dann hatte ihn das Leben in Beschlag genommen, und er hatte nie wieder versucht, Jake zu kontaktieren. Jetzt war es zu spät.

»Wenn ich gewusst hätte, dass du krank warst, hätte ich dich besucht.« Er fand einen dritten Stein, noch kleiner, und legte ihn vorsichtig auf die anderen beiden. »Nach dem, was Annie mir erzählt hat, weiß ich, dass du das nicht wolltest, aber ich wäre gern für dich da gewesen. So, wie du für Mom und mich da warst, als sie krank wurde und du für ein paar Monate bei uns gewohnt hast.« Davor war Jake immer mal für kurze Zeit in ihrem Leben aufgetaucht, ein fast phantomartiges Wesen, abgesehen von einer Jeansjacke, die an einem Haken im Schrank seiner Mom hing, und einem gerahmten Foto, das sie auf ihrer Kommode stehen hatte.

»Weißt du noch, wie du Mom und mich in dem Jahr, in dem es geschneit hat, zu Weihnachten besucht hast? Wir haben den größten Schneemann gebaut, den ich je gesehen hatte. Er war größer als ich.« Seine Mom und Jake hatten gelacht und Seth auch. Es war einer der seltenen Momente in seiner Kindheit gewesen, in denen er sich glücklich, rundum geliebt und unbeschwert gefühlt hatte – so leicht wie die Schneeflocken, die die dunklen Haare seiner Mom bestäubt hatten und in Jakes Bart geschmolzen waren.

»Ich habe dich vermisst, nachdem du gegangen warst.« Seine Großeltern waren betagt gewesen und hatten zurückgezogen gelebt, und es gab keine Cousins oder Cousinen, keine Tanten oder Onkel, die sie an Thanksgiving oder Weihnachten besucht hätten.

»Ich kann nicht für dich bleiben, kleiner Mann. Ich hoffe, du wirst den Grund verstehen, wenn du älter bist, aber falls du je meine Hilfe brauchst, werde ich da sein.« Diese letzten Worte, die Jake ihm ins Ohr geflüstert hatte, waren mit der Zeit verschwommen, und Seth hatte sie fast vergessen. Er starrte auf den Erdhaufen. Er hätte Blumen mitbringen sollen. Oder, so, wie er Jake in Erinnerung hatte, vielleicht eine Flasche von Jack Daniel's bestem Tennessee-Whiskey, nur dass das die braven Leute von Irish Falls schockiert hätte.

»Na, wie kommt ihr zwei voran?«, hörte er auf einmal Annies Stimme hinter sich.

Seth schnellte herum und rappelte sich hoch. »Zwei?«

»Du und Jake.« Sie wies mit einem Nicken zu dem Grab. »Ich bin sicher, er kann dich hören. Ich rede ständig mit meinem Dad und Nana Gerry.«

»Aber sie können keine Antwort geben.« Seth hatte nie groß über ein Leben nach dem Tod nachgedacht. Er wusste nur, dass Leute verschwanden. Wenn nicht durch den Tod, so wie seine Mom und seine Großeltern, dann gingen sie aus irgendeinem anderen Grund, so wie seine Ex-Frau und jetzt sein Sohn.

»Das heißt aber nicht, dass sie nicht immer in meinem Herzen wären. Jake ist es auch, zusammen mit Taras Ehemann. Er liegt bei seiner Familie, dort drüben neben diesem großen Butternussbaum.« Ihre Stimme bebte.

Seth sah in die Richtung, in die sie zeigte. »Das tut mir leid.« Seine Kehle schnürte sich zu. »Es ist hart.«

Annies Kinn bebte. »Adam war bei den Marines. Wir sind alle zusammen auf die Highschool gegangen. Er starb vor achtzehn Monaten bei einem Einsatz im Nahen Osten. Tara hat eine schwere Zeit durchgemacht. Sie kam hierher zurück, nachdem …« Annie brach ab und räusperte sich. »Sie redet nicht gern über ihn. Ich hätte nichts gesagt, aber da du zum Essen kommst, dachte ich, du solltest es wissen.« Sie starrte auf den Erdhaufen.

»Danke, dass du es mir gesagt hast.« Seth schluckte und stellte sich neben sie. »Ich verstehe, warum du hierherkommst. Du hast viele geliebte Menschen an diesem Ort.«

Sie zog die Schultern hoch. »Zu viele, aber es ist friedlich. Und es ist ein guter Ort zum Nachdenken. Ich habe viele Probleme gelöst, während ich auf der Bank dort saß.« Sie wies mit einem Nicken zu einer Holzbank unter einem anderen Baum. »Jake war kein Kirchgänger, aber er sagte, dass er sich Gott hier näher fühlte als irgendwo sonst.« Sie bückte sich, um ein paar Zweige aufzuheben, und schenkte Seth ein zögerndes Lächeln. »Da er keine Familie hatte, von der wir wussten, haben wir ihn in unserem Familiengrab beigesetzt.«

»Das hätte ihm gefallen.« Seth' Augen brannten, und ein schmerzliches Gefühl von Verlust setzte sich dicht bei seinem Herzen fest. Wenn seine Mom doch nur an einem stillen Ort wie diesem hätte beigesetzt werden können statt unter einem marmornen Familienmonument auf einem Friedhof, auf dem die Gräber in penibel gepflegten Reihen angelegt waren und starre Klassenunterschiede im Tod so aufrechterhalten wurden wie zuvor im Leben.

»Dieser Friedhof ist mehr oder weniger eine Erweiterung von Irish Falls. Falls man eine Begräbnisstätte als freundlich bezeichnen kann, dann ist es diese hier.« Ihr Lächeln schwand, und während sie die Zweige mit ein paar abgestorbenen Gräsern zusammensteckte, furchte sie konzentriert die Stirn.

»Was tust du da?« Er neigte den Kopf, um genauer hinzusehen.

»Ich bastele eine Gitarre.« Sie lehnte die Zweige behutsam gegen die Steine, die er übereinandergestapelt hatte. »Der Schnee, der gestern fiel, ist geschmolzen, aber es sieht so aus, als ob du für Jake einen Schneemann gebaut hast. Ohne Gitarre ist er nicht vollständig.« Sie fügte den Stiel eines braunen Blattes als Gurt hinzu.

»Wie hast du das erraten?« Er zwang sich zu einem Lachen, denn der Moment und ihr unerwartetes Verständnis waren zu intim.

»Mir ist aufgefallen, wie du Jakes Gibson angesehen hast.« Ihr Mund verzog sich zu einem entzückenden Lächeln. »Bei deinem nächsten Besuch hier solltest du sie mitbringen und ihm etwas vorsingen. Du hast eine tolle Radiostimme, und mein Bruder … er hat gesagt …« Sie brach ab, und ihre Wangen röteten sich.

»Brendan hat mich dabei ertappt, wie ich heute vor der Show bei ein paar Melodien mitgesungen habe.« Er grinste sie an, die Anspannung war gebrochen. »Heute Morgen um fünf dachte ich, ich wäre allein im Studio, aber dann hat er mir Kaffee und einen Donut gebracht, und wir sind ins Gespräch gekommen.«

»Er hat gesagt, du seist gut genug für einen Plattenvertrag.« Annie grinste zurück. »Ich sollte dich warnen, er hat es erwähnt, während ungefähr ein halbes Dutzend Leute in der Bäckerei waren, darunter der Priester von St. Patrick's und ein paar Baptisten. Wundere dich nicht, wenn alle Geistlichen der Stadt dich bitten, ihren Chören beizutreten.«

Seth zog eine Augenbraue hoch. »Du machst Witze, oder?«

»Nein.« Lachen schwang in Annies Stimme mit. »Männer, die singen können, sind in der Gegend hier dünn gesät.«

»Ich habe in keinem Kirchenchor mehr gesungen, seit ich zwölf war.« Seth schenkte ihr ein ironisches Lächeln. »Das Schwänzen des Chors war damals eine der wenigen Möglichkeiten, die ich hatte, um gegen meine Großmutter zu rebellieren.«

»Sie muss völlig anders gewesen sein als Nana Gerry.« Annie tätschelte den steinernen Schneemann sanft und stand auf. »Ich wollte im Chor singen, weil sie es getan hat. Ich war gern in ihrer Nähe.«

»Du hattest Glück.« Seth richtete sich ebenfalls auf. Wäre für ihn alles anders gekommen, wenn er eine Nana Gerry in seinem Leben gehabt hätte? Oder eine große, liebevolle Familie wie die Quinns? »Meine Mom starb, als ich sieben war. Mein Dad ist nie auf der Bildfläche erschienen, daher haben die Eltern meiner Mom mich zu sich genommen. Sie haben mir zwar alles gegeben, was ich brauchte, aber sie waren nicht das, was man warmherzig nennen würde.« Sein Körper fühlte sich auf einmal kalt an, und ein flaues Gefühl machte sich in seiner Magengrube breit. Eine Privatschule und Urlaube in Key West waren kein Ausgleich für den Verlust dessen gewesen, was am wichtigsten war – bedingungslose Liebe.

Die Zärtlichkeit in Annies Blick gab ihm fast den

Rest, dann streckte sie eine warme Hand aus, um seine zu ergreifen. »Es klingt, als hättest du in deinem Leben auch einen Haufen Verluste erlitten.«

»Ja.« Seth schüttelte die Erde von seinen Stiefeln, während der Druck ihrer Hand seine Seele versengte. Annie meinte es nur gut, aber er durfte sie – oder irgendjemanden sonst – nicht in die eiserne Festung seines Herzens lassen. »Sieht aus, als ob es bald wieder regnen wird.« Er zeigte zu dem metallisch grauen Himmel hoch.

»Wie du im Wetterbericht gesagt hast.« Annie ließ seine Hand los und wandte sich ab. »Aprilschauer und das alles.« Ihr Ton war distanziert. »In der nächstgrößeren Stadt gibt es eine Werkstatt für Grabdenkmäler. Ich kann dir die Nummer des Besitzers geben, wenn du mit ihm über einen Stein für Jake reden willst.«

»Das wäre gut.« Seth warf noch einen Blick auf den Erdhaufen.

Er hatte sich unhöflich dieser Frau gegenüber verhalten, die nichts als freundlich zu ihm gewesen war, und das hätte Jake nicht gefallen. Seine Mom hätte ihn dafür auch zurechtgewiesen. »Ich rede nie über meine Kindheit, aber ich hätte meinen Zorn darüber nicht an dir auslassen sollen.«

»Schon gut.« Annies Stimme wurde sanfter. »Jakes Grab zu sehen, muss hart sein. Wir alle haben Zeug, über das wir nie reden – Zeug, über das wir auch nicht nachdenken wollen.«

Seine Ex-Frau hatte es »Gepäck« genannt, und er stellte es sich als einen großen alten Koffer vor, den er mit sich herumzerrte, aber nie öffnete. In den vergangenen sechs Wochen war dieser Koffer sogar noch schwerer geworden. »Ja, na ja.« Er räusperte sich. »Wir sollten in die Stadt zurückfahren.«

»Natürlich.« Auf dem Weg zu seinem Truck trat Annie an seine Seite. »Die halbe Stadt hat vorhin in der Bäckerei angerufen. Nachdem sie heute Morgen deine Show gehört haben, wollen sie alle, dass du bleibst.«

Seth' Eingeweide rumorten. Egal, wie sehr er es versuchte, er konnte keine Songs mehr schreiben, so wie früher, und er hatte auch nichts anderes zu tun, aber das wusste Annie nicht. Er holte einmal scharf Luft. »Ich habe entschieden, dass ich den Sender nicht verkaufe, jedenfalls nicht gleich.« Er öffnete ihr die Beifahrertür des Trucks, und Dolly sprang auf sie zu, den Schwanz im Propeller-Modus.

»Du bleibst die sechs Monate?« Ihre klaren blauen Augen begegneten seinen, und der Ausdruck in ihnen war wie ein Schlag in die Magengrube. Irgendwie musste sie herausgefunden haben, was in L. A. passiert war.

»Ja.« Und im Moment fühlten sich sechs Monate wie eine Ewigkeit an. »Ich will nicht, dass Jakes Unternehmen scheitert.« Seth schluckte hart.

Sie atmete aus. »Das ist eine gute Neuigkeit. Nehme ich an.« Sie sah ihn nicht an, während sie in den Truck kletterte.

Er schloss die Tür, bevor er zur Fahrerseite ging, um einzusteigen. »Ich …« Er setzte sich hinters Lenkrad. »Danke.«

»Wofür?« Sie schnallte sich an, und dann rieb sie die Hände aneinander.

»Dafür, dass du nicht …« Er starrte auf die Regentropfen, die die Windschutzscheibe sprenkelten, und Schweiß rann zwischen seinen Schulterblättern hinunter.

»Irish Falls ist eine Kleinstadt, und die Leute reden, aber deine Angelegenheiten sind deine Privatsache.« Ihre Stimme war sanft. »Du bist jetzt ein Teil dieser Gemeinde, und wir kümmern uns umeinander. Jake war beliebt, deshalb stehen viele Leute hier hinter dir. Du bist nicht nur ein Teil meiner Familie, du bist auch ein Teil der Stadtfamilie.«

Familie. Obwohl das Wort einen vertrauten Schmerz mit sich brachte, lag auch eine neue Wärme darin. »Ich weiß nicht, was ich sagen soll.« Seine verkrampften Muskeln entspannten sich, und sein Körper fühlte sich so leicht an wie schon seit Wochen nicht mehr.

Annie schenkte ihm ein freches Grinsen, und Seth verspürte ein plötzliches Flattern in der Brust. »Du musst nichts sagen, aber nicht zu wissen, was er sagen soll, muss wirklich schwer für jemanden sein, der von jetzt an ständig im Radio quasseln wird.«

»Du bist nicht auf den Mund gefallen, weißt du das?« Es war ein Mund, den er gern besser kennenlernen würde. Seine Nackenhaare stellten sich auf, während er an dem Schlüssel herumfummelte, um den Truck anzulassen.

»Das sagt ja der Richtige. Ich habe heute Morgen deine Show gehört, schon vergessen?«, gab Annie neckend zurück. »Wirst du uns in die Stadt zurückfahren? Falls es dir noch nicht aufgefallen ist, Großstadttyp, in diesen Wolken steckt viel Regen, und die Straße neben diesem Friedhof grenzt an einen Fluss, der im Frühjahr oft Hochwasser führt.« Sie schlang einen Arm um Dolly, und ihre hinreißenden Haare fielen ihr ums Gesicht.

»Großstadttyp?« Seine Finger kribbelten, während er den Gang einlegte, die Scheibenwischer einschaltete und den Truck über den grasigen Weg zurück zur Hauptstraße lenkte – falls man eine Schotterpiste, gesäumt von einem Holzzaun und Wald, so nennen konnte.

»Du bist ein Großstadttyp in einem Großstadttruck, aber du bist Jakes Neffe, und dafür kriegst du Pluspunkte.« Ihr musikalisches Lachen perlte hervor und brachte ihn ebenfalls zum Lachen. »Wenn du am Sonntag zum Essen kommst, bring Jakes Gibson mit.«

»Warum?« Seth hielt den Blick auf die Straße geheftet, wo sich das Wasser bereits in Pfützen sammelte.

»Ich bin schon darauf gekommen, dass du spielst.« Sie schaltete das Radio ein, und Dean Brodys Stimme, die »Time« sang, wirbelte um sie herum. »Und meine Mom mag Musik.«

Regen trommelte gegen die Scheiben, und die kleine Fahrerkabine schützte sie wie ein Kokon vor dem Rest der Welt. Er lenkte den Truck um ein Schlagloch herum. »Ich bin kein Profi, aber das Spielen hilft mir, mich zu entspannen. Ich habe meine eigene Gitarre in der Wohnung.«

»Ich mag Musik auch.« Sie hielt einen Moment inne,

und ihr Atem stockte. »Musik ist etwas, das Jake und ich gemeinsam hatten. Mit meinen Schwestern teile ich das nicht.« Ihre Stimme klang zögernd. Als hätte sie ihm etwas Wichtiges gesagt, das sie vielleicht nicht oft preisgab.

»Es ist wichtig, etwas für sich selbst zu haben.« Musik hatte seine Seele oft gerettet, und vielleicht tat sie das noch immer. »Ich würde mich geehrt fühlen, für dich und deine Familie Jakes Gitarre zu spielen.«

Dolly schlug mit dem Schwanz auf Seth' Schenkel, und er nahm eine Hand vom Lenkrad, um ihre samtigen Ohren zu kraulen.

Als er nach Irish Falls gekommen war, hatte er erwartet, in ein paar Tagen wieder weg zu sein. Stattdessen hatten ihm in diesen wenigen Tagen, der Ort, seine Menschen und vor allem die Frau, die in diesem Moment neben ihm saß, ein Gefühl von Trost und Geborgenheit gegeben, das er nicht erwartet und von dem er nie gedacht hatte, dass er es brauchen würde.

Er hatte seinen Lebensunterhalt damit bestritten, Hits zu schreiben, aber irgendwann in dieser Zeit hatte er sich in dem Glanz und Glamour verloren und die Leute mit ihren Hoffnungen, Träumen und Sorgen vergessen. Leute, die diese Songs hörten – und die auch Jakes Show einschalteten.

Die Eigentumswohnung, in die er gezogen war, als Dylan aufs College gewechselt hatte, war ein Ort zum Schlafen, kein Zuhause. Mit zwei Anrufen – einem bei der Hausverwaltung und einem bei der Frau, die für ihn putzte – hatte er arrangiert, dass jemand regelmäßig nach der Wohnung sah und die Kleider und ein paar andere Dinge, die er brauchte, in Kartons verpackt und an ihn geschickt wurden.

Er war nicht zu Jakes Grab gekommen, um sich über den Sinn des Lebens klar zu werden. Aber vielleicht hatte ihm dieser Besuch, zusammen mit der Show, die er am Morgen gemacht hatte, dabei geholfen, sich darüber klar zu werden, wer er früher einmal gewesen war. Ein Typ, der sich selbst – oder Jake – nicht enttäuschen wollte. Und ein Typ, der niemals zulassen würde, dass sein Sohn ihm entglitt.

Am Sonntagabend nahm Annie in der Küche ihrer Mom Seth die vorgespülten Teller ab und räumte sie in die Spülmaschine. Sie hatte ihn nicht mögen wollen. Alles an ihm – von seinen Stiefeln über den Truck bis hin zu seinem geschliffenen Lächeln und seinem leichten Geplauder – erinnerte sie an den Mann, an den sie nicht erinnert werden wollte. Aber je mehr Zeit sie mit Seth verbrachte, desto mehr Dinge fielen ihr auf, die sie an ihm mochte. Und desto mehr wurde alles, was sie über sich selbst und ihre Wünsche zu wissen glaubte, auf den Kopf gestellt und umgekrempelt.

Er respektierte ihre Mom und ihren Stiefdad. Er verstand sich gut mit ihrem Bruder und ihren Schwestern, und er hatte sich an dem üblichen Kartenspiel vor dem Essen mit Hannah, ihrer Nichte und ihren Neffen beteiligt, als täte er es seit Jahren. Beim Tischgebet vor dem

Sonntagsessen hatte er den Kopf geneigt, und er hatte die Bierkrugsammlung bewundert, die der ganze Stolz ihres Stiefdads war.

Und dann war da noch die Art, wie er mit Hannah geredet hatte. Seth' beiläufige Bemerkungen über die Musikbranche hatten dafür gesorgt, dass sich die Augen ihrer Tochter weiteten, und deutlicher, als Annie es je hätte sagen können, hatte er ihr klargemacht, warum sie weiterhin zur Schule gehen musste.

Seth trocknete sich die Hände an einem Handtuch ab. »Es ist lange her, seit ich zuletzt ein selbst gekochtes Sonntagsessen genossen habe. Ich wusste gar nicht, dass die Leute noch immer Sonntagsessen mit Brathähnchen und Apfelkuchen und allem haben.«

»In Irish Falls schon.« Annie schaltete die Spülmaschine ein und entfernte sich ein paar Schritte von ihm. Diese ganze Situation war viel zu gemütlich und heimelig. Und es war auch kein Zufall, dass Tara, nachdem Brendan, Holly und die Jungen gegangen waren, alle anderen ins Wohnzimmer scheuchte, um noch ein bisschen Karten zu spielen, und sie und Seth allein in der Küche ließ, um fertig aufzuräumen.

»Deine Familie ist sehr gastfreundlich. Ich mag sie.« Seth' Stimme hatte diesen sanften, intimen Ton, der sich um ihr Herz legte und es fest zusammendrückte.

»Sie mögen dich auch«, erwiderte Annie, während sie aus dem Küchenfenster zu dem Baumhaus im Garten sah, das ihr Dad in dem großen Ahorn für sie und ihre Schwestern gebaut hatte. Der starke Regen hatte seit zwei Tagen kaum nachgelassen. Wasser sammelte sich am Fuß des Baumes und lief in einem immer reißenderen Strom die Auffahrt hinunter. »Was du zu Hannah gesagt hast, war toll. Auf mich hört sie nicht, aber vielleicht wird sie deine Worte ernst nehmen.«

»Seit wann hören Teenager denn auf ihre Eltern?« Seth schenkte ihr ein ironisches Lächeln. »Aber du bist zu Recht besorgt. Die Musikbranche *ist* hart. Wenn sie auf der Schule bleibt, wird Hannah unter anderem Disziplin lernen. Und die braucht man, damit man nicht gleich das Handtuch wirft, wenn es nicht so läuft, wie man will.«

Annie versteifte sich. Hatte sie vor all den Jahren das Handtuch geworfen? Nein, damals hatte sie keine andere Wahl gehabt. Sie war schwanger gewesen, und Todd hatte das Baby nicht gewollt. *Nur dass meine Entscheidungen seitdem immer von Angst geprägt sind und ich es nie wieder mit der Musik versucht habe.* Da war wieder diese verhaltene innere Stimme, lauter und beharrlicher diesmal. Könnte ein Neuanfang in ihrem Leben vielleicht auch heißen, etwas mit ihrer Musik zu machen?

»Mom rechnet fest damit, dass du heute Abend ein bisschen für uns spielst.« Sie setzte ein fröhliches Lächeln auf. »Sie vermisst Jakes Musik fast ebenso sehr wie ihn selbst.«

»Ich fürchte, da wird sie eine Enttäuschung erleben.« Seth wich einen Schritt zurück, um Annie an der Küchentür den Vortritt zu lassen. »Verglichen mit ihm bin ich ein Amateur.« Er nahm den Gitarrenkoffer, den er in der Diele abgestellt hatte, und strich mit den Fingern über das abgenutzte Leder. »Aber ich werde mein Bestes versuchen.«

Eine halbe Stunde später legte Seth die Gitarre beiseite, und Annie presste sich eine Hand an die Brust. Er war ebenso wenig ein Amateur, wie Jake einer gewesen war. Er spielte vielleicht nur vor ihrer Familie, aber er war ein vollendeter Entertainer und hatte eine großartige Stimme. Er hatte sogar Duncan dazu gebracht, mitzuklatschen, und ihr Stiefdad hatte nicht die kleinste musikalische Ader in seinem Körper.

»Es ist ein solches Vergnügen, dich diese ganzen alten Songs spielen zu hören.« Die Wangen ihrer Mom röteten sich vor Freude, und ihre Augen glänzten. »Das erinnert mich an meine Highschooltage und auch an die Zeit, als meine Kinder klein waren. Wenn wir einen Babysitter kriegen konnten, sind mein erster Ehemann und ich samstagabends immer zum Tanzen ins Black Duck gegangen. Mick war solch ein wundervoller Tänzer.«

»Das ist so romantisch«, sagte Hannah, die mit Rowans beiden Kindern, einem Jungen und einem Mädchen, im Schneidersitz auf dem Boden saß. Sie legte die Hände aneinander. »Heutzutage wissen die Typen gar nicht mehr, wie man tanzt. Sie zappeln nur irgendwie rum und nennen es tanzen.«

Duncan knurrte und drückte auf einen Knopf an seinem Relaxsessel.

»Es *ist* romantisch«, sagte Annie. Was war denn bloß los mit Duncan? Er war Witwer gewesen, bevor er ihre

Mom geheiratet hatte, und sprach von seiner verstorbenen Frau mit der gleichen Wärme und Zuneigung wie ihre Mom von Annies Dad.

»Natürlich, jetzt kann ich ja nicht mehr tanzen, nicht mit meiner Hüfte.« Die Miene ihrer Mom war traurig.

»Das wirst du bald wieder«, sagte Annie, um einen aufmunternden Ton bemüht. »Der Arzt hat gesagt, du machst große Fortschritte, und deine Genesung verläuft so gut wie bei einer fünfzigjährigen Frau.«

»Nur dass ich keine fünfzigjährige Frau mehr bin.« Ihre Mom sah zu Duncan und biss sich auf die Lippe.

»Wenn ich wieder mal für euch spielen soll, lasst es mich wissen.« Seth erhob sich. »Das hilft mir, in Übung zu bleiben. Aber nächstes Mal müsst ihr alle mitmachen. Ich würde dich gern singen hören, Hannah. Und dich auch, Annie. Du hast erwähnt, du hättest früher in einem Kirchenchor gesungen.«

»Das tut sie noch immer, und sie …«

»… wird morgen früh nicht aus den Federn kommen und auch nicht um halb sechs in der Arbeit sein, wenn sie jetzt nicht in die Gänge kommt«, schnitt Annie Tara das Wort ab und hob ihre Handtasche auf, die neben dem Stuhl lag.

»Hannah?«

»Mom.« Hannah rollte mit den Augen.

»Du hast morgen Schule«, sagte Annie.

»Meine Kinder und ich auch.« Auf der anderen Seite des Wohnzimmers erhob sich Rowan aus dem Clubsessel, der ihrem Dad gehört hatte.

Hannah, ihr Cousin und ihre Cousine stöhnten einstimmig auf.

»Sollte bei euch nicht ein bisschen Ruhe einkehren, jetzt, wo das Schultheaterstück vorbei ist?« Annie musterte ihre Schwester.

Rowan war die jüngste der drei Schwestern und arbeitete als Lehrerin einer fünften Klasse an der örtlichen Schule.

»Schön wär's.« Rowans Lachen hatte einen bitteren Unterton. »Ich habe mich breitschlagen lassen, bei der Organisation des Kostümfests zu helfen, und ich habe auch ein bisschen private Nachhilfe außerhalb der Schule übernommen. Irgendjemand muss ja das Essen auf den Tisch stellen.«

Und dieser Jemand würde nicht Rowans Ex-Mann sein. Annie verbiss sich eine Bemerkung und sah zu ihrer Mom, die die Augenbrauen besorgt zusammengezogen hatte.

»Und ich muss morgen früh eine Radioshow machen.« Seth' Lächeln war auf Annies Mom gerichtet. »Es war mir ein Vergnügen, Maureen, Duncan.« Er bezog Annies Stiefdad mit ein. »Danke für eure Gastfreundschaft.«

»Das Vergnügen war ganz unsererseits.« Duncan lächelte. »Jake war ein guter Mann. Das sind große Fußstapfen, in die du da trittst.«

»Das ist mir bewusst.« Seth nahm den Gitarrenkoffer in die Hand. »Aber ich hoffe, die Leute werden mich irgendwann als den respektieren, der ich bin, nicht nur als Jakes Neffen.« Als er sich an Annie wandte, veränderte sich sein Lächeln. Die Wärme war noch immer da, aber sie wurde von irgendetwas Dunklerem, Sinnlicherem überschattet. »Und mir nicht vorhalten, ein Großstadttyp zu sein.«

Annie versuchte zurückzulächeln, während ihr Magen einen Purzelbaum schlug. Als sie in Hannahs Alter gewesen war, hatte sie ihr Leben bereits genau geplant. Sie würde es als Sängerin zu etwas bringen, und sie würde einen Großstadttypen finden, der ihr Ticket zu einer größeren und aufregenderen Welt als Irish Falls sein würde. Den Typen hatte sie gefunden, aber dank ihm hatte sie ihre Gesangskarriere, ihre Collegeausbildung und einen Vater für Hannah verloren. Und dann, wie eine Brieftaube, war Annie wieder in genau der Kleinstadtwelt gelandet, von der sie aufgebrochen war.

Sie mochte Seth schon jetzt viel mehr, als gut für sie war. Ihn als diese Art Großstadttyp zu sehen, war ihre einzige Chance, um zu verhindern, dass sie ihn noch mehr mochte.

Kapitel 6

»Du siehst noch immer ziemlich mitgenommen aus, Kumpel.« Um kurz nach zwölf am nächsten Tag traf Brendan Seth vor der Studiotür und reichte ihm einen schwarzen Kaffee. »Wenn man das frühe Aufstehen nicht gewohnt ist, kann es wirklich die Hölle sein, vor allem montags. Aber es wird leichter, ich schwör's.«

Seth nahm einen Schluck von dem dampfenden Getränk. »Verglichen damit, wann du morgens anfängst, ist halb fünf spät.« Er war es definitiv nicht gewohnt, um halb fünf aufzustehen, zumal er nicht hatte schlafen können. An diesem Tag wollte er nur noch die Show hinter sich bringen, die Tür zu Jakes Wohnung schließen und aus der Stadt verschwinden. Nur dass er Letzteres nicht tun konnte, denn er und die halbe Stadt saßen auf einer Seite des überfluteten Black Duck River fest, und die Straße aus der Stadt heraus lag auf der anderen Seite und war ebenfalls überschwemmt.

»Ich kann ein paar Stunden für dich einspringen, wenn du willst.« Brendan beäugte ihn noch immer. »Wenn du die Nachmittags-Talkshow übernimmst, sollten die anderen Jungs in der Lage sein, für das Vorabend- und Abendprogramm hereinzukommen.«

»Danke für das Angebot, aber du führst eine Bäckerei. Du bist kein Radiomoderator.« Seth stellte den Kaffeebecher ab und starrte durch eines der Fenster hinaus in den strömenden Regen.

»Und du schon?« Brendan zog fragend eine rotblonde Augenbraue hoch. »Ich werde dich nur noch besser dastehen lassen, hm? Obwohl … Ich habe damals auf der Highschool ein bisschen Radio gemacht. Jake hat mir die Grundlagen gezeigt. Ich bin schon früher am Mikrofon eingesprungen, wenn der Sender unterbesetzt war, und niemand hat sich beklagt.« Er schenkte Seth eine männliche Version von Annies Lächeln. »Jedenfalls nicht sehr.«

»Hört bei diesem Wetter denn überhaupt jemand zu?« Seth war heute über sechs Stunden auf Sendung gewesen, und mehr als einmal hatte er sich gefragt, ob er Selbstgespräche führte.

»Zu solchen Zeiten hören die Leute das örtliche Radio erst recht. Außerhalb der Stadt ist der Strom ausgefallen, und dieser Sender ist wie eine Rettungsleine. In der Bäckerei kommen sie vorläufig ohne mich klar. Sieh zu, dass du ein bisschen Schlaf bekommst. Du siehst aus, als ob du ihn gebrauchen könntest. Ich werde Dolly hierbehalten, damit sie dich nicht weckt. Sie hängt schon jetzt ziemlich an dir.«

Als würde er nicht auch schon an dem Mischling hängen. »Danke.« Er gab Brendan ein Daumen-hoch-Zeichen. »Ich bin dir was schuldig.«

»Nein, bist du nicht.« Brendans Lächeln wurde breiter. »Meine Frau hört mich gern im Radio. Dann wird sie richtig liebevoll. Sie hat mich hier hochgeschickt, damit ich dir aushelfe. Du tust *mir* einen Gefallen.«

»Reib's mir ruhig unter die Nase, ja? Ich bin Single, schon vergessen?« Seth schlug Brendan auf die Schulter. »Spätestens um drei bin ich wieder da, es sei denn, wir rutschen vorher in den Irish Falls ab.« Das schien durchaus möglich, angesichts des Schlammflusses hinter dem Sender und des Regens, der unablässig gegen die Scheiben trommelte.

Er ging den kurzen Flur hinunter und öffnete die Tür zu Jakes Wohnung. Seine Brust schnürte sich zu. Rechts neben dem Sofa stand die Kiefernkommode noch immer so da, wie er sie zurückgelassen hatte, die untere Schublade halb aufgezogen. Und Jakes Brief lag noch immer auf dem Tisch in der Essecke. Er biss sich auf die Lippe, während er in der kleinen Diele stand und von einem Fuß auf den anderen trat.

»Seth?« Annies Stimme drang von der halb offenen Tür zu ihm, und er riss den Kopf herum. »Ich bringe dir etwas zu essen. Du warst stundenlang auf Sendung, da musst du doch einen Riesenhunger haben.«

Seth machte einen Schritt auf sie zu und nahm das Tablett entgegen, das sie ihm hinhielt. »Danke, ich …«

»Was ist los?« Annie warf einen Blick auf ihn, schloss die Tür und trat in die Wohnung. »Schlechte Neuigkeiten von deinem Sohn?«

»Nein.« Denn Dylan redete nicht mit ihm. »Es geht

ihm gut.« Es musste ihm gut gehen. Irgendjemand hätte Seth angerufen, wenn es nicht so wäre. Er stellte das Tablett mit einem dumpfen Rums auf dem Tisch in der Essecke ab.

»Was ist es denn dann?« Annie zog einen Stuhl zurück und drückte Seth darauf.

»Nichts.« Nur dass die Welt, kaum dass er angefangen hatte, die Dinge auf die Reihe zu kriegen, schon wieder auf ihn eingestürzt war.

»Ja, na klar. Ich lebe mit einem Teeniemädchen zusammen. Ich weiß, wenn mich jemand anlügt.« Annie nahm den Deckel von einem Schälchen, und ein köstlich riechender Dampf stieg auf. »Ich habe meine Sattmacher-Hühnersuppe mit Klößen gemacht. Du willst vielleicht nicht reden, aber essen musst du trotzdem.«

»Du hast in der Bäckerei doch bestimmt alle Hände voll zu tun.« Obwohl erst Tara, dann Holly und schließlich Brendan hochgekommen waren, hatte er Annie vermisst – auch wenn er lieber nicht darüber nachdenken wollte, warum.

»Gerade ist etwas Ruhe eingekehrt, aber vorhin standen die Leute bis auf die Straße Schlange.« Sie schob einen Teller mit ein paar dick geschnittenen Scheiben Sodabrot neben das Schälchen mit duftender Suppe. »Gott sei Dank leben Tara und meine Mom auf dieser Seite der Stadt, sodass sie hereinkommen konnten. Da Rowans Schule geschlossen ist, ist sie auch zur Verstärkung hier. Ich habe sogar Hannah angerufen, damit sie kommt und mithilft, nachdem ihr Schulbus nicht fuhr.«

Seth nahm einen Löffel Suppe, und die warme Brühe besänftigte seine Kehle, die wund von Emotionen war, aber auch von all den Stunden, die er auf Sendung gewesen war.

»Also, abgesehen von dem, was manche Leute die Jahrhundertflut nennen, was ist zwischen gestern Abend und heute Morgen passiert?« Annie setzte sich ihm gegenüber an den Tisch. Anstelle einer Quinn's-Schürze und ihres Haarnetzes trug sie Jeans und einen blauen Pullover, und das Haar fiel ihr in lockeren Wellen über die Schultern – ein gesundes, frisch geschrubbtes Aussehen, das für ihn unerwartet anziehend war.

»Wie kommst du darauf, dass irgendetwas passiert ist? Ich habe die Show gemacht, oder nicht?« Er zuckte zusammen, als der Wind an dem Gebäude rüttelte.

»Du bist ein Profi, Großstadttyp. Genau wie Jake. Er wäre stolz auf dich.« Die Zärtlichkeit in Annies Lächeln griff Seth ans Herz.

Er warf seinen Löffel scheppernd hin, und Suppe spritzte auf den Tisch. »Ihr glaubt alle, dass Jake so perfekt war, aber das war er nicht.«

»Ich verstehe nicht.« Annies Lächeln schwand. »Er hat ein paar schwere Zeiten durchgemacht, bevor er hierherkam. Vielleicht hat er Dinge getan, auf die er nicht stolz war, aber …«

»Das hat er mit Sicherheit.« Seth schob das Suppenschälchen von sich und griff nach Jakes Brief, der neben dem Tablett lag. »Gestern Abend, als ich nach Hause kam, habe ich die Schubladen dieser Kommode dort drüben durchgesehen, für die du mir den Schlüssel gegeben hast. Die oberste war voll mit Musikzeug. Songs, die er geschrieben hat, und Informationen von Clubs, in denen er gespielt haben muss. In der mittleren waren Kontoauszüge und Rechnungen. Aber die unterste Schublade …« Er atmete scharf aus. »Neben einem Haufen Fotos von mir als Kind habe ich das hier gefunden.« Er schwenkte ein einzelnes weißes Blatt Papier vor Annies Gesicht. »Das muss er geschrieben haben, kurz bevor er ins Krankenhaus kam.«

Annie knetete die Hände. »Er lag im Sterben, und vielleicht …«

»Nimm ihn nicht in Schutz.« Er spie die Worte aus, denn was Seth in diesem Brief gelesen hatte, sorgte dafür, dass er selbst am liebsten sterben würde, nur dass er dem verlogenen Dreckskerl diese Befriedigung nicht verschaffen würde. »Lies es.« Er warf den Brief auf den Tisch.

Annie nahm ihn in die Hand und fuhr mit der Fingerspitze über das schwere Papier. »Das ist privat.«

»Nicht mehr. Na los. Lies es.« Seth schluckte die Wut hinunter, die ihm die Kehle hochstieg und ihn zu ersticken drohte. Es war nicht Annies Schuld. Sie hatte ihm lediglich den Schlüssel gegeben, um etwas aufzuschließen, was er vielleicht besser nicht erfahren hätte. Die Wut richtete sich gegen Jake und sogar gegen ihn selbst. Tief in seinem Innern hatte er die Wahrheit vielleicht immer gewusst, aber er hatte die Augen davor verschlossen.

Als Annie von dem Brief aufsah, trafen der Schock und die Traurigkeit in ihren Augen Seth wie ein Schlag in die Magengrube. »Ich schwöre, das habe ich nicht gewusst. Keiner von uns hat es gewusst. Dass du nicht … dass du sein …«

»Ich bin Jakes Sohn, nicht sein Neffe.« Seine Stimme brach, zusammen mit seinem Herzen. »Ich habe dir erzählt, mein Dad wäre nicht auf der Bildfläche erschienen. Die Wahrheit ist, ich habe ihn nie kennengelernt. Meine Mom hat ihn nicht erwähnt, und ich war zu jung, um viele Fragen zu stellen. Als ich älter wurde, habe ich meine Großeltern nach ihm gefragt, aber falls sie etwas wussten, haben sie es mir jedenfalls nicht gesagt. Da war immer diese riesige Lücke in meinem Leben, als ob ein Teil von mir fehlte.« Er versuchte, seinen keuchenden Atem zu beruhigen.

»Deine Mom … sie hat nicht … auf deiner Geburtsurkunde?« Annie griff nach Seth' Hand und legte ihre Finger um seine.

»Auf meiner Geburtsurkunde ist niemand eingetragen. Nirgendwo steht was.« Da war nichts bis auf diese große, schmerzliche Leere, wo sein Dad hätte sein sollen. »Vielleicht dachte meine Mom, sie würde noch mehr Zeit haben und es mir irgendwann sagen, aber das hat sie nie getan. Und ihre Eltern waren ihre einzigen Angehörigen.«

»Es tut mir so leid.« Ihre Hand lag warm auf seiner, und er war froh, dass sie nichts weiter sagte.

»Wie konnte Jake das tun? Nachdem meine Mom gestorben war, reiste er gleich nach der Beerdigung ab. Er sagte, er könne nicht bleiben, und dass ich es verstehen würde, wenn ich älter wäre, aber er war mein Vater. Ich war sieben.«

Annies Griff um seine Hand verstärkte sich. »Ich kann mir das nicht vorstellen«, sagte sie mit belegter Stimme. »Du musst dich so verloren und allein gefühlt haben.«

Mehr, als er ihr oder irgendjemandem sonst je sagen könnte. Und ein Teil von ihm fühlte sich noch immer so wie dieser siebenjährige Junge in den schwarzen Cowboystiefeln. Die Stiefel waren das letzte Geburtstagsgeschenk seiner Mom gewesen, bevor sie ihn in einer großen, beängstigenden Welt ganz allein zurückgelassen hatte.

»In diesem Brief sagt Jake, dass er, nachdem er sein Leben wieder auf die Reihe gekriegt hatte, vielleicht um mich hätte kämpfen und auf einem Vaterschaftstest bestehen sollen, aber damals dachte er, Moms Eltern könnten mir ein gutes Zuhause bieten … etwas, das er mir eben nicht bieten konnte. Aber er hat es nicht mal versucht.« Und so hatte er Seth einer lieblosen Erziehung überlassen – der Art Erziehung, die er bei Dylan auf keinen Fall hatte wiederholen wollen. Sein Herz krampfte sich zusammen, als ein neuer Schmerz in ihm aufstieg, um sich mit dem alten zu vermischen.

»Stand deine Mom ihren Eltern nahe?«

»Nein. Sie hatte dieses sogenannte gute Zuhause verlassen, sobald sie achtzehn wurde. Sie und ihre Eltern müssen sich vor ihrem Tod ausgesöhnt haben – andernfalls hätte sie ihnen nicht die Vormundschaft für mich übertragen. Aber es gab dort nicht viel Liebe für sie. Oder für mich.«

Seine Augen brannten, und er zerkrümelte ein Stück Brot und versuchte, es zu essen. Diese Art von Schmerz ging über Wut und oberflächliche Verletztheit hinaus, sie reichte bis tief in seine Knochen und war zu einem Teil von dem geworden, der er war. »Mom hat gekellnert und in Clubs gesungen, weil sie nicht vom Geld ihrer Eltern leben wollte. Sie wehrte sich gegen das, was ihren Eltern für sie vorschwebte.«

Der Wind rüttelte wieder an dem Gebäude, aber Annie wandte den Blick nicht von ihm ab.

Seth rieb sich mit dem Rücken seiner freien Hand über die brennenden Augen. »Du und all deine Verwandten waren für ihn wie eine Familie. Dabei hatte er die ganze Zeit seine eigene Familie. Mich. Dylan. Er hat sich nicht einmal bemüht, seinen Enkel kennenzulernen.«

Annie löste ihre Finger von seinen, stand auf und kam um den Tisch, um sich neben ihn zu setzen. »Warum hat er nie etwas zu uns gesagt? Wenn er das getan hätte, dann hätte ich vielleicht …«

»Was? Versuchen können, es wieder einzurenken? Was hättest du denn gesagt?«

»Ich weiß nicht.« Ihre Augen blickten betrübt. »Der Jake, den ich gekannt habe, war nicht die Art von Mann, der sein Kind im Stich gelassen hätte. Ich hatte ihn ins Herz geschlossen. Ich habe ihm vertraut.« Ihre Stimme war ebenso rau wie seine. »Was hättest du denn zu ihm gesagt, wenn er wieder in dein Leben getreten wäre, als du ein Teenager warst? Oder wenn er jetzt hier wäre?«

»Ich weiß nicht.« Seth stützte den Kopf in die Hände. Im Augenblick wäre er mehr dazu geneigt, dem Typen mit der Faust ins Gesicht zu schlagen, als mit ihm zu reden.

»Er sagt, dass er deine Mom geliebt hat. Meinst du, das ist die Wahrheit?« Ihre Stimme war stockend, von Schmerz durchsetzt.

Seth hob den Kopf. »Ich war noch ein Kind, aber so, wie er sie angesehen hat … Ja, ich nehm's an, zumindest wird er es für Liebe gehalten haben. Und Mom, sie … Ich kann mich nicht erinnern, dass es außer Jake je irgendeinen anderen Mann in ihrem Leben gegeben hätte. Ich wusste, dass er nicht ihr Bruder war, weil sie keine Geschwister hatte. Ich dachte wohl, Jake hätte irgendetwas mit der Familie meines Dads zu tun.«

»Hat er sie sitzen gelassen, weil sie schwanger war?« Annie sackte auf ihrem Stuhl zusammen. »Wenn er das getan hat …« Ihre Stimme brach.

»Nicht dass ich wüsste. Jake schien immer da zu sein, wenn wir ihn brauchten. Bevor meine Großmutter auf der Bildfläche erschien, wohnte er sogar eine Zeit lang bei uns, nachdem Mom krank wurde.« Seth' Brust schnürte sich zu, und das Atmen fiel ihm auf einmal schwer. »Ich habe ein Foto gefunden. Es muss ungefähr aus der Zeit sein, als ich geboren wurde, denn es sieht aus, als ob es in einem Krankenhaus aufgenommen wurde, und es zeigt Jake, meine Mom und mich. Er hält mich auf dem Arm, in eine blaue Decke gewickelt, und sie sehen so glücklich zusammen aus … wie eine …«

»Wie eine Familie?« Annies Stimme war fast unhörbar.

»Ja.« Er sprach um den Kloß aus Schmerz und Wut in seiner Kehle herum. »Ich habe auch noch einen Haufen anderer Fotos von uns dreien zusammen gefunden. Jake kam und ging in unserem Leben, aber er kehrte immer wieder zurück.« Bis auf das letzte Mal, als er es nicht getan hatte.

»Nach dem wenigen, was Jake uns über sein Leben erzählt hat, war er hauptsächlich auf der Straße, bevor er hier gelandet ist. Er war nicht unbedingt ein Herumtreiber, aber nach allem, was er beiläufig erwähnte, hörte es sich so an, als hätte er viel getrunken, vielleicht sogar Drogen genommen.« Annie sah auf Seth' ungegessenes Essen. »In der Zeit, in der ich ihn kannte, war er nie ein Trinker. Er hat nicht mal an Weihnachten ein Glas Wein angerührt, aber zu meiner Mom hat er einmal gesagt, Irish Falls sei seine zweite Chance.« Sie atmete langsam aus. »Manchmal hatte er so einen traurigen, fast besiegten Blick in den Augen. Bestimmte Zeiten des Jahres waren hart für ihn, zum Beispiel Anfang Juli und Thanksgiving. In den meisten Jahren fuhr er dann für eine Woche weg und wollte später niemandem sagen, wo er gewesen war.«

»Meine Mom ist am Thanksgiving-Wochenende gestorben.« Seth' Zunge war schwer, sodass er Mühe hatte, die Worte zu formen. »Und mein Geburtstag ist kurz vor dem Unabhängigkeitstag. Meinst du …?« Er blinzelte.

»Ich weiß nicht, aber er hat trotzdem sein Kind verlassen. Egal, was für ein Schlamassel sein Leben war, wer tut so etwas?« Sie presste sich eine Hand auf den Bauch.

»Jemand, den ich nicht meinen Vater nennen will.« Seth' Stimme war tonlos.

Eine Träne kullerte Annie übers Gesicht. »Aber er muss viel Reue und Schuldgefühle gehabt haben. Warum hätte er sonst diesen Brief geschrieben, damit du ihn findest?«

»Zu wenig, zu spät.« Ein bitterer Geschmack bildete sich in Seth' Mund.

»Trotzdem, er muss dich irgendwann einmal gewollt und geliebt haben. Er hätte dich nicht all die Jahre aus der Ferne im Auge behalten, wenn es anders gewesen wäre.« Sie schluckte. »Ich weiß, es ist nicht viel, aber wenigstens hast du das.«

»Aber ich muss für den Rest meines Lebens mit einem Haufen Fragen leben, auf die ich niemals Antworten bekommen kann.« Er rieb sich mit einer Hand den Nacken.

»Ich will Jake nicht in Schutz nehmen, und ich weiß nicht, wie du dich damit fühlst, weil es nicht mir passiert ist. Aber wie es jetzt weitergeht, das liegt bei dir.« Die Wärme in Annies Stimme drang in sein gefrorenes Herz ein und taute einen Teil des Eises, das es umschlossen hatte, seit er Jakes Brief gelesen hatte. Und neben seiner Empörung gab die Entschlossenheit in ihrem Gesicht Seth Hoffnung.

»Du wirst doch niemandem sagen, dass er mein Dad war, oder? Ich brauche etwas Zeit, um das alles zu verdauen.« Angefangen mit einem tiefen Gefühl nicht nur von Verwirrung, sondern auch von Verrat.

»Kein Wort.« Sie tätschelte seinen Unterarm in einer tröstlichen Geste.

»Danke.« Das Wort war ein verlegenes Krächzen, wie bei einem Jungen im Stimmbruch.

»Keine Ursache. Ich nehme an, du brauchst jetzt ein bisschen Privatsphäre, daher werde ich besser gehen. Aber versprich mir, dass du diese Suppe aufwärmen und essen wirst.« Als Annie ihren Stuhl zurückschob und sich erhob, war ihr Lächeln stärkender als das selbst gekochte Essen. »Es klingt, als ob der Regen nachlässt, das heißt, die Rettungsteams werden bald wieder in der Bäckerei sein, um Koffein und Zucker zu tanken. Ich bin mit den meisten Jungs verwandt, daher weiß ich, wie sie ticken.«

Seth stand auf und schenkte ihr ein halbes Lächeln. Jake hätte zu Grabe getragen werden können, ohne dass Seth je irgendetwas erfahren hätte, aber stattdessen hatte Jake ihm sowohl den Sender als auch seine Vaterschaft hinterlassen. Und Annie hatte recht. Es lag bei ihm, was er mit diesen beiden Dingen tun wollte. »Du bist ein großer Teil dieser Stadt, stimmt's?«

»Die ganzen Stunden, die du heute im Radio warst, machen dich auch zu einem großen Teil von Irish Falls.«

Sie schloss den kleinen Abstand zwischen ihnen und legte die Arme um ihn.

Ohne zu überlegen, erwiderte Seth ihre Umarmung. Sie war weich und warm und roch nach Ingwerkeksen. Ihr Kopf passte genau unter sein Kinn, und die weiche Wolle ihres Pullovers streifte seine Unterarme unter den hochgekrempelten Hemdsärmeln.

Sie wich zurück, und ein Anflug von Röte verfärbte ihre Wangen. »Wir haben heute länger geöffnet, wegen des Wetters. Gib uns Bescheid, wenn du irgendetwas brauchst. Holly macht später Pizza.«

Seth brauchte etwas, aber keine Pizza. Er blinzelte und machte den Mund auf, aber es kam nichts heraus. Gestern Nacht, während er sich auf Jakes unbequemer Matratze hin und her gewälzt hatte, war er drauf und dran gewesen, den Sender zu vergessen und Irish Falls zu verlassen, sobald das Wasser zurückging. Aber das konnte er nicht tun, denn dieser Ort enthielt einen Teil seiner Vergangenheit, und egal, was er von Jake hielt, er musste sich dieser Vergangenheit stellen, anstatt sie hinter sich herzuzerren.

Außerdem gab es in Irish Falls eine Frau, die ihn faszinierte und der er näherkommen wollte, selbst während die Vernunft ihn ermahnte, sich von ihr fernzuhalten.

Wie üblich hatte Annie zuerst gehandelt und dann nachgedacht. Selbst eine Woche später wand sie sich noch immer bei der Erinnerung an diesen Moment in Jakes

Wohnung, als sie Seth umarmt hatte, und wie richtig, wie sicher es sich angefühlt hatte.

Sie starrte aus dem Fenster der Bäckereiküche, und während sie das Geschirr abwusch, summte sie den Song, an dem sie am Abend zuvor gearbeitet hatte. Sie hatte zu viel freie Zeit. Das war der einzige Grund, weshalb sie so viel an Seth dachte. Und jetzt, wo sie wusste, warum sie es tat, konnte sie damit aufhören. Für sie waren Musiker tabu – jetzt und für immer und ewig.

»Es ist auf jeden Fall ein schöner Tag dort draußen.«

Annie zuckte zusammen und brach mitten im Ton ab. »Mom.« Sie wandte sich vom Fenster ab, wo die Frühnachmittagssonne auf neu sprießenden Blättern tänzelte. Ein schelmischer Frühlingswind kräuselte die Geißblattbüsche, die den Weg zum Wasserfall säumten. »Du hast mich erschreckt.«

»Du wusstest doch, dass ich vorn im Laden war. Vielleicht hast du jemand anderen erwartet?« Die Miene ihrer Mom war fragend, während sie den Gehstock an einen der Tresen lehnte und sich auf einen dreibeinigen Holzhocker setzte.

»Natürlich nicht. Tara liefert den Kuchen für die Babyparty aus.« Annie trocknete eine abgespülte Rührschüssel mit einem Geschirrtuch ab und wich dem musternden Blick ihrer Mom aus. »Und Holly ist noch immer beim Zahnarzt, was der Grund ist, weshalb du dort draußen sein und Kunden bedienen solltest.«

»In den letzten zwanzig Minuten waren keine Kunden da, und ich habe nicht von Tara oder Holly geredet.«

Ihre Mom sah sie bedeutungsvoll an. »Ich habe gehört, Seth verbringt viel Zeit mit dir.«

»Ach ja? Er arbeitet oben. Jake hat auch viel Zeit mit mir verbracht.« Nur dass Jake nie dafür gesorgt hatte, dass ihr Herz schneller schlug und ihr Mund trocken wurde, oder dass er sie so angesehen hatte, wie Seth es tat. »Er hat Fragen zu Jakes Nachlass. Da ist viel Papierkram, den wir durchgehen müssen.«

»Davon bin ich überzeugt.« Der Tonfall ihrer Mom war trocken. »Aber du musst zugeben, dass er ein gut aussehender Mann ist.«

Annie trocknete einen Satz Messbecher ab. »Ich bin nicht auf der Suche nach einem Mann, egal ob gut aussehend oder nicht.« Zuerst musste sie ihr Leben auf die Reihe kriegen und herausfinden, was *sie* wollte.

Ihre Mom atmete aus, und in dem hellen Licht vom Fenster sah sie älter und so erschöpft aus, dass Annie schauderte. »Lass das Leben nicht an dir vorbeiziehen, Schatz. Du wolltest ja nie über Hannahs Vater reden, aber …«

»Todd ist kein Teil meines Lebens.« Das war alles, was ihre Mom wissen musste. Es war auch alles, was Hannah wissen musste.

»Warum willst du dann nie öfter als ein- oder zweimal mit jemandem ausgehen?« Der Mund ihrer Mom wurde verkniffen. »Ich werde nicht jünger, und ich will sehen, dass du sesshaft wirst.«

»Ich *bin* sesshaft. Dafür brauche ich keinen Mann.« Nach dem wenigen, was sie über Seth wusste, war er genau die Art Mann, der ihre Sesshaftigkeit erschüttern könnte. Annie presste die Kiefer zusammen. »Solltest du nicht zurück in den Laden gehen? Jemand könnte hereinkommen und …«

»Wenn jemand kommt, werden wir es hören. Dafür haben wir schließlich eine Glocke über der Tür.« Ihre Mom legte eine Hand auf Annies. »Es bereitet mir Sorgen, dass du allein bist.«

»Wie könnte ich mit unserer ganzen Familie denn je allein sein?« Sie zwang sich zu einem Lächeln. »Mein Leben ist gut, wirklich.« Und sie arbeitete daran, es noch besser zu machen. Sie hatte sich zu einem Töpferkurs im Gemeindezentrum angemeldet, und für den nächsten Herbst hatte sie einen Online-Collegelehrgang ins Auge gefasst.

»Gut genug?«

»Mom.« Annie zog ihre Hand zurück, und ihr Gesicht begann zu glühen. Ihre Mutter war schon immer viel zu scharfsichtig gewesen. »Du und Dad, ihr hattet die perfekte Ehe, und jetzt habt du und Duncan das auch. Du legst die Messlatte ziemlich hoch, das ist alles.«

»Die perfekte Ehe gibt es nicht.« Die Stimme ihrer Mom schwankte. »Dein Dad war mein Seelenverwandter, aber wir hatten trotzdem unsere Meinungsverschiedenheiten. Und jetzt Duncan … Es sieht vielleicht so aus …« Sie brach ab und zückte ein Taschentuch.

»Was ist denn?« Annie ließ das Geschirr stehen und kauerte sich neben den Hocker, auf dem ihre Mom saß. »Ich will ja nicht meine Nase in deine Angelegenheiten stecken, aber du scheinst in letzter Zeit nicht du selbst zu sein.«

»Ich habe beinahe genug Eisenteile in meinem Körper, um Duncans Werkstatt auszustatten. Natürlich bin ich nicht ich selbst.« Ihre Mom schluchzte, und sie fuhr sich mit einer Hand durch ihr silberweißes Haar.

»Ich weiß, dass deine gebrochene Hüfte dich zurückgeworfen hat, aber …«

»Mich zurückgeworfen?« Ihre Mom erhob sich, und der Hocker wackelte, bevor er mit einem Rums umkippte. »Sie hat mich zurückgeworfen, zu Boden gestreckt und mein ganzes Leben auf den Kopf gestellt.« Sie nahm sich eine Schürze aus einer Schublade und zog sie sich über den Kopf.

»Es war ein Unfall.« Annie nahm sich eine andere Schürze. Wenn ihre Mom backen wollte, würde sie ihr helfen. »Du bist ausgerutscht und …«

»Ich bin auf einem Bürgersteig ausgerutscht, auf dem ich gehe, seit ich ein Kind war. In dem einen Augenblick stand ich vor der Kirche und habe über ein neues Rezept für einen Hackbraten nachgedacht, und im nächsten lag ich flach auf dem Rücken, überzeugt, dass ich im Begriff war, vor meinen Schöpfer zu treten.« Sie riss eine Schranktür auf und nahm mit einem scheppernden Geräusch eine Rührschüssel heraus. »Ihr Mädchen habt hier drinnen alles umgestellt. Wo sind die Rosinen? Wie soll ich denn meinen Karottenkuchen backen, wenn ich nicht weiß, wo alles ist?«

»Die Rosinen sind hier.« Annie schob den Behälter

über den Tresen. Karottenkuchen war das persönliche Rezept ihrer Mom, und sie traute niemand anderem zu, ihn zu backen. »Die Ärztin kann sich nicht erklären, warum du dir die Hüfte gebrochen hast. Weißt du noch, was sie gesagt hat? Es ist einfach passiert.«

»Meinst du etwa, das macht es besser? Zu wissen, dass mir so etwas wieder passieren könnte …« Sie rieb sich mit einer Hand übers Gesicht.

»Was sagt denn Duncan?« Am besten war es, das Problem offen anzusprechen – oder zumindest das, wovon Annie glaubte, dass es das Problem sein könnte.

»Er sagt gar nichts.« Das Kinn ihrer Mom bebte. »Er redet kaum noch mit mir. Nachdem ich deinen Dad verloren hatte, hätte ich nie gedacht, dass ich noch einmal einen anderen Mann finden würde, um mein Leben mit ihm zu teilen, aber jetzt kenne ich Duncan überhaupt nicht mehr wieder.«

»Warum sagst du das?« Annies Atem beschleunigte sich. »Du bist doch erst seit ein paar Monaten im Ruhestand. Das ist eine große Veränderung. Jeder erzählt, dass es eine Weile dauert, sich an den Ruhestand zu gewöhnen.«

»Es ist mehr als das.« Ihre Mom maß mit einer unsicheren Hand Rosinen ab. »Duncan und ich haben nicht mehr in demselben Bett oder auch nur demselben Zimmer geschlafen, seit ich aus dem Krankenhaus zurück bin. Er sagt, dass er mich nicht stören oder mir wehtun will oder sonst irgendeinen Unsinn.«

»Ich bin sicher, er will dir einfach genug Zeit zum Heilen lassen.« Annie begann, Karotten, Walnüsse und

Gewürze zusammenzustellen. Ihr eigenes nicht vorhandenes Liebesleben war schon schlimm genug. Sie wollte nicht auch noch an das ihrer Mom denken.

»Ich muss dir keine Details erzählen.« Das Gesicht ihrer Mom rötete sich. »Aber wir haben früher so viel zusammen unternommen, sind zum Essen und ins Kino gegangen … Jetzt hingegen findet er ständig irgendwelche Ausflüchte. Den ganzen Winter über waren es seine Darts-Liga und Bowling. Zurzeit kann er es kaum erwarten, dass der Golfplatz trocknet und seine Softball-Liga wieder anfängt. Selbst wenn er zu Hause ist, lebt er praktisch in dieser Kellerwerkstatt.«

»Wie wär's, wenn ihr eine besondere Reise unternehmt? Eine Kreuzfahrt wäre toll. Ihr könntet von New York City aus starten, damit ihr nicht erst fliegen müsst. Und sobald ihr auf dem Schiff seid, könntet ihr zwei euch entspannen und etwas Zeit zusammen verbringen.« Annie tätschelte ihrer Mom den Rücken. »Eine lange Wohnmobiltour könnte noch immer zu anstrengend für dich sein, mit dem ganzen Fahren, aber …«

»Nein.« Ihre Mom schaufelte mit ruckartigen Bewegungen Mehl in die Rührschüssel. »Weißt du noch, wie gern Duncan früher gereist ist? Vor ein paar Wochen habe ich einen Haufen Informationen über Urlaubsorte mit Angelmöglichkeiten ausgedruckt, weil er gern angelt, aber ein paar Tage später habe ich sie unter den Werbeflyern in der Papiertonne gefunden. Ich glaube, er hat sie nicht einmal angesehen. Es muss an mir liegen. Er will nicht mehr mit mir zusammen sein.«

»Da täuschst du dich sicher. Duncan liebt dich.« Zumindest hoffte Annie, dass er es noch immer tat. »Ich bekomme doch mit, wie er dich ansieht. Und erinnerst du dich, wie gern er die Geschichte erzählt, wie ihr zwei euch kennengelernt habt? Wenn er nicht mit seinem Wagen liegen geblieben wäre, wäre er nie hier hereingekommen. Er hat dich gesehen, und dann hat er ein Stück von deinem Karottenkuchen gegessen, und das war's. Liebe auf den ersten Blick.« Trotz des bleiernen Gefühls in ihrem Magen zwang Annie sich zu einem fröhlichen, aufmunternden Ton.

»Diese Geschichte hat Duncan seit einer Ewigkeit nicht mehr erzählt.« Ihre Mom schniefte. »Und heutzutage sieht er mich auch kaum noch an. Es ist, als ob ich ein Teil der Einrichtung wäre. Er schenkt diesem schicken Relaxsessel mehr Aufmerksamkeit als mir.«

»Hast du mit einer Freundin oder einer deiner Schwestern darüber geredet? Oder sogar mit Tara und Rowan?« Annie starrte auf den Behälter mit braunem Zucker, ohne ihn zu sehen.

»Nein.« Ihre Mom machte ein Geräusch irgendwo zwischen einem Schluchzen und einem Schnauben. »Ich kann mit niemandem reden, schon gar nicht mit deinen Schwestern. Tara trauert noch immer um Adam, und Rowan ist viel zu wütend darüber, dass ihr Ehemann sie verlassen hat.«

Annie wurde schwer ums Herz. »Reden würde vielleicht helfen, und …«

»Genau wie du denkt doch jeder, dass Duncan und

ich die perfekte Ehe führen. Ich darf nicht zugeben, dass irgendetwas nicht stimmt. Es könnte sich herumsprechen, und er ist so ein stolzer Mann. Er würde es mir nie verzeihen, wenn ich unsere Privatangelegenheiten ausposaune.«

»Hey.« Annie legte die Arme um die bebenden Schultern ihrer Mutter. »Soll ich mit ihm reden? Vermutlich ist es nur ein Riesenmissverständnis.«

Das war der Grund, weshalb sie nach Hannahs Dad Beziehungen gemieden hatte. Sie brachten Komplikationen, die sie nicht brauchen konnte. Selbst wenn man jemanden fand, bei dem man sich sicher war, dass er »der Eine« war, änderten sich die Menschen – selbst Duncan, der einer der grundsolidesten Männer war, die sie je gekannt hatte.

Und dann Jake. Sie war überzeugt gewesen, sie hätte ihn gekannt, aber das hatte sie nicht. Ihr Magen rumorte. Vielleicht war er für Seth' Mom da gewesen, aber er hatte trotzdem seinen Sohn im Stich gelassen, so, wie Todd Hannah im Stich gelassen hatte. Der einzige Unterschied lag in den Details.

»Du darfst kein Wort zu Duncan sagen. Ich hätte den Mund halten und dich da nicht hineinziehen sollen. Du bist meine Tochter.« Sie schenkte Annie ein dünnes Lächeln.

»Ich hoffe, ich bin auch deine Freundin.« Annie nahm den leichten Rosenduft des Parfüms ihrer Mom wahr – den Duft, den sie immer mit ihrem Zuhause, mit Liebe und Geborgenheit in Verbindung brachte.

»Das bist du ja auch, aber …«

»Dann kann ich dir doch helfen. Und Tara und Rowan werden es auch tun. Selbst Brendan und Holly …«

»Du darfst zu niemandem etwas sagen.« Ihre Mom wich einen Schritt zurück. »Und du musst vergessen, dass ich diese Sache je erwähnt habe. Versprichst du mir das? Wenn irgendjemand mit Duncan redet, dann muss ich das sein.«

»Natürlich, ich verspreche es, aber bist du dir sicher?« Annies Brust schmerzte.

»Ich bin mir sicher.« Ihre Mom schenkte ihr ein angespanntes Lächeln. »Vielleicht liegt es ja tatsächlich am Ruhestand, wie du gesagt hast. Ich bin jetzt so viel zu Hause wie noch nie. Und Jakes Tod hat Duncan stark mitgenommen, auch wenn er das niemals zugeben würde. Es ist ja auch so bald nach meinem Unfall passiert. Weißt du, Seth könnte genau der Mensch sein, den Duncan jetzt braucht. An diesem Abend, an dem er zum Essen zu uns gekommen ist, war Duncan fast wieder so wie früher.«

Annie griff nach einem Schneidebrett und einem Schälmesser und nahm sich eine Handvoll Karotten. »Auch wenn Seth entschieden hat, den Sender nicht sofort zu verkaufen, wird er auf lange Sicht nicht bleiben. Ich möchte wetten, spätestens an Halloween wird er nicht mehr hier sein.«

»In sechs Monaten kann viel passieren.« Die Miene ihrer Mom hellte sich auf.

Viel, über das Annie nicht nachdenken wollte. »Warum

sollte er nicht nach L. A. zurückkehren? Dort ist schließlich sein Leben.« Es stand ihr nicht zu, ihre Nase in dieses Leben zu stecken, aber der Blick in Seth' Gesicht, als er ihr von Jakes Brief erzählte, hatte sich in ihren Kopf und ihr Herz eingebrannt. Er war nicht der Mann, für den sie ihn anfangs gehalten hatte, und genau wie sie hatte er einen Schmerz kennengelernt, der sein Leben verändert hatte.

Ihre Mom kramte in einem der Küchenschränke und wich Annies Blick aus. »Er könnte einen Grund finden, um zu bleiben. Jake ist geblieben. Warum sollte sein Sohn nicht dasselbe tun?«

»Was?« Annie ließ das Schälmesser fallen. »Woher weißt du …?«

»Seth ist das Ebenbild von Jake, als er jünger war.« Sie hielt Annies Blick entschlossen stand. »Er hat die gleichen Eigenheiten, das gleiche Gefühl für Musik, und er hat ein kleines herzförmiges Muttermal am inneren rechten Handgelenk, fast das gleiche, das Jake hatte. Das ist mir aufgefallen, als er für uns gespielt hat.«

Annie schüttelte den Kopf. »Ich kann nicht …«

»Du solltest dieses Geheimnis für dich behalten. Ich habe es niemandem sonst gegenüber erwähnt, und das werde ich auch nicht tun.«

»Seth will nicht, dass es irgendjemand erfährt.«

»Er hat es dir erzählt, habe ich recht?«

»Mom, bitte …« Annie brach ab, als die Glocke über der Bäckereitür bimmelte.

Ihre Mutter atmete tief aus. »Es ist gut, wenn du

dich schützt, aber vergiss nicht, auch glücklich zu sein, Annie-Bella.« Sie lächelte zärtlich, dann tätschelte sie Annies Arm und war verschwunden. Ihre Stimme schwebte aus dem Laden zu ihr zurück, als sie einen Kunden begrüßte.

Annies Augen brannten. Sie *war* glücklich. Oder zumindest war sie es gewesen, bevor Jake gestorben, Seth aufgetaucht war und alles – über wen und worüber sie nachdachte, ja, selbst die Geschichten, die sie in ihren Songs erzählte – sich verändert hatte.

Kapitel 7

»Du kennst dich aus mit einem Werkzeugkasten.« Brendan kletterte von der Leiter, die an der Rückwand von Annies Haus lehnte. »Danke für deine Hilfe.«

»Kein Problem.« Es war nicht so, dass Seth an diesem Samstagnachmittag irgendetwas anderes zu tun gehabt hätte. »Zimmereiarbeiten habe ich schon immer gern gemacht. Damals auf der Highschool habe ich manchmal dem Dad eines Freundes geholfen. Der Typ hatte eine Baufirma, aber er sagte immer, selbst wenn du der Boss bist, musst du dir die Hände schmutzig machen.«

Seth kletterte hinter Brendan von der Leiter und sprang auf eine geharkte Fläche, die im Sommer ein Garten sein musste. Er hatte nie verstanden, was die Leute meinten, wenn sie sagten, sie könnten den Frühling riechen. Jetzt verstand er es. Der Geruch lag im Wasser des Black Duck River, der unter der Brücke in der Ortsmitte hindurchrauschte, angeschwollen von geschmolzenem Schnee, der von den Hügeln heruntergekommen war. Er lag in dem winterbraunen Gras, wo zwischen dunklen, schlammigen Stellen grüne Triebe hervorlugten. Und er lag in der warmen Brise, die durch Annies Garten wehte und die Laken auf ihrer Wäscheleine flattern ließ.

»Nach dem, was ich dort oben gesehen habe, muss dieses Dach dringend neu geschindelt werden.« Seth atmete die frische Luft ein und reckte das Gesicht zur Sonne.

»Da hast du recht, aber Geld fällt nicht vom Himmel. Trotzdem, verglichen mit vielen anderen Leuten hatte unsere Familie Glück. Keiner von uns wurde überflutet.« Brendan warf Seth eine Wasserflasche zu, und Seth fing sie auf. »Meine Söhne und ich und noch ein paar andere Typen, mit denen ich Eishockey spiele, stellen einen Arbeitstrupp zusammen, um ein paar Leuten bei den Reparaturen zu helfen. Bist du dabei?«

»Na klar.« Seth' Brust schwoll. Brendan respektierte ihn, und er hatte ihn auch nie gefragt, was in L. A. passiert war – oder warum Seth sich entschieden hatte, in Irish Falls zu bleiben.

Seth schraubte den Deckel von seiner Wasserflasche und nahm einen großen Schluck. Das Haus war beschattet von großen Bäumen, aber auf dem Dach brannte die Sonne vom blauen Himmel herunter. Es war ein klareres Blau, als er es in L. A. oder im Süden gekannt hatte, und in der Luft lag ein würziger Kiefernduft. »Leben all deine Söhne hier in der Nähe?«

»Die beiden jüngeren, die du bei Mom und Duncan kennengelernt hast, gehen noch auf die Highschool, und die beiden älteren leben allein, doch nicht weit von hier. Einer ist Elektriker, auf der anderen Seite des Berges, und der andere ist in seinem zweiten Collegejahr am SUNY Adirondack.« Brendans Augen glänzten. »Ich bin richtig stolz auf meine Jungs. Sie sind fleißig und schlau, aber sie wissen, dass die Familie immer an erster Stelle kommt. Wenn sie bei irgendetwas helfen können, sind sie zur Stelle. Und sie erwarten auch keine Bezahlung dafür.«

»Du hast sie richtig erzogen.« Seth rieb sich mit einer Hand übers Gesicht. Er hatte auch versucht, Dylan richtig zu erziehen, aber irgendwie war alles schiefgegangen.

»Nicht nur ich.« Brendan lächelte bescheiden. »Ich habe die richtige Frau, die die Last mit mir teilt, und dazu den Großteil der Stadt. Kennst du diese Redensart: ›Man braucht ein ganzes Dorf, um ein Kind großzuziehen‹? Die Leute in Irish Falls beherzigen sie.«

Seth starrte auf Annies Garten, wo die Erde für die Frühjahrsbepflanzung umgegraben war. Er hatte nicht die richtige Frau gehabt oder sonst irgendeine Frau. Und er hatte auch kein Dorf gehabt. Es hatte immer nur ihn allein gegeben. Er hatte sein Bestes getan, aber es war nicht genug gewesen. »Ich habe auch einen Sohn. Dylan ist achtzehn. Er geht in New York City aufs College.«

»Steht ihr zwei euch nahe?« Brendan sammelte die Werkzeuge ein, die auf Annies Veranda verstreut lagen, und verstaute sie in seinem Werkzeugkasten.

»Früher schon.« Seth' Magen verknotete sich. »Aber jetzt … Er führt sein eigenes Leben.«

»Er wird zurückkommen.« In Brendans Lächeln lag ein verblüffendes Verständnis. »Manche Jungs müssen erst einmal zu sich selbst finden. Mein Ältester war so. Als er damals zu Hause auszog, redete er ständig mit Holly, aber mit mir eigentlich kaum. Es war, als müsste er lernen, diesen letzten Schritt zum Mannsein ohne mich zu tun.« Er zuckte die Schultern. »Meine Mom sagt, es geschieht alles zu Gottes Zeit.«

»Ich nehm's an.« Aber nach dem, was Seth von Gott in Erinnerung hatte, konnte es nichts schaden, wenn er sich selbst um sein Zeug kümmerte. Er rollte die Schultern und zuckte zusammen.

»Morgen wirst du richtig leiden.« Brendans Lächeln wurde breiter.

Er litt schon jetzt, aber das war es wert gewesen. Mit Brendan abzuhängen und in geselligem Schweigen zu arbeiten, hatte ihm einen Teil von sich zurückgegeben, von dem ihm gar nicht klar gewesen war, dass er ihn vermisste. »Wollen wir noch auf ein Bier und eine Runde Billard ins Black Duck?«

»Heute kann ich nicht, tut mir leid.« Nur dass Brendan nicht so aussah, als ob es ihm leidtäte. »Jetzt, wo die Kinder fast flügge sind, ist samstags mein Ausgehabend mit Holly.«

»Na klar.« Seth setzte sich auf die Verandastufe und zog die Arbeitsstiefel aus, die er sich von Brendan geliehen hatte. Es war nichts dabei. Er würde einfach wieder einen Abend auf dem Sofa vor Jakes altem Fernseher verbringen oder einen der Thriller lesen, die er im Bücherregal gefunden hatte.

Die Fliegentür hinter ihm ging quietschend auf, und

Annie kam heraus und lehnte sich gegen einen der Verandapfosten. »Ich kann zwar nicht sehen, was du dort oben auf meinem Dach angestellt hast, aber wenn Brendan dir Anerkennung zollt, musst du gut sein.«

Sein Herz setzte einen Takt aus. »Danke.«

»Ich hätte nie gedacht, dass du weißt, wie man mit einem Hammer umgeht.« Ihr Mund verzog sich zu einem Lächeln. »Beim Sender gibt es auch ein paar Dinge, die repariert werden müssen. Jake war ein guter Tischler, aber er hat lieber an besonderen Projekten gearbeitet, nicht an der schlichten Instandhaltung.« Sie steckte die Hände in die Vordertaschen ihrer Jeans.

»Ich helfe gern.« Wenigstens etwas, das er mit seinem alten Herrn nicht gemeinsam hatte. Seth versuchte, sich auf das Zuschnüren seiner Sneakers zu konzentrieren und nicht darauf, wie Annies eng anliegendes weißes T-Shirt die Kurven betonte, die im Allgemeinen von ihrer Quinn's-Schürze oder einem dicken Pullover verborgen wurden.

»Seth ist ein Profi.« Brendan griff nach seinem Werkzeugkasten. »Sehen wir uns morgen bei Mom?« Sein Blick schwenkte zu Annie.

»Na klar.« Sie lächelte ihren Bruder an, dann sah sie ihm nach, wie er zu seinem Truck am Ende der Auffahrt ging.

Seth erhob sich. »Ich sollte auch nach Hause fahren.« Nur dass er das nicht wollte. Er atmete tief ein. Er wollte hier bei ihr bleiben.

»Natürlich.« Sie verschränkte die Arme vor der Brust.

Rotblonde Haare fielen ihr um die Schultern, und im weichen Licht der überschatteten Veranda war ihre Haut fast durchschimmernd.

»Vermutlich hast du ja Pläne mit Hannah oder … was auch immer.« Sein Herz hämmerte, und seine Stimme hallte in seinen Ohren wider. »Aber es ist fast Zeit zum Abendessen. Wenn du nichts vorhast, könnten wir vielleicht irgendwo einen Happen essen gehen?« Es war eine freundliche Geste, da er nicht viele Leute in der Stadt kannte, aber das erklärte nicht, warum sein Atem sich beschleunigte und ihm auf einmal viel wärmer war, als es die Temperatur zulassen sollte.

»Hannah sieht sich heute Abend mit Freundinnen Filme an, das heißt, ja, ich hätte schon Zeit.« Annie nagte an ihrer Unterlippe. »Wir könnten noch ein paar dieser Nachlasspapiere durchgehen.« Sie spielte mit dem silbernen Armreif an ihrem rechten Handgelenk. »Aber ich müsste zuerst noch zu Quinn's fahren und ein paar Sachen aus dem Büro abholen.«

»Kein Problem.« Er schluckte und atmete aus. »Ich muss sowieso duschen und mit Dolly rausgehen.«

»Wollen wir uns in einer Stunde bei Jakes Wohnung treffen?« Sie zog sich zur Tür zurück und fuhr sich mit einer Hand an den Mund.

»Na klar … perfekt.« Seth trat näher, dann wich er einen Schritt zurück. Es war kein Date. Er und Annie würden einen Happen essen und über Nachlasspapiere reden, nichts weiter.

Aber als er zu seinem Truck ging, zitterten seine

Beine, und das nicht von der körperlichen Arbeit. Die Nachlasspapiere waren eine Ausrede, und sie wussten es beide.

Es war nur ein Essen. Annie klemmte sich den Ordner unter einen Arm und schloss den Aktenschrank im Bäckereibüro ab. Solange sie nur über die Vermächtnisse in Jakes Testament redete, würde sie auch nicht in irgendwelche persönlichen Gesprächsthemen hineingezogen werden.

Während sie den Flur entlang in die Bäckereiküche ging, sang sie den Song, an dem sie gearbeitet hatte. Durch das halb geöffnete Fenster flüsterte der frische Frühlingswind in den Bäumen, und Wasser stürzte mit einem gedämpften Rauschen die Felsen hinunter. Seth würde erst in einer Viertelstunde eintreffen, und niemand war in der Nähe. Also legte sie den Ordner auf einen Tresen, holte einmal tief Luft und ließ die Musik hinausströmen.

Die Küche verschwand. Irish Falls verschwand. Und sie war an diesem besonderen Ort, an den nur die Musik sie je entführte.

Ein Hund bellte.

Annie brach mitten im Ton ab. Ihr Herz hämmerte, und ihre Magengegend verhärtete sich.

»Dolly, nein.« Seth taumelte am Fenster vorbei. »Was glaubst du, dass du …« Die Außentür knallte auf, und Dolly schlitterte mit einem aufgeregten Kläffen über den Boden.

Seth blieb neben Annie stehen. Seine Brust wölbte sich unter einem weißen, am Kragen offenen Hemd über einer dunklen Jeans. »Entschuldige. Sie hat dich gehört. Die Tür war angelehnt, und … Hey.« Er gab Dolly ein Zeichen, sich zu setzen. »Du hast eine unglaubliche Stimme.«

Annie zuckte zusammen, während ihr Bilder von dem, was hätte sein können, durch den Kopf schossen. Eine Bühne, helle Lichter und eine erwartungsvolle Stille. Sie unterdrückte einen Schluchzer. »Das … das war nicht ich. Das war das Radio.« Sie bückte sich, um den Hund zu tätscheln, und musste schlucken.

»Verstehe.« Seth sah zu dem Regal, wo das Radio schweigend stand.

»Ja. Ich habe es ausgeschaltet, kurz bevor du hereingekommen bist.« Sie richtete sich auf und presste sich eine Hand an die Brust.

»Ich habe den Song nicht erkannt, aber wer immer da gesungen hat, hat eine perfekte Intonation. Diese Stimme hat eine ganz besondere Qualität. Ich habe schon viele gute Stimmen gehört, aber das war eine tolle. Und der Song war auch toll. Selbst nach dem wenigen, was ich gehört habe, würde ich sagen, er hat das Zeug zu einem Hit.« Sein Ton war beiläufig – täuschend beiläufig. »Was für einen Sender hast du gehört? Ich würde ihn gern kontaktieren, damit ich diesen Song hier bei uns spielen kann.«

Annie leckte sich die Lippen. Konnte sie ihm die Wahrheit anvertrauen? »Das war nicht das Radio.« Sie schluckte. »Das war ich.« Sie nahm den Ordner vom Tresen und umklammerte ihn so fest, dass ihre Knöchel weiß wurden. »Ich habe doch gesagt, wir treffen uns bei der Wohnung. Was hattest du denn dort draußen verloren?«

»Dolly musste ihr Geschäft erledigen.« Seine blaugrauen Augen brannten sich in sie. »Singst du so in deinem Chor?«

»Nein.« Ihre Schultern sackten unter seinem durchdringenden Blick nach unten. »Du weißt doch, wenn du im Chor singst, muss sich deine Stimme in alle anderen einfügen.« Und im Laufe der vergangenen sechzehn Jahre war es ihr gut gelungen, sich überall einzufügen. Sie hatte sich in ihre Familie eingefügt, in Irish Falls und in ihren Job bei Quinn's, und bis vor einer kleinen Weile hatte sie sich eingeredet, dass sie damit zufrieden war.

»Wer hat den Song geschrieben?« Er trat einen Schritt näher, und sie wich gegen den Tresen zurück.

»Ich.« Sie lachte schrill auf. »Das ist ein Hobby von mir.«

»Diese Kombination aus Melodie und Text habe ich schon lange nicht mehr gehört, vielleicht noch nie.« Seine Miene wurde sanfter. »Ich stand auf dem Weg dort draußen und habe über Harmonien und Begleitstimmen nachgedacht. Ich wollte dich nicht belauschen, aber deine Stimme und dieser Song … Du solltest dein Talent nicht verstecken.«

»Viele Leute singen.« Sie schlang die Arme um sich.

»Nicht so. Und sie schreiben auch nicht solche Songs.«

Die Sanftheit in seiner Stimme ließ ihre Panik noch

eine Stufe höher schnellen. »Ob du es zugeben willst oder nicht, du hast ein großes Talent.«

Sie stand wie angewurzelt da, während seine Worte zu ihr durchdrangen. Warum nur hatte sie das, was Todd getan hatte, so sehr verinnerlicht, dass sie jetzt Angst davor hatte, ihre Musik mit anderen zu teilen? Warum glaubte sie, dass es ihre hart erarbeitete Sicherheit gefährdete? »Du würdest das nicht verstehen.«

»Gib mir eine Chance.«

Ihr Kopf fuhr herum, und die Zeit schien sich zu verlangsamen. »Als ich in Hannahs Alter war, wollte ich es in der Musik zu etwas bringen, so wie sie.«

»Und?« Seth' Stimme war sanft.

»Ich bin nach Nashville gegangen, als ich mit der Highschool fertig war. Ich hatte ein Stipendium, um an der Belmont University Musik zu studieren.« Sie fröstelte und streckte den Arm über den Tresen, um das Fenster zu schließen.

»Und was ist dann passiert?« In seiner Stimme lag keine Kritik, nur Wärme.

Sie schluckte schwer. »Eine Woche nach meiner Ankunft begegnete ich Hannahs Dad. Sein Name war Todd. Er war Studiomusiker und Songwriter, und ich lernte ihn bei einem Gig kennen, zu dem ich mit ein paar Mädchen aus meinem Wohnheim ging. Ich hatte den Kopf in den Wolken.« Sie biss sich auf die Lippe, als ihr Magen sich wieder verkrampfte. »Ich glaubte alles, was er mir sagte, aber offenbar war ich nur ein weiteres Kleinstadtmädchen mit Träumen, die größer waren als sie selbst.«

Seth stieß einen langen Atemzug aus. »Es ist nicht zu spät. Deine Stimme und …«

»Sieh mich doch an.« Sie hob einen Arm und ließ ihn wieder sinken. »Ich bin fast sechsunddreißig. Wie viele Frauen in meinem Alter schaffen es in Nashville oder sonst irgendwo? Die Musikbranche ist ein Geschäft für junge Leute. Es gibt viele Mädchen mit tollen Stimmen. Und sie sind jung, schöner und ehrgeiziger, als ich es je sein werde.«

»Selbst wenn alle anderen dich abschreiben, heißt das nicht, dass du es auch tun solltest.« Sein Ton war ernst, als redete er von mehr als nur von ihrer Musik.

»Ich bin nur realistisch. Ich hatte meine Chance, und es hat nicht geklappt. Ich bin mit Hannah schwanger geworden, habe mein Stipendium aufgegeben und bin hierher zurückgekommen.« Selbst wenn sie es bedauerte, dieser Teil ihres Lebens war vorbei.

»Vielleicht würdest du es als Sängerin nicht schaffen, aber was ist mit Songwriting? Würdest du deinen Song für mich ganz zu Ende singen?« Seine Miene war hoffnungsvoll.

Sie verspannte sich. »Ich singe nicht in der Öffentlichkeit.«

»Ich bin nicht die Öffentlichkeit.« Sein Ton war schmeichlerisch. »Du singst schon jetzt in der Kirche, und du hilfst beim Musikunterricht in der Schule aus. Da singst du doch bestimmt mit den Kindern.«

»Das ist etwas anderes. Aber woher weißt du das mit der Schule? Tara?«

Er zuckte die Schultern und schenkte ihr ein neckendes Lächeln. »Sie liebt dich.«

Und wenn sie ihre Schwester nicht ebenso sehr lieben würde, würde sie sie dafür umbringen, dass sie vor Seth geplaudert hatte. »Was hat sie dir sonst noch erzählt?«

»Dass du als Kind am Daumen gelutscht hast, dass du noch immer mit einem Bären namens Kuschelmann schläfst und dass du die beste Mom und Schwester aller Zeiten bist.« Er grinste bis über beide Ohren.

»Ich hatte nie einen Bären namens Kuschelmann.« Ihr Gesicht begann zu glühen, denn sie hatte ein Stoffkaninchen namens Schnuffel, das noch immer auf ihrer Schlafzimmerkommode saß. »Und mit dem Daumenlutschen habe ich im Kindergarten aufgehört.«

»Zwei von dreien, und das Wichtigste habe ich erraten, oder?« Sein Lachen war anziehender, als es sein sollte. »Würdest du wenigstens darüber nachdenken, für mich zu singen? Ich verspreche dir, ich beiße nicht.«

Das war die geringste ihrer Sorgen. »Okay.« Sie fuhr sich mit einer Hand an den Mund. Was hatte sie getan?

»Wunderbar. Während du darüber nachdenkst, lass uns einen Happen essen gehen. Ins Black Duck?« Auch sein Lächeln war viel zu intim.

»Ich … Okay.« Es war nur ein Essen in der örtlichen Gaststätte, nicht der Gipfel eines Abhangs, der sich als viel zu rutschig erweisen könnte. »Aber wir werden deinen Truck nehmen müssen. Ich bin zu Fuß hierhergelaufen, weil mein Wagen nicht angesprungen ist. Vermutlich ist es die Batterie, aber mein Cousin, der Mechaniker ist, kann es sich erst morgen ansehen.«

»Kein Problem. Ich bringe Dolly zurück in die Wohnung, und wir treffen uns in fünf Minuten beim Truck.«

Sie nickte, außerstande, das Engegefühl in ihrer Kehle zu lösen. Seth war nicht Todd, aber trotz des Verlangens, das in ihr rumorte, und der unerwarteten Wärme, die sich durch ihren Körper stahl, durfte sie es sich nicht gestatten, ihm nahezukommen. Vielleicht würde sie eines Tages einen anderen Mann kennenlernen – einen außerhalb der Musikbranche, dem sie ihr Herz und vielleicht sogar ihre Songs anvertrauen könnte. Und einen, der sie, zusammen mit ihrer Musik, nicht brechen könnte.

Kapitel 8

»Ich habe nicht erwartet, dich heute Abend hier zu sehen.« Holly schüttelte die Haare und grinste Annie neben sich in dem Spiegel auf der Damentoilette des Black Duck an. »Was hat dich denn vom Fernsehen mit Tara losgeeist? Oder sollte ich lieber fragen, *wer?*«

»Ich musste mit Seth über Jakes Nachlasspapiere reden. Tara hilft heute Abend einer Freundin bei irgendeiner Näharbeit, und er und ich hatten beide nichts Besseres vor.« Ein Kribbeln breitete sich von Annies Nacken über ihr Gesicht aus. »Im Black Duck gibt es die besten Burger der Stadt.«

»O ja.« Hollys Lächeln wurde breiter.

»Es ist nicht so, wie du denkst. Ich habe ja schon gesagt, wir mussten über Nachlasskram reden.« Und während sie auf ihre Bestellung gewartet hatten, war das Gespräch tatsächlich ganz geschäftsmäßig gewesen, aber sobald ihr Essen gekommen war, hatten sie über viele andere Dinge geredet, und jetzt schien Seth es nicht eilig zu haben zu gehen.

»Wer hätte gedacht, dass Nachlasspapiere so interessant sein können?« Holly zwinkerte ihr zu und nahm ihre Clutch vom Waschbeckenrand. »So wie ihr zwei euch zueinander vorgebeugt habt, war ich mir sicher, ihr hättet ein Date.«

»Das haben wir ni…« Annie brach ab, als die Toilettentür hinter ihrer Schwägerin zuknallte. Sie stützte die Hände auf den schmalen Waschtisch und starrte auf ihr gerötetes Spiegelbild. Das hier war kein Date. Wenn es das wäre, dann hätte sie sich schick gemacht und ihr Make-up aufgefrischt.

Aber vielleicht hatte sie beides genau deshalb nicht getan, weil sie Angst gehabt hatte, es könnte sich zu einem Date entwickeln. Als Seth sie singen gehört und einen Teil der Wahrheit aus ihr herausbekommen hatte, hatte sie ihre ganze Willenskraft zusammennehmen müssen, um heute Abend mit ihm hierherzugehen – und so zu tun, als wäre das, was er mitbekommen und was sie ihm erzählt hatte, keine große Sache.

Sie hatte alles versucht, um die alte Annie zu verstecken, die entschlossen gewesen war, aus Irish Falls wegzukommen und es in Nashville zu etwas zu bringen, aber sie war immer noch da. Und nachdem sie vorhin in der Bäckereiküche mit Seth geredet hatte, war diese kleine Flamme des Selbstvertrauens, die nie wirklich erloschen war, wieder zum Leben erwacht. Sie war sich nicht sicher, wohin sie das führen würde, oder ob es sie überhaupt irgendwohin führen könnte, aber sie musste es versuchen. Und ein Töpferkurs oder ein Online-Collegelehrgang würden immer nur das Zweitbeste sein.

Sie öffnete die Toilettentür und trat hinaus in den Soundtrack eines Samstagabends im Black Duck – ein Stimmengewirr, das Scheppern von Tellern und ein Medley von Countrymelodien.

»Hey.« Seth winkte, während sie sich einen Weg durch die Menge zu ihrem Tisch bahnte. »Geht es dir gut? Ich wollte jemanden schicken, um nach dir zu sehen.«

»Es geht mir gut.« Annie setzte ein Lächeln auf und versuchte, das Flattern in ihrem Bauch zu ignorieren. »Ich musste anstehen.«

»Willst du noch einen Drink oder noch mehr Dessert?« Sein Gesicht legte sich in entzückende Falten, als er lächelte. »Diese Pie war toll, aber Brendan hat mir erzählt, dass das Black Duck seinen Käsekuchen von Quinn's kauft.«

»Nein, danke. Ich sollte nach Hause fahren.«

Er konnte nicht mit ihr flirten, oder? Was sie an dem Tag, an dem er in der Stadt angekommen war, gesagt hatte – dass Nanaimo-Bar-Cheesecake besser als Sex sei –, war ihr noch immer peinlich.

»Na klar.« Seth gab der Bedienung ein Zeichen, die Rechnung zu bringen. »Nein.« Er schüttelte den Kopf, als Annie nach ihrer Handtasche griff. »Lass mich das übernehmen. Ich habe dich schließlich eingeladen.«

»Wir sollten es uns teilen.« Wenn sie ihr Essen selbst bezahlte, konnte es kein Missverständnis darüber geben, was dieser Abend war – oder nicht war.

»Du kannst nächstes Mal bezahlen, okay?« Seth zog sein Portemonnaie aus der Gesäßtasche seiner Jeans.

Nächstes Mal? Selbst wenn sie wollte, konnte sie es sich nicht gestatten, diesen Weg mit ihm einzuschlagen.

»Hey, es sieht so aus, als ob sie für ein bisschen Livemusik aufbauen.« Seth warf einen Blick zur Bühne, dann reichte er der Bedienung ein paar Geldscheine und bedeutete ihr mit einem Nicken, den Rest zu behalten. »Wollen wir noch bleiben und zuhören?«

»Hannah wird bald nach Hause kommen. Ich muss vor ihr zurück sein.« Ihre Hände zitterten, während sie sich ihren dünnen Schal um den Hals schlang und die Jacke zuknöpfte, die er ihr aufgehalten hatte. Früher war sie ein Stammgast bei den Livemusik-Abenden im Black Duck gewesen.

»Natürlich. Entschuldige, das hatte ich vergessen.« Er lächelte schief. »Elternschaft ist ein Rund-um-die-Uhr-Job.«

»Ja.« Annies Atem beruhigte sich. Sie hatte ihre Verantwortung für ihre Tochter nie vernachlässigt oder vergessen, und sie würde auch jetzt nicht damit anfangen.

»Du musst mich von hier zu deinem Haus dirigieren.« Seth klimperte mit seinen Schlüsseln, während sie durch die Tür des Restaurants in den Abend hinausgingen. »Den Weg von dir zurück zum Sender finde ich problemlos, aber in der Stadt kenne ich mich noch nicht so gut aus, und ich bin es nicht gewohnt, wie dunkel es hier nachts ist.«

»Na klar, aber es ist ziemlich einfach, sobald du die

Straßenanordnung durchschaut hast, selbst im Dunkeln. Ich nehme meistens gar nicht erst den Wagen. Von meinem Haus zur Bäckerei kann ich zu Fuß gehen, und auch sonst fast überallhin.« Annie steckte die Hände in die Jackentaschen. Dem Kalender nach war es vielleicht Frühling, aber die Nächte waren noch immer kühl.

Seth öffnete die Beifahrertür seines Trucks, und Annie rutschte auf ihren Platz. Nana Gerry hätte gesagt, er sei richtig erzogen worden, so, wie er auf Türen, Jacken und all das achtete. Aber es war mehr als nur Höflichkeit. Obwohl er ein großer Mann war, lagen eine angeborene Sanftheit und Fürsorge in der Art, wie er andere behandelte.

Der Motor des Trucks heulte auf, und Seth starrte geradeaus, während er den Wagen über den mit Schlaglöchern übersäten Parkplatz lenkte, wo Fahrzeuge drei Reihen tief parkten.

»Für mich ist das hier draußen eine völlig andere Welt.« Sein Profil war eine hellere Silhouette vor dem dunkleren Inneren der Fahrerkabine.

»Wir sind hier schon ziemlich weit ab vom Schuss, aber den Touristen gefällt das.« Und bis vor Kurzem hatte sie sich in dieser abgeschiedenen Lage auch wohlgefühlt. »Ich war noch nie in L. A.« Annie faltete die Hände über ihrer Handtasche im Schoß.

»Es ist eine Stadt, in der man Spaß haben kann. Jede Menge Leute, Sonnenschein und Aufregung. Und auch Verkehr.« Der Truck rumpelte über die Bahngleise, und der Wasserturm ragte gespenstisch im Mondlicht vor ihnen auf.

»Hier heißt es Stau, wenn drei Autos kurz vor Geschäftsschluss in einer Schlange darauf warten, vom Parkplatz des Lebensmittelladens zu fahren.«

Seth lachte, während er rechts blinkte, um in die Malone Street abzubiegen, wohin Annie zeigte. »Das ist auf jeden Fall besser, als stundenlang auf dem Freeway im Verkehr festzustecken.«

»Weshalb bist du nach L. A. gegangen?«

Seth bog, Annies Handzeichen folgend, noch einmal rechts und dann links ab. »Weshalb jeder Junge es tut. Träume von Ruhm und Reichtum. Ich war ein Typ mit einer Gitarre, der in einer Band spielte, und L. A. war der Ort, an dem alles möglich war – das dachte ich zumindest.« Er brachte den Truck vor ihrem Haus zum Stehen. Das zweistöckige blaue Schindelhaus mit der weißen Borte war von einer breiten Veranda gesäumt, und Blumenkästen an den Fenstern warteten darauf, mit Frühlingsblühern gefüllt zu werden.

Derselbe Grund, aus dem sie nach Nashville gegangen war. »Hier sind wir.« Ihre Stimme brach, und das Geräusch klang laut in der plötzlichen Stille.

»Danke, dass du mir heute Abend Gesellschaft geleistet hast.« Seth löste seinen Gurt und wandte sich zu ihr um.

»Gern geschehen.« Annie schnallte sich los und drückte die Trucktür auf.

»Warte.« Seth sprang aus dem Wagen und kam zu

ihrer Seite herum. »Meine Großmutter hatte vielleicht ihre Schwächen, aber sie hat mir beigebracht, eine Frau bis zu ihrer Tür zu begleiten.«

»Danke.« Der Weg zu ihrer Haustür war ihr noch nie so schmal erschienen, aber andererseits war sie ihn auch noch nie mit Seth entlanggegangen. »Und auch danke fürs Essen.« Sie blieb auf der untersten Verandastufe stehen und wühlte in ihrer Handtasche nach ihren Schlüsseln.

»Gern geschehen.« Seth streckte die Hand aus. »Das Brett auf dieser Stufe knarrt, als ob es locker wäre. Ich schaue morgen Nachmittag vorbei und seh's mir an. Vermutlich braucht es nur ein paar Nägel. Ich will nicht, dass du ausrutschst und stürzt.«

Ihre Hand verschwand in seiner größeren. Das Brett *war* locker, und sie war mehr als einmal auf dieser Stufe ausgerutscht. Offenbar hatte sie nie genug Zeit, um sich um Dinge wie lockere Verandabretter und kaputte Dachschindeln zu kümmern. »Brendan hat mit dir geredet.« Sie versuchte, zu lachen und das Gefühl von Sicherheit und Geborgenheit zu ignorieren, das seine Hand ihr gab.

»Nur ein bisschen.« Seine Stimme war träge und sanft, mit lang gezogenen Vokalen. Er fischte mit der anderen Hand eine kleine Taschenlampe aus seiner Jackentasche. »Dein Bruder passt nur auf dich auf.«

Das Licht ging an und erhellte den Schlüsselbund in den Tiefen ihrer Handtasche. Sie löste ihre Hand aus seiner und fummelte nach dem Hausschlüssel.

»Bitte.« Er bot ihr den Arm, während sie die restlichen Verandastufen hochstiegen, nahm ihr den Schlüssel ab und schloss die Tür auf. Die Bäume rings um das Haus warfen dunkle Schatten, und ein leichter Wind raschelte in den Zweigen. Er schaltete die Taschenlampe mit einem leisen Klicken aus. »Ich hatte heute einen sehr schönen Abend.«

»Ich auch.« Annie holte tief Luft, die schwer von dem Geruch von Frühlingserde war. »Hannah wird bald nach Hause kommen.«

»Teenager kommen nie dann nach Hause, wenn sie es sagen.« Seine Stimme rumorte über ihr.

Teenager wie Hannah nicht. »Trotzdem, ich sollte …« Der Mond lugte hinter einer Wolke hervor und erhellte sein Gesicht. Die Worte, die sie sagen wollte, erstarben ihr auf den Lippen, als sie die Glut in seinen Augen sah.

»Annie?«

»Ja?« Ihre Stimme stockte.

Er neigte den Kopf, und seine warmen Lippen streiften ihre Wange mit dem Anflug eines Kusses. Dann wich er einen Schritt zurück, und wenn nicht der würzige Geruch seines Aftershaves noch immer in der Luft gelegen hätte, dann hätte sie vielleicht gedacht, dass sie sich die Intimität dieses Augenblicks nur einbildete. »Danke, dass du mit mir essen gegangen bist.«

»Ich …« Unwillkürlich bewegte sie sich auf ihn zu.

Auf seinem Handy ertönte ein Gitarrenriff und erschütterte die Stille. »Das ist mein Sohn. Da muss ich rangehen.« Er ging die Verandastufen hinunter und tastete in seiner Jacke nach seinem Handy.

»Natürlich. Wir sehen uns.« Annie drückte die Tür auf und stolperte ins Haus, dann knallte sie die Tür hinter sich zu und ließ sich auf einen Stuhl in der Diele fallen. Ihr Herz hämmerte, und sie stützte den Kopf in die Hände. Wenn Seth' Handy nicht geklingelt hätte, hätte er sie dann noch einmal geküsst? Oder hätte sie stattdessen ihn geküsst?

»Dylan, ich …« Seth rutschte auf den Fahrersitz seines Trucks und umklammerte das Telefon mit verschwitzten Händen. Annie zu küssen, war kein Teil seines Plans gewesen, nicht einmal ein unschuldiger Kuss auf die Wange, der tatsächlich gar nicht so unschuldig gewesen war, aber darüber durfte er jetzt nicht nachdenken. Er hatte die Hoffnung fast aufgegeben, dass Dylan ihn zurückrufen würde. Vielleicht war das jetzt genau die Brücke, die er ersehnt hatte. »Toll, von dir zu hören.«

»In deiner Nachricht hast du gesagt, du wolltest mit mir reden.« In der tiefen Stimme seines Sohnes lag Misstrauen. Seit wann fühlte sich das Gespräch mit ihm so an, als würde er mit einem höflichen Fremden reden?

»Ich wollte dich wissen lassen, dass ich für eine Weile in Irish Falls bleiben werde. Ich habe hier eine tolle Geschäftsgelegenheit. Ich habe dir eine Nachricht geschickt, aber ich dachte …« Seine Brust schnürte sich zu. Was hatte er gedacht? Dass ein einziger Anruf alles zwischen ihnen wiedergutmachen würde? Er starrte in die Nacht. Hinter Annies Haus warf ein Licht von der Garage ihres Nachbarn einen schwachen Schimmer über die baumgesäumte Straße, und durch das halb offene Truckfenster hallte das klägliche Jaulen eines Hundes.

»Oh.« Dylans Ton war steif.

»Vielleicht könntest du mich ja besuchen kommen, wenn du deine Prüfungen hinter dir hast. Es ist richtig nett hier. Viel Natur und Wandermöglichkeiten. Wir könnten campen gehen.« Seth hasste den hoffnungsvollen Ton in seiner Stimme, aber er fuhr trotzdem fort. »Du hast Campen doch immer gemocht, und du warst noch nie so weit oben im Norden. Ich habe hier eine Wohnung, das heißt, du könntest bleiben und …«

»Ich habe schon einen Ferienjob in Manhattan organisiert.« Die Stimme seines Sohnes war tonlos. »Ich miete eine Wohnung mit ein paar Freunden.«

»Das ist ja toll.« Und das war es wirklich. Dylan war fleißig und ehrgeizig – das, was ein Mann wie Seth' Großvater einen Macher genannt hätte. »Na ja, vielleicht könntest du für ein langes Wochenende kommen. Wie wär's mit dem Memorial Day oder dem vierten Juli? Am Unabhängigkeitstag ist in einer Kleinstadt wie dieser bestimmt viel los.«

»Danke, aber ich verbringe die Feiertage mit Mackenzie und ihrer Familie in den Hamptons. Ihre Eltern haben dort ein Strandhaus. Ihr Dad hat mir den Job angeboten, und er hat gesagt, dass er mit mir Golf spielen wird. Er will mich mit ein paar Typen bekannt machen, mit denen er zusammenarbeitet. Er könnte mir helfen, nächstes Jahr ein Praktikum an Land zu ziehen.«

Die Aufregung in Dylans Stimme war spürbar, und Seth tat einen gequälten Atemzug. Irgendein anderer Mann würde seinem Sohn auf eine Art helfen, auf die Seth es nicht konnte. »Ist das mit Mackenzie etwas Ernstes?«

»Dad.« Der Sarkasmus entging Seth nicht.

Okay, das Thema Freundin war noch immer tabu. »Wie läuft das Studium?«

»Gut.« Dylans Ton war abgehackt. »Hör zu, ich sollte Schluss machen. Ich muss lernen.«

Und seit wann lernte sein Sohn an einem Samstagabend? »Na klar.« Seth rieb sich mit der freien Hand den Nacken. »Wenn sich deine Pläne ändern, gib mir Bescheid. Ich könnte dich auch besuchen kommen. Selbst wenn du beschäftigt bist, könnten wir trotzdem ein paar Stunden zusammen abhängen – essen gehen oder ein Baseballspiel sehen.« All das, was sie früher zusammen unternommen hatten.

»Okay.« Dylan zögerte. »Ich habe gehört, was mit deiner Arbeit passiert ist. Ich … ich hoffe, es klappt für dich alles dort oben.« In seiner Stimme lag jetzt eine leichte Wärme, die zuvor nicht da gewesen war.

»Danke.« Seth starrte auf seinen Schoß. Trotz des Anflugs von Wärme würde er seine Hoffnungen nicht zu hoch hängen. »Wenn du irgendetwas brauchst, Geld oder so, gib mir Bescheid.« Seine Firma war in die Brüche gegangen, aber er hatte noch immer Ersparnisse –

und ein solides Investmentportfolio. Doch er wollte seinem Sohn mehr als nur Geld geben. Und er wollte, was sie früher gehabt hatten – eine richtige Beziehung anstelle dieses unnatürlichen Wortwechsels.

»Ich komme schon klar.«

»Das weiß ich. Und ich … ich bin stolz auf dich.« Egal was passierte, er würde immer stolz auf Dylan sein. »Nicht dass du es brauchst, aber viel Glück bei deinen Prüfungen und dem Job. Schick mir eine Nachricht. Ich würde gern hören, wie's läuft.«

»Okay.« Ein plötzlicher Lärm brach an Dylans Ende der Leitung aus – männliche Stimmen, Rapmusik und das Knallen einer Tür. »Ich muss jetzt wirklich Schluss machen.«

»Na klar, ich …« Die Leitung war tot. »Ich liebe dich, mein Sohn.« Seth legte die Stirn aufs Lenkrad und flüsterte die Worte in die Nacht.

Er steckte den Schlüssel in die Zündung und sah zu Annies Haus. Warmes gelbes Licht schimmerte hinter mehreren Fenstern im Erdgeschoss und fiel auf die Veranda. Es war gemütlich, heimelig und einladend – genau wie sie. Sein Herz krampfte sich zusammen, und er legte den ersten Gang ein.

Vielleicht hatten seine Großeltern ihn geliebt, aber sie hatten es nie gezeigt. Und Jake … Galle stieg ihm in der Kehle hoch, während er die schmale Straße hinunterfuhr und erst links und dann rechts abbog, zurück zum Sender. Die Vergangenheit konnte er nicht ändern, aber er würde ihre Fehler nicht wiederholen. Ausgeschlossen, dass er seinen Sohn im Stich lassen oder ihn je aufgeben würde. Er würde eine andere Möglichkeit finden müssen, wieder Verbindung zu ihm aufzunehmen. Und wenn Dylan ihn brauchte, würde er immer für ihn da sein.

Seth fuhr auf den leeren Parkplatz hinter dem Sender und stellte den Truck ab. Dylans Anruf war nicht die Brücke gewesen, die er sich erhofft hatte, aber das hieß nicht, dass es nicht noch andere Brücken gäbe.

Das Tosen des Wasserfalls bildete einen Kontrapunkt zu seinen Gedanken, und jenseits des Wassers schimmerte der Wunschbaum silbrig im Mondlicht. Die süße Stimme seiner Mom vor all den Jahren hallte in seinem Kopf wider. Jeden Abend, wenn sie ihn ins Bett gesteckt hatte, hatte sie »Ein Traum ist ein Wunsch deines Herzens« gesungen. Damals hatte er nicht gewusst, dass *Cinderella* ein Mädchenfilm war. Es war einfach ein Film, der ihr gefallen hatte, daher hatte er ihn mit ihr zusammen angesehen, an ihren Körper gekuschelt, während sie beide mitgesungen hatten.

Man musste kein Seelenklempner sein, um zu wissen, dass sein Leben völlig anders verlaufen wäre, wenn seine Mom nicht gestorben wäre. Er stieg aus dem Truck und starrte auf die samtige Schwärze des Nachthimmels mit dem Baldachin von Sternen. Waren seine Mom und Jake dort oben zusammen, in dieser weiten Ewigkeit, und hatten sie das Glück gefunden, das ihnen auf der Erde versagt geblieben war?

Seine Finger kribbelten, und ein Songfragment driftete durch seinen Kopf, eine neue Idee, die erste, die er seit Monaten hatte. Er zückte sein Handy und machte sich eine Notiz. Vielleicht war seine Flaute vorbei, und vielleicht hatte er noch immer viele Chancen, um einen Neuanfang mit seinem Sohn, seiner Karriere und sogar mit einer Frau wie Annie zu machen. Auch wenn er nicht wusste, wohin das mit ihnen beiden führen würde, in einem Punkt war er sich sicher: Wenn er sie das nächste Mal küsste, würde es kein keuscher Kuss auf die Wange sein.

Kapitel 9

»Ich mache mir Sorgen um Annie.« Maureen saß im Sessel im Wohnzimmer des Hauses, das sie sich mit Duncan teilte, seit sie geheiratet hatten. Vor neun Jahren jetzt, und wo war die ganze Zeit geblieben?

Ihr gegenüber streckte sich Duncan in dem Multispeed-Relaxsessel, den ihm die ganze Familie zu seinem fünfundsechzigsten Geburtstag geschenkt hatte. Der Sessel hatte mehr Features als ihr erster Wagen, und sie saß nie darin, aus Angst, irgendetwas kaputt zu machen.

»Du machst dir ständig Sorgen um eines oder mehrere der Kinder.« Duncan wandte den Blick nicht vom Fernseher ab.

»Als ob du dir keine Sorgen um deine beiden machen würdest. Würdest du bitte den Fernseher ausschalten und mir zuhören?« Maureen versuchte, den Ärger aus ihrer Stimme herauszuhalten.

Duncan nahm die Fernbedienung und stellte den Fernseher stumm. »Es ist Samstagabend. Am Samstagabend sehe ich mir immer Eishockey an. Und das hier ist ein Play-off-Spiel.«

»Du unterstützt doch keines dieser beiden Teams.« Maureens Atem ging stoßweise. Sie war ersetzt worden von dem, was im Fernsehen lief, egal was. »Annie ist aufgewühlt. Ist dir das nicht aufgefallen?«

»Nein.« Duncans Blick huschte zurück zum Fernseher.

»Ich habe gesagt, ausschalten.« Maureen schnappte sich die Fernbedienung, und der Bildschirm wurde dunkel. »Seit Seth hier aufgetaucht ist, ist sie nicht mehr sie selbst. Sie will nicht mit mir reden, aber wenn du vielleicht irgendwie den Boden bereitest, könnte ich …«

»Nein.« Der Sessel schwenkte nach vorn, und Duncans bestrumpfte Füße landeten mit einem gedämpften Aufprall auf dem Teppich.

»Warum denn nicht? Ihr zwei versteht euch so gut, und du musst das Thema nur für mich anschneiden. So als ob du dich als ihr Stiefvater um sie sorgst.«

»Annie ist keine zwölf mehr. Sie ist eine erwachsene Frau. Sie würde mir sagen, dass ich mich einmische, und das zu Recht.« Die Tischlampe schien auf Duncans volles weißes Haar. Bei ihm sah die Farbe vornehm aus, während sie selbst damit einfach nur alt aussah. »Warum glaubst du überhaupt, dass meine Worte etwas ändern würden?«

Maureen atmete aus. »Ich weiß nicht, aber sie will mit niemandem sonst in der Familie sprechen. Wir haben es alle versucht.«

»Das sollte dir doch zeigen, dass sie mit keinem reden will.« Duncans Stimme wurde sanfter. »Die meisten von uns tragen das Herz nicht auf der Zunge, so wie du. Ich bin vielleicht nicht mit ihr blutsverwandt, aber Annie ist mir sehr ähnlich.«

Maureen rollte in ihren Pantoffeln die Zehen ein. Genau wie ihre Tochter schloss ihr Ehemann sie noch immer aus. Sie hatte zu Annie gesagt, wenn jemand mit Duncan redete, müsse sie es sein. Aber jetzt, wo er ihr eine Möglichkeit zum Gespräch geboten hatte, wusste sie nicht, was sie sagen sollte. Sie räusperte sich. »In letzter Zeit scheinst du … Gibt es irgendetwas, was du mir nicht sagst?«

»Nein.« Sein Lachen wirkte angespannt.

»Glaubst du, ich weiß es nicht, wenn irgendetwas nicht stimmt?« Maureen streckte über den Beistelltisch zwischen ihnen eine Hand nach Duncans aus. »In guten wie in schlechten Tagen, erinnerst du dich, was wir vor dem Priester gesagt haben?«

Seine Hand versteifte sich, und er starrte auf den schwarzen Fernsehbildschirm, wich ihrem Blick aus.

»Gibt es …?« Sie brach ab, dann zwang sie sich, die Worte laut auszusprechen. »Hast du jemand anderes kennengelernt?«

»Was?« Duncans Blick aus seinen sonst so sanften blauen Augen brannte sich in sie. »Seit ich in Quinn's Bäckerei gekommen bin und dich hinter dieser Theke gesehen habe, habe ich nie eine andere Frau angesehen. Mein Herz gehört dir, und das wird es immer. Wie kannst du so etwas auch nur denken?«

Maureen legte die Finger um seine kalte Hand. »Ich weiß nicht, was ich denken soll. Du scheinst keine Zeit mit mir verbringen oder mit mir reden zu wollen, und wir … Na ja … Seit ich nach meiner Hüftoperation aus dem Krankenhaus nach Hause gekommen bin, schläfst du in Rowans altem Zimmer.«

»Ich will dich nicht stören.« Er starrte auf ihre vereinten Hände mit den zusammenpassenden Gelbgoldringen an ihren Ringfingern.

»Ich vermisse dich.« Maureen schluckte den Kloß in ihrer Kehle hinunter. »Ich vermisse uns und wer wir zusammen waren.«

»Wir sind noch immer wir.« Duncans Lächeln reichte nicht bis zu seinen Augen. »Du hältst es jetzt doch schon seit ein paar Jahren mit mir aus, oder?«

»Ich liebe dich.« Ihre Stimme drohte zu brechen.

»Ich liebe dich auch, Reenie.« Er drückte ihre Hand und ließ sie dann los. »Ich will für Annie nur, dass sie die Art Partner findet, die du für mich bist. Nach dem, was ich von Seth mitbekommen habe, ist er ein anständiger Mann. Danach zu urteilen, wie er sie an dem Abend angesehen hat, als er zum Essen hier war, würde er sie nicht schlecht behandeln.«

»Da kannst du dir nicht sicher sein.« Maureen unterdrückte einen Seufzer. Seth hatte einen Argwohn an sich, der fast ebenso groß war wie Annies.

»Reg dich nicht unnötig auf, Frau.« Duncan griff nach der Fernbedienung. »Du grübelst über alles nach, und das meiste davon wird nie passieren.«

Maureen holte einmal tief Luft. »Ich bin noch nicht müde. Wie wär's, wenn ich ein Bad einlasse und wir …«

»Du brauchst deine Ruhe.« Duncans Worte kamen zu schnell. »Und du kannst auch noch nicht in und aus dieser hohen Wanne steigen.«

»Ich nehm's an.« Maureens Innerstes verkrampfte sich, während sie seinen gesenkten Kopf betrachtete.

»Wie wär's, wenn du uns einen warmen Kakao machst? Das beruhigt dich doch immer vor dem Schlafengehen. Und ich werde das Schachbrett holen. Wir haben seit einer Ewigkeit nicht mehr Schach gespielt. Wie wär's mit einem Spiel?« Sein Ton war allzu fröhlich.

»Ich glaube, du gehst irgendetwas aus dem Weg. Wenn nicht ich es bin, dann ist es was anderes.« Sie strich über den Einband des Bibliotheksbuchs, auf das sie sich nicht hatte konzentrieren können. »Ich bin vorhin beim Gartencenter Dr. Nguyens Krankenschwester über den Weg gelaufen. Sie hat gesagt, sie würde uns am Montag sehen, aber als ich nach Hause gekommen bin und im Kalender nachgesehen habe, habe ich für keinen von uns beiden an dem Tag einen Termin gefunden.«

»Sie muss etwas verwechselt haben. Es kann einem leicht ein Fehler passieren, bei all den Leuten, die diese Praxis Tag für Tag durchlaufen.« Duncan räusperte sich, öffnete die Tischschublade und wühlte zwischen mehreren Päckchen Spielkarten und einzelnen Scrabblesteinen. »Wohin ist denn das Schachspiel verschwunden?«

»Es liegt auf dem Regal im Dielenschrank, so wie immer.« Maureen fröstelte und rieb sich die Arme.

Duncan erhob sich brummend aus seinem Sessel.

»Wie wär's, wenn du ein paar Marshmallows in den Kakao tust? Lass uns ein bisschen leben.«

Maureen starrte ihm nach, während er in der Diele verschwand. Er hatte ihr nie einen Grund gegeben, an ihm zu zweifeln, und sie hatte nie gedacht, dass er sie belügen würde. Aber jetzt tat er genau das, und wenn es nicht wegen einer anderen Frau war, dann vielleicht wegen etwas, das ihn ihr trotzdem wegnehmen würde.

Ihr Magen verkrampfte sich, aber sie richtete sich auf, von neuer Entschlossenheit erfüllt. Gleich am Montagmorgen würde sie in Dr. Nguyens Praxis anrufen, um den Termin zu bestätigen. Wenn er für Duncan war, würde sie dort an seiner Seite sein und kein Nein akzeptieren.

Nachdem Seth das lockere Brett auf Annies Verandastufen in Ordnung gebracht hatte, hatte sie sich in der vergangenen Woche offenbar alle Mühe gegeben, ihm aus dem Weg zu gehen. Wenn nicht Tara oder Holly mit einem Kaffee und einem Muffin oder irgendeinem anderen süßen Gebäck zum Sender hochkamen, huschte Annie herein und stellte das Tablett rasch auf einem Tisch vor dem Studio ab, bevor sie wieder verschwand.

Er schloss Jakes Kleiderschrank und beäugte die Taschen, die er für den Wohlfahrtsladen in der nächsten Stadt gepackt hatte. Die unscheinbaren Hemden und Hosen enthielten keine Hinweise auf den Mann, der sein Dad gewesen war. Konservativer, als Seth erwartet hatte, hätten die Kleider einem beliebigen Mann Anfang sechzig gehören können. Alles bis auf die abgewetzten Cowboystiefel und den schwarzen Stetson-Hut, und die hatte er in den Kartons gelassen, in denen er sie gefunden hatte, in einer Ecke des Schranks hinter drei ramponierten Koffern.

Seth wandte sich von den Kleidern und den unbeantworteten Fragen, die über alledem hingen, ab und sah aus dem Schlafzimmerfenster. An diesem sonnigen Sonntagnachmittag herrschte im Zentrum von Irish Falls ein reges Treiben, und Leute strömten aus O'Connors Dorfladen weiter unten in der Straße. Er zeichnete mit einem Zeigefinger einen Violinschlüssel auf die Scheibe des Schlafzimmerfensters, dann nahm er sich eine Jacke von dem Stuhl neben dem Bett. Wenn Annie nicht mit ihm reden wollte, dann würde er eine Möglichkeit finden müssen, mit ihr zu reden.

Fünf Minuten später parkte er seinen Truck neben einem Fliederstrauch voller fester violetter Knospen vor ihrem Haus.

»Seth?« Ein roter Haarschopf tauchte um die andere Seite des Strauchs auf, gefolgt von Hannah in einer zerschlissenen Jeans und einem weißen T-Shirt mit dem Schriftzug *Sofa-Queen* in rosa Buchstaben.

»Hey.« Er grinste das Mädchen an. »Ist deine Mom da?«

»Ich habe sie oben auf dem Berg gelassen.« Sie wies mit einem Nicken zu dem Hügel am Ende der Straße. »Ich muss mich für einen Gig fertig machen, und sie ist wegen irgendetwas ziemlich sauer.«

Seine Stimmung sank. »Wo oben auf dem Berg?«

»Es gibt da einen Aussichtspunkt mit einer Bank, ungefähr zehn Minuten den Wanderweg hoch. Das ist Moms Lieblingsort. Dort oben fließt auch ein Bach. Du kannst ihn gar nicht verfehlen.« Hannah grinste zurück. »Vielleicht hat Mom sich ja inzwischen beruhigt, aber an deiner Stelle würde ich Schokolade mitnehmen, für alle Fälle.«

Er wühlte in seiner Jackentasche nach dem Schokoriegel, den er den Kindern vor dem Lebensmittelladen abgekauft hatte, die Geld für die Sportausrüstung an ihrer Schule sammelten. Einer der kleinen Jungen sah dem jungen Dylan so ähnlich, dass Seth letztendlich ein ganzes Dutzend Riegel gekauft hatte, nur um zu sehen, wie ein zahnlückiges Lächeln sein sommersprossiges Gesicht erhellte. »Wird das hier den Zweck erfüllen?« Er hielt den Riegel Hannah zur Begutachtung hin.

»Super. Die liebt Mom.« Ihr Lächeln wurde breiter, und sie stieß ein leises, musikalisches Kichern aus.

Seth ging ein Stich durchs Herz. Dylan war früher genauso locker mit ihm umgegangen wie Hannah. »Was für einen Gig hast du denn?«

»Eine Kindergeburtstagsparty. Ich verkleide mich und singe Disney-Prinzessinnen-Songs. Heute Nachmittag findet das Ganze vor einem Haufen sechsjähriger Mädchen statt. Singen ist singen, egal, wie jung das Publikum ist. Die Kinder lieben es, und ich verdiene dabei auch gutes Geld.« Hannah wurde wieder ernst. »Ich weiß nicht, was mit Mom los ist. Normalerweise ist sie ziemlich entspannt, aber diese Woche ist ihr auf jeden Fall irgendwas über die Leber gelaufen. Sie hat die Chorprobe und dann die Kirche heute Morgen geschwänzt, und sie hat überhaupt nicht gesungen, nicht mal unter der Dusche.«

Seth verdrängte das allzu verlockende Bild von Annie unter der Dusche. »Singt deine Mom sonst oft?«

»Ständig.« Hannahs Stimme war von Stolz erfüllt. »Sie hat eine tolle Stimme. Meine Grandma sagt, Mom hätte groß rauskommen können, wenn sie nicht aufgehört hätte, als sie mit mir schwanger wurde.«

»Und was ist mit deinem Dad?« Er schlug einen beiläufigen Ton an. Ein Teil von ihm hasste ihn dafür, dass er nachbohrte, aber wenn er Annie überzeugen wollte, für ihn zu singen, musste er wissen, womit er es womöglich zu tun hatte.

»Ich habe ihn nie kennengelernt.«

»Das tut mir leid.« Die Bemerkung war unzulänglich, aber welche Worte gab es schon für die Art Abwesenheit, die er selbst nur zu gut kannte?

Hannah zuckte die Schultern. »Mom und er haben sich vor meiner Geburt getrennt. Er wollte kein Kind.«

»Er wusste nicht, was ihm entgeht.« Seth hatte einen bitteren Geschmack im Mund. Trotz allem, und obwohl er bei Dylans Geburt selbst fast noch ein Kind gewesen war, war sein Sohn das Beste, was ihm je passiert war.

»Ja, na klar.« Hannahs Augen funkelten allzu hell.

»Im Ernst. Ein Kind macht dein Leben nicht nur lebenswert, es zeigt dir auf, was wirklich wichtig ist.« Was der Grund dafür war, weshalb er nie verstehen würde, warum Jake ihn im Stich gelassen hatte oder warum Amanda keine größere Rolle in Dylans Leben spielen wollte.

»Egal.« Hannah steckte die Hände in die Vordertaschen ihrer Jeans. »Wenn du mit Mom reden willst, solltest du besser in die Gänge kommen. Es ist schon Nachmittag. In einer Stunde oder so werden dich die Kriebelmücken bei lebendigem Leib fressen. Je näher der Sonnenuntergang rückt, desto mehr von diesen Dingern kommen zum Vorschein.«

Seth sah zum Himmel hoch, wo sich die Sonne bereits dem Westen entgegenneigte. »Danke.«

»Keine Sorge, aber sag nicht, dass ich dich nicht gewarnt habe. Du solltest vielleicht mit der Schokolade anfangen.« Sie winkte kurz und sprintete dann auf das Haus zu.

Seth ging bis zum Ende der Straße und folgte dann einem steilen Fußweg bergauf, zwischen den Bäumen hindurch, wo Baumwurzeln aus der Erde hervorragten. Nach fünf Minuten zog er seine Jacke aus und krempelte die Hemdsärmel hoch. Als der Hügel schließlich abflachte, hielt er inne. Zu seiner Linken plätscherte ein Bach zwischen einer Baumgruppe hervor, und Annie saß auf einem Baumstumpf, mit dem Rücken zu ihm. Ihr geblümtes Top war ein bunter Farbklecks in der Vorfrühlingslandschaft, und ihr Haar schimmerte wie Kupfer in der Sonne.

Seth bahnte sich einen Weg um eine Felsnase und einen Haufen Gestrüpp, dann nahm er den Schokoriegel aus seiner Jackentasche. Ein Zweig knackte unter seinen Füßen, und über seinem Kopf stieß ein Vogel einen rauen Schrei aus.

Annie schnellte herum, und ihr Blick verharrte auf seinem Gesicht. Er hatte gedacht, er sei nicht am richtigen Ort und Zeitpunkt in seinem Leben, um sich auf sie oder irgendeine andere Frau einzulassen, aber vielleicht hatte er sich getäuscht. Und vielleicht war das, was in seinem Herzen vor sich ging, wichtiger als das in seinem Kopf.

Annie erhob sich taumelnd und bürstete sich Zweige und Erde von ihrer Jeans. Wie hatte Seth sie hier gefunden? Und was noch wichtiger war, warum hatte er sie gesucht?

»Hi.« In Jeans und einem blauen Hemd, eine Jacke um die Taille geschlungen, ging er über den Holzsteg, der den schmalen Bach überspannte, und traf sie, wo eine Seite des Hügels ins Tal abfiel.

»Selber hi.« Ihre Wanderstiefel machten ein schmatzendes Geräusch auf dem schlammigen Boden.

»Ich habe Schokolade mitgebracht.« Er hielt ihr den Riegel hin, wie eine Art Friedensgabe.

»Hat Hannah dir gesagt, wo ich bin?« Sie zögerte, dann nahm sie die Schokolade aus seiner ausgestreckten Hand entgegen und schenkte ihm ein leises Lächeln.

»Ich habe bei dir vorbeigeschaut und sie vor dem Haus getroffen.« Seine Mundwinkel hoben sich zu diesem herzerwärmenden Lächeln. »Ich hoffe, ich dränge mich nicht auf.«

»Du weißt doch, dass du das tust.« Annie versuchte, eine distanzierte, sogar strenge Miene zu wahren, aber ohne Erfolg. Die Kombination aus seinem Lächeln und diesem weichen, gedehnten Tonfall griff ihr jedes Mal ans Herz. Außerdem hatte er Schokolade mitgebracht. Sie wickelte sie aus dem Papier und der Folie, brach ein paar Stücke ab und hielt sie ihm hin, um sie mit ihm zu teilen. »Ich komme hierher, wenn ich allein sein will.« Sie sah ihn mit hochgezogener Braue an. Vielleicht wusste er gar nicht, wie sexy sein Lächeln war. Oder vielleicht wusste er es und setzte es ein, um an sie und jede andere Frau, die seinen Weg kreuzte, heranzukommen.

»Es tut mir leid.« Nur dass er nicht so klang, als ob es ihm leidtäte. »Du machst dich rar.«

»Ich war beschäftigt.« Da der Sender über der Bäckerei lag, war es nicht leicht, Seth aus dem Weg zu gehen oder zu versuchen, diesen flüchtigen Kuss zu vergessen. Aber sie war tatsächlich mit Sorgen um ihre Mom und Duncan beschäftigt gewesen. Warum hatte ihre Mom sie gebeten, sie am Montagnachmittag zum Arzt zu fahren, wollte ihr aber nicht sagen, warum? Und warum stand der Wagen, den ihre Mom und Duncan fuhren, bereits auf dem Parkplatz?

»Ich hoffe, es war dir nicht unangenehm, als ich letzten Samstag Gute Nacht gesagt habe.« Er sah auf seine schlammverschmierten Sneakers.

»Nein, es war ja nicht einmal ein richtiger Kuss.« Annie zwang sich zu einem Lachen, aber das Geräusch klang falsch, selbst in ihren eigenen Ohren. »Vergiss es.«

»Es hat vielleicht nicht so angefangen, aber wenn mein Sohn nicht angerufen hätte, hätte es auf jeden Fall ein richtiger Kuss werden können.« Seth' Stimme enthielt ein sinnliches Timbre, und Annies Magen flatterte.

»Das wissen wir nicht.« Ihre Haut kribbelte.

»Ich schon.« Er starrte in die diesige blaue Ferne anstatt auf sie. Unter ihnen schlängelte sich der Black Duck River durch die Talebene, und die Stadt Irish Falls schmiegte sich an ihre Mitte, wie eine Spielzeugstadt aus dieser Höhe. »Den Kuss kann ich vielleicht vergessen, aber was ich nicht vergessen kann, ist diese Stimme, die du hast.«

Annies Gesicht begann zu glühen. Warum hatte sie das Küchenfenster nicht geschlossen? Und wenn sie doch gewusst hatte, dass Seth möglicherweise in der Nähe sein könnte, warum hatte sie überhaupt gesungen? Rhetorische Frage. Sie sang ständig, nicht nur, wenn sie glücklich war, sondern auch, wenn sie aufgewühlt war. Wäre er ein paar Minuten früher aufgetaucht, hätte er sie sogar hier oben beim Singen ertappt.

»Wie ich dir bereits gesagt habe, ich singe heutzutage für niemanden mehr außer für die Kinder in der Schule und im Chor.«

»Heute Morgen hast du nicht im Chor gesungen.« Er schenkte ihr ein schiefes Lächeln.

»Du bist zu meiner Kirche gegangen?« Sie atmete scharf ein.

»Ja.« Seine Augen funkelten. »Viele meiner Hörer gehen zu St. Patrick's. Mir liegt daran, mich in der Gemeinde blicken zu lassen.«

»Du … du …« Ihr Kiefer spannte sich an. Seth war nicht nur beharrlich, er hatte auch, wie Nana Gerry gesagt hätte, Nerven wie Drahtseile.

»Es ist nichts Falsches daran, wenn ein Mann am Sonntagmorgen zur Kirche geht.« Sein Ton neckte sie. »Ein paar entzückende alte Damen haben mich eingeladen, in deinem Chor zu singen. Sie haben gesagt, ich hätte einen wunderschönen Tenor.«

»Lass dich von dem Schein nicht täuschen. Diese ›entzückenden alten Damen‹ sind so schlau und gerissen, wie man sich nur denken kann.« Sie ballte für einen Moment die Hände. »Sie glauben, wenn sie dich als Erste rumkriegen, wirst du nie wieder einen Fuß über die Schwelle irgendeiner anderen Kirche in dieser Stadt setzen. Viele Baptisten, Episkopale und Angehörige anderer Glaubensrichtungen hören deinen Sender. Und auch ein Haufen Nichtgläubige.«

»Siehst du, genau deshalb brauche ich dich als gute Freundin.« Er schenkte ihr einen großäugigen, viel zu unschuldigen Blick. »Ich kenne mich mit Kleinstädten nicht aus, aber du. Ich nehme an, ich darf nicht dabei gesehen werden, dass ich mich auf eine Seite schlage, nicht einmal, wenn es um den Kirchgang geht. Aber bei den Ankündigungen heute Morgen erwähnte dein Priester einen Benefizabend im Black Duck am Memorial-Day-Wochenende. Um Leuten zu helfen, deren Häuser überflutet wurden. Ein paar einheimische Sänger treten auf. Du solltest dich anmelden.«

»Nein.« Annie verspannte sich.

»Aber es ist für einen solch guten Zweck.« Er hielt einen Moment inne. »Ich dachte, du hättest mehr Bürgersinn.«

Seth war aalglatt, das musste sie ihm lassen, und er wusste, wie er sie herumkriegte.

»Ich werde einen Scheck ausstellen.« Sie begann, über den Holzsteg und zurück zum Weg zu gehen. »Quinn's spendet drei Kuchen für die Tombola. Einer ist eine Hochzeitstorte, und die sind teuer.«

»Ich dachte, du würdest vielleicht etwas tun wollen, was etwas persönlicher ist. Wenn du ein paar Blocks näher beim Fluss leben würdest, hättest du vielleicht auch alles verloren.« Seth' Miene war traurig. »Wenn das Problem das Alleinsingen ist, kann ich gern mit dir zusammen singen. Oder ich könnte dich begleiten. Was immer du willst. Als ich vorhin mit Father Michael gesprochen habe, habe ich ihm die volle Unterstützung des Senders zugesagt. Alle Kirchen und Wohltätigkeitsvereine in der Stadt tun sich zusammen, um das Event zu organisieren, aber sie brauchen Hilfe mit der Werbung und Promotion. Und da kann ich mich nützlich machen.«

»Du gibst nie auf, oder?« Annie stolperte über eine Baumwurzel, und Seth hielt sie am Arm fest, um sie zu stützen.

Sein Lachen war ein sanftes Rumoren an ihrer Seite. »Wenn ich etwas so sehr will, wie dich wieder singen zu hören, dann nicht.«

Annie blieb stehen und wandte sich auf dem schmalen Weg zu ihm um. »Na schön. Ich werde einen Song für dich singen.« Schon während ihr die Worte über die Lippen kamen, bereute sie sie, aber irgendetwas an Seth ließ sie einknicken. »Ich werde morgen früh vor der Arbeit zum Studio hochkommen.« Sie riss ihren Arm von seiner Hand los.

»Toll, das ist …«

»Und du wirst sicherstellen, dass mein Bruder nicht da ist, um zuzuhören.« Sie beschleunigte ihre Schritte, und von ihren Stiefeln spritzten Erde und Kies über den Weg. »Seit du angefangen hast, die Morgen-Show zu machen, springt Brendan ständig zum Sender hoch. Es ist mir egal, was du zu ihm sagst, aber du darfst ihm nicht verraten, dass ich für dich singe.«

»Abgemacht.«

»Dann sehen wir uns morgen früh um Viertel nach fünf.« Sie rollte die Zehen in ihren Stiefeln ein. Sie durfte sich nicht anmerken lassen, wie sehr Seth sie aufwühlte.

»Das ist nur eine Viertelstunde, bevor du mit der Arbeit anfängst.« Seine Augen verengten sich.

»Mehr kann ich dir nicht geben.« Sie stapfte den Hügel hinunter und entfernte sich so rasch von ihm, wie es das fast senkrechte Gefälle zuließ.

»Wenn du nur eine Viertelstunde hast, dann will ich, dass du einen deiner Songs singst.« Seine Stimme drang von der anderen Seite eines großen Zuckerahorns an ihr Ohr.

»Okay.« Sie warf das Wort über die Schulter.

»Fantastisch.« Sein Ton war selbstgefällig.

Als das Gelände abflachte, fiel sie in einen Laufschritt, um mehr Abstand zwischen sie beide zu bringen, und sprintete zwischen den letzten Bäumen hindurch, bis sie am Ende ihrer Straße herauskam. Als sie neben Seth' Truck stehen blieb, hatte sie Seitenstechen und eine Blase, wo einer ihrer Stiefel gegen die Ferse gerieben hatte. Sie ging über den Rasen zu ihrer Eingangsveranda, während sie die ganze Zeit seinen Blick spürte, der sich vom Fuß des Hügels in ihren Rücken bohrte.

Sie holte ein paarmal tief Luft. Sie hatte keinen Grund zur Panik. Es war nur ein Song und eine Viertelstunde. Sie hatte sich geschworen, sie würde versuchen, etwas aus ihrer Musik zu machen, und für Seth zu singen würde vielleicht der erste Schritt auf diesem Weg sein. Und sobald sie für ihn gesungen hatte, würde ihr Leben immer noch genauso tröstlich, vertraut und sicher sein wie zuvor. In einer Viertelstunde konnte nichts passieren, um das zu ändern.

Sie öffnete die Haustür und trat in die Diele. Hazel, die Katze, und die kleine Olivia, das Kätzchen, lagen zusammengerollt in Nana Gerrys Lieblingssessel. Im Kühlschrank in der Küche stand die Hühnchen-Gemüse-Pie, die sie vorhin gemacht hatte, bereit, in den Ofen geschoben zu werden. Und wenn Hannah von dieser Geburtstagsparty nach Hause kam, würden sie sich einen Film aussuchen und ihn zusammen ansehen, so wie jeden Sonntagabend.

Hannah. Sie zuckte zusammen und schlang die Arme um sich. Sie hatte weitaus weniger als eine Viertelstunde gebraucht, um mit ihr schwanger zu werden. Und auch, um Todd dann zu sagen, dass er Vater würde. Ihre Finger suchten instinktiv die Stellen an ihren Unterarmen, wo einst die rötlich violetten Prellungen gewesen waren. Auch wenn die Spuren nach ein paar Wochen verblasst waren, waren die Erinnerungen, die sie hinterlassen hatten, noch immer frisch. Und das alles hatte auch mit einem ihrer Songs begonnen.

Kapitel 10

Würde Annie auftauchen? Oder würde sie ihn versetzen? Seth zerrte einen der Stühle von der Essecke ins Studio und stellte ein Glas Wasser auf den Schreibtisch.

Nach seinem Handydisplay war es fünf Uhr vierzehn. Niemand hatte je so frühmorgens für ihn gesungen, aber es hatte auch niemand mit einer Stimme oder einem Song wie Annies je für ihn gesungen.

Dolly schlug mit dem Schwanz und richtete die Ohren zur Außentür.

Schritte polterten die Treppe herauf, und dann trat Annie mit einem Gitarrenkoffer durch die Tür und ins Studio. »Ich muss schnell machen. Brendan könnte gesehen haben, wie ich hochgegangen bin.« Sie warf einen Blick hinter sich, als wäre ihr Bruder schon hinter ihr her.

»Das hat er bestimmt nicht, es sei denn, er kann durch einen Boden und das Treppenhaus gucken.« Seth lächelte in dem Versuch, sie zu beschwichtigen. Er hätte nicht an ihr zweifeln sollen. Annie hielt, was sie versprach. »Ich habe ihm eine Nachricht geschickt, um zu fragen, ob er später noch etwas von diesem Kaffeekuchen hat, den ihr in einem der Gefrierschränke im Keller aufbewahrt. Er hat gemeint, er würde hinuntergehen und nachsehen. Außerdem hat er geschrieben, dass er einen Schwung Brote im Ofen hat, das heißt, mit den beiden Dingen ist er zu beschäftigt, um in absehbarer Zeit hochzukommen.«

»Danke.« Ihre Stimme bebte.

»Ich habe Jakes Gitarre hier, falls du …«

»Nicht nötig.« Ihr Gesicht war so weiß wie der Pullover, den sie über einer abgewetzten Jeans trug, die sich an ihre kurvigen Hüften schmiegte. »Ich kann mich selbst begleiten.« Sie wuchtete den Gitarrenkoffer auf den Schreibtisch und öffnete ihn.

»Ich habe dir einen Stuhl und ein Glas Wasser hingestellt.« Eine Sekunde lang hatte er ein schlechtes Gewissen, weil er sie gedrängt hatte, aber wenn er ihr helfen konnte, etwas aus ihrer Musik zu machen, würde es schließlich nur gut für sie sein.

Sie setzte sich und umklammerte die Gitarre wie ein Rettungsfloß.

»Ich bringe Dolly zurück in die Wohnung und …«

»Ich will, dass Dolly bleibt.« Sie presste die Lippen zusammen und musterte ihn von Kopf bis Fuß. Offensichtlich war ihr die Gesellschaft des Hundes im Moment lieber als seine.

»Okay, wann immer du so weit bist.« Er trat hinter den Sendetisch und setzte sich auf den Moderatorenstuhl. Er musste es langsam angehen lassen. Andernfalls würde sie die Treppe zur Bäckerei schneller hinunterstürzen als Dolly, wenn sie ein Eichhörnchen entdeckte.

Annie zupfte ein paar Akkorde und rutschte auf ihrem Stuhl hin und her. Dann stand sie auf und klopfte mit einem Fuß, der in einem Sneaker steckte, auf den Teppich. Die Sekunden verstrichen, und er hielt den Atem an. Schließlich richtete sie den Blick auf einen Punkt über seinem Kopf und begann zu singen.

Anfangs leise, schwoll ihre Stimme bald im Einklang mit der Musik an, die sie dieser alten Gitarre entlockte. Die schlichte Melodie drang prompt in seine Brust und legte sich um sein Herz, und die Worte verliehen ihr mehr Tiefe, als er je für möglich gehalten hätte. Seth beugte sich vor, und seine Nackenhaare stellten sich auf.

In vielen Countrysongs ging es um Liebe und Verlust. Aber Annie hatte dieses Thema gewählt und es sich zu eigen gemacht. Sie nahm ihn gefangen, denn obwohl ihr Song sich um Liebeskummer drehte, enthielt er auch Hoffnung, zusammen mit einer rauen Ehrlichkeit, die verborgene Teile seiner Seele berührte.

Als der letzte Akkord verhallte, bellte Dolly, die bislang still geblieben war, und stupste mit ihrer Nase Annies Knie an.

»Das war …« Seth stand auf und räusperte sich. »Toll.« Das war solch ein unzulängliches Wort für das, was er gerade gehört hatte, aber offenbar konnte er seinen Mund nicht dazu bringen, irgendwelche anderen zu formen.

»Danke.« Annies Stimme war sanft, und als sie sich

bückte, um Dolly zu tätscheln, fiel ein Vorhang aus Haaren über eine Hälfte ihres Gesichts.

Adrenalin durchströmte Seth, und für einen Moment drehte sich das Studio vor seinen Augen. Sie hatte nicht nur die Stimme eines Engels, sie sah auch wie einer aus. Aber hier ging es um so viel mehr als ihre Stimme oder ihr Aussehen. »Hast du noch irgendwelche anderen Songs geschrieben?«

»Na klar. Ich versuche mich am Songwriting, seit ich jünger war, als Hannah jetzt ist.« Ihr Ton war zögernd, vielleicht sogar ängstlich.

»Hast du sie noch?« Er hielt den Atem an, fast schwindelig. Wenn irgendwelche ihrer anderen Songs auch nur halb so gut waren wie der, den er eben gehört hatte, dann hatte sie auf jeden Fall das Zeug dazu. Es gab viele faszinierende Sänger dort draußen, aber solche, die Musik und Texte wie ihre schreiben konnten, waren selten.

»Abgesehen von den Songs, an denen ich noch immer arbeite, liegen sie in Kartons auf meinem Dachboden.« Sie richtete sich auf und legte die Gitarre wieder in den Koffer.

Seth zwang sich zu einem beiläufigen Ton, um seine Aufregung im Zaum zu halten. »Mit der richtigen Präsentation und Promotion könnte dieser Song ein Riesenhit werden.«

Ihr Blick huschte zu ihrer kleinen, dezenten Armbanduhr. »Das hier ist Irish Falls, nicht Nashville. Wie könnte mein kleiner Song denn je ein Hit werden?«

»In Nashville könnte er das.« Sein Herz hämmerte. »Ein

paar Takte der Melodie sind noch ein bisschen spröde, aber dabei kann ich dir helfen. Und ich weiß auch, wie wir an ein Aufnahmestudio und Begleitmusiker kommen können. Glaub mir, wenn du ein Demoband machst und es sich herumspricht, werden die Leute Schlange stehen, um diesen Song für dich zu produzieren.«

»Nein.« Ihr Gesicht verfärbte sich grau, und sie wich zur Studiotür zurück. »Ich habe gesagt, ich würde einen Song für dich singen. Das war's. Ich bin nicht bereit für irgendetwas anderes. Ich muss zurück zur Arbeit und …«

»Warte. Vielleicht verstehst du es nicht. Das könnte ein Riesending für dich sein.« Er trat um den Schreibtisch herum an ihre Seite. »Ich will dir helfen. Du hast Talent. Warum versteckst du es? Du musst deine Songs und auch deine Stimme mit anderen teilen. Wie wär's, wenn du damit anfängst, indem du bei dem Benefizabend singst?«

»Das ist … Ich kann nicht.« Sie stieß gegen die Tür, und Tränen glänzten in den Tiefen ihrer umwerfenden Augen. »Abgesehen von meiner Familie, dem Chor und den Kindern in der Schule, war Jake der einzige andere Mensch, für den ich allein gesungen habe. Jedenfalls seit …« Sie schlang die Arme um sich. »Er hat mich dazu gebracht, wieder zu singen, nachdem … Na ja, bevor ich für dich gesungen habe, war mir nicht bewusst, wie sehr ich es vermisst habe. Als du dich in meiner Musik verloren hast, hat das etwas mit mir gemacht.«

Es hatte auch mit Seth etwas gemacht, wenngleich er

in diesem Moment nicht analysieren konnte, was genau. »Etwas Schlimmes?« Er umrundete Dolly und legte behutsam einen Arm um Annies angespannte Schultern.

»Nein, es ist etwas, dem ich mich stellen musste, aber …« Sie schluckte und fuhr sich mit einer Hand an den Mund.

»Musik kann heilen. Das hat Jake zu mir gesagt, als ich ein Kind war.« Seth drückte ihren Arm, und sie zuckte zusammen – es war fast unmerklich, aber eindeutig ein leichtes Zittern unter ihrem dünnen Pullover. Er nahm seine Hand fort, und ihr Körper entspannte sich.

»Zu mir hat er das auch immer gesagt.« Sie schenkte ihm den Anflug eines Lächelns. »Er hatte ständig einen Spruch auf den Lippen, aber er hat mir nie einen Rat gegeben, selbst wenn ich ihn gefragt habe. Er hat gesagt, ich müsse mir selbst über das Leben klar werden.«

Seth' Herz verkrampfte sich angesichts dieser Mischung aus Verbitterung und Bedauern in ihm. Obwohl er sich gesagt hatte, es sei nicht wichtig, hatte er es vermisst, einen Dad zu haben, der, auch wenn er ihm keinen Rat gegeben hätte, ein Teil seines Lebens gewesen wäre.

»Ich muss los. Ich komme zu spät zur Arbeit.« Annie streckte um ihn herum einen Arm nach dem Gitarrenkoffer aus, und ihr leichter Atem streifte die Haare in seinem Nacken.

Seth stand stocksteif da. Wenn er sich gestattete, sie zu berühren, würde er wie Treibsand in ihre Wärme und Weichheit gezogen werden. Und doch legte sich seine

Hand um ihre Taille. Ihr Pullover war glatt unter seinen Fingern, und sie war ihm so nah, dass er …

»Annie?«

Seth riss die Hand zurück, und Dolly kläffte.

Tara stand in der halb offenen Studiotür. »Es ist wegen Duncan.« Sie rang nach Worten. »Er hat Schmerzen in der Brust. Mom hat einen Krankenwagen gerufen, er ist jetzt im Krankenhaus.« Sie warf einen Blick auf Seth, ihre Miene war angespannt. »Brendan und Holly müssen sich um die Bäckerei kümmern, und Rowan kann ihre Kinder nicht so früh allein lassen, aber Mom braucht uns.«

»Natürlich.« Annies Stimme bebte.

Seth sprach über das Engegefühl in seiner Kehle hinweg. »Soll ich irgendjemanden anrufen? Father Michael vielleicht?« Die Quinns schienen eine Familie zu sein, die die Unterstützung eines Geistlichen zu schätzen wusste.

»Das wäre gut.« Annies Gesicht war bleich. »Unser Dad … Er ist an einem schweren Herzinfarkt gestorben. Mom muss solche Angst haben.« Sie lehnte den Gitarrenkoffer mit zitternden Händen an die Studiowand.

»Duncan ist ein Kämpfer. Mom hat erzählt, er hätte den Sanitätern gegenüber behauptet, er hätte keinen Grund, ins Krankenhaus zu gehen, er wäre nicht krank. Er hat ihr das Versprechen abgenommen, im Moment noch nicht einmal seine Kinder zu verständigen.« Taras Stimme zitterte. »Aber Mom. Sie ist …«

»Ganz allein.« Annie war mit zwei großen Schritten bei ihrer Schwester und drückte sie an sich.

»Was ist Duncans Lieblingssong? Ich werde ihn für ihn in der Show spielen.« Annie und ihre Familie hatten Jake geholfen, und sie hatten ihm geholfen. Er wollte für sie da sein, auch wenn es nur auf eine bescheidene Art war.

»Er mag alles von Johnny Cash«, antwortete Annie. »Er hat mir mal erzählt, ›I Walk the Line‹ sei die erste Platte gewesen, die er sich gekauft hat.« Ihr verängstigter Blick fing seinen auf und hielt ihm stand.

Seth' Atem beschleunigte sich. »Geht klar. Sag Duncan, ich drücke ihm die Daumen. Und wenn ich sonst noch irgendetwas tun kann, schick mir eine Nachricht.«

»Mache ich. Danke.« Sie lachte nervös und wandte sich mit Tara zum Gehen.

Als sich die Studiotür hinter ihnen geschlossen hatte, setzte er sich an den Computer und starrte auf den Playlist-Ordner der Show, ohne ihn wirklich zu sehen. Er wollte diesen verzweifelten Blick aus Annies Augen vertreiben – sie auf eine Weise trösten und für sie da sein, auf die er es für keine Frau je zuvor hatte tun wollen. Aber wie könnte er etwas mit ihr anfangen, wenn er plante, nur sechs Monate hierzubleiben? Und dann war da noch ihre Musik. Würde sie denken, dass er ihr nur deswegen nahekommen wollte? Er rieb sich mit einer Hand den Nacken, wo die Muskeln sich verspannten.

»Du wolltest ein Stück Kaffeekuchen?«

»Was?« Er sah auf, als Brendan durch die Tür hereinkam, durch die seine Schwestern eben hinausgegangen waren.

»Hast du mir vorhin nicht eine Nachricht geschickt?« Brendan hielt einen Teller in einer Hand, einen Kaffeebecher auf seinem Rand balancierend.

»Richtig.« Seth kam um den Schreibtisch herum, um den Becher zu nehmen.

»Ich bin Tara und Annie eben auf der Treppe begegnet. Beängstigende Geschichte für Mom und Duncan. Für uns alle eigentlich.« Brendan stellte den Teller auf dem Schreibtisch ab. Seine sonst so entspannte Miene drückte mit einem Mal Vorsicht aus. »Was wollte Annie denn mit ihrer Gitarre hier oben?« Er warf einen Blick auf den Koffer, der noch immer an der Wand lehnte.

»Nichts Wichtiges.« Seth' Magen verknotete sich. »Hör zu, ich gehe bald auf Sendung und …«

»Annie hat nie viel von Hannahs Dad erzählt, aber er hat sie verletzt.« Während Brendan ihn musterte, wich Seth ein Stück zurück. »Sie war nie wieder dieselbe, die sie war, bevor sie nach Nashville gegangen ist. Als sie hierher zurückkam, habe ich mir geschworen, wenn irgendein Typ sie je wieder verletzen sollte, würde er es mit mir zu tun kriegen.«

»Alles klar.« Seth stellte den Becher ab und spielte mit seinen Kopfhörern. Er wollte Annie helfen. Warum sollte Brendan glauben, dass er sie je verletzen würde?

»Gut.« Brendans Ton war gesprächig, aber er enthielt auch eine Warnung. »Du solltest einen Song für Duncan spielen. Die Leute werden ihm gute Besserung wünschen wollen.«

»Ist schon abgedeckt. Johnny Cash, ›I Walk the Line‹.

Aber ich hatte nicht vor, Duncans Namen zu erwähnen. Er wird nicht wollen, dass die Leute wissen, was mit ihm los ist.«

Brendan schnaubte spöttisch. »Zehn Minuten, nachdem die Sanitäter das Haus verlassen hatten, dürfte die halbe Stadt gewusst haben, wohin er gebracht wurde. Lizzie Driscoll wohnt neben Mom und Dad, und ihr entgeht nie etwas, ob Tag oder Nacht. Außerdem ist sie das größte Klatschmaul zwischen hier und der Grenze zu Pennsylvania. Wenn du nicht erwähnst, dass Duncan im Krankenhaus ist, werden die Leute denken, dass du ihn nicht magst. Ein Kleinstadtradio ist halb Information und halb Dienst an der Allgemeinheit, und alles mit einem persönlichen, bodenständigen Touch.«

Und genau das war der Grund, weshalb Seth nicht die Absicht hatte, länger als unbedingt nötig ein Kleinstadt-Radiomoderator oder -Senderleiter zu sein. Nur dass er sich, wie Johnny Cash, auf einem schmalen Grat bewegte – einem zwischen seinem Kopf und seinem Herzen, und je mehr Zeit er hier und in Annies Nähe verbrachte, desto schmaler wurde dieser Grat.

Selbst im Eingangsbereich des Krankenhauses lag der Geruch von Desinfektionsmitteln in der Luft. Um diese frühe Stunde war alles ruhig, der Geschenkeshop und der Blumenkiosk waren geschlossen, und nur ein Wachmann saß hinter dem Empfangstresen. Annie steckte ihr Handy in die Handtasche, sah zu den Schildern über ihnen hoch und zog Tara am Arm. »In Moms Nachricht stand, dass sie im Familienzimmer ist. Das ist da entlang. Wenn du hier warten willst, werde ich sie suchen und …«

»Ich komme schon klar.« Tara schüttelte Annies Arm ab.

»Nein, das tust du nicht. Und ich auch nicht.« Dank der abenteuerlichen Fahrt mit Taras Jeep hatten sie die zwanzigminütige Strecke zum Bezirkskrankenhaus in weniger als einer Viertelstunde zurückgelegt. »Aber nichts ist so schlimm, dass wir es nicht zusammen durchstehen können.« Manches war es doch, ehrlich gesagt. Aber Annie würde sich nicht gestatten, jetzt darüber nachzugrübeln.

»Sollten wir nicht eine von Moms Schwestern anrufen?« Taras ängstlicher Blick fing Annies auf.

»Nein.« Annie milderte das Wort mit einem Lächeln ab. »Wenn wir das tun, wird im Handumdrehen die ganze Familie hier sein. Außerdem hast du mir erzählt, Mom hätte gesagt, Duncan wolle nicht, dass sie seine Kinder anruft, oder?«

»Ja, aber das ist etwas anderes.« Tara nagte an ihrer Unterlippe. »An der Westküste ist es noch mitten in der Nacht.«

»Er hätte dasselbe gesagt, wenn es Nachmittag wäre. Duncan ist ein sehr zurückhaltender Mensch.« Und das war einer der Gründe, weshalb Annie ihn so sehr mochte. Er steckte die Nase nie in ihre Angelegenheiten. Sie atmete einmal tief aus und drückte die Tür zum Familienwarteraum des Krankenhauses auf. Ihre Mom saß in ihrem Frühjahrsmantel zusammengekauert auf einem Stuhl am Fenster.

»Gott sei Dank, dass ihr hier seid. Duncan …« Die Stimme ihrer Mutter stockte. »Ich habe euren Dad verloren, als er auf einer Krankenliege durch diese Türen gebracht wurde. Und jetzt Duncan … Ich kann nicht …« Ihr Körper bebte vor unterdrückten Schluchzern. »Meint ihr, die Schwester hat mich hier ganz allein untergebracht, weil er tot ist und sie es mir noch nicht gesagt haben?«

»Natürlich nicht.« Annie rutschte auf den Stuhl neben ihrer Mom und rieb ihre kalten Hände, um sie zu wärmen. »Sie hat bestimmt nur gedacht, du könntest einen ruhigen Ort gebrauchen, weit weg von allen anderen im Warteraum der Notaufnahme. Das war sehr freundlich von ihr.«

»Vielleicht.« Die Stimme ihrer Mom brach.

»Es war richtig von dir, den Krankenwagen zu rufen.« Sie warf einen Blick auf Tara, die im Türrahmen verharrte. »Du wirst Duncan nicht verlieren. Er ist ein aktiver, gesunder Mann.«

»Das habe ich von eurem Vater auch gedacht.« Ihre Mom starrte auf ihre Füße.

»Du hast mir doch gesagt, Duncan hätte auf dem Weg hierher die ganze Zeit mit dir geredet.« Tara trat ins Zimmer und kauerte sich auf die andere Seite ihrer Mutter. »Das muss ein gutes Zeichen sein.«

»Tara hat recht. Ich bin sicher, sobald die Ärzte Duncan untersucht haben, ist alles gut mit ihm«, ergänzte Annie, um ein aufmunterndes Lächeln bemüht.

Die Hände ihrer Mom legten sich fester um Annies. »Vielleicht, vielleicht auch nicht, ist es das Herz. Ich habe ihm gestern Abend gesagt, es sei zu spät, um nach dem Bowling noch dieses scharf gewürzte Chili zu essen, aber er hat darauf bestanden.« Sie schluckte. »Das ist nicht … Das ist noch nicht alles. Er war letzte Woche bei seinem Arzt, aber ich habe nur zufällig von dem Termin erfahren.«

Annies Muskeln spannten sich an. »Hast du mich deshalb gebeten, dich zur Praxis zu fahren?«

Ihre Mom nickte ruckartig. »Wir wissen es nicht mit Sicherheit, aber Duncan könnte Prostatakrebs haben.«

Krebs. Das gefürchtete K-Wort. Annies Bauch verkrampfte sich, und Tara holte keuchend Luft.

»Duncan wollte nicht, dass ich es irgendjemandem sage, aber ich habe ihm nichts versprochen. Ich muss einfach mit jemandem reden. Und mit wem, wenn nicht mit meinen Töchtern?« Ihr Gesicht war grau und verkniffen. »Wir hatten so viele Pläne für unseren Ruhestand, aber mit meiner Hüfte und jetzt dem hier …«

»Diese Pläne sind nur ein bisschen aufgeschoben.« Annie hoffte, dass sie recht hatte. Sie tätschelte ihrer Mom den Arm. »Ich bin mir sicher, ich habe irgendwo gelesen, dass Prostatakrebs heutzutage richtig gut behandelbar ist.«

»Es ist trotzdem Krebs.« Ihre Mutter ließ den Kopf hängen, und ihre Schultern sackten nach unten.

»Natürlich, und deshalb werden die Leute, wenn du es ihnen sagst, helfen wollen. Wenn Duncan wüsste, wie aufgewühlt du bist, würde er nicht wollen, dass du das alles allein durchstehst. Wie damals, als Dad gestorben ist, brauchst du jetzt die Unterstützung deiner Familie und deiner Freunde.«

»Duncan will nicht, dass irgendjemand davon erfährt, weil er ein Mann ist und, na ja …« Ihre Wangen röteten sich. »Es wäre ihm unangenehm, wenn Leute, auch nur die Familie, über sein … Ding reden.«

»Das verstehe ich, aber …« Annie brach ab. Sie verstand es nicht, nicht wirklich, und nichts, was sie sagte, würde im Moment irgendetwas helfen.

»Ich hätte es nicht einmal euch beiden erzählen sollen. Ihr dürft kein Wort sagen, zu niemandem.« Ihre Mom sah mit flehender Miene zwischen Annie und Tara hin und her. »Zumindest nicht, bevor wir irgendetwas mit Bestimmtheit wissen.«

»Okay.« Annie atmete aus. Sie teilte diese Ansicht nicht, aber Duncan aus der Fassung zu bringen, würde niemandem etwas nützen, am allerwenigsten ihm selbst.

»Danke, Schatz.« Ihre Mom zwang sich zu einem Lächeln. »Ich weiß nicht, was ich tun würde, wenn ihr nicht alle so nah bei mir leben würdet. Zusammen mit Brendan seid ihr mein Trost und meine Freude. Und nachdem ich meine Babys verloren hatte, seid ihr drei Mädchen ein ganz besonderer Segen.«

Annies Kehle schnürte sich zu. Ihre Mom sprach selten von ihren Fehlgeburten oder von dem kleinen Jungen, der zwei Tage nach seiner Geburt gestorben war, als Brendan drei gewesen war, aber der Schmerz dieser Verluste saß noch immer tief. Jedes Mal, wenn Annie mit dem Gedanken spielte, Irish Falls zu verlassen, wusste sie, dass sie es nicht übers Herz brächte. Selbst wenn sie nicht schwanger geworden wäre und ihren Collegeabschluss gemacht hätte, wäre sie vermutlich nicht in Nashville geblieben. Die Familie hätte sie zurück in den Norden des Bundesstaates New York gezogen wie einen Fisch an einer Angelschnur.

»Natürlich sind wir alle für dich da und auch für Duncan.« Es nützte nichts, über die Wege nachzugrübeln, die sie hätte einschlagen können.

»Ich werde mit Sicherheit nirgends hingehen.« Traurigkeit trübte Taras Miene. Sie tätschelte ihrer Mom das Knie und erhob sich. »Wie wär's, wenn ich mal schaue, ob ich irgendwo eine Tasse Tee und eine Decke für dich auftreiben kann? Dir ist ja eiskalt.«

»Danke, Schatz.« Nachdem sich die Tür hinter Tara geschlossen hatte, ließ sich ihre Mom in den Stuhl zurücksinken. »An manchen Tagen denke ich, dass es ihr allmählich besser geht, aber dann schlägt die Trauer wieder zu. Ich weiß aus eigener Erfahrung, was sie durchmacht, aber als ich deinen Dad verloren habe, hatte ich mit euch Kindern wenigstens noch einen Teil von ihm. Wenn Tara und Adam ein Kind hätten haben können, dann wäre es vielleicht …«

»Ja.« Der Knoten in Annies Magen verhärtete sich. Sie war nicht die Einzige, deren Weg voller Hindernisse war. »Tara braucht Zeit.« Zumindest hoffte sie, dass das alles war, was sie brauchte. »Sie konzentriert sich inzwischen wieder mehr auf das Positive als früher. Zum Beispiel, dass sie nicht überflutet wurde, sodass sie noch immer ihre Erinnerungsstücke hat.«

»Verglichen mit vielen anderen Leuten hatte unsere Familie großes Glück.« Ihre Mom sah auf den Boden, wo die Hälfte der Fliesen herausgerissen war. »Selbst hier hat die Flut Schäden hinterlassen. Dieser Benefizabend wird den Menschen überall im Tal helfen. Ich habe gehört, dass Seth kostenlose Werbeslots zur Verfügung stellt, damit es sich herumspricht.«

»Das hat er mir erzählt.« Sie hatte vor weniger als zwei Stunden für ihn gesungen, aber es schien eine Ewigkeit her zu sein.

»Wir müssen noch mehr tun.« Die Miene ihrer Mom wurde nachdenklich. »Was meinst du?«

»Wozu?«

»Wie könnte man jüngere Leute dazu bringen, teilzunehmen? Jede Benefizveranstaltung bei uns läuft im Grunde nach demselben Schema ab. Eine Tombola, ein Tanz mit ein paar Leuten, die dazu Karaoke singen, und ein Gemeindeflohmarkt mit Kuchenverkauf. Lass uns das ein bisschen aufpeppen.« In der Stimme ihrer Mutter lag mit einem Mal neue Kraft. »Der Memorial Day ist das erste große Touristenwochenende des Jahres. Was würde Besucher außerdem interessieren?«

Ihre Mom wusste nicht, dass sie für Seth gesungen hatte. Und sie bat sie nicht, bei dem Benefizabend aufzutreten. Aber vorhin, bei Seth, hatte Annie sich unwillkürlich gefragt, wie es wäre, wieder auf einer Bühne zu singen. Sie war älter geworden. Sie hatte den Kopf nicht mehr in den Wolken. Außerdem war sie schlauer, und niemand konnte ihr etwas nehmen, was sie nicht zu geben bereit war. »Wir haben nicht viel Zeit zum Planen, aber wir könnten die Schule einbeziehen. Wie wär's mit einer Talentshow für verschiedene Altersgruppen?« Unerwartete Aufregung durchströmte sie. »Wir könnten die Veranstaltung zu einem echten Aushängeschild für die Stadt machen.«

»Das ist eine tolle Idee.« Trotz ihrer Sorge um Duncan strahlte ihre Mom. »Ich möchte wetten, Seth wäre mit an Bord. Er könnte einer der Juroren oder der Moderator sein. Es wäre wie *America's Got Talent* hier in Irish Falls. Wir würden mit den Gebühren für den Eintritt und die Teilnahme ordentlich Spendengelder sammeln, und es würde außerdem Spaß machen. Vielleicht kennt Seth auch jemanden, der in einer Show als Star auftreten könnte. Das würde die Leute in Scharen anlocken, meinst du nicht?«

»Augenblick.« Annie blinzelte. Während sie an Jongleure und Kunststücke mit niedlichen Haustieren gedacht hatte, schwebte ihrer Mom offenbar eine Adirondacks-Version der legendären Nashviller *Grand-Ole-Opry*-Radioshow vor. »Mit so etwas müssen wir klein anfangen – und viel früher.«

»Mrs. McNeill?« Die Tür des Familienraums schwang auf. Ein dunkelhaariger Mann in einem weißen Kittel kam herein.

Aaron. Annie kramte seinen Namen aus den Winkeln

ihres Gedächtnisses hervor. Präsident des Wissenschaftsclubs auf der Highschool, ein Oberschüler, als sie im ersten Highschooljahr gewesen war, und einem Bericht in der Lokalzeitung zufolge vergangenen Monat nach Irish Falls zurückgekehrt.

»Sie können jetzt zu Ihrem Mann. Wir sind noch dabei, ein paar Untersuchungen durchzuführen, aber er hatte keinen Herzinfarkt.«

»Was ist es denn dann?« Annie sah ihre Mom an.

»Ich vermute, Angst und vielleicht eine Magenverstimmung wegen irgendetwas, das er gegessen hat.« Aaron, jetzt Dr. Aaron Lafontaine laut dem Namensschild an seinem Kittel, lächelte. »Wissen Sie, ob er sich wegen irgendetwas Sorgen macht? Er will mir nichts sagen.«

Ihre Mom stieß einen langen Atemzug aus, der nach einer Mischung aus Erleichterung und Genervtheit klang. »Worüber macht sich Duncan keine Sorgen? Er scheint so ein entspannter Mensch zu sein, aber unter der Oberfläche sieht es anders aus.« Sie sah Annie mit einer hochgezogenen Augenbraue an. »Wenn Tara mit diesem Tee zurückkommt, trink du ihn. Du machst dir mehr Sorgen als Duncan und ich zusammen, und im Moment siehst du völlig aufgelöst aus. Ein schönes heißes Getränk wird dich beruhigen.«

Wenn es doch nur so einfach wäre. Nachdem ihre Mom mit Aaron gegangen war, lehnte sich Annie auf ihrem Stuhl zurück.

Bis jetzt waren die Bande, die sie in Irish Falls hielten,

nie eine Belastung gewesen. Aber fast unbemerkt hatten diese Bande, sosehr sie sie auch schätzte, begonnen zu scheuern und sie einzuengen. Wenn sie wieder auf einer Bühne sang, würde es sie befreien – oder wäre es vielmehr eine scharfe und schmerzliche Erinnerung an das, was sie am meisten vermisste und sich durch die Finger hatte gleiten lassen?

Kapitel 11

»Also, was läuft da zwischen dir und dem heißen Radiotypen?« Auf dem Laufband im Valley Fitness Center stieß Rowan die Worte keuchend aus.

»Nichts«, sagte Annie auf dem Laufband neben ihr. Das war zumindest das, was sie ihre Schwestern und alle anderen glauben lassen wollte.

»Wir werden dich nicht bedrängen, wenn du es uns nicht sagen willst.« Rowan warf ihr die Art Seitenblick zu, die Annie im Allgemeinen dazu brachte, sich zu öffnen.

»Für mich sah es nicht nach ›nichts‹ aus, an dem Morgen, an dem Duncan ins Krankenhaus gebracht wurde.« Obwohl sie ihr Laufband auf eine Steigung und ein Joggingtempo eingestellt hatte, war Tara bisher kaum ins Schwitzen gekommen. »Zwischen dir und Seth sind eindeutig die Funken geflogen.«

Annie presste die Lippen zusammen, denn es war über eine Woche her, seit sie für ihn gesungen hatte, und jedes Mal, wenn sie in Seth' Nähe war – und sie war oft in seiner Nähe –, war sie sich dieser Funken noch immer überdeutlich bewusst. »Seth hat mich gebeten, bei dem

Fluthilfe-Benefizabend zu singen. Wir sind Freunde, und wir mögen beide Musik.« Sie glaubte ja selbst nicht, was sie da sagte, warum also sollten ihre Schwestern es dann tun? Sie behielt ein gleichmäßiges Gehtempo bei, und das stete Vibrieren des Laufbands unter ihren Füßen erdete sie.

»Das ist eine tolle Idee. Du solltest das tun. Du musst vor nichts Angst haben.« Rowans Ton war aufmunternd.

»Ich habe keine Angst.« Angst war ein viel zu mildes Wort für das Grauen, das Annie bei der Vorstellung überkam, wieder vor einem Publikum zu singen. »Aber ich singe nicht einmal Solos in der Kirche. Warum sollte ich bei dem Benefizabend auftreten? Jetzt, wo wir auch noch eine Talentshow organisieren, werden die ganze Stadt und viele Besucher da sein.« Auch wenn das Event nicht die *Grand Ole Opry* war, hatte es dennoch rasch ein Eigenleben entwickelt und schien von Tag zu Tag größer zu werden.

»Wir wissen, dass du das kannst. Außerdem wird dabei auch dem Krankenhaus geholfen, und jetzt, nach Duncans Biopsie, ist das ein toller Zeitpunkt, um deine Unterstützung zu zeigen.« Selbst während sie trainierte, war nie auch nur ein Haar auf Taras Kopf in Unordnung.

»Ich habe meine Unterstützung schon auf viele Arten gezeigt.« Annie strich sich ihre schweißfeuchten Haare aus dem Nacken. »Wer organisiert die Talentshow denn überhaupt?«

»Du.« Rowan warf ihr wieder diesen Blick zu. »Und der heiße Radiotyp.«

»Wie wär's, wenn ihr zwei, du und Seth, zusammen singt?« Tara begann, schneller zu joggen, und schenkte Annie ein freches Grinsen. »Bei einem Kerl wie ihm würden die Frauen Geldscheine auf die Bühne werfen, sobald er den Mund aufmacht. Mom hat dir doch gesagt, sie fände, die Stadt sollte irgendetwas Unterhaltsames auf die Beine stellen, oder?«

»Ich bitte dich. Dieser Benefizabend hat als Kirchenveranstaltung angefangen.« Nur dass Tara recht hatte. Seth war seit Jahren der aufregendste Mann, der in Irish Falls gelandet war, vielleicht überhaupt je. Und er hatte angeboten, mit ihr zusammen zu singen oder sie zu begleiten, wenn sie das wollte.

»Es ist ja nicht so, dass Seth sich die Kleider vom Leib reißen soll. Obwohl, nach dem, was ich in der Stadt gehört habe, hätten viele Frauen nichts dagegen, wenn er das tun würde.« Tara kicherte.

Rowan streckte einen Arm aus und tätschelte Annies Schulter. »Wir ziehen dich nur auf. Vergiss das mit Seth. Vielleicht musst du bei diesem Benefizabend einfach für dich selbst singen.«

Annie starrte auf ihre violetten Laufschuhe. Ihre Schwestern kannten sie in- und auswendig – Fluch und Segen zugleich ihres engen Bandes. »Vielleicht muss ich das, aber ...« Sie betrachtete sich in der Spiegelwand des Fitnessraums. Wenn sie vorhatte, auf einer Bühne zu stehen, selbst wenn es nur im Black Duck war, musste sie zum Friseur und außerdem etwas zum Anziehen finden, um diese zehn Pfund zu viel zu kaschieren, die sie offenbar einfach nicht loswerden konnte, egal, wie viele Meilen sie auf dieser Maschine lief.

»Aber was? Du bist hinreißend.« Tara wurde wieder ernst. »Du musst es nur glauben.«

Und genau da lag das Problem. Ihr Selbstvertrauen hatte vor all den Jahren einen schweren Knacks abbekommen, und sie hatte es nie wirklich zurückgewonnen. »Vor diesen ganzen Leuten zu singen, wäre weit außerhalb meiner Komfortzone.« Annie beschleunigte ihr Tempo, bis ihre Lungen brannten.

»Was ist denn das Schlimmste, was passieren könnte?« Rowans Blick wurde schärfer. »Eigentlich geht es doch gar nicht ums Singen. Es geht darum, dich deinen Ängsten zu stellen.« Sie holte ein paarmal keuchend Luft. »Ich sollte es wissen. Ich bin noch nicht an dem Punkt angelangt, du aber schon.«

»Ich sollte es zumindest sein.« Annies Magen verkrampfte sich. Sie hatte sich so lange verkrochen, dass ihre Ängste nur noch größer geworden waren. »Ich weiß es wirklich zu schätzen, dass ihr zwei euch um mich sorgt.« Sie erhob ihre Stimme über den Lärm der Fitnessgeräte. »Aber ich schwöre euch, zwischen mir und Seth läuft nichts.« Auch wenn sie noch immer nicht aufhören konnte, an ihn zu denken.

»Annie?« Taras im Allgemeinen sanfte Stimme klang auf einmal fast schrill.

»Was denn?« Sie schaltete das Laufband eine Stufe höher. »Seth ist ein Freund, das ist alles. Ich habe keinen Sex mit ihm oder irgendjemand sonst.« Es musste eine einfachere Möglichkeit geben, Fett zu verbrennen und in Form zu kommen. Der Laufbandlärm zu beiden Seiten von ihr brach auf einmal ab, und ihr Atem klang laut in der plötzlichen Stille.

»Hey, Annie.«

Diese tiefe Südstaaten-Stimme war dieselbe, die sie jeden Morgen im Radio hörte. Ihr Kopf schnellte hoch. Seth stand vor ihrem Laufband, in schwarzen Trainingsshorts und einem weißen T-Shirt, eine Sporttasche über der Schulter. Seine dunklen Haare ringelten sich im Nacken, und seine Haut hatte eine gesunde Röte.

»Hey.« Sie drückte noch einmal auf die Taste ihres Laufbands und kam taumelnd zum Stehen. Ihr Gesicht glühte. »Was tust du denn hier?« Sie und ihre große Klappe. Er musste gehört haben, was sie eben gesagt hatte, bis hin zu dem Satz, dass sie keinen Sex mit ihm hatte – was ihn womöglich vermuten ließ, dass sie darüber nachgedacht hatte. Sie wand sich innerlich.

»Ich trainiere im Kraftraum. Das hier ist das einzige Fitnessstudio in der Stadt.« Er nickte Tara und Rowan zu, bevor sein Blick zurück zu Annie huschte.

»Tara und ich wollten eben duschen gehen.« Rowan warf einen abschätzenden Blick auf Annie. »Tara?«

Tara schaute ebenfalls zu Annie. »Okay. Wir sehen uns morgen früh auf der Arbeit.«

»Aber ihr habt doch gesagt, ihr wolltet …« Annies Magen flatterte, und sie kratzte an einem Mückenstich auf der Innenseite ihres Handgelenks.

»Planänderung.« Tara nahm ihre Wasserflasche aus der

Halterung und zog die Augenbrauen hoch. »Rowan und ich müssen uns auf die Socken machen.«

Und wo war ihre schwesterliche Unterstützung, wenn sie die dringend brauchte? Annie schnappte sich das Handtuch, das sie über das Laufband gehängt hatte, und schlang es sich um die Schultern. Obwohl ihre Trainingskleidung – ein graues Tanktop und schwarze Leggings – nicht gerade freizügig war, fühlte sie sich vor Seth so entblößt, als wäre sie nackt.

Sie trank hastig etwas Wasser, um ihre ausgedörrte Kehle zu befeuchten. »Rowan und Tara meinen es nur gut, aber manchmal stecken sie, du weißt schon, ihre Nase in Angelegenheiten, die sie nichts angehen.« Sie lebte schon ihr ganzes Leben mit dieser Liebe und Einmischung, und auch wenn sie sich manchmal darüber ärgerte, wollte sie beides nicht missen.

»Das klingt sehr nach Kleinstadtleben.« Seth grinste, und das Funkeln in seinen Augen beruhigte Annies angespannte Nerven.

»Du bist neu in der Stadt, und hier ist nicht viel los, daher reden die Leute gern. Aber es ist auch, weil wir Schwestern sind. Tara und Rowan stärken mir immer den Rücken, und das ist toll, aber diese Nähe kann im Nullkommanichts in Neugier umschlagen.«

»Schon gut.« Die Zärtlichkeit in seiner Miene bescherte ihr regelrecht weiche Knie. »Aber nur damit du es weißt, du hast vielleicht keinen Sex mit mir, aber ich bin trotzdem froh, dass du im Moment auch keinen mit sonst jemandem hast.« Seine Lippen verzogen sich zu einem Lächeln, bei dem sie mitten auf dem Laufband hätte dahinschmelzen können.

Annie versuchte, sein Lächeln zu erwidern, als wäre das, was er eben gesagt hatte, ein Witz gewesen und nichts, was alles an ihrer Beziehung, die gar keine Beziehung war, ändern könnte. »Ich sollte … äh …« Sie wies mit einer Handbewegung zu den Umkleiden.

Er studierte sie einen Moment, dann trat Distanziertheit an die Stelle der Zärtlichkeit. »Bevor du gehst … Hast du noch mal darüber nachgedacht, bei dem Benefizabend zu singen? Wenn du es tun möchtest, helfe ich dir gern, an deinem Song zu arbeiten.«

Sie holte zitternd Luft. Seth war so beharrlich wie Dolly, wenn sie einer Fährte folgte, aber Rowan hatte recht. Sie musste sich ihren Ängsten stellen, und wenn sie das tat, würde es auch ihrer Tochter helfen. »Ich werde es tun, aber nur, wenn Hannah die Hintergrundstimme singt und du uns begleitest.« Sie musste für sich selbst singen, aber Seth und Hannah dabeizuhaben, würde ihr Mut verleihen.

»Du … Ich würde mich geehrt fühlen.« Er beugte sich zu ihr vor und trat einen Schritt näher. »Abgemacht.«

»Meine Mom hat gesagt, wir müssten irgendetwas Unterhaltsames auf die Beine stellen, deshalb habe ich an diese Talentshow gedacht. Aber wenn wir drei eine besondere Nummer aufführen, könnten wir den Abend damit ausklingen lassen.« Als sie vom Laufband stieg, waren ihre Beine wie Wackelpudding. »Die Leute lieben deine Radioshow, und Hannah liegt mir seit Monaten damit in den Ohren, dass ich sie auf die Bühne des Black Duck lassen soll. Sie hat sich schon für die Talentshow angemeldet, aber sie will noch mehr machen. Wenn sie mit mir zusammen singt, dann wäre das schon mal erledigt.« Sie zwang sich zu einem unpersönlichen Lächeln. »Was meinst du?«

»Das ist toll.« Seine Stimme stockte. »Du wirst es nicht bereuen.«

Schweiß, der nicht von ihrem Training herrührte, lief zwischen ihren Brüsten hinunter. »Das kannst du nicht wissen.« Und sie bereute schon jetzt zu viel.

»Nein, aber ich weiß, dass ich nicht will, dass irgendjemand oder irgendetwas dir oder Hannah wehtut.« Seine Augen verdüsterten sich zu einem rauchigen Blaugrau. »Wenn ihr zwei euch diese Bühne mit mir teilt, dann werde ich euch den Rücken stärken. Natürlich nicht so wie deine Schwestern, aber eben so gut, wie ich kann.«

Sie zweifelte nicht an seiner Aufrichtigkeit, aber sie musste auch sicherstellen, dass er es verstand. »Es geht um mehr als nur darum, auf einer Bühne zu stehen.«

Das Schweigen dehnte sich zwischen ihnen aus, und sie musste ihren Mund zwingen, die nächsten Worte hervorzubringen. »Es geht um Hannah. Sie ist jung und leicht zu beeindrucken, und sie hat große Träume.« Ihre Augen brannten. Ihre Tochter hatte auch den Kopf in den Wolken, und wenn sie von der Zukunft redete, sah sie immer nur Rosen, ohne Gedanken an die Dornen, die zwischen den schönen, leuchtenden Blüten lauerten. »Sie ist so ähnlich, wie ich in ihrem Alter war. Ich will nicht, dass irgendjemand falsche Erwartungen in ihr weckt, daher … brauche ich deine Hilfe.«

»Die hast du.« Seth' Stimme war rau.

»Danke.« Annie drückte die Schultern durch, und sie begriff zu spät, dass sie mit dieser Bewegung gleichzeitig ihre Brüste vorstreckte.

»Sag mir einfach, was du brauchst.« Sein Blick huschte zu ihrem Oberkörper und dann wieder hoch zu ihrem Gesicht. »Und was du denkst.« Er beugte sich noch näher vor und ließ einen Zeigefinger über die Rundung ihrer Wange gleiten.

Auch wenn sie es vielleicht wollte, konnte sie nicht. Das Blut rauschte in ihren Ohren, und sie starrte ihn wortlos an, bevor sie etwas Unverständliches murmelte und sich dann abwandte und zu den Umkleiden ging.

Irgendetwas an Irish Falls hatte Seth' Abwehr bröckeln lassen. Oder vielleicht lag es auch an Annie, der Frau, an die er fast ununterbrochen denken musste, seit sie vor zwei Tagen im Fitnessstudio praktisch Reißaus vor ihm genommen hatte.

Um sie nicht schon wieder anzustarren, ließ er stattdessen den Blick durch ihr Wohnzimmer schweifen. Blaue und grüne Kissen türmten sich auf einem graubraunen Sofa, und ein hölzerner Schaukelstuhl, auf dem eine Stoffpuppe saß, stand in einer sonnigen Ecke neben einer Verandatür. Eine grüne Zimmerpalme nahm ihren Platz neben dem Klavier ein, und mehrere rote und weiße Geranien drängten sich auf einem niedrigen Regal, das mit Büchern und Noten vollgestopft war. Von den beiden Katzen, die sich in einem Sessel in der Eingangsdiele aneinanderkuschelten, bis hin zu den rustikalen Korbmöbeln auf der Veranda war Annies Zuhause eher märchenhaft bezaubernd als designhaft elegant, und es passte zu ihr.

Er strich die mit Bleistift beschriebenen Notenblätter auf dem Ständer vor sich glatt. »Wollen wir noch mal von vorn anfangen?« Wenn er sich auf die Musik konzentrierte, würden seine Gedanken hoffentlich nicht zu anderen Dingen abschweifen, wie zum Beispiel, wie wohl er sich nicht nur in diesem Haus, sondern auch mit Annie und ihrer Tochter fühlte.

Hannah machte einen kleinen Hüpfer, und ihre roten Haare wippten um ihre Schultern. »Ganz wie du meinst.« Sie sah zu Annie. »Mom?«

»Na klar.« Annies Miene drückte Vorsicht aus, und eine besorgte Falte lag zwischen ihren Augenbrauen.

Seth passte den Riemen an Jakes Gibson an und klopfte mit dem Fuß den Takt. Annies Stimme erhob sich mit den ersten Klängen ihres Songs, und er tat einen scharfen Atemzug. Es war traumhaft, sie zu begleiten, bei ihrem instinktiven Gefühl für die Musik. Und jede Note, die ihr seit Beginn der Probe über die Lippen gekommen war, hatte seinen ersten Eindruck bestätigt. Sie hatte ein Riesentalent, und das war in Irish Falls vergeudet.

Seine Finger strichen zärtlich über die Gitarrensaiten, so wie einst Jakes. Er hatte vielleicht keine Gedanken übrig für den Mann, der ihn gezeugt hatte, aber ob es ihm gefiel oder nicht, seine Gibson zu halten, stellte eine ungreifbare, aber unumstößliche Verbindung zwischen ihnen her. Er nickte Hannah zu, und sie grinste, bevor ihre Stimme in Annies einfiel. Er hatte ein neues Arrangement ausgearbeitet, sodass Hannah die Begleitstimme singen konnte und Annies Melodie unverändert blieb, der täuschend schlichte Song aber an Tiefe gewann.

Er konzentrierte sich auf die Musik und einen etwas kniffligen Teil der Harmonien, während Hannahs Stimme mit der ihrer Mom verschmolz. Hannah war ein Alt, kein Mezzosopran, und ihre Stimme hatte ein anderes Timbre. Aber genau wie Annie hatte Hannah einen Funken in sich. Und obwohl sie erst sechzehn war, hatte sie schon jetzt das Aussehen und die Persönlichkeit, um eine Bühne erstrahlen zu lassen.

Er hatte Annie versprochen, dass sie es nicht bereuen würde, bei dem Benefizabend zu singen, und er hatte sich selbst versprochen, sie oder Hannah nicht zu bedrängen. Aber er konnte nicht tatenlos zusehen, ohne wenigstens den Versuch zu unternehmen, den beiden zu helfen. Und wenn er die Tür öffnete, würden mit Sicherheit Gelegenheiten folgen.

Annie hielt den letzten Ton, und ihre kräftige Stimme hallte im Raum nach, bis er den letzten Akkord gespielt hatte.

»Habe ich diesen letzten Teil so gesungen, wie du es wolltest?« Hannahs Augen funkelten, während sie auf ihren nackten Füßen wippte.

»Du warst fabelhaft.« Seth klatschte sie ab. »Ihr beide werdet bei diesem Benefizabend ein Riesenhit sein.«

Hannah umarmte Annie. »Danke, dass du mich mitsingen lässt. Du bist die beste Mom aller Zeiten. Das ist ein wahr gewordener Traum für mich.« Sie wandte sich an Seth. »Ich weiß ja nicht, was du zu meiner Mom gesagt hast, um sie zu überzeugen, aber danke.«

»Ich glaube nicht, dass ich irgendetwas gesagt habe.« Vielleicht hatte er Annie geholfen, wieder an sich zu glauben, wenn auch nur ein klein wenig. Aber egal, weshalb sie ihre Meinung geändert hatte, er war froh, dass sie es getan hatte.

»War es wirklich okay?« Unsicherheit und Verletzlichkeit mischten sich in Annies Stimme.

»Mehr als okay. Ihr zwei seid fantastisch.«

Er hatte viele Gründe, wütend auf Jake zu sein, aber zumindest für eine Sache war er ihm dankbar. Ohne sein Vermächtnis wäre er niemals nach Irish Falls gekommen und hätte niemals diese Frau kennengelernt, die ein Talent hatte, das ihm den Atem raubte und ihn gleichzeitig mit Demut erfüllte. Und wenn sie im Black Duck so sang, wie sie heute in ihrem Wohnzimmer gesungen hatte, dann konnte sie sich danach nicht mehr darauf beschränken, sonntags im Kirchenchor zu singen oder beim Musikunterricht in der Schule auszuhelfen.

Annie errötete. »Danke.«

»Wie heißt dein Song eigentlich? Das steht nicht bei meinen Noten. Und da ich die Show auch moderieren werde, muss ich ihn ja ankündigen.«

»Er heißt …« Annie sah zu Hannah, deren Finger über die Tastatur ihres Handys huschten. »Ich nenne ihn ›My Hometown Heart‹, weil es darin in gewisser Weise um Irish Falls geht.«

Und der Song war ebenso natürlich und ungekünstelt wie sie selbst heute, in verwaschenen Jeans und einem blauen Top mit einer kleinen Rüschenborte am Saum. Ihre Zunge schnellte vor, um ihre Unterlippe zu befeuchten. Obwohl Hannah genau neben ihr stand, und trotz all der Gründe, weshalb er sich nicht zu Annie hingezogen fühlen sollte, wurde Seth' Körper von Wärme durchströmt. Der keusche Kuss auf ihre weiche Wange, den er nicht vergessen konnte, schwebte zwischen ihnen.

»Findest du nicht, dass das ein toller Titel ist?« Hannah stupste seine Schulter an. »Für Mom, meine ich. Wenn es mein Song wäre, wäre er lahm, aber für sie ist er perfekt.«

»Er *ist* perfekt.« Genau wie sie. Seine Finger kribbelten, und er wich einen Schritt zurück.

»Ich habe eine tolle Idee.« Hannahs Grinsen war so offen und unkompliziert, wie Dylans früher gewesen war. »Die meisten Schüler auf meiner Schule hören deine Show, und als ich ihnen erzählt habe, wie du bei meiner Grandma zu Hause gesungen hast, wollten eine ganze Menge von ihnen dich auch singen hören.«

»Hannah …« Annie warf ihrer Tochter einen warnenden Blick zu.

»Hör mich an, bevor du Nein sagst. Ich finde, du und

Mom, ihr solltet ›Country on the Radio‹ zusammen singen. Du weißt schon, diesen Blake-Shelton-Song?« Sie summte ein paar Takte und wiegte sich dazu. »Grandma ist ein riesiger Blake-Shelton-Fan. Manchmal ist es richtig peinlich, aber sie wäre begeistert, wenn ihr einen seiner Songs singen würdet. Und da du im Sender Countrymusik spielst, wäre dieser Song doch perfekt, oder? Ich habe die Noten da.« Hannah schenkte ihm einen hoffnungsvollen Blick, gepaart mit der Art Miene, die Dylan vor ein paar Jahren so gern aufgesetzt hatte. Als ob Erwachsene eine andere Spezies wären und nur von ihnen geduldet wurden, weil sie für Essen und Geld sorgten und sie überall hinkutschierten.

»Seth begleitet uns schon und moderiert die Show. Vielleicht will er nicht noch mehr tun müssen.« Annies Gesicht verfärbte sich so rot wie ihre Geranien.

»Na klar, warum nicht? Das wäre bestimmt lustig«, meinte Seth. »Außerdem, als wir das erste Mal über den Benefizabend geredet haben, habe ich doch gesagt, ich würde gern mit dir zusammen singen.« Und da Irish Falls so wie die Stadt in Blakes Song war, war Hannahs Idee clever und süß. Er und Annie würden den Saal zum Toben bringen, wenn sie die Show damit beendeten. »Was meinst du, Annie-Bella?«

Ihr Atem ging stoßweise. »Okay.«

»Nur Familienmitglieder nennen meine Mom Annie-Bella.« Hannah sah mit fragender Miene zwischen den beiden hin und her.

»Entschuldigung, ich …«

»Schon gut.« Annie setzte sich auf die Klavierbank und blätterte in ein paar Noten.

Seth rieb sich den Nacken. Ihr Spitzname war ihm herausgerutscht, aber irgendwie fühlte er sich genauso richtig an wie ihr Haus und alles andere an ihr.

»Da es bei diesem Benefizabend darum geht, Familien zu helfen und alle zusammenzubringen, wie wär's, wenn du deinen Sohn einlädst, dich zu besuchen, um die Show zu sehen?« Annie wandte sich auf der Bank halb zu ihm um. »Kann er sich übers Memorial-Day-Wochenende von der Arbeit freinehmen?«

Seth' Herz krampfte sich zusammen. »Ich habe ihn vor einer Weile gefragt, ob er mich besuchen will, aber er hat Pläne mit seiner Freundin und ihrer Familie.«

»Oh.« Ihre Miene wurde nachdenklich. »Na ja, wenn du ihn nach dem Wochenende besuchen willst, könnte ich Steve fragen, ob er Zeit hat, um bei der Radioshow für dich einzuspringen, wenn es nur für ein paar Tage ist. Du willst doch bestimmt auch mal wieder zurück nach L. A. Als du hergekommen bist, bist du nicht davon ausgegangen, so lange zu bleiben. Du musst doch Kleider und so holen.«

»Ich habe mir ein paar Sachen schicken lassen.« Genau wie Jake reiste Seth gern mit leichtem Gepäck, und für alles andere gab es Onlineshopping. Er wollte nicht zurück nach L. A. fahren, aber er wollte seinen Sohn sehen. Vielleicht hatten sich Dylans Pläne seit diesem gestelzten Telefongespräch ja geändert. Und wenn er persönlich mit ihm reden könnte, hätte er auf jeden Fall eine bessere Chance, wieder einzurenken, was zwischen ihnen schiefgelaufen war.

»Es ist wirklich ein Jammer, dass Dylan nicht hier sein kann. Aber wenn du deine Zeit nicht mit ihm verbringen kannst, musst du zu unserem Familienbarbecue am Memorial Day kommen.« Zusammen mit dem fröhlichen Ton in ihrer Stimme waren Hannahs wilde rote Locken und ihre großen Augen eine unwiderstehliche Kombination. »Meine Grandma sagt immer, je mehr, desto besser. Feiertage werden in unserer Familie großgeschrieben. Selbst der Murmeltiertag ist ein Ereignis.«

»Hannah.« Annie saß steif auf der Klavierbank, mit panischer Miene.

»Das ist nett gemeint, aber wir werden sehen.« Seth versuchte, Hannah anzulächeln. Er hatte nie viel Wert auf Feiertage, große oder kleine, gelegt, aber er hatte sich Mühe gegeben, als Dylan klein gewesen war. »Wenn wir ›Country on the Radio‹ singen wollen, sollten wir es besser üben.« Er nahm die Gitarre und zupfte ein paar Akkorde. Musik würde seine Gedanken wieder dorthin lenken, wo sie sein sollten, und die Saiten an seinen Fingern besänftigten ihn, wie sie es immer taten. Er musste den Schlamassel in Ordnung bringen, den er mit seiner eigenen Familie angerichtet hatte, bevor er sich auf irgendeine andere einließ.

Seth trat ans andere Ende des Zimmers und starrte durch die Verandatür in Annies Garten, wo ein Rotkehlchen aus einem steinernen Vogelbad trank.

»Was immer zwischen dir und Dylan schiefgelaufen

ist, es wird wieder gut werden.« Annies Stimme war sanft an seiner Seite. »Ich sage immer zu Hannah, egal, wie schlimm du glaubst, dass es ist, du hast immer eine Chance für einen Neuanfang.«

»Meinst du?« Er blinzelte, und seine Kehle brannte. Er war es nicht gewohnt, sich derart aus dem Gleichgewicht geworfen zu fühlen – mit seinem Sohn, seiner Arbeit und, vor allem, einer Frau.

»Ganz bestimmt.« Sie berührte seinen Arm sanft, aber flüchtig.

Seth schluckte. »Danke.« Er hatte versucht, sich einzureden, es gebe keinen Platz für eine Frau in seinem Leben, zumindest nicht jetzt. Aber er wusste bereits, dass das Leben nicht immer so verlief, wie man es erwartete. Vielleicht konnte er es sich nicht gestatten, darüber nachzudenken, sich für Annie zu öffnen, aber er wollte auch nicht darüber nachdenken, wie es wäre, von hier wegzugehen und sie zurückzulassen.

Kapitel 12

»Du siehst fantastisch aus.« Tara, die im Schneidersitz am Fußende von Annies Bett saß, die Ellenbogen auf einen Stapel blau-weißer Rüschenkissen gestützt, schenkte ihr ein warmes Lächeln.

»Umwerfend.« Holly verharrte neben ihr.

Annie betrachtete sich im Spiegel in der Tür ihres Kleiderschranks. Die Jeans, die sie mit Taras Hilfe bei ihrem Shoppingtrip zum Outletcenter in Lake George ausgewählt hatte, schmiegte sich um ihre Hüften und betonte Kurven, von denen sie ganz vergessen hatte, dass sie sie besaß. »Dieses Top ist vielleicht ein bisschen zu tief ausgeschnitten.« Sie drehte sich zur Seite und zog reflexartig den Bauch ein.

»Nicht mit einem Vorbau wie deinem.« Rowan, die neben Tara auf dem Bett saß, klang belustigt. »Ich sehe dich die meiste Zeit in einer Quinn's-Schürze, daher hatte ich fast vergessen, was du darunter versteckst. Deine Stimme ist nicht das Einzige, was Irish Falls eine Show bieten wird.«

»Lass gut sein, Rowan.« Ihre Schwester hatte einen der

Punkte berührt, vor denen Annie graute. Das jadegrüne Top, das sie auf Taras Beharren hin ebenfalls gekauft hatte, hatte einen Rundhalsausschnitt, dessen Saum mit winzigen silbernen Glitzersteinen besetzt war, und es war sogar noch figurbetonter als die Jeans. Sie reckte den Hals über die Schulter, um sich von hinten zu betrachten.

Tara stand vom Bett auf und hob Annies Haare im Nacken an. »Ich werde dir die Haare hochstecken, aber wenn ich ein paar Locken über deine Schultern fallen lasse, wirst du so sexy aussehen, dass es Seth bei deinem Anblick aus den Stiefeln haut.« Sie lachte kehlig auf.

»Vorausgesetzt, Annie will den Typen überhaupt umhauen.« Rowan erhob sich ebenfalls und schwenkte ihre Handtasche am Riemen.

»Warum sollte sie das nicht wollen?« Holly tätschelte Annies nackte Schultern. »Du siehst wunderschön aus, Süße, und du wirst am Samstagabend wie ein Engel singen. Wir werden alle kommen, um dir zuzujubeln.«

»Danke.« Aber ihre ganze Familie dort zu haben, war eine andere Art von Stress. Was, wenn sie nicht nur sich selbst, sondern auch sie enttäuschte?

»Entschuldige, dass ich dich aufgezogen habe.« Rowan warf Annie eine Kusshand zu. »Ich muss gehen, die Kinder haben heute Abend ihr Fußballtraining. Aber in diesem Outfit siehst du absolut hinreißend aus. Und du wirst auch das Publikum im Black Duck hinreißen.« Ihre Schritte klapperten über die Holztreppe, und dann knallte die Haustür hinter ihr zu.

»Ich sollte auch gehen. Es ist fast Zeit zum Abendessen, und meine Jungs müssen abgefüttert werden.« Holly umarmte Annie. »Du schaffst das. Zweifle nicht an dir und lass dich von alten Verletzungen nicht daran hindern, Neues auszuprobieren. Zeig, was in dir steckt. Würdest du dich nicht immer fragen, was wäre, wenn, wenn du es nicht tätest?«

Während Holly zum Abschied mit den Fingern wedelte, brannten unerwartete Tränen hinter Annies Augen. Sie musste es ihrer Schwägerin lassen – sie verstand es, durch den ganzen Aufruhr zum Kern der Angelegenheit und zu ihrem Herzen durchzudringen. Sie schluckte den Kloß hinunter, der ihr in der Kehle steckte, ausgelöst von der Zärtlichkeit in Hollys Stimme, aber auch von den Erinnerungen, die dafür sorgten, dass sie noch immer Angst davor hatte, Aufmerksamkeit auf sich zu ziehen.

»Ich liebe Irish Falls, und ich liebe mein Leben hier.« Annie nestelte an den Tüten herum, in die ihre neuen Kleider verpackt gewesen waren.

»Niemand sagt, dass du das nicht tust.« Taras Ton war sanft. »Aber Holly hat recht. Vielleicht hast du dich jahrelang gefragt, was wäre, wenn. Aber in letzter Zeit hast du manchmal diesen Blick in den Augen, als ob du darüber nachdenken würdest, irgendwo anders zu sein.«

»Sei nicht albern.« Annie trat ans Schlafzimmerfenster.

Die Blätter an den beiden großen Ahornbäumen, die den Garten wie Wachposten beschützten, hatten zu sprießen begonnen, und die Fliedersträucher neben der Veranda trugen duftende violette Blüten.

»Auch wenn Irish Falls dein Zuhause ist, kannst du trotzdem von hier weggehen und deine Flügel ausbreiten. So, wie ich es mit Adam getan habe.« Taras Mund bebte.

Annie legte tröstend einen Arm um ihre Schwester. »Ich habe meine Flügel ausgebreitet, als ich nach Nashville gegangen bin. Außerdem ist es ja nicht so, dass ich hier gefangen bin. Ich gehe ständig weg. Heute sind wir shoppen gegangen, oder?«

»Heute zählt nicht, und wenn du deine Flügel wirklich ausgebreitet hättest, hättest du das College abschließen und irgendwo anders als in der Bäckerei arbeiten können.« In Taras Ton lag ein Anflug von Genervtheit. »Abgesehen von dem einen Mal, als du und Hannah mit Mom und Duncan nach Disney World gefahren seid, wann warst du das letzte Mal länger als ein oder zwei Tage fort? Rowan und ich wollten letztes Jahr, dass du mit uns nach Toronto kommst, aber du hast dich geweigert.«

»Nur weil ich Hannah nicht allein lassen wollte. Sie hatte ihren ersten Ferienjob.« Früher war ihre Tochter zu klein gewesen, und jetzt machte sich Annie Sorgen, was die Jugendliche in ihrer Abwesenheit anstellen könnte. »Und du weißt, dass das Geld bei mir nicht so locker sitzt. Ich muss für Hannahs Zukunft sparen.«

»Deswegen war ja auch alles, was ich für dich gefunden habe, im Schlussverkauf. Du wirst für unter hundert Dollar nach einer Million aussehen.« Taras Lächeln war selbstgefällig. »Diese funkelnden Ohrringe, die ich früher auf Partys getragen habe, passen perfekt zu dem Top, und du kannst dir meine schwarzen Heels borgen.«

»Was soll das heißen – die du früher getragen hast? Du wirst diese Ohrringe wieder tragen.« Annie betrachtete sich erneut im Spiegel.

»Nein. Du kannst sie haben.« Traurigkeit lauerte hinter Taras strahlendem Lächeln.

»Ich … du …«

»Lass gut sein, okay?« Tara biss sich auf die Lippe. »Jetzt ist deine Zeit, zu glänzen.«

»Adam hätte nicht …«

»Adam ist nicht hier.« Taras abgehackte Stimme kam aus dem Inneren des Kleiderschranks, wo sie nach leeren Bügeln suchte.

»Stimmt, aber …«

»Ich bringe meine Schuhe morgen mit zur Arbeit«, schnitt sie Annie erneut das Wort ab. »Du musst bis Samstag üben, in Heels zu laufen.«

»Was, wenn ich auf den Hintern falle?« Abgesehen von Jakes Beerdigung, konnte sich Annie nicht erinnern, wann sie das letzte Mal andere Schuhe als Sneakers getragen hatte.

»Dann stehst du einfach wieder auf und zeigst allen, aus was für Holz wir Quinn-Mädchen geschnitzt sind.« Taras Mund verzog sich zu einem schiefen Lächeln. »Und bevor du noch irgendetwas sagst, es ist leichter für mich, dir einen Ratschlag zu erteilen, als ihn selbst zu beherzigen, auch wenn ich ihn brauchen könnte.« Sie reichte Annie die Kleiderbügel und ging zur Schlafzimmertür. »Wenn du wirklich so besorgt wegen der Heels bist, könntest du immer noch diese alten Stiefel auf dem Regal in deinem Keller tragen. Ich verstehe ja nicht, warum du sie nicht zum Wohlfahrtsladen bringst. Du ziehst sie ja doch nie an.«

Annies Herz hämmerte schmerzhaft. Sie würde lernen, in Taras Heels zu laufen, und wenn es sie umbrachte. Sie hatte diese Stiefel seit siebzehn Jahren nicht mehr getragen, und sie hatte nicht vor, es je wieder zu tun, aber sie behielt sie als Erinnerung daran, was und wer sie nicht sein wollte. Sie folgte ihrer Schwester die Treppe hinunter. »Kommst du immer noch am Samstag vorbei und hilfst mir, mich fertig zu machen?«

»Natürlich.« Tara schlüpfte in ein Paar schwindelerregende kobaltblaue Heels, die sie vorhin gekauft hatte. »Ich werde sogar sicherstellen, dass Hannah sich nicht zu stark schminkt, denn auf dich hört sie ja offenbar nicht.«

»Wie Nana Gerry immer sagte, weniger ist mehr.« Annie zwang sich zu einem Lächeln.

»Außer bei einem Typen wie Seth. Da ist mehr so viel mehr.« Taras Lächeln wirkte verschlagen. »Wenn du nervös wegen der Show wirst, denk einfach dran, dass die Frauen im Publikum dich gar nicht ansehen werden. Bei der Hitze, die Seth allein schon über die Radiowellen ausstrahlt, kannst du dir vorstellen, wie er auf der Bühne sein wird?«

Annie musste es sich nicht vorstellen. Sie spürte es jedes Mal, wenn sie zusammen probten, und es wühlte Gefühle in ihr auf, mit denen sie abgeschlossen zu haben glaubte. Ein Schauer durchlief sie. Könnte nicht, sollte nicht, würde nicht. Sie wiederholte die Worte in ihrem Kopf. Und doch, trotz allem, fühlte sie sich noch immer weitaus stärker zu ihm hingezogen, als sie sollte – im Leben wie auch in der Musik.

Am Freitagmorgen verstaute Seth den Pappkarton unter dem Schreibtisch in seinem kleinen Büro beim Sender. Würde Annie sich über seine Überraschung so freuen, wie Tara behauptete, oder hatte er damit eine dieser unsichtbaren Grenzen überschritten, die sie ständig zwischen ihnen errichtete?

Sommermelodien von der Lunchtime-Oldies-Show drifteten hinweg, während er sich dem Computer zuwandte, um E-Mails zu beantworten. In ein paar Stunden würde für Familien landauf, landab der Startschuss zum Memorial-Day-Wochenende fallen, aber bis jetzt war sein Telefon stumm geblieben. Und jedes Mal, wenn er an Dylan dachte, der auf dem Weg in die Hamptons war, krampfte sich sein Herz ein klein wenig mehr zusammen.

»Tara hat gesagt, du wolltest mit mir reden.« Annies Stimme kam von der halb offenen Bürotür. »Hast du etwas von deinem Sohn gehört?«

Er schwenkte in seinem Sessel herum und bedeutete ihr, hereinzukommen und neben ihm Platz zu nehmen. »Nein, noch nicht.«

»Du musst es weiterhin versuchen.« Ihr Ton war aufmunternd, auch wenn Seth sich einfach miserabel fühlte.

»Das werde ich.« Nur dass Dylan erwachsen war, und wenn er nicht reden wollte, konnte Seth ihn nicht dazu zwingen. »Früher standen wir uns nahe, aber ich glaube, inzwischen will er mich nicht mehr in seinem Leben haben. Er ist jetzt mit seiner Freundin beschäftigt – einem ganz neuen Leben, eigentlich.«

»Du bist sein Dad. Niemand kann dich ersetzen.«

Abgesehen von einem Typen, der ihm helfen konnte, einen Job an Land zu ziehen, und einer Freundin, deren Eltern die Art Ferienhaus hatten, in dem Seth aufgewachsen war. Er atmete tief aus. Er sollte sich freuen, dass Dylan diese Möglichkeiten bekam.

»Er fand, dass ich mich in sein Leben einmische, aber ich wollte mich einfach um ihn kümmern. Als er nach New York City aufs College ging, war er das erste Mal für längere Zeit fort von zu Hause, und ich dachte …« Was immer er gedacht und dann gesagt hatte, war falsch gewesen.

»Ich möchte wetten, Dylan dachte das auch.« Annies Ton war verständnisvoll. »Du wirst schon einen Weg finden. Hab Geduld.«

Aber Geduld war nicht seine Stärke. »Ich wollte ihm noch einmal eine Nachricht schicken, doch …«

»Nur zu, aber versuch, nicht so zu klingen, als ob du ihn bedrängen wolltest. Sei freundlich und zurückhaltend. Erzähl ihm von dem Sender und anderem Zeug hier. Wenn er mitbekommt, dass du dein eigenes Leben führst, wird er vielleicht mehr von seinem mit dir teilen.« Sie zuckte verlegen die Schultern. »Aber was weiß ich schon? Ich habe eine Tochter, die nicht aufs College gehen will und die auch kaum auf mich hört.«

»Du weißt mehr als ich. Bis letztes Jahr war Dylan ein ziemlich unkompliziertes Kind. Ich dachte, ich hätte ihn gut durch die Pubertät gebracht, aber offenbar hat er sich seinen ganzen rebellischen Teenagergeist fürs College aufgehoben.« Er schenkte ihr ein verwirrtes Lächeln. Annie trug eine mit der amerikanischen Flagge gemusterte Schürze über Denimshorts und einem weißen T-Shirt und dazu glitzernde rot-weiß-blaue Sneakers. »Ich hätte nicht gedacht, dass sich die Leute für den Memorial Day hier in Schale werfen.«

»Erinnerst du dich, wie Hannah gesagt hat, dass Feiertage in unserer Familie großgeschrieben werden? Sich in Schale zu werfen, gehört dazu. Mein Dad hat damit angefangen, als wir klein waren, weil er dachte, es würde den Kunden helfen, in Feiertagsstimmung zu kommen. Zu Weihnachten trage ich zwei Wochen lang ein Rentiergeweih.« Sie schenkte ihm ein verlegenes Grinsen. »Wenn du ein paar Wochen früher hier aufgetaucht wärst, hättest du mich mit Osterhasenohren gesehen.«

Das war allerdings ein Anblick, der ihm gefallen hätte. »Hattest du auch einen weißen Stummelschwanz?« Er verbiss sich ein Lachen. In der letzten Zeit hatte sich zwischen ihnen diese Art Neckerei entwickelt, die nicht nur witzig war, sondern auch einen unerwartet sexy Unterton hatte.

»Nein.« Ihr Grinsen wurde breiter. »Denk gar nicht erst darüber nach und setz vor allem Brendan keine Ideen für nächstes Jahr in den Kopf.« Ihr Gesicht rötete sich, dann verschwand ihr Lächeln. »Wegen Adam haben wir einen besonderen Grund, den Memorial Day zu begehen.« Sie spielte mit den Bändern ihrer Schürze und starrte aus dem Bürofenster, wo Flaggen und Wimpel vor jeder Ladenfassade hingen.

»Ja.« Wie hätte er es verkraftet, wenn Dylan zum Militär hätte gehen wollen? Er war froh, dass er es zumindest bis jetzt nicht hatte herausfinden müssen. »Du siehst müde aus.« Sie hatte violette Ringe unter den Augen und die Schultern vorgezogen.

»Wir haben heute Morgen dreihundert Cupcakes gebacken und glasiert, um die Vorbestellungen fürs Wochenende zu erledigen. Ich bin es gewohnt, den ganzen Tag zu stehen, aber in dieser Küche wird es ganz schön heiß.« Sie zuckte die Schultern.

Er konnte sich so viele Cupcakes gar nicht vorstellen, und sein Herz wurde erfüllt von Zärtlichkeit und noch etwas anderem. »Ich hoffe, du bist morgen nicht zur Arbeit eingeteilt. Du musst gut ausgeruht sein, bevor du singst.«

»Das werde ich.« Ihr Ton war belustigt. »Tara, Rowan und Holly haben Auftrittstipps für Sänger recherchiert, das heißt, sie überwachen nicht nur, was ich esse und wie viel ich schlafe, sondern haben mich auch gezwungen, mit warmem Salzwasser zu gurgeln und dieses spezielle Halsspray zu benutzen, das Tara im Internet bestellt hat, um meine Stimmbänder zu schmieren.« In ihren Augen lag ein anziehendes Funkeln. »Es ist leichter, sich ihnen zu fügen, als sich mit ihnen zu streiten. Außerdem müsste ich meine Stimme erheben, um mich zu streiten. Tara und Holly wollen mich heute nicht einmal an der Theke bedienen lassen, weil ich dann mit Leuten reden müsste, daher werden sie mich morgen gar nicht erst in die Nähe der Bäckerei lassen.«

»Das Singen beim Benefizabend ist wichtig, und sie kümmern sich um dich, so wie sie es sollten.«

Annie kümmerte sich um alle anderen mehr als um sich selbst.

Er holte den Pappkarton hervor. »Ich habe etwas für dich, um dir viel Glück zu wünschen.«

»Ein Geschenk?« Sie flüsterte die Worte und nahm den Karton von ihm entgegen, als enthielte er Dynamit. »Das wäre doch nicht nötig gewesen.«

»Ich wollte es aber.«

Sie war ihm eine gute Freundin. Das hier war ein Freundschaftsgeschenk, nicht mehr. Etwas in ihm verkrampfte sich bei der Lüge.

Annie stellte den Pappkarton auf den Tisch und zog an dem braunen Papier und Klebeband.

»Wetten, dass du nicht errätst, was dadrin ist?« Nicht wenn Tara das Geheimnis für sich behalten hatte.

Sie hob den Deckel an und schob etwas Packpapier beiseite. »Es ist … Du hast mir …« Ihr Gesicht legte sich in Falten, und sie nahm einen der Stiefel heraus und drückte ihn an die Brust.

»Du kannst nicht ohne ein anständiges Paar Stiefel auf diese Bühne gehen und singen.« Seine Stimme war schroff. »Tara hat mir deine Größe gesagt, daher sollten sie passen. Sie hat mir auch geholfen, ein Paar auszusuchen, von dem sie dachte, dass es dir gefallen würde.«

»Sie sind wunderschön.« Sie strich über das weiche braune Leder mit dem Zopfmuster an einer Seite, und eine Träne kullerte ihr über die Wange. »Aber das kann ich nicht annehmen. Die sind viel zu teuer. Ich habe mir von Tara ein Paar Schuhe geborgt.« Ihre Stimme brach.

»Ausgeschlossen, dass ich diese Stiefel zurückschicke. Du warst gut zu Jake. Sieh es als Dankeschön an. Außerdem hat Tara mir gesagt, dass du in ihren Schuhen nicht richtig laufen kannst. Wie willst du denn dann auf die Bühne gehen und singen?«

»Ich schaffe das schon.« Sie berührte einen der Stiefel sanft mit dem Finger. »Die sind perfekt, aber ich kann trotzdem nicht …« Sie brach ab und gab ein ersticktes Geräusch von sich.

»Hey.« Seth streckte einen Arm aus, um sie zu drücken. »Nicht weinen. Tara hat gesagt, du würdest begeistert sein. Wir wollten dich nicht aus der Fassung bringen.«

»Tara weiß nicht …« Annie schniefte und wischte sich mit einer Hand übers Gesicht. »Tara weiß es nicht, aber Hannahs Dad hat mir vor langer Zeit auch ein Paar Stiefel geschenkt. Er hat gesagt, wenn ich bei ihm bleibe und tue, was er will, würde ich in Nashville groß rauskommen, und die Stiefel sollten mir Glück bringen. Aber das haben sie nicht getan. Sie haben mir nichts als Pech gebracht.«

Seth zuckte zusammen, als er Annies gequälte Miene und die Verletztheit in ihren Augen sah. Er würde sich den Typen gern vorknöpfen, der schuld an diesem Blick war – der ihren Glauben an sich selbst zerstört und sie an ihrem Talent hatte zweifeln lassen. »Was vorbei ist, ist vorbei. Bei dem Benefizabend zu singen, ist ein Neuanfang. Diese Stiefel können ein Teil davon sein. Und ich werde an deiner Seite sein, zusammen mit Hannah.«

»Aber was, wenn ich es vermassele? Jedes Mal, wenn ich darüber nachdenke, habe ich das Gefühl, ich muss mich übergeben.«

»Du wirst es nicht vermasseln. Und wenn irgendetwas nicht klappen sollte, raffst du dich wieder auf und versuchst es noch einmal.« So, wie er es mit Dylan und in Irish Falls machte. »Ich werde den Barmann im Black Duck bitten, einen Eimer neben das Mikrofon zu stellen.« Er zog sie auf, aber er behielt trotzdem einen sanften Ton bei.

»Sehr witzig.« Sie schenkte ihm ein mattes Lächeln und schlang die Arme um ihren Bauch. »Ich dachte, ich wäre über das hinweg, was mir mit Hannahs Dad passiert ist, aber vielleicht bin ich das nicht. Er …« Ihr Mund wurde verkniffen. »Am Anfang war er nett. Ich dachte, er wäre das Beste, was mir je passiert war. Aber dann … hat er sich verändert. Inzwischen steckte ich schon zu tief drin und konnte nicht mehr weg. Als ich schwanger wurde, war er so wütend. Er sagte mir, ich müsse das Baby wegmachen lassen, sonst …« Sie schauderte. »Ich war jung und verängstigt, aber das konnte ich nicht über mich bringen.«

»Hat er dir wehgetan? Ich meine … physisch?« Seth' Körper spannte sich an, und Hitze schoss durch ihn. Der Typ hatte ihr mit Sicherheit emotional wehgetan, aber das waren die Narben, die nicht sichtbar waren. Er ballte die Fäuste.

Ihr Kinn zuckte.

»Hast du die Polizei gerufen oder mit irgendjemandem auf deinem College geredet?«

Sie schüttelte den Kopf. »Mom wollte, dass ich es tue, aber ich dachte nicht, dass irgendjemand mir glauben würde. Ich war so verängstigt, und Todd hat mir das Gefühl gegeben … wertlos zu sein, dumm sogar.« Ihre Stimme war rau und von Schmerz durchsetzt.

Seth verspürte ein Brennen hinter den Augen, und er bohrte die Fingernägel in seine Handflächen. »Wie hast du es geschafft, von ihm wegzukommen?«

»Eines Abends waren wir in dem Restaurant, in dem ich am Wochenende arbeitete, und Todd war mit ein paar Typen im Gespräch. Ich bin hinausgeschlüpft, um zur Toilette zu gehen, und dann … bin ich weggerannt. Ich ergriff die erstbeste Chance, die sich mir bot, um mich und das Baby zu beschützen. Abgesehen von meiner Handtasche, den Kleidern, die ich am Leib trug, und den Stiefeln an meinen Füßen ließ ich alles in meinem Wohnheimzimmer zurück. Ich schaffte es zum Busbahnhof und rief Mom an. Sie kaufte mir ein Ticket für den ersten Bus Richtung Norden, und ich fuhr nach Hause. Ich gab mein Stipendium auf. Ich war schwanger und krank und konnte nicht einmal meine Abschlussprüfungen machen.«

Seth' Magen rumorte. Er konnte sich nicht vorstellen, wie Annies Leben damals gewesen sein musste. Es war ein Wunder, dass sie es überhaupt geschafft hatte. »Du bist eine Inspiration.« Er schluckte. »Hannah kann sich glücklich schätzen, dich zu haben.«

»Ich kann mich auch glücklich schätzen, sie zu haben.« Ihr Atem ging keuchend. »Sie weiß keine Details, aber sie weiß, dass ihr Dad sie oder auch mich nicht gewollt hat. Sie weiß, dass er kein guter Mann war.«

»Du hast getan, was du tun musstest, um dich zu beschützen.« Seth stieß die Worte mühsam hervor. Seine Kehle war wund, und etwas Schweres legte sich auf seine Brust. »Und du hast auch Hannah beschützt. Du bist eine gute Mom, und Hannah ist ein tolles Mädchen. Das ist das Einzige, was zählt.«

Jake war wenigstens für eine kleine Weile ein Teil seines Lebens gewesen, und er hatte sich um seine Mutter gekümmert, als sie ihn gebraucht hatte. Auch wenn er ein paar schwere Fehler begangen hatte, musste Jake sich um ihn gesorgt haben. Er hätte ihm niemals den Sender vermacht, wenn nicht … Es war leicht, ihn zu verurteilen, aber Seth hatte nicht in Jakes Haut gesteckt. Und verglichen mit Todd war sein Vater ein Engel gewesen.

Er löste die geballten Fäuste. Wie konnte ein Typ eine Frau so behandeln, wie Todd Annie behandelt hatte? Er hatte gehört, dass so etwas passierte, aber er hatte nie eine Frau gekannt, der es tatsächlich passiert war – oder zumindest keine, die darüber geredet hatte. Er schluckte ein paarmal. »Hannah hat mir erzählt, ihr Dad sei nie Teil ihres Lebens gewesen. Wenn das der Fall ist, und wenn er dir nicht sofort nachgelaufen ist, wird er dich nicht belästigen.« Seth' Kehle schnürte sich wieder zu.

»Vielleicht, aber ich … Ein Teil dieser Angst ist noch immer da, selbst jetzt.« Die Worte entfuhren ihr wie ein harscher Aufschrei. »Todd hat mir vieles genommen, aber es ist ausgeschlossen, dass er mir je meine Tochter wegnehmen wird.« Sie nahm sich ein Taschentuch aus der Schachtel auf dem Schreibtisch und zerpflückte es.

Die Schwere in Seth' Brust breitete sich auf seinen Magen aus. Deshalb also hatte Annie sich hier draußen praktisch versteckt.

»Ist das, was mit Todd passiert ist, der Grund, weshalb du mit dem Singen aufgehört hast?«, fragte er sanft.

»Ja.« Ihre Stimme war leise und ihre Miene gequält. »Ich würde alles tun, um Hannah zu beschützen, und bei diesem Benefizabend zu singen – das ist öffentlich, verstehst du?«

Seth holte tief Luft. Ihm wurde schwer ums Herz bei dem Gedanken an sie und das, was sie durchgemacht hatte. »Du hast seit sechzehn Jahren nichts mehr von ihm gehört?«

»Fast siebzehn.« Neue Kraft lag jetzt in ihrer Stimme. »Ich habe ihm nie gesagt, woher ich stamme. Damals war es mir peinlich, aus einem Ort wie Irish Falls zu kommen, und ich habe ihn irgendwie glauben lassen, ich sei aus Kalifornien. Es hat ihn ohnehin nicht interessiert, daher habe ich gar nicht über meine Familie geredet. Aber er hatte auch irgendetwas an sich, dem ich nicht wirklich vertraut habe. Ich hätte auf meine Instinkte hören sollen.«

»Du warst trotzdem schlau.« Seth nahm Annies kalte Hände in seine. »Ich möchte wetten, Todd ist weitergezogen, sobald du die Stadt verlassen hattest. Er wollte kein Baby, und Typen wie er sind Abschaum. So wie er dich verletzt hat, hat er vermutlich auch andere Frauen verletzt. Wenn er nicht tot ist, sollte er im Gefängnis sitzen. Hast du je versucht, herauszufinden, was aus ihm geworden ist?«

»Einmal.« Ihr Mund zuckte. »Als Nana Gerry starb, hat sie mir etwas Geld hinterlassen. Ich habe einen Privatdetektiv engagiert, aber abgesehen von den ersten Jahren und später ein paar Bars, in denen Todd gearbeitet hat, und einer Band, in der er gespielt hat, ist nichts weiter ans Licht gekommen. Der Detektiv meinte, dass Todd vielleicht einen anderen Namen angenommen hat oder dass Smith von Anfang an nicht sein richtiger Name war. Offenbar ist es erstaunlich leicht, einfach unterzutauchen.« Ihr Ton war verbittert.

»Vielleicht wollte er ebenso wenig gefunden werden wie du.«

»Aber trotzdem, wie konnte ich mich überhaupt auf ihn einlassen? Und warum bin ich nicht sofort gegangen, als mir klar wurde, wie er war?« Annies Hände zitterten. »Todd war gut aussehend und charmant, und ich dachte … Er sagte, er würde mir helfen, groß rauszukommen, und ich bräuchte kein College. Ich habe ihm vertraut.«

»Du darfst dir keine Vorwürfe machen. Du warst jung. Er hat dich ausgenutzt.« Seth' Ex-Frau hatte auch viele Träume gehabt, und obwohl ihr die Vorstellung, ein Baby zu haben, gefallen hatte, hatte die Wirklichkeit etwas anders ausgesehen. Aber wenigstens wusste Dylan, wer seine Mom war, und Amanda hatte immer versucht, irgendeine Art Beziehung zu ihm zu haben. »Ich verstehe, wenn das Singen bei dem Benefizabend zu viel für dich ist, und …«

»Nein.« Sie zog ihre Hand zurück und legte sanft einen Finger an seine Lippen. »Es gibt schon genug, was ich bereue. Ich will es nicht auch noch bereuen, morgen Abend nicht zu singen.« Sie drückte die Schultern durch. »Du wirst mich vielleicht von der Bühne kratzen müssen, nachdem es vorbei ist, aber wenn ich morgen Abend nicht singe, werde ich nie wirklich frei von Todd oder diesem Gefühl sein, das er mir gegeben hat.« Ihr Lachen klang hohl. »Außerdem sind das hier supertolle Stiefel. Es wäre ein Jammer, sie zurückzuschicken.«

»Dann tu es nicht.« Seth drückte Annies Hand. »Hast du mit irgendjemandem sonst über diese Sache geredet?«

»Ein bisschen mit meinen Schwestern, aber nicht wirklich.« Ihre Augen sahen riesig – und gequält – in ihrem bleichen Gesicht aus. »Ich wollte vergessen, was passiert war. Mom und Brendan haben gesagt, ich sollte Kindesunterhalt einfordern, doch das wollte ich nie. Aber heute, diese Stiefel von dir … Sie haben mich erinnert …« Sie zuckte die Schultern, und ihre Miene war trostlos.

»Verstehe.« Seine Brust schnürte sich zu, denn er verstand mehr, als er wollte. Und er war dabei, sich in sie zu verlieben – so heftig, dass er vielleicht schon jetzt ein hoffnungsloser Fall war. Aber zu viel Hässliches war ihr passiert, und genau wie er hatte sie zu viele Erinnerungen an Dinge, die sie zurückgelassen hatte, und auch zu viele Ängste.

Er könnte sich um sie kümmern und ihr mit ihrer Musik helfen. Und vielleicht könnte er mithilfe einiger seiner Kontakte in der Branche ein paar Nachforschungen anstellen, sodass sie Todd, egal, ob er tot oder lebendig war, ein für alle Mal aus ihrem Leben verbannen konnte.

Aber Annie und auch sich selbst zuliebe durfte er sich nicht noch heftiger in sie verlieben oder auf irgendetwas hoffen, was über bloße Freundschaft hinausging.

Kapitel 13

»Atme, Mom.« Hannah warf sich die Haare aus dem Gesicht und klopfte mit einem Fuß im Takt zu den Jubelrufen für die Irish-Dance-Truppe, die mit ihrem Auftritt die Talentshow gewonnen und dafür gesorgt hatte, dass die Zuschauer von ihren Plätzen aufsprangen. »Entspann dich und fühl die Energie der Menge.«

»Sollte das nicht mein Text sein?« Annie presste die Worte mühsam hervor. Sie konnte kaum sprechen, wie könnte sie dann in ein paar Minuten auf diese Bühne gehen und singen?

Sie ließ den Blick durchs Black Duck schweifen. Für die Show heute Abend hatte man die Falttüren zwischen der Bar und dem Restaurant geöffnet, um einen einzigen großen Raum zu schaffen. Rote, weiße und blaue Wimpel hingen von der Decke, und jeder der runden Tische war mit einer kleinen amerikanischen Flagge geschmückt, die mit Flieder und grünen Zweigen in einem Einmachglas steckte. Der Duft der Frühlingsblumen vermischte sich mit dem Geruch von Hotdogs, Burgern und Pommes frites.

»Du wirst toll sein.« Hannah drückte ihre Hand. »Ich werde dich immer dafür lieben, dass du mich das machen lässt.«

»Ich bin deine Mutter. Du musst mich immer lieben.« Während Annie lachte, wurde die schwere Decke aus Angst, die sie umhüllt hatte, seit sie an diesem Morgen aufgestanden war, leichter. Sie konnte das hier. Sie hatte schon vor größeren Menschenmengen als dieser gesungen. Ihre Familie und ihre Freunde waren hier, und sie liebten sie, egal, ob sie einen Ton hervorbrachte oder nicht. Sie würden sie auch nicht verraten. Und seit sie Seth von Todd erzählt hatte, fühlte sie sich so leicht wie schon seit Jahren nicht mehr, wie vielleicht noch nie.

»Du bist nicht allzu enttäuscht, dass du bei der Talentshow den dritten Platz belegt hast, oder?« Sie studierte Hannahs Gesicht. Ihre Tochter hatte nicht aufgelöst gewirkt, aber Annie musste sich sicher sein.

»Nein.« Hannah schenkte ihr ein schiefes Lächeln. »Klar hätte ich gern gewonnen, aber diese Tänzer sind toll. Und was für eine Chance hatte ich schon gegen Mr. Flaherty und seinen Hund mit dieser Nummer mit den Zylindern?«

Annie lachte. »Du bist kein Spielverderber, und ich bin stolz auf dich.«

»Ich bin auch stolz auf dich.« Hannahs Ton war ernst.

Annies Augen brannten, und die Menge klatschte wieder, als Seth auf der Bühne nach vorn trat, ein Mikrofon in einer Hand und Jakes Gibson über die andere Schulter geschlungen. »Ihr wart heute Abend ein tolles Publikum, und wir haben viel Geld für Leute gesammelt, die es brauchen.«

Während er vom Bürgermeister bis zum Eltern-Lehrer-Verband allen dankte, fiel Annie das Atmen wieder schwer, und sie starrte auf ihre Stiefel. Neue Stiefel, neuer Anfang. Im Stillen wiederholte sie die Worte im Takt.

»Und jetzt haben wir noch etwas ganz Besonderes für euch.«

Sie hob den Kopf und fing Seth' Blick auf der Bühne auf. Sein weißes Hemd schimmerte im Rampenlicht, und seine schwarze Jeans schmiegte sich um seine Schenkel. »Annie Quinn hatte die Idee für diese Talentshow, und sie hat härter als irgendjemand sonst dafür gearbeitet, sie auf die Beine zu stellen. Und jetzt werden sie und ihre Tochter Hannah für uns singen. Und was sogar noch besser ist, sie werden einen Song zum Besten geben, den Annie selbst geschrieben hat. Begrüßt daher mit einem herzlichen Irish-Falls-Applaus zwei Mädchen aus unserer Heimatstadt, die ›My Hometown Heart‹ singen. Annie und Hannah Quinn.«

Annie sog mit einem tiefen Atemzug Luft durch ihre zugeschnürte Kehle und streckte eine Hand nach Seth' aus, um die wenigen Stufen zur Bühne hoch zu bewältigen.

»Als ich diesen Song zum ersten Mal gehört habe, wusste ich, dass er etwas ganz Besonderes ist. Und ich bin sicher, ihr werdet mir alle recht geben.« Seth reichte Annie das Mikrofon und zwinkerte ihr kurz zu. Es verlieh ihr Mut, und ihr Herz verlangsamte seinen panischen Rhythmus.

»Nur zu, Annie-Bella«, flüsterte er unter dem Lärm der Menge.

Annie legte die Hände ums Mikrofon und lächelte ins Publikum, ohne jemanden zu sehen. Sie rollte die Zehen in ihren Stiefeln ein. Das hier war es. Das war ihre Show, und sie würde es allen zeigen.

Die Zeit verlangsamte sich, während die Menge sich beruhigte, und Annie nahm die erwartungsvolle Stille in sich auf. Sie nickte Seth zu, und die ersten Takte ihres Songs ertönten aus Jakes Gitarre. Der Klang war voll und beschwörend, und er legte sich um sie und drang in jede Ecke des Raums vor, um die Aufmerksamkeit der Menge zu wecken und zu fesseln.

Dann machte sie den Mund auf und sang, wie sie noch nie zuvor gesungen hatte. Sie sang nicht für das Publikum oder auch nur für Hannah, die etwas abseitsstand und ihre Stimme im Einklang mit Annies erhob, wie sie es einstudiert hatten. Sie sang auch nicht für Seth, der sie so zärtlich und einfühlsam begleitete, als wären die Gitarre, die Musik und seine Finger eins. Sie sang für sich selbst, um alte Ängste zu besiegen, alte Verletzungen zu heilen und sich etwas zu beweisen.

Als der letzte Ton im Halbdunkel verhallt war, schlug ihr Stille entgegen. Hatten alle es gehasst? Sie warf einen Blick auf Seth. Er zog eine Augenbraue hoch, und ein leises Lächeln umspielte einen seiner Mundwinkel.

Dann brach der Applaus wie eine Welle über sie herein, begleitet von lauten Jubelrufen. Die Menge stand auf und stampfte mit den Füßen, und über dem ganzen Lärm ertönte ein durchdringender Pfiff. Brendan.

Ihr Bruder stand ganz hinten im Raum, nahe der Tür, in einem schwarzen T-Shirt mit dem Schriftzug *Security* in weißen Buchstaben. Er gab ihr ein Daumen-hoch-Zeichen und grinste. Die Anspannung in Annies Schultern legte sich. Ausgeschlossen, dass Todd sie je hier gefunden hätte. Sie war grundlos besorgt gewesen.

Hannah ergriff ihre Hand. »Toll gemacht, Mom.« Das Gesicht ihrer Tochter war gerötet, und ihre Augen glänzten. »Du warst eine Wucht.«

»Du auch.« Nur dass Annie Hannah kaum wahrgenommen hatte. Sie hatte bloß ihre eigene Stimme gehört – ihre richtige Stimme, nicht die, die sie zu hören gewohnt war, wenn sie im Chor sang. Gefühle wallten in ihr auf und drohten ihr erneut die Kehle zuzuschnüren. Aufregung, Erleichterung und so viel Glück, dass sie glaubte, einen Meter über der Bühne zu schweben.

»Ihr wart eine Wucht. Ich bin so stolz auf euch.« Seth umarmte sie beide, dann hob er eine Hand, um die Menge zum Schweigen zu bringen. »Danke, dass ihr Annie und Hannah gezeigt habt, wie sehr euch ›My Hometown Heart‹ gefallen hat. Es ist ein Song, der tief berührt und ans Herz greift, und ich hoffe, wir werden ihn irgendwann einmal wieder im Radio hören.«

»Im Radio?« Annie warf einen Blick auf Seth, während die Menge tosend applaudierte.

»Warum nicht?« Er grinste sie an.

Hannah stürzte an ihre Seite. »Das will ich wieder machen. Das will ich für den Rest meines Lebens machen. Das ist der absolute Wahnsinn, weißt du?«

Annie legte Hannah einen Arm um die Schultern. Sie kannte diesen Wahnsinn nur zu gut, doch sie würde Hannahs Aufregung keinen Dämpfer verpassen, jedenfalls nicht heute Abend. »Ich freue mich, dass du Spaß hattest, Schatz. Dich glücklich zu sehen, macht mich glücklich.«

Seth ergriff wieder das Wort, und die Menge verfiel in Schweigen. »Wir beenden diese Show mit einer letzten Nummer. Es ist ein Blake-Shelton-Song. Hannah hat ihn ausgewählt, und Annie und ich singen ihn zusammen für alle, die meine Morgen-Show hören, und als Dankeschön dafür, dass ihr das örtliche Radio unterstützt. Ich lebe zwar noch nicht sehr lange hier, aber ich weiß, wie sehr Irish Falls Countrymusik liebt, daher spielen wir jetzt ›Country on the Radio‹ für euch.«

Hannah schlüpfte von der Bühne, und Annie und Seth sangen zusammen. Die Musik wirbelte um sie herum und schuf eine spürbare Verbindung zwischen ihnen. Als sie fertig waren, trat dieselbe Stille ein wie zuvor, und dann brach aufs Neue donnernder Applaus aus.

»Du warst fantastisch.« Tara zog Annie von der Bühne und umarmte sie.

»Wir wussten, du schaffst das.« Rowan, in einem himbeerrosa T-Shirt des Eltern-Lehrer-Verbands, schloss sich der Umarmung an. »Du hast hinreißend ausgesehen, du hast hinreißend gesungen, und wenn ich tun könnte, was du tust, würde ich mein Leben mit Sicherheit nicht damit verbringen, Cupcakes zu backen.« Sie lachte kurz auf. »Oder, in meinem Fall, Kindern das Bruchrechnen beizubringen.«

»Mir macht das Backen Spaß.« Aber das Singen machte ihr noch mehr Spaß. Annies Herz tat einen dumpfen Schlag, während die Wahrheit durch sie sickerte. Sie war kein Kind mehr, und sie hatte Verpflichtungen.

»Ich bin so stolz auf dich, Annie.« Das Gesicht ihrer Mom strahlte, während sie Annie an sich drückte. »Es ist so lange her, dass ich fast vergessen hatte, was für Lungen du hast. Dein Dad ist dort oben im Himmel und platzt ebenfalls vor Stolz.« Ihre Stimme war heiser, und sie drückte Annie noch fester an sich.

»Gut gemacht.« Duncan streckte einen Arm um ihre Mom herum aus, um Annies Schulter zu tätscheln. Er war blasser als sonst und hatte dunkle Ringe unter den Augen. »Du bist ein Profi.«

Annie spürte einen Kloß im Hals, und sie blinzelte die plötzlichen Tränen hinter ihren Augen weg. »Ich brauche ein paar Minuten, um mich frisch zu machen.« Sie zupfte Tara am Arm. »Wenn Hannah mich sucht, gib ihr Bescheid, okay?«

»Na klar.« Tara nickte. »Geht es dir gut?«

»Ja.« Und sie würde sich zwingen, es zu glauben, wenn sie wieder zu sich gefunden hatte. Obwohl es nur eine Gaststätte am Rande einer Kleinstadt war, hatte sie mit ihrem Auftritt auf dieser Bühne viel zu viel von sich preisgegeben und sich schutzlos und verletzlich gemacht.

Tara schenkte ihr ein verständnisvolles Lächeln, gefolgt von noch einer Umarmung. »Ich liebe dich, Annie-Bella, und heute Abend ist erst der Anfang. Du musst mit dem Singen weitermachen. Du kannst jetzt nicht aufhören.«

Annie schluckte, während sie sich einen Weg durch die Menge bahnte und nickte und lächelte, um die Glückwünsche entgegenzunehmen. Sie erreichte die Hintertür und holte sich ihren Pullover aus dem abgeschirmten Bereich, der als Umkleide für die Teilnehmer der Talentshow diente. Als sie die Tür aufdrückte, schlug ihr ein willkommener Schwall kühler Luft entgegen, und das Mondlicht besprenkelte den Plattenweg, der sich von der Terrasse des Black Duck zu dem dunklen Wald dahinter schlängelte.

Sie ging den Weg hinunter, bis er an einem Holzzaun endete. Ihre Stiefel schlugen leise auf die Steinplatten. Sie blieb stehen, streifte ihren Pullover über und stützte die Arme auf das verwitterte Holzgeländer. Abgesehen von dem leisen Plätschern von Wasser über Felsen, das vom Fluss weiter unten kam, war die Nacht schweigend und still, wartend.

Die frische, nach Kiefern duftende Luft kitzelte ihre Nase. Ihr Herzschlag verlangsamte sich, und das Rauschen in ihren Ohren wurde schwächer. Tierspuren hatten den Schlamm um den Zaun eingedrückt – Kojoten und Weißwedelhirsche. Ihr Dad hatte dieses Land wie seine Westentasche gekannt, und er hatte sichergestellt, dass seine Kinder es auch taten.

Einmal ein Mädchen aus dem Norden, immer ein Mädchen

aus dem Norden. An den Klang seiner Stimme konnte sie sich nicht mehr erinnern, aber sie erinnerte sich an seine Worte und wie er sie hochgehoben und auf genau diesen Zaun gesetzt hatte, als er noch höher gewesen war als sie.

Sie verhakte die Finger ineinander und starrte zu den samtigen Schatten der Bäume hoch. Der Wind bewegte die Blätter mit einem sanften Rascheln. Sie hatte sich selbst bewiesen, dass sie wieder auf eine Bühne gehen und singen konnte. Sie hatte sich gesagt, sie müsse nur ein einziges Mal singen, dann würde ihr Leben genauso sein wie davor, aber sie hatte sich getäuscht. Und was würde sie nun deswegen unternehmen?

Seth schloss die Hintertür des Black Duck hinter sich – dieselbe Tür, durch die Annie fünf Minuten zuvor hinausgegangen war. Er blinzelte, während seine Augen sich an die dunkle Nacht gewöhnten. »Annie?« Er lief einen steinernen Weg hinunter. Das Gras zu beiden Seiten war nass, und ein torfiger Geruch lag in der Luft.

Am Ende des Weges, neben einem Zaun, wandte eine Gestalt sich um. Überhängende Zweige tauchten Annies Gesicht in Schatten, aber ein Strahl Mondlicht stahl sich hindurch und erhellte ihr Haar.

»Hey.« Ihre Stimme war tonlos.

»Ich habe gesehen, wie du gegangen bist, und ich habe mir Sorgen gemacht.« Er hielt ihr einen Pappbecher hin. »Ich habe dir ein Wasser gebracht. Was ist los?«

Die lebhafte Frau, mit der er auf der Bühne gesungen

hatte, war fast verschwunden, und sie sah kleiner aus, geradezu zerbrechlich.

Annie nahm den Becher entgegen. »Danke. Das Singen. Es …« Sie trank einen Schluck Wasser. »Obwohl es mir etwas … etwas Wichtiges gegeben hat, hat es mir auch etwas genommen.«

Er stellte sich zu ihr unter den Baum. »Das kann Musik.«

»Ich habe ein paar Minuten gebraucht, um wieder zu mir zu kommen.« Sie schenkte ihm ein mattes Lächeln.

»Das verstehe ich.« Die Show hatte ihm auch etwas genommen. »Dann verschwinde ich jetzt mal wieder. Ich wollte mich nur vergewissern, dass es dir gut geht.« Er wich einen Schritt zurück, und seine Stiefel sanken in den feuchten Boden ein.

»Nein, bleib.« Sie legte die Hände um den Becher mit Wasser und starrte auf ihre Füße. »Du warst mit mir dort auf der Bühne. Du weißt, wie es ist. Wenn du von ganzem Herzen singst, gibst du dem Publikum einen Teil von dir. Vor dem heutigen Abend habe ich das schon lange nicht mehr getan.«

»Du hast dich selbst stolz gemacht, und ich meine nicht nur das Singen.« Seine Stimme wurde rau.

»Du hast mir dabei geholfen. Und du hast auch Hannah geholfen.«

Die kleinen Glitzersteine auf Annies Top äugten zwischen den Knöpfen ihres Pullovers hervor und zwinkerten ihm neben einem Streifen cremefarbener Haut zu.

Sein Mund wurde trocken. »Hast du Hannahs Miene gesehen, als sie gesungen hat?«

»Nein.« Ihr Lachen war verlegen. »Hannah darf es nicht wissen, aber sobald ich dort oben stand, habe ich sie völlig vergessen. Die Musik hat einfach übernommen. Ich habe auch das Publikum vergessen. Du bist eine tolle Begleitung.«

»Du bist leicht zu begleiten.« Und als er für sie gespielt hatte, hatte es eine Verbindung zwischen ihnen gegeben, die über die Musik hinausging. »Hannah ist ein Naturtalent auf der Bühne. Mit etwas Glück und Fleiß könnte sie eines Tages eine große Nummer werden.«

»Vielleicht, aber sie ist noch jung.« Annie trank ihr Wasser und drückte den leeren Becher zusammen.

»Wie alt warst du, als du das erste Mal vor Publikum gesungen hast?«

»Acht, bei einem Weihnachtskonzert der Schule.« Sie schenkte Seth ein ironisches Lächeln. »Aber davon abgesehen, habe ich das erste Mal vor Fremden bei einem Musikfestival gesungen, als ich knapp dreizehn war. Ich habe meiner Mom damit in den Ohren gelegen, dass sie mich teilnehmen lässt, und schließlich ist sie eingeknickt. Mein Dad war eben erst gestorben, und ich fühlte mich so verloren. Aber als ich dann sang …« Sie brach ab und fröstelte.

»Da hast du dich wiedergefunden?« Er legte einen Arm um ihre hochgezogenen Schultern.

»Woher weißt du das?« Sie legte den Kopf schräg, um zu ihm hochzusehen.

»Weil es mir selbst genauso ging, als ich ungefähr in dem Alter war.« Er wickelte sich eine lose Strähne ihres Haars um die Finger. »Ich habe dein Gesicht heute Abend gesehen. Du hast das Singen ebenso sehr geliebt wie Hannah, vielleicht sogar noch mehr.«

»Das stimmt, aber es ist kompliziert.« Sie lehnte sich an ihn, und Seth' Nervenenden kribbelten.

»Ach, Annie-Bella.« Seine Stimme stockte, als er sie zu sich umdrehte und sie in die Arme schloss. »Es ist nicht nur das Singen, das kompliziert ist. Ich habe mir gesagt, ich würde das hier nicht tun, aber ich kann einfach nicht anders.« Und er war es leid, gegen *das hier* anzukämpfen, was immer es war. Er glitt mit dem Mund über ihre Wange und bedeckte dann ihre Lippen mit seinen.

Sie stöhnte auf und taumelte gegen ihn, während er den Rand ihrer Lippen liebkoste und ihren Mund sanft öffnete. Der Pappbecher streifte seine Seite, als er zu Boden fiel, und sie schlang die Arme um seine Taille.

Während Seth den Kuss vertiefte, glitt sie mit den Händen an seinem Rücken hoch, und seine Muskeln spannten sich unter ihrer Berührung an.

»Ich …« Widerstrebend löste er seinen Mund von ihrem. »Ich will dich küssen, dich berühren und …« Sein Herz hämmerte, während er mit einer Hand unter ihren Pullover glitt. Selbst durch ihr seidiges Top fühlte ihre Haut sich heiß an. »Ich konnte heute Abend die Augen nicht von dir lassen.«

Sie versteifte sich. »Weil ich anders aussehe als sonst?«

»Nein.« Er drückte Küsse auf die Biegung ihres Nackens, und sie stöhnte wieder auf. »Dieses Outfit ist toll, aber ich kann die Augen auch nicht von dir lassen, wenn du deine Bäckereischürze trägst.«

»Aber als ich gesungen habe …« Sie schnappte nach Luft, als seine Hand ihre Erkundung fortsetzte und über die üppige Wölbung ihres Busens glitt.

»Ich habe alles von dir gesehen, dein wirkliches Ich.« Sein Atem ging auf einmal abgehackt, und als ihre Finger an den Knöpfen seines Hemds herumnestelten, lief ein Schauer über seinen Körper. Ihre Hand glitt über seine nackte Brust, und Wärme durchflutete seinen Körper. »Ja …«

»Nein.« Sie riss ihre Hand zurück, als hätte sie sich verbrannt, und wand sich aus dem Schutz seiner Arme. »Es tut mir leid.« Ihre Stimme klang dumpf.

»Aber …« Seth schluckte und ballte die Fäuste.

Ihr Gesicht errötete, und ihre Brust bebte.

»Ich dachte, du wolltest es auch.«

»Vielleicht will ich es, aber ich kann nicht … Hannah ist dort drinnen, und ich …« Über dem Ausschnitt ihres Pullovers lief ihre Haut dunkelrot an. »Es liegt nicht an dir. Es liegt an mir.« Ihre Stimme war schrill und ihre Miene angespannt.

»Ich werde dir nicht wehtun.« Er holte einmal tief Luft. Was Todd ihr angetan hatte, war offenbar noch schlimmer, als er vermutet hatte. »Oder Hannah.«

»Ich habe nicht gemeint …« Annie zerrte an ihrem Pullover. »Ich hätte dich nicht ermuntern sollen …«

»Das hast du nicht.« Seth knöpfte sein Hemd zu und steckte es wieder in seine Jeans. »Du hast dich zu mir hingezogen gefühlt und ich mich zu dir, aber ich werde nicht weitergehen.« Er fuhr sich mit einer Hand übers Gesicht. »Es sei denn, du sagst, dass du es willst. Es ist deine Entscheidung.«

»Ich wünschte …« Ihre Stimme brach, und das Mondlicht verwandelte die nackte Verletzlichkeit in ihren Augen in schmerzliche Erleichterung.

»Ich auch.« Und das war das Problem mit Wünschen. Sie waren bedeutungslos. Er verschränkte die Arme vor der Brust, um Annie nicht wieder an sich zu drücken.

»Annie?« Die Tür des Black Duck ging auf. »Ach, hier bist du.« Taras Stimme hallte durch die schwere Stille. »Das Büfett ist eröffnet, und sie werden gleich die Tombolapreise ziehen. Mom braucht uns. Als Erstes ist Quinn's Hochzeitstorte dran.«

»Ich muss gehen.« Annies Stimme war leise, und sie fuhr sich mit der Zunge über die Lippen.

»Natürlich.« Seth' Handy piepste in der Tasche seiner Jeans, um den Eingang einer Nachricht zu signalisieren.

»Annie?« Taras Stimme wurde lauter. »Wir warten auf dich. Wenn du nicht willst, dass die halbe Familie hier herauskommt, setz deinen Hintern in Bewegung.«

»Ich komme sofort.« Sie wandte sich zu Seth um, während sich die Tür hinter ihrer Schwester schloss. »Danke für heute Abend. Dass du mir bei meinem Song geholfen hast, mich begleitet hast, mit mir gesungen hast. Ich … Du …« Ein Ausdruck, der vielleicht Bedauern war, flackerte in den Tiefen ihrer Augen auf. »Wenn alles anders wäre … Wenn ich anders wäre …«

»Ja.« Er schluckte, dann wandte sie sich ab und ging den schattigen Weg wieder hoch. »Annie?«

»Was?« Der runde Mond tauchte ihre Züge in ein silbriges Licht.

»Du schreibst Songs von ganzem Herzen. Du singst von ganzem Herzen. Hast du dich je gefragt, was passieren würde, wenn du von ganzem Herzen leben würdest?«

Sie hielt seinem Blick einen langen Moment stand. »Das ist nicht so einfach.«

»Ach nein? Ich hätte gedacht, für eine Frau, die von ganzem Herzen singt, wäre es das Einfachste überhaupt, von ganzem Herzen zu leben.«

»Dann solltest du das vielleicht auch tun.« Ihre Stimme war ein Flüstern in der Nacht, bevor sie zur Tür ging, sie öffnete und dahinter verschwand.

Seth' Herz hämmerte in seiner Brust. Annie hatte recht – warum glaubte er dann, er könnte sie für etwas verurteilen, was er selbst nicht tat? Sein Handy piepste wieder, und er holte es aus seiner Hosentasche und starrte auf das Display. Während er die Nachricht las, ging ein Ruck durch seinen Körper.

Dylan hatte sich endlich gemeldet. Und zum ersten Mal seit Monaten brauchte sein Sohn ihn.

Kapitel 14

»Deine Show war gut.« Dylans dunkelbraune Haare waren noch immer vom Schlaf zerzaust, als er vor der offenen Studiotür stand, Dolly an seiner Seite. Er vermied es, seinen Vater direkt anzusehen, wie schon am Abend zuvor, als Seth ihn fünf Meilen vor Irish Falls neben seinem liegen gebliebenen Wagen abgeholt hatte.

»Danke.« Seth schenkte seinem Sohn ein vorsichtiges Lächeln. »Normalerweise moderiere ich sie sonntags nicht, aber da es ein langes Wochenende ist, habe ich dem Typen, der sie sonst macht, den Tag freigegeben.« Zu dem Zeitpunkt hatte Seth noch keine anderen Pläne gehabt. »Danke, dass du zugehört hast.« Er vergewisserte sich, dass er auf die Taste für den Abo-Service gedrückt hatte. Da er an diesem Wochenende als Einziger hier war, würde es, abgesehen von der Morgen-Show, keine anderen Livesendungen geben.

»Kein Problem.« Dylan sah auf seine Jogginghose und sein zerknittertes Drake-T-Shirt. »Hast du Kaffee?«

»In der Küche am Ende des Flurs steht eine Kanne.«

Seth zeigte in die Richtung. »Becher sind im Schrank über der Spüle.«

Dylan schlurfte zu der kleinen Küche, und Seth hörte Geschirr klappern.

»Wer hat dich denn so herausgeputzt, Dolly?« Seth beäugte die rot-weiß-blaue Schleife, die am Halsband des Hundes befestigt war.

»Ich habe die Schleife unter diesem Baum beim Wasserfall gefunden, als ich vorhin mit Dolly rausgegangen bin.« Sein Sohn schlenderte zurück in die Sendekabine, setzte sich in den Sessel gegenüber von Seth und stellte einen Peanuts-Kaffeebecher auf den Schreibtisch. »Dem, wo die ganzen Zettel und Glücksbringer dranhängen.« Er entfernte den Deckel von einer Plastikdose und nahm sich einen Keks.

»Das ist der Wunschbaum von Irish Falls. Die Leute binden Wünsche an ihn, weil sie glauben, dass der Baum sie erfüllt.«

»Merkwürdig.« Dylan schlürfte an seinem Kaffee. »Aber das ist die Art Scheiß, die Mom gefallen würde.«

»Dylan …« Seth bremste sich. Sein Junge war erwachsen. Die Zeit, in der er seine Sprache korrigiert hatte, war vorbei, zusammen mit Gutenachtgeschichten, Fußballspielen im Park und Hilfe bei seinen Wissenschaftsprojekten.

»Entschuldige.« Dylan grinste verlegen. »Ich wollte nur sagen, Mom ist so schrullig, wie sie schon immer war.«

»Hast du in letzter Zeit von ihr gehört?« Seth spannte

sich an. Hatte die Tatsache, dass Dylan ohne Vorwarnung hier auftauchte, irgendetwas mit Amanda zu tun?

Dylan zuckte die Schultern und spielte mit seinem silbernen Ohrstecker. »Sie ruft mich einmal im Monat oder so an. Das Letzte, was ich gehört habe, war, dass sie mit einer Band in der Nähe des Strip in Vegas singt. Sie klang okay, nehme ich an. So wie immer jedenfalls.«

Nur dass sie vermutlich nicht wie eine Mutter geklungen hatte. Nicht so wie Annie. Seth schluckte einen Seufzer hinunter. »Deine Mom liebt dich.«

»Na klar.« Dylans Stimme war ausdruckslos. »Ich könnte mich in den Hintern beißen, dass ich deine Show gestern Abend verpasst habe. Wenn der Motor sich nicht überhitzt hätte, hätte ich es rechtzeitig geschafft.«

»Danke, dass du es versucht hast.« Seth lehnte sich zurück. Abgesehen von dem Ohrstecker und den zotteligeren Haaren sah Dylan so aus wie immer, aber in seiner Miene lag irgendetwas Neues – als ob das Leben einen Teil des jugendlichen Übermuts aus ihm herausgeschlagen hätte.

»Das ist doch keine große Sache.« Dylan zuckte die Schultern und trank einen Schluck Kaffee, aber nicht, bevor Seth den Anflug von Verletztheit in den braunen Augen seines Sohnes bemerkt hatte.

»Für mich schon.« Seth wählte seine Worte mit Bedacht. »Du hattest dich doch bestimmt darauf gefreut, das Wochenende mit Mackenzie und ihrer Familie zu verbringen. Die Hamptons sind schön, auch wenn die Gegend manchmal überlaufen wird von …«

»Sie hat mich abserviert.« Eine Ader pochte an Dylans Kiefer. »Na los, spuck's schon aus. Du hattest recht mit ihr und allem anderen. Bist du jetzt zufrieden?«

»Natürlich nicht. Es tut mir leid.« Seth nahm seinen leeren Kaffeebecher und stellte ihn wieder hin, ohne ihn zu sehen. »Du hattest Mackenzie doch wirklich gern.«

»Das hatte ich, aber wie sich herausgestellt hat, ist sie zweigleisig gefahren, mit mir und einem Typen, den ich für einen Freund gehalten habe.«

Seth' Herz zog sich zusammen. »Sie weiß nicht, was ihr entgeht.«

»So wie Mom?« In der Stimme seines Sohnes lag ein zynischer Unterton. »Bei mir hat sie mit Sicherheit nie gedacht, dass ihr etwas entgeht.«

Und ihr waren auch all die großen Meilensteine in Dylans Leben, so wie dieser jetzt, entgangen. »Deine Mom ist ein Freigeist, und eines Tages wird sie vielleicht …«

»Ich rechne nicht damit.« Die Wut in Dylans Miene griff Seth ans Herz. »Das mit Mackenzie war nichts Ernstes, aber …«

»Du hast trotzdem nicht erwartet, dass sie dich betrügt.« Seth kam um den Sendetisch und tätschelte seinem Sohn zögernd die Schulter. »Eines Tages wirst du die Richtige treffen, und wenn du es tust, wirst du es wissen.«

»Du hast es nie getan.« Dylans Ton war freudlos.

»Das heißt nicht, dass du es nicht tun wirst.« Seth schmeckte etwas Bitteres in seinem Mund, aber er zwang sich, fortzufahren. »Dort draußen gibt es viele Mädchen, die wissen, was Verbindlichkeit bedeutet.« Wie zum Beispiel Annie, nur dass sie eine erwachsene Frau war. Sein Herzschlag beschleunigte sich, und seine Beine zitterten. Er lehnte sich zurück und setzte sich auf die Schreibtischkante.

»Ich habe auch meinen Job verloren.« Dylans Stimme stockte, und er räusperte sich. »Mackenzies Dad hat jemand anders gefunden. Mein Boss bei der Pizzabude hat gesagt, er würde mich wieder nehmen, aber … ich vermute mal, ich hab's vermasselt. Du hast versucht, mir zu sagen, ich sollte einen Gang zurückschalten, aber ich habe nicht auf dich gehört.«

Seth betrachtete den gesenkten Kopf seines Sohnes und die Röte, die ihm in die Wangen stieg. »Ein Mann muss seine Fehler machen und auch zu ihnen stehen. Ich hätte dich wie einen Mann behandeln sollen. Es war falsch von mir, dir da reinzureden.« Seth holte tief Luft. »Ich wollte dir nur helfen, aber ich kapiere jetzt, dass du dachtest, ich würde mich einmischen.«

»Mir hätte klar sein müssen, dass du nur auf mich aufgepasst hast. Und was ich zu dir gesagt habe … Ich habe mich wie ein verwöhntes Söhnchen benommen, und das ausgerechnet zu einem Zeitpunkt, als du vermutlich selbst genug Scheiß am Hals hattest.« Sein Adamsapfel bewegte sich auf und ab. »Na ja, ich dachte, ich sollte herkommen und es dir persönlich sagen. Ich kann nur bis morgen Nachmittag bleiben. Am Dienstag fange ich wieder in der Pizzabude an, aber du bist mein Dad, und wir haben viel zusammen durchgemacht und … na ja, du weißt schon.«

»Ja, ich weiß.« Seth atmete tief aus. Es würde nicht sofort alles wieder einfach sein. Aber dank Annie hatte er es wenigstens nicht noch schlimmer gemacht, und er und Dylan hatten diese kostbare Chance auf einen Neuanfang.

»Und du hattest auch mit meinem Wagen recht.« Dylans Lachen war reumütig. »Er ist eine Schrottkarre. Was für eine Geldverschwendung.«

»Brauchst du …«

»Nein.« Sein Sohn schüttelte den Kopf. »Abgesehen vom College nehme ich kein Geld von dir an. Wenn ich ein Erwachsener sein will, dann sollte ich besser anfangen, mich auch wie einer zu benehmen.«

»Es ist ja gut, dass du finanziell unabhängig sein willst, aber wie wär's mit Geld für ein Busticket?« Seth grinste. »Du hast vielleicht nicht mitbekommen, wie der Abschlepptyp gestern Abend deinen Wagen angesehen hat, aber ich schon. Ich glaube nicht, dass du in absehbarer Zeit damit irgendwohin fahren wirst, falls überhaupt je.«

»Das ist schon okay.« Dylan grinste zurück. »Mackenzies Dad hatte offenbar ein schlechtes Gewissen, weil er mich entlassen hat. Er hat mir einen ganzen Monatslohn gegeben.«

»Und du hast ihn angenommen?« Seth lachte, zum Teil vor Belustigung, aber noch mehr vor Erleichterung. Er hatte seinen Jungen wieder, und die ganze Welt sah auf einmal viel freundlicher aus.

»Klar habe ich das. Er sollte ein schlechtes Gewissen haben.« Dylans Mund wurde verkniffen. »Die Hamptons fehlen mir nicht, und Golf ist irgendwie lahm, aber ich dachte, Mackenzie hätte mich wirklich gern.«

Und jetzt litt sein Sohn so, wie Seth gelitten hatte, als Amanda sie beide verlassen hatte, in einen Tourneebus gestiegen war und sich in die Arme eines Möchtegern-Rockstars geworfen hatte. Aber im Gegensatz zu ihm hatte Dylan seine Lektion gelernt, bevor ein Kind im Spiel war oder ein Ehering an seinem Finger steckte.

»Nächstes Mal wirst du es besser wissen.« Seine Brust schnürte sich zu.

Im Gegensatz zu ihm würde es für Dylan ein nächstes Mal geben.

»Ja.« Dylans Stimme war schroff, und er bückte sich, um Dollys Ohren zu kraulen. »Sie ist richtig niedlich. Nimmst du sie mit zurück nach L. A.?«

»Das will ich.« Seth spreizte die Finger auf seinen Knien. Hausordnung hin oder her – ausgeschlossen, dass er Dolly zurücklassen würde. »Aber weißt du, die Sache ist die, nach den Bedingungen von Jakes Testament muss ich diesen Sender sechs Monate lang betreiben, bevor ich ihn verkaufen kann.« Auch wenn ihm das inzwischen nicht mehr so schlimm erschien wie am Anfang, war es trotzdem nicht das, was er sich ausgesucht hätte.

»Das nervt.« Seth sah eine Spur von Jake in den Konturen von Dylans Nase und Kiefer.

»Wenn du heute noch hierbleibst, was würdest du gern unternehmen? Außerhalb der Stadt gibt es ein paar schöne Wege, wo wir wandern gehen könnten, oder wir könnten zu einem See fahren und …«

Er brach ab, als die Außentür aufging und Annie in den Sender kam. »Oh.« Sie blieb vor dem Studio stehen. »Ich wusste nicht, dass du Besuch hast.« Sie sah zwischen ihm und Dylan hin und her, und ihr Gesicht rötete sich.

Er bedeutete ihr, hereinzukommen. »Annie, das hier ist mein Sohn, Dylan.« Während er die beiden miteinander bekannt machte, stand Dylan auf, bürstete sich Kekskrümel von seiner Jogginghose und gab Annie die Hand. Seth' Herz schwoll. Er hatte bei der Erziehung seines Sohnes vielleicht nicht alles richtig gemacht, aber Dylan war dabei, ein guter Mann zu werden, und das war alles, was zählte.

»Freut mich, dich kennenzulernen.« Annie wich einen Schritt zurück. »Dein Dad hat nicht erwähnt …« Sie sah wieder zu Seth.

»Es war irgendwie eine Überraschung.« Dylan lachte verlegen.

»Die beste.« Seth stellte sich neben seinen Sohn.

Dylan hielt ihr die Dose mit Keksen hin. »Möchten Sie einen? Die schmecken toll.«

»Kekse?« Annie sah zwischen der Dose und Dylan hin und her. »Ahorn-Pekannuss-Kekse?«

»Keine Ahnung.« Dylan nahm sich noch einen. »Da sind irgendwelche Nüsse drin.«

Annies Mund zuckte, und dann lachte sie schallend auf. »Ich hatte diese Kekse für das Picknick meiner Familie am Memorial-Day-Wochenende gebacken. Da am Feiertag alle freihaben, habe ich sie in die Küche des Senders gestellt, damit meine Tochter und ihre Freundinnen sie nicht finden.«

»Wie viele hast du gegessen?« Seth sah von der halb leeren Dose zu den verräterischen Krümeln um Dylans Mund.

»Ich habe nicht mitgezählt.« Dylan errötete. »Entschuldigung. Ich habe gedacht … Ich habe nicht mitgedacht. Ich kann Ihnen in einem Laden noch mehr Kekse kaufen, aber ich nehme an, das wäre nicht dasselbe.«

»Ich habe auch nicht mitgedacht.« Seth rieb sich den Nacken. »Sherri hat am Freitag für alle Kekse mitgebracht, und ich dachte, das hier wären die Reste.«

Annie lachte wieder. »Keine Sorge. Wir haben tonnenweise Essen für das Picknick. Wenn ihr zwei heute noch nichts vorhabt, könnt ihr euch gern anschließen.« Als sie Seth ansah, wurde ihr Lächeln eine Spur unsicherer.

Er schluckte, spürte noch immer die Süße ihres Kusses vom Abend zuvor und den Abdruck ihrer Wange an seiner. »Wenn es Dylan recht ist, dann ist es mir das auch.«

»Na klar.« Der Blick seines Sohnes wurde forschend. Und dann, während er zwischen Seth und Annie hin- und hersah, schenkte er ihm ein wissendes Lächeln.

Am Montagnachmittag stellte Annie den letzten der drei Pappkartons, die sie vom Dachboden heruntergeschleppt hatte, in ihrem Wohnzimmer auf den Couchtisch. Dieser Kuss mit Seth am Samstagabend hinter dem

Black Duck war eine einmalige Angelegenheit gewesen. Sie war emotional aufgewühlt von dem Singen gewesen, nichts weiter, und es würde nicht wieder passieren. Wie er gesagt hatte, war es ihre Entscheidung, und bei ihrem Familienpicknick gestern war er ein vollendeter Gentleman gewesen – freundlich, aber nicht zu freundlich. Warum hatte sie sich dann so seltsam beraubt gefühlt?

Ihr Magen schlug Purzelbäume, während sie die Kartons beäugte, die die Songs enthielten, die sie im Laufe der Jahre – abgesehen von den Monaten in Nashville – geschrieben hatte. Vielleicht war »My Hometown Heart« ein Glückstreffer gewesen. Oder vielleicht auch nicht, und sie sollte aufhören, ein solcher Feigling zu sein. Am Samstagabend vor einem Publikum zu singen, war genau der Anstoß gewesen, den sie gebraucht hatte, und sie würde jetzt nicht einknicken.

Sie drückte die Schultern durch und öffnete den ersten Karton, der vor ihr stand. Es war der Memorial Day, und überall in der Stadt – überall im Land – gedachten die Leute tapferer Soldaten. Soldaten wie Adam. Bei dem Gedanken an Taras Verlust musste sie schlucken. Dann riss sie sich zusammen. Sie konnte sich zumindest ein paar Songs ansehen. Sie nahm ein Notenblatt von einem Stapel und summte ein paar Takte, bevor sie mit dem Text begann.

Als sie einen hohen Ton sang, blubberte Aufregung durch sie. Todd besaß nicht die Macht, sie je wieder zu verletzen. Sie war tapfer, sie war stark, und sie war, wenn auch nur auf ihre eigene bescheidene Art, mächtig.

Minuten oder vielleicht Stunden später klingelte es an der Tür. Noch immer halb in der Musik verloren, ging sie, um zu öffnen. Sie zog an der Tür. »Augenblick.« Sie zog fester, und die Tür schwang nach innen auf und riss sie mit.

»Hoppla.« Seth hielt sie am Arm fest.

Annie richtete sich auf. »Danke.« Sie taumelte, fast schwindelig.

»Ich nehme an, du weißt, dass du ein Problem mit deiner Tür hast.« Seine Augen funkelten. »Soll ich dir helfen, sie zu reparieren? Ich habe einen Werkzeugkasten in meinem Truck.«

»Brendan hat gesagt, er würde sich darum kümmern, aber ich will ihn nicht damit behelligen. Duncans Behandlung beginnt morgen, und Brendan wird viel Zeit damit verbringen, ihn zum und vom Krankenhaus nach Hause zu fahren.« Wie jedes Mal, wenn sie an Duncans Prostatakrebsdiagnose dachte, bekam sie ein flaues Gefühl im Magen.

»Ich helfe gern. Warte kurz.« Er sprintete zu seinem Truck, der am Straßenrand parkte, und holte einen Metallkasten heraus. Die Beine unter seinen Shorts waren lang und muskulös, und ein Schauer lief über ihren Rücken. Binnen Sekunden war er wieder da. »Du hättest mich schon früher fragen sollen.«

»Ich wollte dich auch nicht behelligen. Ich habe versucht, es selbst zu reparieren, aber ich bin handwerklich nicht sehr geschickt.« Sie gab nicht gern zu, dass es Dinge gab, um die sie sich nicht selbst kümmern konnte. Sie zwang sich, etwas Abstand zwischen sie beide zu bringen, und setzte sich auf die Treppe, die zum ersten Stock hinaufführte. »Ist Dylan gut auf den Weg gekommen?« Wenn sie sich auf seinen Sohn konzentrierte, konnte sie diese eigenwilligen Gedanken vielleicht verscheuchen.

»Ja. Er hat vorhin den Bus genommen.« Seth stellte den Werkzeugkasten auf dem Dielenboden ab und öffnete ihn. »Dieser Wagen, den er hat, ist hinüber.« Seine Hände hielten inne. »Ich bin dir was schuldig. Einer der Gründe, weshalb ich heute Nachmittag vorbeigekommen bin, war, Danke zu sagen.«

»Wofür?« Sie erstarrte innerlich.

»Ich glaube, ohne dich wäre Dylan vermutlich gar nicht hergekommen. Du hast mir geholfen, herauszufinden, wie ich mit ihm reden muss.«

Sie schlang die Arme um sich, während das Verlangen in ihr abflaute. »Dank meiner lauten irischen Verwandten weiß ich, wie man miteinander redet.« Sie versuchte zu lächeln.

»Du kannst dich glücklich schätzen, eine Familie zu haben, in der sich alle so gut umeinander kümmern.« Seth nahm einen Schraubenzieher in die Hand und klopfte gegen die Türangel.

»Ich weiß.« Nur dass dieses ganze Kümmern manchmal dafür sorgte, dass sie am liebsten weglaufen wollte, aber selbst wenn, gab es keinen Ort, zu dem sie laufen könnte.

Seth räusperte sich. »Das Picknick mit deiner Familie hat Dylan gutgetan. Abgesehen von mir, hat er nicht viel Familie.«

»Alle haben ihn gemocht.« Und sie hatte dem Himmel ein leises Dankgebet dafür geschickt, dass Hannah zu jung war, um Dylans Interesse zu wecken. Sicher, ihre Tochter hatte männliche Freunde, aber bislang gab es keinen festen Freund, und Annie war froh, wenn es noch eine Weile dabei blieb.

»Dylan ist ein guter Junge … wohl eher ein guter Mann, nehme ich an.« Seth schenkte ihr ein schiefes Lächeln. »Wenn ich ihn mir so angucke, frage ich mich, wo die ganzen Jahre geblieben sind.«

»Er sieht dir sehr ähnlich.« Sie zögerte kurz. »Hast du ihm von Jake erzählt?«

»Nein.« Seth war mit der Tür beschäftigt, seine Miene war unergründlich. »Ich versuche noch immer, mir selbst über das alles klar zu werden.«

»Hat er dich denn nie nach deiner Familie gefragt?«

Seth warf den Schraubenzieher zurück in den Werkzeugkasten. »In letzter Zeit nicht. Meine Ex und ich waren beide keine großen Familienmenschen.« Er schnitt eine Grimasse. »Du brauchst ein neues Teil für diese Tür. Ich besorge es morgen im Eisenwarenladen.«

»Danke. Ich wollte nicht neugierig sein.« Sie schluckte. »Ich war nie kein großer Familienmensch.« Ihre Verwandten konnten die Abwesenheit eines Dads in Hannahs Leben nicht wettmachen, aber sie hatten dennoch eine große Lücke gefüllt, vor allem ihr Bruder.

»Es liegt an mir. Amanda und ich wussten nicht, wie Familie geht, und das macht mir noch immer zu schaffen, nehme ich an.« Seth' Lippen verzogen sich zu einem schiefen Grinsen, und Annies Mund wurde trocken.

Sie wollte es vielleicht nicht, aber sie erinnerte sich an jede einzelne Kontur dieser Lippen und ihre Wärme – und wie seine Küsse Gefühle in ihr ausgelöst hatten, von denen sie gedacht hatte, sie könnte sie nie wieder empfinden.

»Ist Hannah zu Hause?« Er setzte sich zu ihr auf die Treppenstufe.

»Nein. Sie ist bei einer Freundin.«

»Gut. Ich wollte mit dir reden, ohne dass sie in der Nähe ist.«

»Worüber?« Ihr Magen flatterte.

Was war denn bloß los mit ihr? Seth hatte sie beim Wort genommen. Sie sollte erleichtert sein, aber das war sie nicht, und sie wusste nicht, was sie deswegen unternehmen sollte.

»Ich habe es ernst gemeint, als ich gesagt habe, ich würde ›My Hometown Heart‹ gern im Radio spielen. Ich habe einen Freund, der in der Nähe von Utica ein Tonstudio hat. Ich habe ihn heute Morgen angerufen, und er würde mir den Raum für die Aufnahme und das Abmischen zur Verfügung stellen – für deinen und Hannahs Song. Was sagst du dazu?« Aufregung schwang in seiner Stimme mit.

Als Annie in Hannahs Alter gewesen war, hätte sie sich nach einem solchen Angebot die Finger geleckt. Selbst jetzt war es verlockend. »Das ist wirklich sehr großzügig, aber …« Aus dem Augenwinkel erhaschte sie einen Blick auf die verstreuten Notenblätter im Wohnzimmer.

»Aber was?« In seiner Miene lag keine Arglist. »Wir könnten auch Begleitmusiker engagieren, zu minimalen Kosten.«

Sie studierte sein Gesicht. »Wo ist der Haken?«

»Es gibt keinen. Ich habe Pete kennengelernt, kurz nachdem ich nach L. A. zog. Wir haben bei ein paar Songwriting-Projekten zusammengearbeitet, bevor er zur Musikproduktion gewechselt ist. Er kommt auch aus Georgia, daher hat er sich gern um einen anderen Grünschnabel aus dem Süden gekümmert.« Seth' Miene war offen. »Er hat die Westküste vor ein paar Jahren verlassen, da er und seine Frau einen Gang zurückschalten wollten, sobald ihre Kinder erwachsen waren. Er macht gute Arbeit, und ich vertraue ihm.«

Aber konnte sie Seth vertrauen? Sie wollte es. Sie verlagerte ihre Sitzposition auf der harten Treppenstufe. »Selbst wenn ich den Song aufnehmen würde, wer würde sich schon dafür interessieren? Den Leuten hier hat er gefallen, als sie ihn beim Benefizabend gehört haben, aber das sind alles meine Familienangehörigen und Freunde. Sie würden es mir wohl kaum sagen, wenn sie es gehasst hätten.«

»Den Touristen hat es auch gefallen.« Er neigte sich zu ihr, und ihr stockte der Atem angesichts dieser überwältigenden Männlichkeit. »Du musst nichts weiter tun, als so zu singen wie am Samstagabend. Als du diese Bühne betreten hast, war es wie Magie. Du warst wie verwandelt.«

Sie zuckte zurück. »Du meinst, das wirkliche Ich ist fade und langweilig?«

»Natürlich nicht.« Seine Augen verengten sich. »Hat Hannahs Dad das zu dir gesagt?«

Sie zuckte die Schultern, als wäre es nicht wichtig. »Nicht mit so vielen Worten, aber ich bin ein Kleinstadtmädchen aus einem Ort, von dem die meisten Leute noch nie etwas gehört haben. Ich habe ein paar dumme Entscheidungen getroffen und das College abgebrochen, weil ich jemandem geglaubt habe, der mir einen Haufen Sprüche darüber aufgetischt hat, dass ich in der Musikbranche eine Zukunft hätte. Und jetzt arbeite ich in der Bäckerei meiner Familie. Ende der Geschichte.« Ihr Blick verschwamm.

»Hey.« Seine Miene wurde sanfter. »Das muss nicht das Ende deiner Geschichte sein. Was immer Todd gesagt hat, war falsch. Es gibt niemanden, der keine schlechten Entscheidungen getroffen hat. Sie sind nur dumm, wenn man nicht aus ihnen lernt und immer wieder die gleichen trifft.« Er schenkte ihr ein schiefes Lächeln. »Viele schlaue Leute haben das College nie abgeschlossen, und etliche große Stars kommen aus Orten, von denen die meisten Leute noch nie etwas gehört haben.«

Annie holte einmal tief Luft. Sie hatte viele ihrer Ängste besiegt, aber wohl nicht alle. »Es geht nicht nur um mich. Hannah … Sie ist …«

»Nicht du.« Seth' Stimme war entschieden. »Du kannst Hannahs Leben nicht für sie leben. Du kannst sie nur lieben und lenken. Sie wird ihre eigenen Fehler machen.« Er faltete die Hände unter dem Kinn. »Es ist leichter gesagt als getan, und ich bin selbst kein Vorzeige-Dad, aber jeder kann sehen, dass du bei ihr dein Bestes tust.«

»Danke.« Annie musste schlucken. Seth verstand sie auf eine Art, auf die es nicht einmal ihre Schwestern taten.

»Und im Übrigen ...« Sein Lächeln wurde neckend. »Nur um das klarzustellen, jede Frau, die so küssen kann wie du, ist mit Sicherheit nicht fade und langweilig. Du warst auf der Bühne eine Wucht, aber als du mich geküsst hast, warst du einfach absolut atemberaubend.«

»Ich ...« Annies Gesicht begann zu glühen.

»Was am Samstagabend zwischen uns passiert ist, war wichtig.«

So wichtig, dass sie sich nicht gestatten konnte, darüber nachzudenken. »Leute lassen sich nach Gigs ständig hinreißen.« Sie versuchte, einen beiläufigen Ton anzuschlagen.

»Ich nicht, und ich glaube, du auch nicht.« Seth' Atem streifte die Haare in ihrem Nacken. »Um ehrlich zu sein, glaube ich nicht, dass ich mich je zuvor so habe hinreißen lassen.«

Aber sie hatte es getan, und das war der Grund, weshalb sie bis jetzt sichergestellt hatte, dass es nie wieder passierte. »Ich bin eine Mom.«

Sein sanftes, verführerisches Lachen legte sich um ihr Herz. »Und ich bin ein Dad. Was hat Elternschaft denn damit zu tun?«

»Nichts. Aber …« Sie biss sich auf die Unterlippe. Wie würde es sein, von ganzem Herzen zu leben? Und zu erkunden, was immer zwischen ihnen war? Sie rutschte auf der Treppenstufe näher an ihn heran.

»Gib mir Bescheid, was du wegen der Aufnahmesession unternehmen willst.« Er stand auf und nahm seinen Werkzeugkasten in die Hand. »Ich komme im Laufe der Woche vorbei und baue dieses neue Teil für deine Tür ein.«

»Warte.« Annie rappelte sich auf. Sie hatte keinen Grund, in der Musik – und auch im Leben – kein Risiko einzugehen. Nur dass sie nicht wusste, was ihr mehr Angst machte. Sich ihren Ängsten zu stellen oder diesen Schritt nicht zu tun und sich immer zu fragen, was wäre, wenn. Dann, bevor der Mut sie im Stich lassen konnte, trat sie auf ihn zu, stellte sich vor ihm auf die Zehenspitzen und bedeckte seinen Mund mit ihrem.

Kapitel 15

Drei Tage später klappte Seth das alte Fotoalbum zu und legte es zurück in die unterste Schublade der Kommode im Wohnzimmer. Abgesehen von einem flüchtigen Durchblättern hatte er das Album bis jetzt gemieden, aber ob es ihm gefiel oder nicht, Jake war ein Teil seiner Vergangenheit, daher waren diese Bilder es ebenfalls. Und wenn das, was zwischen ihm und Annie war, eine Chance haben sollte, irgendwohin zu führen – und nach diesem Kuss, den sie ihm in ihrer Diele auf den Mund gedrückt hatte, wollte er das unbedingt –, dann war er es ihr und auch sich selbst schuldig, sich der Vergangenheit zu stellen und diese hinter sich zu lassen.

Er starrte auf das Bild von seiner Mom und Jake, das aus einer der Plastikhüllen auf den Teppich gefallen war. Sie saßen mit einer Gruppe von Leuten an einem rechteckigen Tisch, Getränke und halb volle Teller mit Essen vor sich. Sie mussten in einem Restaurant oder Nachtclub sein, angesichts der düsteren Beleuchtung und der hohen Sitzbänke.

Seine Mom trug eine riesige Frisur und noch riesigere Ohrringe, und ein bärtiger Jake hatte ihr einen Arm um die Schultern gelegt, während seine andere Hand auf der Wölbung ihres schwangeren Bauchs ruhte, der von einem getupften Umstandstop bedeckt war. Ohne auf die Kamera und alle anderen am Tisch zu achten, starrten die beiden sich in die Augen. Was immer danach passiert war, dieses Bild bewies, dass sie sich einmal geliebt hatten. Und sie hatten auch ihn geliebt.

Seth nahm Dolly sanft von seinem Schoß und ging in die kleine Küche, um sich eine Limonade aus dem Kühlschrank zu holen. Er sollte froh sein, dass Jake sich um ihn und seine Mom gesorgt hatte, aber stattdessen empfand er nur Traurigkeit über das, was sie alle verloren hatten.

Der Hund lief zur Tür und kratzte mit der Pfote daran.

Seth stellte seine noch ungeöffnete Limonade hin. »Ich bin doch mit dir rausgegangen, nachdem Dylan angerufen hat.« Ein Anruf, bei dem es um nichts Wichtiges gegangen war, der aber trotzdem das wichtigste Gespräch war, das er seit Monaten mit seinem Sohn geführt hatte, da es ein Teil ihrer zögernden Wiederannäherung war, zurück zu dem, was sie einmal geteilt hatten.

Dolly winselte und sah ihn mit seelenvollen braunen Augen an.

»Okay, fünf Minuten und dann ab ins Bett.« Obwohl ihm das frühe Aufstehen inzwischen leichterfiel, hätte er schon seit einer halben Stunde schlafen sollen. Aber sobald er angefangen hatte, sich das Album anzusehen, hatte er nicht mehr damit aufhören können.

Seth nahm Dollys Leine vom Haken und schlüpfte in seine Sneakers.

Als sie ein leises Klopfen an der Tür hörte, brach Dolly in lautes Gebell aus.

Er öffnete die Tür. »Annie. Was ist los? Ist mit Hannah oder deiner Familie irgendetwas passiert?«

»Nein. Es geht ihnen gut.« Ihre Haare waren vom Wind zerzaust, und sie war außer Atem. »Es ist … Du musst rauskommen und dir das angucken. Als ich gesehen habe, dass bei dir noch Licht brennt und die Tür zum Sender unverschlossen war, bin ich reingekommen. Die halbe Stadt ist drüben beim Wunschbaum. Hast du das nicht mitbekommen?«

»Nein. Ich war beschäftigt mit … Zeug. Was hätte ich denn mitbekommen sollen?« Seth streifte einen Pullover über, befestigte Dollys Leine an ihrem Halsband und schloss die Wohnungstür hinter ihnen.

»Die Nordlichter. Schon mal davon gehört, Großstadttyp?« Ihr Lächeln erwärmte ihn, so wie immer, zusammen mit diesem unterschwelligen Knistern sexueller Anziehung.

»Du meinst die Lichtershow der Natur, auch bekannt als Aurora Borealis?«, neckte er sie seinerseits.

»Ja.« Sie sprang die Treppe vor dem Sender hinunter, und Seth folgte ihr auf dem Weg zum Wunschbaum, Dolly auf seinen Fersen. »Die kriegen wir hier nur ganz selten zu sehen. Ich habe sie bis jetzt nur ein einziges Mal erlebt. Schau nur.« Sie zeigte in Richtung Norden.

Seth atmete tief ein. Er hatte Fotos davon gesehen,

na klar, aber sie waren kein Vergleich zur Wirklichkeit. »Wow.«

»Umwerfend, nicht wahr?« Ihre Stimme war ein ehrfürchtiges Flüstern.

»Auf jeden Fall.« Selbst Dolly war still, während Blitze aus grünem, violettem und blauem Licht den Himmel erhellten.

Annie trat näher zu ihm. »Als ich ungefähr zehn war, haben meine Mom und mein Dad meine Schwestern, Brendan und mich einmal mitten in der Nacht aufgeweckt, um die Nordlichter zu sehen. Sie haben uns in unsere Parkas gepackt und sind mit uns hierhergegangen.«

»Hast du einen Song darüber geschrieben?«

»Damals nicht, aber als ich älter war.«

Sein Herz krampfte sich zusammen, als er den wehmütigen Ausdruck in ihren Augen sah.

»Dass ich die Lichter mit meinem Dad gesehen habe, ist eine ganz besondere Erinnerung für mich. In gewisser Weise habe ich den Song zu seinem Andenken geschrieben.«

»Wirst du ihn irgendwann einmal für mich singen?« Er hielt den Atem an.

»Na klar.« Ein Lächeln lag in ihrer Stimme. »Ich glaube, du hättest meinen Dad gemocht. Er war ein Mensch, der an Gott, die Familie und das Land glaubte. Er mochte Eishockey im Winter und Angeln im Sommer. Und er hatte Geschäftssinn und einen fantastischen Humor.«

»Klingt toll. Ähnlich wie Brendan, ehrlich gesagt.«

Hitze strömte durch Seth' Brust. Indem sie ihm von einem wichtigen Teil ihrer Vergangenheit erzählt hatte, hatte Annie ihm auch ein Stück ihrer Seele anvertraut.

»Das war er.« Ihr Lächeln war zärtlich, und ihre Augen leuchteten. »Brendan sieht auch so aus wie Dad, jedenfalls so, wie ich ihn in Erinnerung habe.«

»Ich fühle mich geehrt, dass du noch einmal für mich singen wirst.« Und von Demut erfüllt, dass sie ihm endlich genug vertraute, um diesen nächsten Schritt zu tun.

»Ich habe auch über die Aufnahmesession nachgedacht.« Ihre Stimme war sanft. »Ich werde es machen. Mein Dad hätte nicht gewollt, dass ich einen Traum aufgebe. Er hat immer gesagt, wir sollten nach den Sternen greifen. Selbst wenn du sie nicht erreichst, meinte er, musst du es versuchen, und vielleicht fängst du stattdessen den Mond.«

»Dein Dad wäre stolz auf dich.« Seth hatte Mühe zu sprechen. »Und ich bin auch stolz auf dich.« In der leichten Brise raschelten die Wunschzettel und Glücksbringer, die an den Wunschbaum gebunden waren, wie eine Schar gutmütiger Vögel.

»Ich habe es noch nicht getan.«

»Aber das wirst du.« So gut kannte er sie. »Denn wenn nicht, werden Tara und Rowan dir in den Hintern treten.«

Ihr Kichern erhellte die Dunkelheit. »Als ob du das nicht auch tun würdest.«

»Kann schon sein.« Aber vor allem wollte er sie wieder küssen. Er sah auf ihr helles Haar und die sanfte Wölbung ihrer Wange, und sein Körper spannte sich an.

»Der Auftritt beim Benefizabend war genau der Tritt in den Hintern, den ich gebraucht habe, um anzufangen, die Vergangenheit hinter mir zu lassen.« Ihr Ton war wehmütig. »Meine Songs waren alle in Kartons verpackt, aber als ich sie mir diese Woche angesehen habe, wurde mir klar, dass der wichtigste Teil meines Lebens auch in einem Karton verpackt war. Ich hatte bereits entschieden, dass ich mein Leben ändern muss, um etwas für mich selbst zu haben, wenn Hannah zu Hause auszieht, aber ich dachte nicht, dass es meine Musik sein könnte.«

Seth fuhr sich mit einer Hand an die Brust. War der wichtigste Teil seines Lebens auch in einem Karton verpackt gewesen? Hatte er sich so sehr auf die Vergangenheit konzentriert, dass er es sich nicht gestattet hatte, über die Zukunft nachzudenken? Und hatte er sich an Dylan geklammert und sich in sein Leben eingemischt, weil er ihn nicht loslassen wollte? »Selbst wenn Hannah zu Hause auszieht, wird sie immer noch ein Teil deines Lebens sein.«

»Aber nicht mehr so wie jetzt.« Annies Stimme klang traurig. »Sie wird mich nicht mehr auf dieselbe Weise brauchen. Als Dylan hier war, habe ich ihn angesehen, und ich habe Hannah in ein paar Jahren gesehen. Es ist toll, dass sie ihr eigenes Leben führen wird, aber ich bin nicht bereit dafür.« Sie lachte ironisch auf. »Ich glaube, keine Mom ist je bereit dafür, dass ihr Kind das Nest verlässt, aber Hannah ist alles, was ich je hatte. Ich will sie nicht daran hindern, erwachsen zu werden, aber es ist für mich an der Zeit, über sie, meine Familie und die Bäckerei hinauszublicken und mehr für mich selbst zu tun. Ich gehe zu einem Töpferkurs, und ich habe mich für einen Online-Collegelehrgang angemeldet, aber meine Musik … Ich kann sie nicht länger ignorieren. Es ist wie ein großer Schmerz in mir. Ich muss sehen, wohin meine Musik mich führen könnte.«

Seth trat von einem Fuß auf den anderen, und die Technicolor-Show am Himmel flackerte. Er war völlig anders als Annie. Er hatte viel Zeug für sich selbst gemacht, unabhängig von Dylan. Aber vielleicht hatte er bei seinem Sohn überkompensiert, weil er Dylan alles hatte geben wollen, was er als Jugendlicher nicht gehabt hatte, und dann nicht gewusst, wann er aufhören sollte. »Du bist eine kluge Frau.«

»Wenn ich das bin, dann habe ich es von meiner Mom. Sie war eine tolle Lehrerin. Das ist sie noch immer. So, wie sie mit Duncans Krankheit umgeht …« Sie brach ab und räusperte sich.

Er berührte ihre Schulter. »Duncan schafft das schon.«

»Ich weiß, aber auch wenn Mom und die Ärzte all die richtigen Dinge sagen und tun, ist es trotzdem eine weitere Erinnerung daran, dass das Leben kurz ist. Und verglichen mit diesen Lichtern dort oben sind wir doch ein ziemlich kleiner Teil des Universums.« Ihre Miene war nachdenklich.

»Das klingt wie noch ein Song.« Seth' Atem verlangsamte sich. Egal, worüber sie redeten oder was sie taten, Annie beruhigte und zentrierte ihn.

»Einer, den ich nicht geschrieben habe.«

»Noch nicht.« Obwohl ein Haufen Leute aus der Stadt in der Nähe waren, hätten er und Annie in einer anderen Welt sein können.

»Du glaubst an mich, oder?« Sie neigte den Kopf zu ihm.

»Immer.« Das tat er, und es waren keine leeren Worte. Seth atmete scharf ein. Wie war das passiert? Er kannte Annie noch nicht lange, aber es kam ihm vor wie eine Ewigkeit, und seine Verbundenheit mit ihr trotzte jeder logischen Erklärung.

»Was tut ihr beide denn hier, in trauter Zweisamkeit?« Seth zuckte zusammen, als er Rowans Stimme hinter sich hörte.

»Wir sind nicht in trauter Zweisamkeit.« Annies Gesicht lief rot an. »Und was tut ihr beide hier, euch so an andere Leute anzuschleichen?« Ihr Blick huschte zu Tara, die hinter Rowan stand.

»Zwei Leute in einer Menschenmenge anzusprechen, ist kein Anschleichen.« In Taras Stimme lag ein neckender Ton. »Solltest du nicht im Bett sein? Du bist doch kein Morgenmensch.«

»Als ob ihr zwei das wärt.« Annies Stimme wurde etwas sanfter, und sie grinste ihre Schwestern an.

»Im Gegensatz zu dir und Tara fange ich nicht vor acht mit der Arbeit an.« Rowan zeigte auf die beiden dunkelhaarigen Kinder, einen Jungen und ein Mädchen, an ihrer Seite. »Die zwei sollten eigentlich im Bett sein, aber das hier konnten wir uns einfach nicht entgehen lassen.« Sie sah sich um. »Wo ist denn Hannah?«

»Möglichst weit weg von mir mit ein paar Freundinnen von der Schule.« Annies Lachen wirkte angespannt. »Deine beiden sind noch klein genug, aber in Hannahs Alter ist es nicht mehr cool, mit seiner Mom abzuhängen.«

Rowan warf einen spekulativen Blick auf Seth. »Es hat noch andere Vorzüge, ein Kind zu haben, das schon älter ist.«

Annie atmete einmal tief aus. »Lass gut sein.«

»Wir gehen ja schon. Die Show ist sowieso gleich zu Ende.« Tara sah zwischen Seth und Annie hin und her, und ein langsames Lächeln breitete sich auf ihrem Gesicht aus. »Zumindest eine davon.«

»Gute Nacht.« Annies Ton war entschieden.

»Tu nichts, was wir nicht auch tun würden.« Rowan scheuchte ihre Kinder zu ein paar anderen Frauen mit Kindern, und ihre Augen funkelten.

»Das lässt mir viel Spielraum, oder?« Annie schnitt eine Grimasse.

Sobald Rowan und Tara außer Hörweite waren, konnte Seth sein Lachen nicht mehr zurückhalten. »Jetzt weiß ich, warum die Leute von den Quinn-Schwestern in Aktion reden.«

»Meine Schwestern und ich stehen uns nahe, aber ich bin trotzdem ein eigenständiger Mensch.«

Annies steifer Ton sorgte dafür, dass Seth prompt wieder ernst wurde. »Natürlich bist du das. Danke, dass du mir die Nordlichter gezeigt hast. Es ist schön, das mit dir zu teilen.« Nein, es war fabelhaft. Als er nach Irish Falls gekommen und letztendlich geblieben war, hatte er gedacht, er wolle allein sein. Aber irgendwann hatte sich das geändert. Er hatte Freunde gefunden, wie Brendan, die Jungs, mit denen er beim Sender zusammenarbeitete, und auch Annie. Nur dass sie mehr als eine Freundin war.

»Als ich die Nordlichter das erste Mal gesehen habe, dachte ich, sie seien Magie. Ein Teil von mir will das noch immer glauben.«

Ihr Gesicht schimmerte im Mondlicht, und eine plötzliche Erkenntnis durchzuckte ihn. Die Blätter am Wunschbaum raschelten sanft, und er verharrte reglos.

Auch wenn die Vergangenheit, über die er nicht nachdenken wollte, ihn verfolgte und er schon immer ein Skeptiker gewesen war, hatte dieser Baum womöglich doch etwas Besonderes an sich. Sie beide benahmen sich vielleicht unbeholfen und unsicher, aber er und Annie schlichen auf Zehenspitzen auf etwas zu – etwas Besonderes. Und wenn das keine Magie war, was dann?

Hannah war bei ihrer Freundin gut aufgehoben. Annie hatte keinen Grund, an ihrer Tochter zu zweifeln. Noch mehr ihrer Songs für Seth zu singen, würde auch in Ordnung sein. Es würde ihr helfen, sich auf die Aufnahmesession vorzubereiten, bis zu der es gerade mal zwei Wochen waren. Sie holte einmal tief Luft und nahm die Mappe mit Noten, ihre Handtasche und einen noch warmen Laib Sodabrot, in ein Geschirrtuch gewickelt, vom Küchentresen. Sie würde nur rasch hinüber zu Seth gehen und ihm ein paar ihrer anderen Songs zeigen, wie sie es vereinbart hatten.

Zehn Minuten – und mehrere tiefe Atemzüge – später klopfte sie an die Tür der Wohnung, die sie inzwischen als Seth' nicht Jakes ansah.

»Hey.« Seth öffnete die Tür und bat sie mit einer Handbewegung herein. »Ich wollte dir eben eine Nachricht schicken. Kann Hannah später vorbeikommen? Ich würde mit ihr gern noch ein bisschen an den Harmonien von ›My Hometown Heart‹ arbeiten.«

»Na klar. Sie hat diese Woche ihre letzte Prüfung, daher ist sie bei einer Freundin und lernt, aber sie dürfte in ein paar Stunden fertig sein.« Zumindest hatte Hannah gesagt, dass sie dort sein würde, und Annie war – trotz dieses beharrlichen, zwickenden Gefühls von Unsicherheit, das sich seit der Talentshow noch verstärkt hatte – vermutlich einfach zu misstrauisch. Sie überreichte ihm den Laib Brot.

»Danke.« Seth' Augen strahlten, und ihr Mund wurde trocken. Seine Miene drückte mehr aus als ein schlichtes Dankeschön fürs Backen.

Sie kickte ihre Schuhe von den Füßen und ging durch die kleine Eingangsdiele in den Wohn- und Essbereich. Abgesehen von dem Großbildfernseher und dem Premium-Hundebett war die Wohnung so schlicht wie früher, als Jake hier gelebt hatte. »Mom sagt, du kannst Quinn's Sodabrot nicht widerstehen«, meinte Annie.

»Unter anderem.« Seth' Blick wanderte langsam von ihrem Kopf bis zu den Zehenspitzen, bevor er auf der Mappe mit Noten zu ruhen kam, die sie an die Brust gedrückt hielt.

»Wollen wir anfangen?«, fragte sie, um einen fröhlichen Ton bemüht. »Ich bin zu Fuß gekommen, daher habe ich meine Gitarre nicht dabei. Ich dachte, wir könnten die Gibson nehmen.«

»Na klar.« Seth ging zum Dielenschrank und öffnete ihn.

Annie konnte nicht anders. Sie starrte ihm nach und weidete sich am Anblick dieser ganzen heißen Männlichkeit. Es war so unfair. Sie musste einen Cupcake nur ansehen, und schon nahm sie ein halbes Pfund zu, aber obwohl er Taras Buttertörtchen und fast alles andere, was aus der Bäckerei kam, regelrecht verschlang, hatte er nicht ein Gramm zu viel auf den Rippen. Eine abgewetzte Jeans schmiegte sich an seine Hüften, und das weiße T-Shirt betonte seine muskulöse Brust. Seine Füße waren nackt, und seine Haare waren feucht und zerzaust, als hätte er eben geduscht.

»Was ist los?« Er drehte sich um und kam mit dem Gitarrenkoffer zurück zum Sofa. Er wartete, bis sie Platz genommen hatte, und setzte sich dann neben sie.

»Nichts.« Sie richtete sich auf, wobei sie achtgab, dass die Mappe mit den Noten zwischen ihnen lag.

»Ist es, weil du neue Songs für mich singen wirst?«

Sein Mund verzog sich zu einem herzerwärmenden Lächeln. »Du weißt doch, wie sehr ich ›My Hometown Heart‹ liebe.«

Sie errötete und hantierte an dem Gitarrenkoffer herum. »Was, wenn das eine einmalige Sache war?«

»Das bezweifle ich, aber selbst wenn du ein One-Hit-Wonder bist … Ist das nicht immer noch besser, als ein No-Hit-Wonder zu sein?« Seine Stimme klang belustigt.

»Ich vermute es.« Sie nahm die Gitarre aus dem Koffer und drückte sie liebevoll an sich. »Es geht nicht nur ums Singen.« Auch wenn sie jedes Mal, wenn sie überlegte, ob sie Seth genug vertrauen konnte, um noch mehr von ihrer Musik mit ihm zu teilen, in kalten Schweiß ausbrach.

»Macht Hannah dir Kummer?« Sein Ton wurde warm und tröstlich.

»Eigentlich nicht, aber ich habe so ein Gefühl.« Sie verhakte die Finger ineinander. »Ich kann nicht genau sagen, was, aber irgendetwas stimmt nicht mit ihr. Ich dachte, der Auftritt in der Talentshow würde ihr helfen, und das hat er ja auch, aber …«

»Mütterliche Intuition.« Seth lächelte wehmütig. »Dylans Mom war nur selten da, während er aufwuchs, aber trotzdem konnte er ihr nie etwas vormachen. Ich hingegen …« Er zuckte die Schultern. »Ich war ein leichteres Opfer.«

»Früher dachte ich immer, ich würde Hannah verstehen, aber in diesem Frühjahr hat sie sich verändert.« Ein schweres Gefühl setzte sich in Annies Herzen fest. »Jedes

Mal, wenn ich versuche, mit ihr zu reden, macht sie einfach dicht. Anfangs dachte ich, es hinge nur daran, dass sie nicht aufs College will, aber inzwischen scheint es so ziemlich um alles zu gehen. Und seit der Talentshow hat sie sich wieder zurückgezogen.«

»Hast du mit deiner Mom oder deinen Schwestern darüber geredet?«

»Das kann ich nicht.« Warum war es ihr dann so leichtgefallen, sich ihm zu öffnen? »Mom macht sich Sorgen um Duncan, und Rowan leidet noch immer unter ihrer Scheidung. Und was Tara angeht, sie und Adam konnten keine Kinder bekommen. Sie würde alles geben, um ein Kind zu haben, und wenn sie hören würde, wie ich mich über meines beklage … Ich will sie nicht verletzen.« Sie spielte mit dem Plektrum, ohne Seth anzusehen.

»Wir wissen beide, dass Teenager gewisse Phasen durchmachen. Sieh dir an, was ich mit Dylan hinter mir habe.« Seth zog Annie in seine Armbeuge. »Nach dem, was ich gesehen habe, ist Hannah ein gutes Kind.«

»Das ist sie, aber Duncans Erkrankung hat sie stärker mitgenommen, als sie sich anmerken lässt. Die beiden stehen sich sehr nahe. Sie hat meinen Dad nie kennengelernt, und da sie ja keinen Kontakt zu ihrem eigenen Dad hat, ist Duncan für sie irgendetwas zwischen einem Großvater und einem Vater. Wenn er sterben sollte …« Annie presste die Augen fest zu.

»So etwas darfst du nicht einmal denken.« Seth sprach mit seiner Radiostimme – tief, volltönend und besänftigend.

»Ich weiß, aber manchmal kann ich einfach nicht anders. So wie ich weiß, dass Hannah leidet, ihr aber trotzdem nicht helfen kann, wie es scheint.«

»Die Aufnahmesession könnte ihr guttun.« Er umfasste Annies Kinn mit einer Hand. »Sie könnte euch beiden guttun. Und für dich könnte sie der erste Schritt zu einer neuen Karriere sein.«

»Ich glaube nicht …«

»Dann tu es nicht.« Seth' Gesicht war wenige Zentimeter von ihrem entfernt. Winzige Lachfältchen umrahmten seine Augen, und er roch nach sauberer Kleidung, Pfefferminzzahnpasta und frischer Luft. »Du hast Talent, und ich werde nicht der Einzige sein, der das denkt. Egal, was in Nashville und auf der Belmont University passiert ist, du bist nicht gescheitert. Du hast dein Bestes versucht, und jetzt hast du Hannah, die du für noch so viele Hits niemals hergeben würdest. Wenn du mich fragst, bist du genau dort, wo du sein sollst. Es ist alles eine Frage der Perspektive.«

Wärme durchflutete Annies Körper, und sie fühlte sich leichter, fast sorglos. »Wie bist du nur so schlau geworden, Großstadttyp?«

»Auf dieselbe Weise wie du.« Seth lachte auf. »Wenn das Leben dich in den Hintern tritt, erteilt es dir kostenlose Lektionen.«

Es würde immer Dinge geben, die sie bereute, aber vielleicht würde sie die Lektionen, die sie gelernt hatte, nicht eintauschen, denn ohne sie säße sie jetzt nicht mit diesem Mann hier. Sie musste nach vorn blicken, nicht zurück. »Willst du noch ein paar Songs von mir hören?« Sie griff nach der Mappe und entnahm ihr mehrere handgeschriebene Notenblätter.

»Ich dachte schon, du fragst nie.« Er lächelte, während er den Notenständer aufstellte.

Sie holte einmal tief Luft, stand auf und setzte zu einem Song an, den sie am Tag nach dem Benefizabend geschrieben hatte, als sie von Seth' Küssen und Adrenalin berauscht gewesen war. Während sie von einem Stück zum nächsten wechselte, ließ sie sich von den Klängen aus der Wohnung zu jenem Ort außerhalb ihrer selbst tragen, an den die Musik sie immer entführte.

Als sie schließlich innehielt, nahm der Raum wieder scharfe Konturen an. Seth saß noch immer reglos da. Er machte den Mund auf und wieder zu und tätschelte Dolly, die zu ihm aufs Sofa gesprungen sein musste, während Annie gesungen hatte.

Das Blut rauschte durch ihre Adern. Vielleicht waren ihre Songs doch nicht so gut, wie sie gedacht hatte, und Seth suchte nach einer netten Art, es ihr zu sagen.

Schließlich beugte er sich vor und starrte sie an, als hätte er sie noch nie zuvor gesehen. »Ich nehme an, diese Art Songs hast du nicht geschrieben, als du in Nashville warst.«

»Nein. Damals wusste ich nicht, wer ich war, und es war mir peinlich, woher ich kam. Dieses Mädchen bin ich nicht mehr.« Sie drückte die Gitarre an sich.

»Ich bin froh, dass du das nicht mehr bist.« Seine Augen weiteten sich, und er schenkte ihr ein breites Lächeln. »Diese Songs sind wie ein Hauch frischer Luft. Zweifle nie wieder an dir. Aber auch wenn mir gefällt, was ich gehört habe, haben wir für die Aufnahmesession noch ein gutes Stück Arbeit vor uns. Das hier ist deine Chance, Annie. Ergreif sie mit beiden Händen, halt sie fest und sieh, wohin dich die Reise führt.«

Bei seinen Worten begann der letzte Rest der Angst, die so viele Jahre tief in ihr vergraben gewesen war, sich aufzulösen und zu zerfallen, ersetzt von Aufregung und neuem Selbstvertrauen. »Worauf warten wir dann noch? Ich werde so hart arbeiten, wie ich muss. Ich werde dich nicht enttäuschen.«

»Als ob du das je tun könntest. Ich …«

Annies Handy klingelte und unterbrach, was immer Seth sagen wollte. »Augenblick.« Sie streckte einen Arm hinter Dolly aus, um ihr Handy aus ihrer Handtasche zu holen, die noch auf dem Sofa lag. »Hey, Hannah.« Sie hörte zu, versuchte, Sinn in Worten zu erkennen, die keinen Sinn ergaben. »Du bist was? Wo?« Ihr wurde kalt, und ihr Herz raste. »Ich komme, so schnell ich kann.«

Seth nahm ihren Arm, und sie taumelte gegen ihn. »Was ist passiert? Ist Hannah verletzt?«

»Soweit ich weiß, nein.« Ihre Stimme stockte, und das Atmen fiel ihr auf einmal schwer. »Sie ist auf der Polizeiwache auf der anderen Seite des Berges. Sie und die Freundin, mit der sie lernen sollte, sind irgendwie bei einem achtzehnjährigen Jungen im Auto gelandet, der betrunken gefahren ist. Die Polizei hat sie in einem Straßengraben zwölf Meilen außerhalb der Stadt gefunden.«

»Was ist mit ihrer Freundin und dem Fahrer?« Seth' Worte waren ein eindringliches Stakkato.

»Ich glaube, es geht ihnen gut, aber ich ... Sie ... Ich weiß keine Details.« Ihr Körper bebte. »Warum hat sie ...? Sie hätte sterben können. Ich muss los.«

Ein Schlüsselbund klimperte. »Ich fahre dich.« Seth hielt ihren Arm noch immer fest.

Sie legte die Gitarre hin und presste sich eine Hand an den Kopf. »Was, wenn Hannah auch getrunken hat? Was, wenn in dem Wagen eine offene Flasche Alkohol war? Ist das nicht verboten?«

»Normalerweise schon.« Seine Stimme klang grimmig. »Hier.« Er reichte ihr ihre Handtasche, und Dollys kalte Schnauze stupste ihren Arm an. »Schuhe?«

»Neben der Tür.« Sie schlüpfte hinein, während er seine eigenen Schuhe fand und Dolly anleinte.

»Was, wenn Hannah jetzt vorbestraft ist?« Annie schluckte. »Sie hat ihr ganzes Leben noch vor sich.«

»Sie hat Glück. Sie hat es noch immer vor sich.« Seth scheuchte sie aus der Wohnung und schloss die Tür hinter ihnen ab. »Brich nicht in Panik aus, bevor du alle Fakten weißt. Was genau hat sie gesagt?«

»Abgesehen von dem Unfall nur, dass sie auf der Polizeiwache ist und ich sie abholen muss.« Der warme Wind wehte ihr übers Gesicht, während sie über den Parkplatz des Senders zu Seth' Truck lief.

»Alle Teenager machen früher oder später irgendwelche Dummheiten.« Er legte eine Hand auf ihre, eine kurze Liebkosung, während er ihr in den Truck half, und Dolly sprang hinter ihr hinein. »Es klingt, als ob es viel schlimmer hätte kommen können.«

Das hätte es, aber darüber durfte Annie im Moment nicht nachdenken. Eine schwarze Wolke der Angst senkte sich über sie und drohte sie zu ersticken. Sie legte eine Hand um Dollys Halsband und schloss die Augen, während der Motor des Trucks aufheulte.

Sie hatte so viele Hoffnungen für Hannah – so viele Träume. Sie hatte sie fast siebzehn Jahre lang beschützt. Ihre einzige Sorge war es gewesen, dass Todd sie beide irgendwie finden könnte. Etwas wie das, was jetzt geschehen war, hatte sie sich nie vorgestellt.

Sie schlug die Augen wieder auf, als der Truck vor der Grundschule über ein Schlagloch rumpelte. Es schien ihr, als wäre es erst gestern gewesen, dass Hannah mit ihrem Prinzessinnenrucksack und der dazugehörigen Lunchbox jeden Morgen dorthin gegangen war, ihr zugewinkt hatte, bevor sie in den Schulbus stieg. Wie hatte alles nur derart schiefgehen können?

Kapitel 16

»Hast du Hunger?« Seth musterte Annie, die auf der Kante eines Stuhls in einem kleinen Büro auf der Polizeiwache saß. Ihr Gesicht war grau und eingefallen. »In dem Snackautomaten gibt es Hühnernudelsuppe.«

»Ich kann jetzt nichts essen.« Sie rieb sich die Arme. »Hannah?«

Die Jugendliche schüttelte den Kopf. Sie saß zusammengesunken auf einem Stuhl neben Annie, eine rötliche Prellung verlief an einer Seite ihres Kiefers.

»Dann trink wenigstens etwas. Tee, Limonade oder noch mehr Kaffee?« Er zeigte auf das schlammartige Gebräu in einem Star-Wars-Becher auf dem Tisch vor ihr.

»Nein.« Sie fuhr sich mit einer Hand an den Mund.

Seth' Magen verhärtete sich. Dylan hatte selbst mehr als genug Fehler gemacht, aber bis jetzt keinen wie diesen. Er starrte aus dem Fenster hinter dem Tisch. Graue Wolken ballten sich über dem Berg, und der Wind bewegte die Zweige der Kiefern hinter dem Parkplatz. Sein Truck stand draußen, und Dollys Kopf schaute durch das halb geöffnete Fenster.

»Ich habe Mist gebaut.« Hannah rollte den Saum ihres T-Shirts immer wieder ein und aus. »Es tut mir leid.«

»Das weiß ich, und ich bin nicht wütend auf dich. Enttäuscht von deinem Verhalten? Ja. Und auch verängstigt.« Annie atmete tief aus. »Und was ich noch immer nicht verstehe, ist, wieso ihr zu einem Jungen ins Auto gestiegen seid, der getrunken hatte. Du hast doch gesagt, du würdest zu Natalie gehen, um zu lernen.«

»Das bin ich ja auch. Es ist einfach passiert.« Hannah wand sich auf ihrem Stuhl. »Zach ist vorbeigekommen und hat uns auf der Veranda gesehen. Als er uns fragte, ob wir eine Runde mit ihm drehen wollten, dachten wir, nur in der Stadt. Zu dem Zeitpunkt wussten wir nicht, dass er getrunken hatte.«

»Aber sobald ihr es wusstet, warum habt ihr ihm dann nicht gesagt, dass er anhalten soll, damit ihr aussteigen könntet? Oder die Polizei oder mich angerufen? Das ist schließlich der Hauptgrund, weshalb du ein Handy hast.« Annies Kinn bebte. »Wenn das kein Notfall war, dann weiß ich nicht, was einer ist.«

»Das konnte ich nicht. Ich hätte so dumm ausgesehen.« Hannah verzog das Gesicht.

»Besser dumm als tot.« Annies Stimme schwankte.

Hannah errötete und warf einen Blick auf Seth. »Ich dachte, du wärst beschäftigt.«

»Wie konntest du denn glauben, dass ich je zu beschäftigt für dich sein würde?«

»Vergiss es.« Hannah drückte das Kinn an die Brust.

»Wie kann ich das vergessen?« Annie massierte ihre

Schläfen. »Ich bin so froh, dass dir nichts passiert ist. Aber du hättest … Und das an einem Sonntagnachmittag.«

»Wäre es denn besser gewesen, wenn es Samstagabend wäre?« Hannah kaute auf ihrer Unterlippe.

»Natürlich nicht.« Annies Miene spannte sich an. »Aber ich dachte, du hättest mehr Verstand, und selbst wenn du den Alkohol im Wagen nicht gesehen hast, hast du ihn denn nicht gerochen? Zach war so weit über der Promillegrenze, dass es ein Wunder ist, wie er es überhaupt aus der Stadt geschafft hat, geschweige denn den ganzen Weg hierher.«

»Wir wollten ein bisschen Spaß haben.«

»Spaß? Seit wann macht es dir Spaß, betrunken Auto zu fahren?« Annies Stimme schwoll an.

»Zach ist süß, und er ist ein Oberschüler. Er hat ein Footballstipendium für die Penn State«, murmelte Hannah.

»Einer der Polizisten dort draußen sagt, dass Zach sich vermutlich das Bein gebrochen hat, was ihn lange an seine Dummheit erinnern und dafür sorgen wird, dass er auf absehbare Zeit kein Footballfeld mehr betritt. Außerdem wartet auf ihn ein Gerichtsverfahren wegen Alkoholkonsums als Minderjähriger und Trunkenheit am Steuer. Und Natalie hat sich vielleicht das Handgelenk gebrochen.« Annie bedeckte ihr Gesicht mit den Händen.

Seth zuckte zusammen. »Ich gehe in den Warteraum. Ihr zwei braucht eure Privatsphäre.« Er sollte nicht mitten in dem Familiendrama anderer Leute stecken. Vielleicht hätte er von Anfang an im Warteraum bleiben sollen, aber bis sie herausgefunden hatten, was mit Hannah los war, hatte er Annie nicht allein lassen wollen.

Sie hob den Kopf. »Vielleicht brauchen wir das, aber du kannst jetzt nicht dort hineingehen. Inzwischen ist der Warteraum bestimmt voll mit Quinns, angeheirateten Quinns und einem Haufen McEvoys – das war Moms Mädchenname. Sie leben alle in der Nähe, und wenn du dich dort zeigst, wäre es, als würde ein Reh in der Jagdsaison ins Lager spazieren.«

Seth presste sich eine Hand an die Schläfe. »Wir sind doch noch nicht lange hier, wie kann es dann sein, dass …«

»Ein paar Minuten, nachdem wir im Straßengraben gelandet waren, sind mehrere von Grandmas Cousins zufällig vorbeigefahren und haben angehalten. Sie haben die Polizei gerufen.« Hannahs Stimme war leise. »Sie haben vermutlich ein paar Leute angerufen und dann vermutlich noch andere Leute …« Sie brach ab und ließ den Kopf hängen. »Hier bleibt nichts lange geheim. Ich habe mich blamiert und Mom auch.«

»Oh, Schatz.« Annie schenkte Hannah ein mattes Lächeln. »Es ist nicht so schlimm, dass wir es nicht wieder einrenken könnten. Wenigstens war das Bier im Kofferraum, und du hast nicht getrunken. Mir gefällt nicht, was du heute getan hast, aber ich liebe dich immer noch.«

»Trotz allem hattest du Glück, Kleine.« Es war nicht

so, dass Seth auf der Highschool keine Dummheiten angestellt hatte, aber die einzigen Konsequenzen waren hin und wieder Strafarbeiten und Nachsitzen gewesen.

»Aber alle anderen …« Hannahs Blick huschte zur Tür. »Ich will sie nicht sehen müssen.« Sie rutschte auf ihrem Stuhl weiter nach unten.

»Dann musst du das auch nicht. Jedenfalls nicht jetzt.« Seth konnte nicht ändern, was passiert war, aber vielleicht konnte er die Situation ein bisschen verbessern. »Es muss eine Hintertür geben. Wartet, bis der restliche Papierkram erledigt ist, und ich werde es in der Zwischenzeit herausfinden.«

Annies Blick wurde sanfter. »Danke. Ich will im Moment eigentlich auch niemanden sehen müssen.«

Er hielt ihrem Blick einen langen Moment stand, und irgendetwas in der Nähe seines Herzens verlagerte sich. »Bleibt einfach hier sitzen. Ich bin gleich wieder da. Ich habe am Ende des Flurs noch ein anderes Büro gesehen, das heißt, ich kann den Warteraum meiden.« Aber selbst wenn er durch fünfzig Warteräume voll mit Annies Familie gehen müsste, wäre es ihm egal. Familie hin oder her, wer irgendetwas Schlechtes über sie oder Hannah sagte, würde es mit ihm zu tun kriegen.

»Okay.« Ihre Stimme war leise. »Danke, dass du für uns da bist.«

»Danke auch von mir.« Ein paar Tränen kullerten über Hannahs geprelltes Gesicht.

»Gern geschehen.« Adrenalin strömte durch Seth' Körper. Todd hatte Annie nicht nur wie Dreck behandelt, er hatte auch das Baby nicht gewollt, das zu diesem kostbaren Mädchen herangewachsen war.

Er lief auf unsicheren Beinen zur Bürotür. Er wollte Annie helfen und sie beschützen, aber hier ging es um so viel mehr als das. *Liebe*. Das Wort schoss ihm durch den Kopf und raubte ihm den Atem. Er konnte sich doch nicht wirklich in sie verlieben, oder?

Seth drückte die Tür auf und trat in den nüchternen, beige gestrichenen Korridor, dann presste er sich eine Hand an die Brust. Er dachte, er hätte Amanda geliebt, aber das hatte er nicht, nicht wirklich, und sie ihn auch nicht. Sie waren beide Kinder gewesen, gefangen in einem Rausch aus Sex, Musik und einer schillernden Zukunft.

Erwachsenenliebe war etwas anderes. Sie war stiller, stabiler und in guten und in schlechten Zeiten da. Seine Haut kribbelte, und sein Herz raste. Als er überlegt hatte, ob er herausfinden sollte, wohin die Sache mit Annie führen könnte, hatte er nie gedacht, dass etwas derart Ernstes daraus werden könnte. Etwas, das sich wie eine richtige Familie, Zuhause und Verbindlichkeit anfühlte – alles, was er in seinem Leben nie für möglich gehalten hätte.

Annie zögerte vor Hannahs geschlossener Zimmertür. In dem stillen Haus warf die Spätnachmittagssonne ein Schachbrettmuster auf den schrägen Kiefernboden der oberen Diele. Fünf Tage nach dem Unfall redete ihre Tochter noch immer nur das Nötigste mit ihr, und wenn sie nicht in der Schule war, verkroch sie sich fast die ganze Zeit in ihrem Zimmer unterm Dach.

Annie holte einmal tief Luft und klopfte an die Tür.

»Was?« Die Stimme ihrer Tochter klang misstrauisch.

»Ich will mit dir reden.« Annie verspürte, wie die Unsicherheit sie erfasste, und ihre Muskeln verspannten sich.

»Worüber?«

»Ich rede nicht durch eine geschlossene Tür mit dir.« Ihre Mom hatte ihr gesagt, eine Jugendliche zu erziehen, sei harte Arbeit, aber bis jetzt war ihr nicht klar gewesen, wie hart.

Die Tür schwang nach innen auf, und das Gesicht ihrer Tochter tauchte auf der anderen Seite auf. Die Prellungen von dem Unfall waren zu einem gelblichen Violett verblasst, aber Annie war eher besorgt um Hannahs emotionale Wunden.

»Danke.« Annie trat ins Zimmer. Anstelle des üblichen Durcheinanders war es fast penibel aufgeräumt. Nur die zerknitterte blaugrüne Steppdecke und ein Paar nicht zusammengehöriger Socken in der Mitte des Zimmers störten die tadellose Ordnung.

»Egal.« Hannah trat ans Fenster, kehrte Annie den Rücken und starrte in den Garten.

Annie rang die Hände. »Dein Zimmer sieht … anders aus. Gut.«

Hannah zuckte übertrieben mit den Schultern.

»Ich habe gesagt, ich bin nicht wütend auf dich wegen dem, was passiert ist, aber wir müssen darüber reden.« Und was noch wichtiger war, sie mussten über Hannahs wegwerfende Bemerkung auf der Polizeiwache reden, dass Annie zu beschäftigt für sie sei. Die wütenden Worte hatten sich wie ein vergifteter Pfeil in ihr Herz gebohrt, und jedes Mal, wenn sie sich diese Worte durch den Kopf gehen ließ, drang das Gift tiefer ein und verätzte ihre Seele.

»Warum?« Hannah wandte sich halb vom Fenster um, und in ihre mürrische Miene mischten sich Abwehrhaltung und vielleicht sogar Angst. »Reicht es nicht, dass du mir mein Handy weggenommen und mir so lange Hausarrest erteilt hast, dass ich die Poolparty meiner Klasse versäumt habe?«

»Ich muss sicherstellen, dass du verstehst, dass das, was du getan hast, etwas Ernstes war und wie viel Angst du mir gemacht hast.« Annie wachte nachts noch immer mit der Vorstellung auf, was hätte passieren können. »Und wir können uns nicht ewig so anschweigen.« Sie war die Erwachsene, daher musste sie den ersten Schritt tun, um das wieder einzurenken, was zwischen ihnen schiefgegangen war.

»Hast du nicht eine Gesangsprobe mit Seth oder so?« Hannah starrte auf ihre nackten Füße. Unter dem Saum ihrer zerschlissenen Jeans glänzte auf ihren Zehennägeln ein leuchtend roter Nagellack.

»Heute nicht.« Und da war es. Der Elefant im Raum, oder vielleicht im ganzen Haus. Groß, grau, schwerfällig und fast ebenso zerstörerisch, wie es ein richtiger Elefant in ihrer kleinen Welt gewesen wäre. »Hast du ein Problem damit, dass ich mit Seth probe?«

»Warum sollte ich?« Hannahs Worte kamen zu schnell, und ihr Ton war zu scharf.

»Ich weiß nicht.« Annie wäre am liebsten die Treppe wieder hinuntergelaufen und vielleicht aus dem Haus gestürmt, aber sie musste sich dieser Sache stellen, was immer es war. »Wie wär's, wenn du versuchst, es mir zu sagen?«

Hannah starrte ein paar endlose Sekunden auf ihre Füße. »Musik war immer mein Ding, nicht deines, aber jetzt … Es ist nicht wegen Seth. Jedenfalls nicht wirklich.« Hannahs Stimme wurde leise. »Ich mag ihn und alles, aber …« Sie spielte mit dem Saum ihres T-Shirts.

»Aber was?« Selbst wenn Annie die Antwort vielleicht nicht hören wollte, musste sie die Frage stellen. Sie setzte sich auf Hannahs Bettkante und klopfte auf die Steppdecke neben sich.

»Ich hätte nie gedacht, dass Musik dir so viel bedeutet, aber ›My Hometown Heart‹ und das Singen bei dem Benefizabend … das … alles …« Hannah setzte sich ans andere Ende des Bettes, in einem möglichst großen Abstand zu Annie.

»Musik hat mir immer viel bedeutet, aber ich hatte vergessen, wie viel.« Annies Kehle schnürte sich zu, und ihre Augen brannten.

»Wegen meines Dads?« Hannah hatte die Schultern hochgezogen.

Annie nickte ruckartig.

»Ich weiß, du hast gesagt, dass er mich nicht gewollt hat, aber was ist wirklich passiert?« Die Stimme ihrer Tochter stockte.

»Nein, das hat er nicht.« Annie presste die Lippen zusammen. »Er … wollte nicht einmal, dass du geboren wirst, deshalb bin ich abgehauen. Ein paar Jahre später habe ich versucht, herauszufinden, was aus ihm geworden ist, aber es ist mir nicht gelungen.« Und sie hatte den Großteil der vergangenen siebzehn Jahre mit einer Angst gelebt, die ständig im Hintergrund ihres Lebens lauerte. »Ich habe meine Musik aufgegeben, weil ich irgendwie dachte, das würde mir helfen, mich – und auch dich – zu beschützen.«

»Aber warum? Das verstehe ich nicht.« Hannahs Miene war verletzt und verwirrt zugleich.

»Ich weiß, es klingt nicht gerade logisch, oder? Aber ich war jung, verwirrt und verängstigt. Ich habe nicht klar gedacht, und dann wurde dieses verworrene Denken zu einer Art Gewohnheit.« Ihr Herz tat weh.

»Hast du meinen Dad geliebt?« Hannahs Stimme kam zögernd.

»Das dachte ich, jedenfalls am Anfang. Als ich ihn kennenlernte, hat es Spaß gemacht, mit ihm zusammen zu sein. Wir mochten beide Musik, und wir haben Songs zusammen geschrieben. Ich dachte, er könnte mir helfen. Aber als ich mit dir schwanger wurde, hat er sich verändert.« Schweiß sammelte sich zwischen ihren Brüsten. »Es war, als ob er mein Leben kontrollieren wollte, und ich konnte nicht … Er wurde so wütend, und ich hatte solche Angst vor ihm.«

Hannah rutschte über das Bett auf sie zu. »Es tut mir leid.« Ihre Stimme war schwer von Tränen.

Annie verhakte ihre Finger mit Hannahs. »Außerdem

fing er an, mehr zu trinken, daher hat diese Geschichte, als du zu Zach in den Wagen gestiegen bist, böse Erinnerungen in mir ausgelöst. Ich kann dich nicht verlieren, und ich dachte …« Sie nahm die Hand ihrer Tochter und drückte sie.

»Ich … Du wirst mich nicht verlieren.« Hannah drückte Annies Hand ebenfalls. »Ich werde so etwas nie wieder tun.«

Ein Teil des Drucks in Annies Brust ließ nach. »Weil ich deinem Dad begegnet bin, habe ich viele Dinge in meinem Leben nicht getan, die ich vielleicht hätte tun können. Ich wollte dich haben – glaub nicht, dass ich dich nicht wollte –, aber das ist der Grund, weshalb ich möchte, dass du aufs College gehst und all die Dinge tust, zu denen ich nie die Gelegenheit hatte.«

»Ich bin nicht du.« Hannahs Stimme war ernst. »Und ich bin auch nicht er.«

»Nein, du bist du selbst, und darüber bin ich froh.« Annie versuchte zu lächeln. »Und vielleicht habe ich mich ja getäuscht. Warum hätte ein Typ wie er mich je aufspüren sollen? Er war aus Florida, er hat nie irgendwelche Verwandten erwähnt, und ich nehme nicht an, dass er je weiter oben im Norden als Kentucky war. Aber mit deinem Dad zusammen zu sein, hat mich verändert, und seitdem wollte ich nie wieder irgendwo auffallen.«

»Aber jetzt willst du das?« Hannahs Ton war vorsichtig. »Mit dem Singen und dem Songwriting?«

»Ich weiß nicht.« Annie war ihrer Tochter Aufrichtigkeit schuldig. »Es ist verwirrend.« Das Understatement des Monats, wenn nicht des Jahres. »Bei dieser Aufnahmesession wird vermutlich sowieso nichts herauskommen.«

»Aber wenn doch?« Hannahs Miene war eher die einer Erwachsenen als die eines Kindes.

»Wie Nana Gerry immer gesagt hat, damit befasse ich mich, wenn es so weit ist.« Ihr Herz flatterte. »Aber was immer passiert, ich will, dass du ein Teil davon bist. Glaubst du mir das?«

»Ich nehm's an.« Hannah forschte noch immer in ihrem Gesicht. »Die Sache mit Zach ist irgendwie aus dem Ruder gelaufen. Es war aufregend. Ich meine, warum sollte ein Typ wie er Natalie und mir Aufmerksamkeit schenken? Er hängt mit Cheerleaderinnen ab. Und du warst so aufgeregt wegen dieses Songs und der Arbeit mit Seth, da habe ich mich irgendwie … ich weiß nicht … vielleicht ausgeschlossen gefühlt?«

»Ach, Schatz.« Annies Herz krampfte sich zusammen. »Ich hatte ja keine Ahnung. Ich dachte, du wärst auch aufgeregt wegen des Songs und unseres Auftritts bei dem Benefizabend.«

»Das war ich ja auch, aber dann, als es richtig losging, war ich vielleicht auch ein bisschen eifersüchtig. Und als Seth dann mit dir bei der Polizeiwache aufgetaucht ist, war er toll und alles, aber es war trotzdem irgendwie seltsam.« Sie spielte mit einer Haarsträhne.

»Das verstehe ich.« Für Annie war es auch seltsam gewesen. Zum ersten Mal in ihrem Leben hatte sich jemand anderes als ein Familienangehöriger oder Jake um sie gekümmert. Seth hatte nicht die Kontrolle übernommen, aber er war die Art Stütze gewesen, von der sie gar nicht gewusst hatte, dass sie sie brauchte.

»Meinst du, du könntest, ich weiß nicht, vielleicht irgendwie noch mal versuchen, meinen Dad zu finden?« Hannahs Stimme war zögernd. »Ich will ihn nicht treffen oder so, aber nur damit wir wissen, was aus ihm geworden ist? Falls er noch immer irgendwo da draußen ist? Ich will nicht mein Leben lang denken müssen, dass ich ihm irgendwie über den Weg laufen könnte.«

»Natürlich kann ich das.« Annie hatte die ganze Todd-Geschichte so viele Jahre verdrängt, dass es zu einer Gewohnheit geworden war – einer, mit der sie brechen musste.

»Wenn du mir mehr Informationen gibst, könnte ich im Internet nach ihm suchen. Da kann man doch über fast jeden irgendwelches Zeug herausfinden.« Hannah sah auf ihre vereinten Hände, dann schlang sie ihren freien Arm um Annies steife Schultern.

»Wir können zusammen suchen.« Egal, was sie herausfanden, mit Hannah an ihrer Seite würde sie es ertragen können. »Und was Seth und die Aufnahmesession angeht … Wirst du immer noch mit mir singen? Ohne dich wäre es nicht dasselbe.«

»Wie willst du mich denn davon abhalten?« Der Ton ihrer Tochter wurde leichter. »Wer sollte sonst die Begleitstimme singen?«

»Ich will niemand anderen als dich.« Annies Herz zog sich zusammen. Was die Begleitstimme anging, wollte sie tatsächlich niemand anderen, aber was ihr Leben anging, sah die Sache nicht so einfach aus.

»Wegen Zach … Da habe ich einen Riesenfehler gemacht. Ich hätte es besser wissen müssen.«

»Du hast deine Lektion gelernt, daher werden wir nicht mehr darüber reden.« Und mit der Zeit würde Annies Angst, so wie Hannahs Prellungen, vielleicht verblassen.

»Natalies Eltern sind so sauer, dass sie sie für drei ganze Wochen zu Verwandten nach South Dakota schicken, sobald die Schule zu Ende ist.« Hannah schnitt eine Grimasse. »Als ob ein gebrochenes Handgelenk nicht schon schlimm genug wäre, wird sie tagelang auf Weizenfelder starren müssen. Ihre Mom sagt, dann würde sie Zeit haben, um darüber nachzudenken, was sie getan hat. Bin ich froh, dass wir keine Verwandten haben, zu denen du mich verfrachten kannst.«

Nein. Annies Verwandte hockten alle in dieser Gegend aufeinander, und das schuf eine ganz andere Art von Problemen, wie zum Beispiel Erziehungstipps auf ihrer Türschwelle. Fast jedes weibliche Mitglied ihrer Familie im Umkreis von zwanzig Meilen hatte diese Woche in der Bäckerei vorbeigeschaut, um über Hannah zu reden. Sie hatten sich auch nach Seth erkundigt, wobei sie verstohlen zur Decke gesehen hatten, als könnte er sie irgendwie durch den Boden hören. Die Weizenfelder in South Dakota erschienen in diesem Moment erstaunlich verlockend.

Hannah rutschte noch näher an Annie heran. »Ich

weiß echt nicht, ob ich aufs College gehen will, aber vielleicht …« Sie atmete tief aus. »Ich werde mit der Berufsberaterin reden, bevor die Schule zu Ende ist. Ich kann verstehen, warum es eine gute Idee sein könnte, sich mehrere Optionen offenzuhalten.«

»Das ist ja toll.« Annies Augen wurden feucht.

»Ich liebe dich, Mom.« Hannahs Stimme brach.

»Ich dich auch, mein Schatz.«

»Was meinen Dad angeht …« Hannah kuschelte sich an Annie, so, wie sie es als kleines Kind getan hatte. »Nichts, was er getan hat, kann dich je wieder verletzen. Und mich kann es auch nicht verletzen.«

Annie schauderte. Trotz der zuversichtlichen Worte ihrer Tochter war sie sich da nicht so sicher.

Kapitel 17

Annie musste nur singen. Es ging um die Musik, nicht um sie. Und es ging auch nicht um sie und Seth. Es war viele Jahre her, aber abgesehen von dem atemberaubenden Equipment hatten sich Aufnahmestudios nicht sehr verändert, jedenfalls nicht in den Punkten, auf die es ankam. Sie enthielten alle ein bisschen Magie und das Echo der Hoffnungen und Träume der Musiker, die diese Studios über die Zeit hinweg durchlaufen hatten.

Von der Hauptstraße aus ähnelte das Gebäude einem gewöhnlichen Schindelfarmhaus im Norden des Bundesstaates New York, in eine Baumgruppe auf einem kleinen Stück Land gebettet. Aber hinter dem Haus befand sich noch ein weiteres Gebäude, spezialangefertigt und schalldicht, das ein komfortables Studio mit Equipment und Akustik auf dem neuesten Stand der Technik beherbergte.

»Geht es dir gut?« Sie sah zu Hannah hinüber, die in einem violetten Bohnensessel in der Mitte des Empfangsbereichs saß. Die Prellungen ihrer Tochter waren verheilt, aber das waren nur die äußerlichen Verletzungen.

Trotz ihres Gesprächs hatte Hannah innerlich noch immer ein paar Wunden, die vielleicht niemals verheilen würden.

»Warum sollte es mir nicht gut gehen?« Hannah kratzte an einem Niednagel an ihrem Daumen.

Annie legte Jakes Gitarrenkoffer auf einem niedrigen Tisch ab und nahm die Gibson heraus. »Ich dachte nur, du würdest dich ein bisschen mehr auf unsere Aufnahme freuen, das ist alles. Wenn es irgendetwas gibt … Ich meine …«

»Das ist es nicht. Du hast mich bei jedem Schritt einbezogen, und ich freue mich ja auch, aber …« Sie starrte auf die türkisblauen Stiefel, für die Annie, Tara und Rowan zusammengelegt hatten, um sie ihr zu ihrem sechzehnten Geburtstag zu schenken. »Was, wenn ich dir das vermassele?«

»Warum solltest du? Und selbst wenn dir, mir oder irgendjemandem sonst ein Fehler passiert, können wir es einfach noch mal versuchen. Das hier ist schließlich kein Liveauftritt. Außerdem warst du bei dem Benefizabend richtig toll.«

»Das ist nicht dasselbe.« Hannah stand auf und sah aus einem der deckenhohen Fenster auf die atemberaubende Aussicht über die südlichen Adirondacks. »In Irish Falls kenne ich jeden, aber hier ist es anders. Wie könnte jemand wie ich überhaupt an einen Ort wie diesen gehören? Man kann das Geld fast riechen, weißt du? Und diese Typen dort drinnen? Sie sind so professionell.«

»Oh, Schatz, natürlich gehörst du hierher.« Nur dass

sich ihre Tochter, wenn Annie sich nicht täuschte, genauso fühlte, wie Annie sich vor all den Jahren in Nashville gefühlt hatte – ein Kleinstadtmädchen, das sich weit außerhalb ihrer Liga und Komfortzone befand. »Ich weiß, es ist beängstigend, aber wir machen das hier zusammen. Du schaffst das schon. Und was die Begleitmusiker angeht, das ist ihr Job. Sie sind hier, um uns zu unterstützen.« Obwohl Annie schon früher in einem Aufnahmestudio gewesen war, war sie ebenso nervös wie Hannah, vielleicht sogar noch mehr.

Die Außentür schwang auf, und ein älterer Typ mit zotteligen graublonden Haaren, den Seth zuvor als seinen Freund Pete Johannsen vorgestellt hatte, kam in den Empfangsbereich, gefolgt von Seth mit einer Picknick-Kühlbox und dann Tara.

»Überraschung«, grinste Tara. »Ich bin zur moralischen Unterstützung und Lieferung von Snacks hier.« Sie zeigte auf die Kühlbox, die Seth soeben auf einem Schreibtisch abstellte. »Wie geht's meiner kleinen Lieblingsfrau?« Sie legte einen Arm um Hannah, die ihre Umarmung unbeholfen erwiderte.

»Ich glaub's nicht.« Annie war gerührt. »Du bist den ganzen Weg hierhergefahren und hast nie ein Wort zu mir gesagt.«

»Ich habe auch Seth zur Verschwiegenheit verpflichtet.« Taras Lächeln wurde breiter, während sie Getränke und Essensbehälter aus der Kühlbox holte. »Ich bin nicht allein hergekommen. Ich bin bei Rowan und ihren Kindern mitgefahren. Sie holen mich später ab, wenn sie von irgendeinem malerischen Eisenbahnausflug zurückkommen.« Sie reichte Annie eine Flasche Wasser. »Das hier ist ein Riesending für dich und Hannah. Da wollte ich doch auf jeden Fall dabei sein. Rowan wäre auch gern mitgekommen, aber du weißt ja, wie aufgedreht ihre beiden Kleinen sind. Sie hatte Sorge, sie könnten irgendetwas kaputt machen.«

Annie legte die Finger um das kühle Wasser. Ihre Familie war vielleicht neugierig und mischte sich gern ein, aber sie stärkte ihr immer den Rücken. »Rowan … Sie und die Kinder brauchen auch etwas Zeit zusammen.« Denn gemeinsames Sorgerecht war zwar gerecht, aber auch hart.

»Ja, das stimmt.« Taras Ton war angespannt. »Also, erzähl mir alles.« Sie sah sich um. »Ich war noch nie in einem Aufnahmestudio.«

»Was willst du denn wissen?« Pete grinste Tara an. Er hatte den gleichen weichen Südstaatenakzent wie Seth, und auch wenn er Ende fünfzig sein musste, verliehen ihm die Haare, die ihm in die Stirn fielen, das sexy Aussehen eines nordischen Rockstars.

»Hat irgendjemand Berühmtes hier einen Song aufgenommen?« Ihre Schwester schenkte ihm ein schüchternes Lächeln.

Petes blaue Augen bildeten an den Winkeln Fältchen. »Na klar, aber die meisten von ihnen bleiben lieber unerkannt.«

»Wow.« Hannah stellte sich neben Annie und atmete leise aus.

»Viele große Namen sind durch genau das Studio gegangen, in dem du und deine Mom singen werdet.« Petes Lächeln wurde breiter.

»Das ist so toll.« Hannahs Stimme war ein aufgeregtes Kreischen.

»Wie wär's, wenn du den Begleitmusikern hilfst, dort drinnen alles aufzubauen, und deiner Tante das Studio zeigst?«, meinte Pete, an Hannah gerichtet. »Wir sind gleich bei euch. Meine Frau sagt, es tut ihr leid, dass sie nicht hier sein kann, um euch alle kennenzulernen. Sie passt heute auf unsere Enkelkinder auf. Einer der Gründe, weshalb wir hierhergezogen sind, war, näher bei unserer Tochter und ihrer Familie zu sein.«

»Familie zuerst.« Taras Stimme stockte, und dann klapperten ihre Absätze über den polierten Boden, während sie Hannah ins Studio folgte.

Annie wandte sich an Seth. »Wir haben das Studio für ein paar Stunden gebucht, richtig?«

Er nickte. »Länger, wenn wir es brauchen.«

»Seth und ich haben im Lauf der Jahre oft zusammengearbeitet. Er kennt sich aus mit Musik, das heißt, wenn er sagt, dass du gut bist, dann musst du es sein.« Pete studierte Annie, und ihr Gesicht erhitzte sich unter seinem musternden Blick. »Wir kennen uns schon lange. Siehst du das hier?« Er wies mit einer Geste zu einem der gerahmten Fotos, die an der Wand hinter dem Empfangstresen hingen.

Annie trat näher, um es sich genauer anzusehen. Ein weitaus jüngerer Seth starrte sie von dem verblassten

Farbfoto an. Er trug Jeans, ein Graphic-T-Shirt und eine Baseballkappe über den dunklen Haaren, die er verkehrt herum aufgesetzt hatte. Die Gitarre hatte er sich tief umgehängt. Ein Mädchen mit langen braunen Haaren in einem schwarzen T-Shirt und knappen Denimshorts stand vor einem Mikrofon, unterstützt von einem Typen hinter einem Schlagzeug und einem anderen mit einer Bassgitarre. Pete, jünger und blonder, stand mit einem Klemmbrett an der Seite.

Sie warf einen Blick auf Seth. »Da musst du ja noch ein Teenager gewesen sein.«

»Ich war eben achtzehn geworden. Das Bild wurde aufgenommen, kurz nachdem ich nach L. A. gekommen war«, sagte Seth. »Damals war ich in einer Band, und Pete half uns, ein Demoband aufzunehmen. Wir waren eine Mischung aus schlechtem Country und schlechtem Rock 'n' Roll, und abgesehen von Amanda hatten wir auch schlechte Haare und schlechte Kleidung, aber Pete hat uns an die Hand genommen, hat uns geholfen herauszufinden, wer wir waren, und uns ein paar Gigs besorgt.«

»Amanda?« Annie sah zwischen den beiden Männern hin und her und dann zu dem Mädchen auf dem Foto.

»Meine Ex-Frau. Dylans Mom.« Seth' Stimme war ausdruckslos.

»Oh.« Annie betrachtete das Foto noch einmal genauer. Die junge Frau war eine Wucht, aber sie hatte irgendetwas Hartes an sich, als wüsste sie, wie hübsch sie war, und würde nicht zögern, es einzusetzen.

»Sie hatte eine ganz anständige Stimme, und sie war

nicht auf den Kopf gefallen in Sachen Produktion und Promotion.« Petes Ton war ironisch. »Und knallhart. Wenn sie etwas wollte, bist du ihr lieber nicht in die Quere gekommen.« Er warf einen väterlichen Blick auf Seth. »Aber ohne echtes Talent und mit einer schlechten Einstellung …« Er brach ab und zuckte die Schultern.

Seth rieb sich mit einer Hand über die Brust. »Wir waren Kinder mit einem Traum.« Er starrte mit verschwommenem Blick auf das Foto. »Auch wenn mich dieser Traum nicht an den Ort gebracht hat, den ich mir erhofft hatte, hat er mir trotzdem geholfen, in der Musikbranche Fuß zu fassen.«

Hannahs Stiefel polterten über den Boden, und Annie sah auf. »Mom, es ist umwerfend. Die Musiker sind richtig nett, und du wirst es nicht glauben, wenn ich dir sage, mit wem sie gespielt haben.« Die Augen ihrer Tochter funkelten.

»Bist du so weit, Annie?« Seth' blaugraue Augen fingen ihren Blick auf.

»So bereit, wie ich je sein werde.« Sie drückte die Schultern durch, auch wenn ihr Herz raste und ihr Mund trocken wurde.

Sie hatte sich getäuscht. Heute ging es nicht nur um die Musik. Es ging auch um sie und Seth. Indem er sie hierhergebracht hatte, hatte er ihr einen Blick in seine Vergangenheit gewährt – und darauf, wie er zu dem Mann geworden war, den sie kannte. Der Mann, für den sie allmählich immer mehr Gefühle entwickelte, von Tag zu Tag und von Song zu Song.

Nachdem das letzte Echo von Annies Stimme verhallt war, wandte sich Seth an Pete, der in dem beengten Kontrollraum neben ihm saß. »Was meinst du?«

»Da hattest du auf jeden Fall ein gutes Händchen. Hast du je über eine neue Karriere als Talentscout nachgedacht?« Sein Freund kicherte, aber seine blauen Augen verengten sich konzentriert. »Die Stimme hat sie, aber hast du nicht gesagt, dass sie diesen Song auch selbst geschrieben hat? ›My Hometown Heart‹?«

»Annie hat alle Songs geschrieben, die sie heute gesungen hat.« Obwohl sie und Hannah nur »My Hometown Heart« aufnehmen würden, hatte Seth sie gebeten, noch ein paar andere vorzutragen, um sich einzusingen und den Begleitmusikern ein Gefühl für ihre Stimmen zu vermitteln.

»Da bist du auf Gold gestoßen, Kumpel.« Pete lehnte sich zurück. »Diese Songs von ihr sind Magie.«

Seth sah durch die Glasscheibe zu Annie und Hannah.

Annie saß auf einem niedrigen Hocker und hielt Jakes Gitarre im Schoß. Als sie den Blick hob, um mit dem Keyboardspieler zu reden, einem hochgewachsenen Typen mit kurzem braunem Haar und Brille, war ihre Miene lebhaft.

»Meinst du, Rick würde sich dafür interessieren, sie zu hören? Weißt du noch … Als wir zusammen an diesem Jazzprojekt gearbeitet haben, hat er doch gesagt, er sei immer auf der Suche nach einem neuen Talent für das Label.« Anders als manche Leute in der Musikbranche war Rick solide und loyal, niemand, der nur in seiner Nähe herumhing, weil er dachte, Seth könnte ihm bei seiner Karriere behilflich sein, und dann verschwand, als sein Leben in sich zusammenfiel.

Pete kicherte erneut. »Macht der Typ gern Geld? Klar würde er sie hören wollen.« Pete schwenkte in seinem Sessel herum, bis er mit dem Rücken zu Annie, Hannah und der Band saß. »Annie kann singen, na klar, aber ich bin sicher, noch mehr würde er sich für ihr Songwriting interessieren. Hast du sie gebeten, mit dir zusammenzuarbeiten?«

Seth schüttelte den Kopf. »Nein.« Er hatte eben erst wieder angefangen, Songs für sich selbst zu schreiben. Seine Muse war noch immer zu zerbrechlich, um sie mit irgendjemandem zu teilen. »Annie ist ziemlich entschlossen, ihr Leben so weiterzuführen wie bisher. Ich musste sie mühsam überzeugen, diesen einen Song aufzunehmen.« Er drehte seinen Sessel ebenfalls herum, um nicht sehen zu müssen, wie der Keyboardspieler mit Annie flirtete – und um gegen einen plötzlichen irrationalen Drang anzukämpfen, aus dem Kontrollraum zu stürzen und einem Jungen an die Gurgel zu gehen, der höchstens dreiundzwanzig sein konnte. »Außerdem will sie Hannah beschützen. Du weißt doch, wie die Branche ist.«

»Das weiß ich, aber Hannah scheint mir ein Mädchen zu sein, das seinen Willen bekommen wird.« Petes Lächeln war belustigt. »Sie hat Talent, Jugend und gutes Aussehen auf ihrer Seite, das heißt, wenn sie hart arbeitet und dranbleibt, wer weiß, was passieren könnte?

Aber ich bezweifle, dass Rick an ihr interessiert wäre, jedenfalls noch nicht. Doch er ist mit vielen Leuten vernetzt, die dafür töten würden, einen Song wie Annies aufzunehmen.«

»Stimmt, aber ich muss es langsam angehen lassen.« Seth fuhr sich mit einer Hand durchs Haar, und ein flaues Gefühl machte sich in seinem Magen breit. »Annie ist alleinerziehend, und Hannahs Dad ist schon vor ihrer Geburt von der Bildfläche verschwunden. Annie ist nach Nashville gegangen, als sie nur ungefähr ein Jahr älter war, als Hannah jetzt ist, und hat ihn dort kennengelernt. Er war Musiker und, wie es klingt, ein absoluter Idiot. Dank ihm hatte Annie, als ich sie kennenlernte, Angst davor, zu singen oder in irgendeiner Weise Aufmerksamkeit auf sich zu ziehen. Seit April hat sie es weit gebracht.«

»Nicht nur in ihrer Musik.« Pete sprach um einen Bissen von Taras Buttertörtchen herum. »Warum hast du mir nicht gesagt, dass du etwas mit ihr hast?« Er schenkte Seth ein langsames Lächeln von der Seite.

»Es ist … nichts Offizielles.« Seth' Herzschlag hämmerte in seinen Ohren, und er starrte auf seine Füße.

Pete schnaubte spöttisch. »Du hast dich in mehr als nur Annies Musik verknallt. Du hast fast einen Anfall gekriegt, als dieser Keyboardspieler sie so angesehen hat. Wenn du mich fragst, ist es an der Zeit.«

»Ich habe dich aber nicht gefragt.« Seth' Ton war schroffer als beabsichtigt. Er schwenkte in seinem Sessel wieder herum.

Auf der anderen Seite der Glasscheibe zupfte Annie die Gitarre mit einem weltentrückten Blick, und der Keyboardspieler war dorthin zurückgekehrt, wo er sein sollte, hinter Hannah.

»Entschuldige, aber ich habe nicht… wir haben nicht…«

»Nein, aber ihr seid kurz davor.« Pete schnellte herum und legte den Kopf auf die Seite. »Was treibt Amanda heutzutage so?«

»Das Übliche.« Seth' Magen verkrampfte sich.

»Zu dumm.« Pete zuckte die Schultern. »Aber es hat nichts mit dir zu tun.«

Das hatte es nicht – doch warum war Seth dann nach all den Jahren noch immer so vorsichtig, wenn es darum ging, sich auf eine andere Frau einzulassen? Und warum hatte er so viel Angst davor, über das Wort Liebe nachzudenken, geschweige denn, es laut auszusprechen?

»Warum hast du Amanda damals überhaupt geheiratet? Die Trennung habe ich doch schon immer kommen sehen.« Pete nahm sich noch ein Buttertörtchen.

»Sie wurde schwanger. Ich wollte das Richtige tun.« Nur dass es sich als das Falsche herausgestellt hatte – nicht nur für ihn, sondern auch für Dylan. »Es ist, wie es ist.« Und sosehr er sich auch für seine Entscheidungen geohrfeigt hatte, änderte es nichts am Ergebnis, und er wollte sich lieber nicht vorstellen, wie sein Leben ohne seinen Sohn aussehen würde.

»Meine Frau und ich werden bald mal nach Irish Falls kommen müssen.« Pete fuchtelte mit einem halb gegessenen Törtchen vor Seth' Nase herum. »Die schmecken toll. Und wenn sich irgendwo in diesem Tal noch mehr Sängerinnen wie Annie verstecken, könnten wir beide zusammen ein neues Unternehmen auf die Beine stellen.«

»Mein hartes Bett steht dir jederzeit zur Verfügung, wenn du willst.« Pete war eine Mischung zwischen dem großen Bruder und dem Dad, die Seth nie gehabt hatte. »Du würdest immer noch mit mir zusammenarbeiten …?«

»Warum denn nicht?« Pete leckte sich die klebrigen Finger ab. »Nichts von dem, was in L. A. passiert ist, war deine Schuld. Niemand, der dich kennt, würde je auf die Idee kommen, dass du an irgendwelchen krummen Geschäften beteiligt warst. Und sobald etwas Gras über die Sache gewachsen ist … Die Leute dort haben ein kurzes Gedächtnis, du schaffst das schon. Du wirst doch zurückgehen, oder?«

»Ich nehm's an.« Obwohl die Aussicht inzwischen weniger verlockend war als früher. »Im Moment läuft es ganz gut mit diesem Sender.« Er warf einen Blick auf Annie, die ihm den Rücken zugewandt hatte und wieder mit dem Keyboardspieler plauderte. Ihr rotblondes Haar fiel ihr wallend über die Schultern. »Wenn du zu Besuch kommst, kannst du als Gast in meiner Morgen-Show auftreten.«

»Rechne lieber nicht damit.« Pete grinste. »Ich habe das Rampenlicht noch nie gemocht. Ich dachte, ich würde L. A. vermissen, aber das tue ich nicht. Die Leute hier in der Gegend sind ehrlich, weißt du?« Seine Miene wurde ernst. »Ich steuere auf den Ruhestand zu, aber du solltest noch immer auf der Überholspur sein. Als Nächstes wirst du mir erzählen, dass du einen Hund hast und in irgendeiner Countrybar in einer Darts-Liga spielst.«

»In einem der beiden Punkte hast du recht.« Und es fühlte sich auf jeden Fall gut an. »Der Hund heißt Dolly.« Seth grinste zu ihm zurück. »Irish Falls ist mir ans Herz gewachsen.«

»Der Ort oder die Frau?«

»Das geht dich gar nichts an.« Seth starrte Pete ausdruckslos an. »Ich behalte mein Privatleben für mich.«

»Du liebe Güte.« Pete stieß ihn mit dem Ellenbogen an, dann perlte sein tiefes Lachen hervor. »Das Leben in der Pampa hat dich auf jeden Fall verändert.«

»Zum Besseren.« Seth schnitt eine Grimasse. »Außerdem gibt es in der Gegend mehr Kühe als Clubs.«

»Ein paar von den Kühen auf diesem Feld da draußen gehören mir. Ich habe eine Hobbyfarm gestartet.« Pete wandte den Blick ab, und seine neckende Miene schwand. »Das Leben ist kurz, und es ist kostbar. Bei meiner Frau war ein Verdacht auf Brustkrebs, bevor wir hierhergezogen sind. Es geht ihr gut, aber das hat für mich viele Dinge in eine andere Perspektive gerückt. Ich will im Kreis meiner Familie alt werden, und ich habe zu viel Zeit auf dem Freeway im Stau verbracht. Was ich hier habe, das ist das richtige Leben.«

Seth hingegen hatte sich, trotz seines Erfolgs als Songwriter, der Kunden und der protzigen Partys, in L. A. treiben lassen. Er hatte eine Menge in sein Leben gepackt, aber abgesehen von der Zeit, die er mit Dylan verbracht hatte – wie viel davon war ein richtiges Leben gewesen?

»Wie geht's denn meinem Patensohn?« Petes Stimme erwärmte sich.

»Dylan geht's gut.« Und seit seinem Besuch am Memorial-Day-Wochenende meldete sich sein Sohn öfter als bisher mit einer Nachricht oder einem Anruf, und auch wenn sie beide nicht teilten, was sie früher einmal geteilt hatten, waren sie vielleicht dabei, etwas noch Besseres aufzubauen.

»Trotz Amanda hattest du Glück, und du hast einen guten Jungen großgezogen.« Petes Stimme war schroff. »Letztendlich ist das, was du hinterlässt, alles, was zählt.«

»Danke.« Seth' Kehle schnürte sich zu.

Es klopfte an der Kontrollraumtür, dann ging sie auf, und Annie steckte den Kopf herein. »Und, wie waren wir? Hannah ist überzeugt, dass wir das nächste heiße Country-Pop-Duo sein werden. Das heißt, wenn sie von der Toilette zurückkommt, bringt es ihr bitte schonend bei.« Sie lächelte schief. »Ihr zwei wart ja lange genug hier drinnen, um euch diese Aufnahme zehnmal anzuhören.«

»Ihr wart toll.« Pete erhob sich. »Ich will noch an ein paar Dingen arbeiten und ein paar Kanten glätten, aber wie wär's, wenn ihr kurz Pause macht, während ich mit den Jungs dort draußen rede?«

Annie trat zur Seite, um Pete vorbeizulassen, und Seth bedeutete ihr, auf dem Sessel Platz zu nehmen, den sein Freund eben geräumt hatte. »Er hat recht. Ihr wart toll. Ich hoffe, jetzt, wo du es noch von jemandem außer mir gehört hast, wirst du es auch glauben.«

»Vielleicht.« Annie grinste. Ein paar Locken fielen ihr ums Gesicht, und ihre Augen funkelten. »Aber jetzt, wo ich es hinter mir habe, muss ich zugeben, dass sich das Singen hier und heute tatsächlich gut angefühlt hat. Du hattest recht.«

Seth grinste zurück. »Ich kann es kaum erwarten, diese Aufnahme von ›My Hometown Heart‹ in meiner Show zu spielen. Glaub mir, der Song ist Magie.«

»Ich glaube nicht mehr an Magie.« Annies Lächeln schwand. »Vielleicht werde ich es nie wieder tun, jedenfalls nicht bevor ich herausgefunden habe, was aus Todd geworden ist. Hannah und ich haben im Internet nach ihm gesucht, aber wir konnten nichts finden.«

Er stieß einen Atemzug aus. »Lass mich dir helfen.«

»Das würdest du für mich tun?«

»Na klar. Vertraust du mir nicht?«

Sie senkte den Blick. »So sehr, wie ich irgendjemandem vertrauen kann. Falls es dir noch nicht aufgefallen ist, ich habe ein Problem mit Vertrauen.«

Er berührte ihre geballten Hände, eine kurze Liebkosung. »Da bist du nicht die Einzige.«

Sie nickte ruckartig. »Ich nehme an, die Leute in Irish Falls wollen meinen Song noch einmal hören.«

»Auf jeden Fall.«

Annie hatte keine Ahnung – und jetzt war nicht der richtige Zeitpunkt, um es ihr zu sagen –, aber den Song in seiner Show zu spielen, würde erst der Anfang sein.

»Er hat irgendetwas an sich, das die Leute berührt.«

So wie sie irgendetwas an sich hatte, das ihn berührte. Sein Herz schien zu erstarren, und dann hämmerte es, als ihre Blicke sich begegneten und verharrten. »Annie … ich …« Er brach ab und leckte sich die Lippen.

»Was denn?« Sie rollte mit ihrem Sessel näher an seinen heran.

Das, worum sie wochenlang gekreist waren, schwebte zwischen ihnen. Es war, was sie beide wollten und nicht länger unterdrücken konnten.

»Hannah …«

»Sie hat mich gefragt, ob sie mit Tara, Rowan und den Kindern zusammen nach Hause fahren kann. Wenn wir hier fertig sind, wollen sie alle noch ein Shoppingcenter besuchen. Tara hat gesagt, Hannah könnte bei ihr übernachten.« Annie atmete tief aus.

Es war nicht nur das, was sie beide wollten, sie waren auch alt genug, um sich ohne Erwartungen, Reue oder Enttäuschung darauf einzulassen. »Das heißt, wir werden auf der Rückfahrt allein sein?« Seth' Magen rumorte.

»Wenn das okay für dich ist.« Sie stolperte über die Worte und wich seinem Blick aus.

Es war mehr als okay, aber vielleicht sollte er trotzdem auf die Bremse treten. Vielleicht dachte sie nicht dasselbe wie er. »Wir könnten hier irgendwo noch früh zu Abend essen. Hannah hat gesagt, du magst Tex Mex.

Pete hat mir von einem Lokal erzählt, das richtig gut ist. Wir könnten die Aufnahme deines Songs feiern.« Seth versuchte, etwas Feuchtigkeit in seinen Mund zu bringen. Wenn es nicht mehr als ein Essen sein sollte, war es ihm recht. Was immer nach dem Essen zwischen ihnen passierte, würde ihre Entscheidung sein.

»Das klingt … nach Spaß.« Annie berührte seinen Unterarm, und Hitze kribbelte über Seth' Nervenenden.

»Toll.« Er räusperte sich, und Annie zog ihre Hand zurück, als Pete wieder in die Kabine kam.

»Bist du bereit, deinen Song noch einmal zu singen, Annie? Hannah und die Jungs sind alle so weit.« Pete sah zwischen den beiden hin und her, und als sein Blick auf Seth landete, wurde sein Lächeln allzu scharfsinnig.

»Absolut«, erwiderte Annie. Und als sie Seth ansah, war ihr Lächeln sanft und voller süßer Versprechen.

Kapitel 18

Annie zog die Küchentür sanft hinter Dolly zu, dann wandte sie sich wieder zu Seth um. Entweder war er größer, oder ihr Haus war auf einmal geschrumpft. Oder vielleicht war es keines von beidem, und sie war sich seiner Anwesenheit nur deutlicher bewusst als je zuvor. »Bist du sicher, dass es Dolly dort drinnen gut gehen wird?«

»Sie kommt schon klar.« In dem gedämpften Licht waren seine Augen dunkelblau, mit ein paar silbernen Flecken. »Ich möchte wetten, sie ist zufriedener als deine Katzen.«

Annie musste nicht daran erinnert werden. Hazel und Olivia waren es gewohnt, im Haus frei herumzulaufen, aber wegen Dolly war die Küche momentan tabu. Eine Lösung für Kinder und Haustiere zu finden, wenn ein Mann bei ihr übernachtete, war nur eine der Komplikationen, die ein Date in ihrem Alter mit sich brachte.

Auch wenn sie und Seth nicht wirklich ein Date hatten, oder? Außerdem hatte sie ihn gar nicht eingeladen, über Nacht zu bleiben, das hieß, sie konnte es sich immer noch anders überlegen.

Annie zog den Bauch ein. Sie war ein ganzes Stück dünner gewesen, als sie sich das letzte Mal nackt vor einem Mann gezeigt hatte, und das war eine weitaus größere Komplikation.

»Willst du etwas trinken? Ich kann einen Wein aufmachen – ich kann dir auch Saft, Limonade oder einen heißen Kakao anbieten. Wir haben zwar Juni, aber nachts wird es manchmal immer noch kühl.« Annie rieb mit den Händen über ihre Jeans. Sie schwafelte. Und warum hatte sie bloß einen Kakao vorgeschlagen? Das war nicht die Art Getränk, die man einem Typen anbot, wenn man mit dem Gedanken spielte, ihn zu verführen.

Er schüttelte den Kopf. »Ich habe keinen Durst.«

»War Dolly bei Brendan und Holly heute brav?« Annie zwirbelte eine Haarsträhne zwischen ihren Fingern. Die Treppe zum ersten Stock ragte bedrohlich vor ihr auf – eine Treppe, die den halben Weg über die obere Diele zu ihrem Schlafzimmer führte.

»Brendan hat gesagt, Dolly hätte fast den ganzen Tag neben ihrer Haustür gesessen, als wartete sie darauf, meinen Truck zu hören. Als ich sie abgeholt habe, hat sie vor lauter Aufregung fast Purzelbäume geschlagen.« Seth' Finger legten sich über ihre und vergruben sich dann in ihren Haaren.

»Dolly mag dich.« Ihr Atem beschleunigte sich, als er die angespannten Muskeln in ihrem Nacken massierte. Seine Finger waren warm und seine Berührung sinnlich.

Seth lachte leise. »Ich hoffe, du magst mich auch.«

»Natürlich.« Ein leiser Schauer lief über ihren Körper,

als seine Finger hinter ihr Ohr und dann über ihren Kiefer glitten. Natürlich mochte sie ihn. Aber was, wenn sie sich gestattete, ihn zu sehr zu mögen?

Seine Hand glitt an ihrem Rücken hinunter. »Ich mag dich auf jeden Fall.«

Einander zu mögen, war etwas Gutes. Es hieß, dass sie Freunde waren. Annie schluckte, als seine Hand zu ihrer Taille und dann hoch zu ihren Brüsten glitt.

»Hannah und meine Schwestern sind gut nach Hause gekommen.« Sie zitterte, als Seth durch ihr Top hindurch ihre Seiten streichelte. »Tara hat gesagt, sie werden mit Hannah morgen frühstücken gehen. Im Black Duck gibt es ein besonderes Sonntagsfrühstück, und …«

»Heißt das, du willst, dass ich bis morgen früh bleibe?« Sein Ton war belustigt, und dann stockte sein Atem, als seine Hand zur Seite glitt, um sich über die Wölbung ihrer Brust zu legen.

Ihre Haut glühte, und sie hielt den Atem an. Das hier war, was sie wollte, oder? Im Studio, beim Abendessen und auf der Fahrt zurück nach Irish Falls hatte sie lauter Signale ausgesandt. Aber es war so lange her. Genau wie diese Aufnahme. Was, wenn sie vergessen hatte, wie das überhaupt ging? Sie schmiegte sich näher an ihn, dann hielt sie inne.

Seine Hand löste sich von ihrer Brust. »Soll ich aufhören?« Er wich einen Schritt zurück, und ihr Körper kühlte prompt ab. »Es ist okay, wenn du es dir anders überlegt hast.«

»Nein, ich habe gemeint … Ich will das hier.« Und es

ging nicht nur darum, Todds Geist für immer zu verbannen, einen Mann, der zu viel Macht über sie ausgeübt hatte, selbst nachdem er längst nicht mehr Teil ihres Lebens gewesen war. Es ging darum, dass sie dabei war, die Frau zu werden, die sie sein wollte – eine Frau, die ihr Leben ohne Angst lebte und auf ihr Herz hörte – und von ganzem Herzen lebte. Sie nahm seine Hand und führte ihn die Treppe hinauf. »Hast du es dir anders überlegt?«

»Nein.« Seine Stimme war heiser. Am oberen Ende der Treppe sah er nach links und rechts über den schmalen Flur. »Welche Richtung?«

Sie wies mit einem Nicken nach links. Goldenes Licht von der Lampe auf dem Nachttisch, die sie vor einer Weile eingeschaltet hatte, fiel durch die halb geöffnete Schlafzimmertür.

Seth schlang einen Arm um sie, ging mit ihr die wenigen Schritte zu ihrem Schlafzimmer und drückte die Tür ganz auf, bevor er sie hinter ihnen schloss.

Auf ihrem Bett lagen die vertraute geblümte Steppdecke und ein Haufen dicker Kissen. Ihre Kiefernholzkommode und der dazugehörige Frisiertisch standen an gegenüberliegenden Wänden, und in der Ecke am Fenster befand sich ein Schaukelstuhl. Mehrere dunkelblaue Flickenteppiche lagen hier und da auf dem Dielenboden. Obwohl das Zimmer genauso aussah wie immer, fühlte es sich anders an. *Sie* war anders.

Sie legte das Gesicht in die Beuge von Seth' Kinn. Er musste zwischendurch kurz bei seiner Wohnung vorbeigefahren sein, um zu duschen, nachdem er sie zu Hause abgesetzt und bevor er Dolly abgeholt hatte, denn er trug ein frisches blaues Hemd und eine andere Jeans. Und er roch nach irgendetwas Frischem, Zitrusartigem. Sie küsste eine Seite seines Nackens, und ein Schauer lief über seinen Rücken. Er setzte sich auf die Bettkante und strich ihr die Haare aus dem Gesicht.

»Das Erste, was mir an dir aufgefallen ist, waren deine Haare.« Er wickelte sich eine Locke um die Finger.

»Obwohl ich ein Haarnetz getragen habe, weil ich bei der Arbeit war?« Annie glitt mit einem Finger über die kräftigen Konturen seines Gesichts. Er musste sich auch rasiert haben, denn seine Haut war glatt, ohne Bartstoppeln.

»Ein paar kleine Locken haben unter dem Haarnetz hervorgeschaut. Ich hatte noch nie jemanden mit Haaren wie deinen gesehen.« Er drückte einen sanften Kuss auf die Wölbung ihrer Wange. »Ich wollte am liebsten dieses Haarnetz herunterziehen, um zu sehen, ob deine restlichen Haare genauso hübsch waren wie diese Locken. Und dann, als du mit Jakes Schlüsseln aus der Küche zurückgekommen bist, habe ich gesehen, dass sie es waren.«

Ihr Herz schlug schneller, und ihre Knie wurden weich. »Wenn Tara in meiner Nähe ist, würdigt mich normalerweise niemand auch nur eines Blickes, aber du hast es getan.« Und die Miene in seinem Gesicht hatte damals, vor all den Wochen, die gleiche Hitze in ihr erzeugt wie jetzt.

»Wie hätte ich das nicht tun können?« Seth drückte sie sanft auf die Rüschenkissen am Kopfende des Bettes und schenkte ihr ein langsames Lächeln, bevor er sich neben sie legte.

»Wenn man eine von drei Schwestern ist, die altersmäßig nicht weit auseinander sind, fühlt es sich manchmal so an, als ob man nicht mehr wäre als das. Außerdem wird man in Schubladen gesteckt. Tara ist die Hübsche, Rowan die Schlaue, und ich bin die Musikalische. Ich bin außerdem die Stille, das heißt, schon bevor ich nach Nashville gegangen bin, war ich es gewohnt, mit dem Hintergrund zu verschmelzen.«

»Ich habe dich nie mit deinen Schwestern verglichen, und das werde ich auch nicht tun.« Seth' Stimme wurde rau, und als er sich auf einen Ellenbogen stützte, um ihr ins Gesicht zu sehen, war sein Blick zärtlich. »Du bist durch und durch eine eigenständige Frau.«

»Ich werde dich auch mit niemand anderem vergleichen. Anfangs habe ich es getan, aber nur, weil du mich rein äußerlich an Todd erinnert hast.« Ihr Atem stockte. »Aber jetzt tust du das nicht mehr, schon lange nicht mehr. Ich …« Sie brach ab und biss sich auf die Lippe.

»Was denn?« Seth' Stimme war sanft, und in seinem Ton lag kein Urteil.

»Es war leichter, als ich dachte, du wärst so wie Todd, denn das hieß … dass ich nicht …« Ihr Gesicht rötete sich. »Ich wollte mich nicht zu dir hingezogen fühlen, aber ich konnte es nicht unterdrücken.«

Er ergriff ihre Hand und verhakte seine Finger mit ihren. »Ich konnte es auch nicht unterdrücken. Ich will dich nicht verletzen, und ich hoffe, du vertraust mir wenigstens ein klein wenig.«

Ihre Kehle schnürte sich zu. Sie vertraute ihm. Sonst

würde sie nicht mit ihm schlafen. »Ein Teil von mir hat dir von Anfang an vertraut. Viele Leute hätten Dolly in ein Tierheim gebracht, aber du nicht. Viele Leute, die neu in der Stadt waren, hätten nicht so mit angepackt wie du, als der Fluss über die Ufer getreten ist und einige Menschen alles verloren haben.«

»Ich habe nicht viel getan.« Er drückte ihre Hand. »Im Radio zu sprechen, ist keine große Sache.«

»Zu einer solchen Zeit war es das.« Sie erwiderte seinen Händedruck. »Außerdem hast du, auch wenn du vielleicht nicht wolltest, dass die Leute es wissen, auch Sandsäcke geschleppt.«

Seine Wangen röteten sich. »Woher …?«

»Ich habe überall Familie, schon vergessen?« Sie schenkte ihm ein leises Lächeln. »Und egal, wie du über Jake und das, was er dir angetan hat, denkst, du hast trotzdem seinen Sender und seine Show respektiert, aber du hast sie dir auch zu eigen gemacht.«

»Danke.« Sein Blick verharrte auf ihr, und seine Augen schimmerten im Schein der Lampe.

»Aber vor allem hast du mir geholfen, wieder an mich selbst zu glauben.« Annie presste sich die freie Hand an die Brust. »Ohne dich hätte ich niemals bei dem Benefizabend singen oder diese Aufnahme heute machen können.«

»Klar hättest du das.« Seth' Stimme war nur ein Flüstern. »Ich habe dir lediglich einen kleinen Anstoß gegeben.« Er löste seine Hand aus ihrer, um mit der Schleife an ihrem marineblauen Top zu spielen. »Du hast mich bei dieser Aufnahme in den Wahnsinn getrieben, weißt du das?«

»Wie denn das?« Sie zeichnete mit einem Finger über seinem Hemd die Konturen seines Rückens nach.

»Du weißt genau, wie.« Ein wohliger Schauer erfasste ihn, als sie mit einer Hand unter sein Hemd glitt, um die warme Haut seines Rückens zu streicheln. »Es ist ein Wunder, dass dieser Keyboardtyp überhaupt spielen konnte.« Sein Kichern war leise und sexy. »So wie du das Mikrofon gehalten hast, wie du dich in diesen Jeans bewegt hast, und dann noch dieses Top.« Er glitt über die Wölbung ihrer Brüste, fester diesmal.

»Das ist doch gar nicht tief ausgeschnitten.« Sie schmiegte sich in seine Berührung.

»Das muss es auch nicht sein.« Mit wenigen geschickten Bewegungen löste er die Schleife und zog ihr das Top sanft über den Kopf. »Du könntest einen Mehlsack tragen, und es würde mich trotzdem scharfmachen, das heißt, es braucht nicht viel, aber das hier …« Er holte einmal tief Luft. »Und bis jetzt wusste ich nicht einmal, was du darunter anhast.« Sein hitziger Blick fiel auf den aquamarinblauen Push-up-BH, den sie sich als Mutmacher für die Aufnahme gekauft hatte. »Du bist schön.«

Die Hitze erwärmte sie zusammen mit seinen Worten und gab ihr Selbstvertrauen. Es war lange her, seit sie sich schön gefühlt hatte, und erst recht, seit ein Mann es zu ihr gesagt hatte. »Ich bin froh, dass es dir gefällt.«

»Dass es mir gefällt?« Sein Lachen war verschlagen, und er glitt mit einem Finger in die Vertiefung zwischen ihren Brüsten. »Und dann noch diese ganzen kleinen Sommersprossen …« Seine Fingerspitze verharrte mit einer sinnlichen Liebkosung auf jeder einzelnen. »Sie sind auch wunderschön.«

»Ich bin ein Rotschopf. Da gehören Sommersprossen zum Gesamtpaket.« Ihr Herz schwoll, während sie an den Knöpfen seines Hemds nestelte.

»Und was für ein Gesamtpaket.« Er grinste, und als sie den letzten Knopf öffnete, schlüpfte er mit den Schultern aus dem Hemd und ließ es neben dem Bett auf den Teppich fallen.

»Du hast ja ein Tattoo.« Sie streckte eine Hand aus, um über die stilisierte Musiknote auf seiner rechten Schulter zu gleiten.

»Das habe ich mir machen lassen, als ich in dieser Band gespielt habe.« Sein Atem ging schneller.

Sie verdrängte die Erinnerung daran, wie Todd gewollt hatte, dass sie sich Tattoos wie seine machen ließ. Sie hatte sich immer gesträubt. Es war die eine Sache, in der sie standhaft geblieben war. Sie befingerte Seth' Gürtelschnalle, und seine Augen verdunkelten sich. »Ich will mit dir zusammen sein, Annie. Das will ich schon seit Wochen.«

»Ich auch.« Sie löste seinen Gürtel und öffnete den obersten Knopf seiner Jeans.

Er stieß ein ersticktes Stöhnen aus. »Ich schlafe nicht herum.«

»Ich auch nicht.« Und wenn sie darüber nachdachte, wie lange es für sie her war, würde sie noch die Nerven verlieren.

Er zog ein Kondom aus einer Tasche seiner Jeans und streckte dann wieder die Arme nach ihr aus.

Sie leckte sich die Lippen. Sie konnte ihm ihren Körper zeigen und ihn an sich heranlassen, zumindest so nah, wie sie ihn oder irgendeinen anderen Mann je an sich heranlassen könnte. Sie war nicht die Annie Quinn, die in der Bäckerei ihrer Familie arbeitete und im Chor in der letzten Reihe saß, und auch nicht eine der Quinn-Schwestern. Sie war die Frau, die in einem richtigen Studio einen Song aufgenommen hatte, den sie selbst geschrieben hatte. Und Pete, aber auch die Studiomusiker – Typen, die die Branche kannten und mit einigen Stars zusammengearbeitet hatten – hatten ihre Arbeit bewundert und respektiert.

Endlich war sie die Frau, die sie schon immer hatte sein wollen.

Seth' Herz hämmerte, während er Annie sanft in seinen Armen hielt. Alles an ihr war weich und zart, aber in diesem zierlichen und zugleich kurvenreichen Körper steckte eine starke Frau.

Sie murmelte irgendetwas Unverständliches, und er verharrte still.

»Was ist?« Sein ganzer Körper zitterte. Sie hatten sich eben erst geliebt, aber er begehrte sie schon wieder.

»Ich …« Ihre Lippen bebten, und ihre Augen glänzten. Sie stieß einen leisen, unverständlichen Schrei aus, rollte sich auf die Seite und zog die Knie bis zur Brust an.

Verdammt. Sie weinte. Er schluckte. Er hatte ihr doch nicht etwa wehgetan, oder?

»Es tut mir leid. Nächstes Mal werde ich es für dich besser machen. Ich konnte mich nicht mehr beherrschen.«

Während sie sich mit ihm bewegt und süße Worte gemurmelt hatte, hatte er sich mit Körper und Seele verloren.

»Du könntest es für mich nicht besser machen.« Ihre Stimme war rau.

Er streichelte ihren Rücken. »Was ist es denn dann?«

Ihre Schultern spannten sich an. »Ich dachte, ich könnte … Ich habe … Aber jetzt …«

»Hey, du warst toll.« Er zog sie sanft an sich und warf die zerwühlte Decke über sie beide.

»Das war für mich eine große Sache.«

»Für mich war es auch eine große Sache.« Der Sex mit ihr war anders als je zuvor mit irgendeiner anderen Frau. Besser, entspannter und irgendwie absolut richtig. Selbst dieses heimelige Schlafzimmer, das nicht elegant, aber die Art Schlafzimmer war, in das er nach einem langen Tag gern nach Hause kommen würde, passte zu ihm auf eine Art, auf die noch nie zuvor irgendetwas zu ihm gepasst hatte.

»Es ist nur, ich dachte, ich könnte mit dir schlafen und würde danach immer noch dieselbe sein.« Ihre Stimme war leblos. »Aber das bin ich nicht.«

»Was meinst du damit?« Sein Herz krampfte sich zusammen, und er drückte sie fester an sich.

»Abgesehen von diesen zehn Pfund zu viel auf den Hüften, die du höflicherweise nicht erwähnt hast …« Ihr hohles Lachen zerrte an seinen Eingeweiden. »Das hier … mit dir zusammen zu sein, hat mich verändert.«

»Mich hat es auch verändert. Und mir ist kein Pfund

zu viel aufgefallen. Du bist hinreißend, alles von dir, von innen und außen. Ich würde nichts an dir ändern.«

Weil er sie liebte. *Liebe.* Ein unvertrautes Gefühl durchströmte ihn. Es *war* Liebe, was er für sie empfand, und zum ersten Mal war es nicht beängstigend. Er wollte ihr die Sonne, den Mond und alle Sterne schenken, aber es war zu früh, um ihr das zu sagen. Er würde anfangen, indem er sicherstellte, dass ihr Ex ein für alle Mal von der Bildfläche verschwunden war. Schon bevor sie über Todd geredet hatten, hatte er ein paar Nachforschungen angestellt. Aber jetzt würde er noch angestrengter suchen, da er wusste, was für ihn auf dem Spiel stand.

»Deine Ex-Frau …« Annies Stimme war leise und gedämpft von der Bettdecke. »Hast du sie geliebt?«

»Das dachte ich.« Er rollte sich auf den Rücken und starrte auf die glatte weiße Zimmerdecke. Jetzt, wo er wusste, was Liebe war, wie hatte er da je denken können, dass er Amanda geliebt hatte? »Aber sie hat mich nicht geliebt, und sobald ein anderer Typ daherkam, den sie als bessere Partie ansah, war's das.« Zum ersten Mal verspürte er nicht den üblichen Schmerz dabei, die Worte laut auszusprechen. »Und was Dylan angeht … Amanda wollte keine Mom sein.« Sosehr er sich auch bemüht hatte, das mit ihnen wenigstens Dylan zuliebe hinzukriegen – Amanda hatte es nicht mal versucht.

»Es tut mir leid.« Annie rollte sich zu ihm herum und verhakte ihre Finger mit seinen.

»Es ist lange her. Ich war damals ein anderer Mann.« Es verblüffte ihn fast, aber es war die Wahrheit. Er glitt mit einem Finger über die Konturen ihres herzförmigen Gesichts. Außerdem hatte Amanda ihm nicht nur Dylan geschenkt; dank ihr hatte er auch erkannt, was er in Annie gefunden hatte.

»Es war mein Glückstag, als du in diese Bäckerei gekommen bist.« In ihrer Stimme lagen eine neue Kraft und Lebendigkeit, als hätte sie irgendetwas abgestreift, das sie niedergedrückt hatte.

»Meiner auch.« Seine Stimme war heiser, und er war sich jedes Teils seines – und auch ihres – Körpers überdeutlich bewusst. »Ich will keine Zeit damit verschwenden, zurückzublicken. Nicht wenn es so vieles gibt, auf das ich vorausblicken kann.« Da war er sich ganz sicher, und er würde alles tun, damit sie sich auch sicher sein konnte.

Der letzte Rest Zweifel und Unsicherheit in ihren Augen wich einem Blick, der neckend und provozierend zugleich war. »Du hast doch gesagt, nächstes Mal würdest du es für mich besser machen. Ich sollte auf diesem Versprechen bestehen, meinst du nicht auch?«

Seth stöhnte auf, als ihre Finger unter die Decke glitten. »Gute Idee.« Er stieß die Worte mühsam hervor. Annie war weich, warm und geschmeidig in seinen Armen. Und sein letzter Gedanke, bevor er wieder in selige Selbstvergessenheit hinüberglitt, war, dass er, egal was erforderlich war, langfristig hier sein würde.

Kapitel 19

»Ich bin bereit.« Annie leckte sich die Lippen und versuchte, sich auf das Interview zu konzentrieren und nicht darauf, dass es Seth war, der sie befragte. Und doch, während er ihr in der kleinen Sendekabine des Radiosenders gegenübersaß, war alles, was sie denken konnte, wie er ihre Welt auf den Kopf gestellt hatte, und das nicht nur am letzten Samstagabend, sondern auch am Sonntagmorgen.

»Ich auch.« Hannah wippte auf dem Stuhl neben ihrem auf und ab. »Das ist so aufregend.« Normalerweise wäre Hannah an einem Freitagmorgen in den Sommerferien nicht um Viertel vor acht aus den Federn gekommen, aber sie war aufgeweckter, als Annie sie je zuvor erlebt hatte.

Während Seth seine Kopfhörer einstellte und zu reden begann, bohrte Annie ihre Fingernägel in die Handflächen. Selbst wenn er über etwas so Banales wie die Stadtratssitzung sprach, schlug ihr Magen Purzelbäume. Und wenn er mit den Händen gestikulierte, erinnerte sie sich unwillkürlich daran, wie diese geschickten Hände ihren Körper liebkost hatten.

»Ich habe heute zwei Gäste bei mir im Studio«, sagte er jetzt. »Annie Quinn und ihre Tochter Hannah sind hier, um über den Song zu reden, den sie letzte Woche aufgenommen haben. Ich weiß, viele von euch haben ›My Hometown Heart‹ geliebt, als sie es beim Benefizabend für die Flutopfer gesungen haben, und diejenigen von euch, die es damals nicht gehört haben, können sich auf etwas ganz Besonderes gefasst machen. Annie, du hast ›My Hometown Heart‹ geschrieben. Kannst du uns erzählen, was es für dich bedeutet?«

Da war sie, die erste Frage. Irgendwie schaffte Annie es, den Mund aufzumachen und sich zum Mikrofon vorzubeugen, und dann kamen ihr die Worte über die Lippen. »Ich habe ›My Hometown Heart‹ über Irish Falls geschrieben. In dem Song geht es darum, was diese Stadt und die Menschen, die hier leben, für mich bedeuten. Es geht um Familie und Freundschaft und darum, wie das, worauf es im Leben wirklich ankommt, immer dasselbe bleibt, selbst während die Jahreszeiten wechseln und die Jahre vergehen.«

Seth nickte, und die Wärme und Ermutigung in seinem Lächeln halfen ihr, fortzufahren.

»Es geht darum, wie alle hier in guten wie in schlechten Zeiten zusammenhalten und wie die Macht der Hoffnung, und vielleicht sogar Wünsche, uns helfen, durchzuhalten.«

Annie beruhigte ihren Atem, während Seth sich an Hannah wandte und sie fragte, wie es für sie gewesen sei, eine Aufnahme zu machen. Er war derart entspannt, dass es sich überhaupt nicht so anfühlte, als wären sie auf Sendung. Sie hätte in ihrer Küche sitzen und mit ihm reden können.

»Erinnerst du dich noch, wie du das erste Mal vor Publikum gesungen hast, Annie?«

»Miss Leslie, meine Lehrerin in der dritten Klasse, hatte mich gebeten, beim Weihnachtskonzert der Schule ein Lied zu singen. Ich war so verängstigt, dass ich mir den Elfenhut ins Gesicht zog, um mich zu verstecken, und dann konnte ich diesen Hut nicht mehr herunterbekommen, als es Zeit zu singen war. Sie musste auf die Bühne treten und mir helfen.«

Seth lachte, und Annie fuhr sich mit einer Hand an den Mund. Die Geschichte war nicht das, was sie ursprünglich hatte sagen wollen. Sie hatte vorgehabt, über das Singen mit dem Schulchor zu reden, weil es nichts Persönliches war, aber sie hatte vergessen, dass alle zuhörten.

Während die ersten Klänge von »My Hometown Heart« durchs Studio wirbelten, nahm Seth die Kopfhörer ab und gab ihr und Hannah ein Zeichen, dasselbe zu tun. »Ihr wart beide toll. Und deine Geschichte von dem Weihnachtskonzert war so witzig, Annie. Du hast gar nicht erwähnt, dass du darüber reden würdest.«

»Es ist mir einfach herausgerutscht.« Annie verhakte die Finger ineinander. »Entschuldige. Habe ich es vermasselt?«

»Nein. Überhaupt nicht.« Seine Augen funkelten vor Belustigung, aber auch einer Intimität, die nicht da gewesen war, bevor sie sich geliebt hatten. »Könnte es sein, dass Miss Leslie zugehört hat?«

»Vermutlich ja, nur dass sie schon seit Jahren Mrs. Moffatt heißt.« Annie legte die Hände um ihren Bauch und lehnte sich auf ihrem Platz zurück. Und ein Haufen der Kinder, mit denen sie damals zur Schule gegangen war, hörten vermutlich ebenfalls zu, darunter einige, die mit ihr zusammen Elfen gewesen waren.

»Mrs. Moffatt hat mich auch in der dritten Klasse unterrichtet.« Hannah grinste Seth an.

»Wenn sie die Show gehört hat und davor noch kein Fan von dir war, dann hast du jetzt einen fürs Leben.« Seth' Miene wurde wieder ernst. »Es war gut heute, aber wenn du wieder einmal interviewt wirst, dann pass auf, was du sagst. Es gibt Leute, die sich auf das kleinste Detail stürzen und versuchen werden, es gegen dich zu verwenden.«

Annies Handflächen wurden feucht. Dieses Interview war eine einmalige Angelegenheit. Sie hatte bereits gelernt, Leuten in dieser Branche nicht zu vertrauen. »Das hatte ich vergessen.« Aber sie würde es nicht wieder tun. Sie ergriff Hannahs Hand.

Ihre Tochter hatte die Augen geschlossen und wiegte sich im Takt der Musik.

»Du warst toll, Schatz. Ein echter Profi.«

Hannah schlug die Augen auf und grinste. »Wenn nicht gerade Ferien wären, dann wäre ich heute in der Schule richtig beliebt.«

»Du kannst deinen Freunden den Weblink schicken.

Ich werde dieses Interview archivieren.« Seth legte einen Finger an die Lippen, um ihnen zu verstehen zu geben, dass sie gleich wieder auf Sendung sein würden, und setzte die Kopfhörer wieder auf. Dann stellte er noch ein paar Fragen und dankte ihnen dafür, dass sie heute bei ihm gewesen waren. »Ich werde ›My Hometown Heart‹ noch oft in meiner Show spielen, aber ihr könnt auch eine signierte CD in Quinn's Bäckerei in der Malone Street im Herzen der wunderschönen Stadt Irish Falls bekommen. Kommt zu Quinn's für all eure köstlichen Leckerbissen zum Wochenende des vierten Juli und nehmt euch auch einen musikalischen Leckerbissen mit.«

»Was?« Annie formte das Wort lautlos mit den Lippen, aber Seth schüttelte den Kopf. Sie bedeckte das Gesicht mit den Händen. Warum verkaufte Brendan CDs in der Bäckerei? Oder war es Tara? Sie biss die Zähne zusammen.

»Und vor den Nachrichten und dem Wetterbericht kommt hier noch Whitney Houston mit einem von Annies Lieblingssongs, ›One Moment in Time‹. Es ist ein besonderer Musikwunsch für Annie und Hannah mit vielen lieben Grüßen von ihrer stolzen Mom und Grandma, Maureen McNeill.«

Während der Song, den sie als Teenager unzählige Male gehört hatte, um sie herumwirbelte, sah Annie aus dem Studiofenster. Brendan kam durch den Empfangsbereich, in den Händen ein Tablett mit zwei Bechern, einer Flasche Apfelsaft und einem Teller Buttertörtchen, während Sherri, die Empfangssekretärin, hinter ihrem

Schreibtisch in das Mikrofon ihrer Kopfhörer sprach. Ihr Bruder meinte es nur gut. Genau wie ihre Mom. Der Musikwunsch war süß, aber zusammen mit dem Interview war es einfach zu viel. Ein Hitzeschwall durchfuhr sie, und sie gab Hannah ein Zeichen, zu bleiben, wo sie war, schüttelte vor Seth den Kopf, riss sich die Kopfhörer herunter und schlüpfte zur Tür hinaus.

»Tolles Interview.« Brendan wartete vor dem Studio, und sie schloss hinter sich die Tür. »Ich möchte wetten, die Telefone laufen heiß mit Wünschen nach ›My Hometown Heart‹.« Er warf einen Blick auf Sherri, die noch immer in ihr Mikrofon redete, dabei aber grinste und ihnen ein Daumen-hoch-Zeichen gab. »Mrs. Moffatt hat schon in der Bäckerei angerufen. Holly hat gesagt, sie hätte sich wahnsinnig gefreut, im Radio erwähnt zu werden.«

»Danke, aber …« Annie senkte ihre Stimme um eine Oktave. »Was habt ihr euch eigentlich dabei gedacht? Ich habe mich nie zu signierten CDs bereit erklärt.« Sie stemmte die Hände in die Hüften und starrte ihren Bruder an.

»Ich … wir … dachten, du würdest dich freuen.« Brendan räusperte sich und stellte das Tablett auf einem Aktenschrank ab.

»Wir?« Annie nahm sich ein Buttertörtchen. Nach dem Stress der letzten Viertelstunde hatte sie sich jede einzelne dieser süßen und klebrigen Kalorien verdient.

»Ich, Holly, Tara, Rowan, Mom und Duncan.« Brendan zögerte und sah zum Studiofenster. »Seth auch, weil er uns geholfen hat, die CDs zu bekommen.« Eine leichte Röte stieg ihm in die Wangen. »Mom hat gesagt, sie würde dir vorher Bescheid geben, aber nach deiner Miene zu urteilen, hat sie das offenbar nicht getan. Sie hat das mit den ›köstlichen Leckerbissen‹ selbst geschrieben und Seth gebeten, es zu sagen. Er hat ihr den Werbespot umsonst gegeben.«

Annie atmete tief aus. »Ich …«

Brendan nahm ihre beiden Hände in seine. »Mach Seth oder irgendeinem von uns keine Vorwürfe. Wir sind alle so stolz auf dich. Als du bei dem Benefizabend gesungen hast, war es, als ob ein Licht in dir angegangen wäre. Du hast endlich an dich geglaubt, so wie wir alle es immer getan haben. Keiner von uns will dir wehtun. Wir wollen nur die echte Annie sehen. Sie war viele Jahre verschwunden, aber jetzt ist sie wieder da.«

Ihre Kehle schnürte sich zu, und sie schluckte. »Entschuldige.« Sie schenkte ihrem Bruder ein verlegenes Lächeln.

»Wir wollten dir zeigen, wie sehr wir dich lieben – auf die einzige Art, auf die wir es konnten.« Brendan drückte ihre Hände und ließ sie dann los. »Und was Seth angeht, wir alle freuen uns für euch beide.«

»Was? Ihr …« Ihr Gesicht glühte. »Woher …?«

»Wenn er das nächste Mal bei dir übernachtet, solltest du ihm vielleicht sagen, dass er zu Fuß kommen oder seinen Truck irgendwo anders als vor deinem Haus parken soll«, antwortete Brendan augenzwinkernd. »Bei den ganzen Leuten, die in dieser Stadt spätabends oder frühmorgens ihre Hunde ausführen, hattet ihr keine Chance, diese Übernachtung geheim zu halten.«

Annie setzte sich auf die Schreibtischkante, bevor ihre schwankenden Beine unter ihr nachgaben. »Er … ich …« Sie lachte perlend. »Erwischt.«

Brendan beugte sich vor, um sie zu umarmen. »Gut gemacht, und nicht nur das mit dem Singen. Du hast dein Leben zurückgewonnen.«

»Fast.« Und bei diesem letzten kleinen Rest würde Seth ihr helfen. »Ich hab dich lieb, Bren.«

»Ich dich auch.« Sie schlang ihrem Bruder die Arme um den Hals. Er roch nach frisch gebackenem Brot und einem warmen Sommermorgen. »Und jetzt geh und signier diesen Stapel CDs, die Seth in einem Karton in seinem Büro stehen hat. Mom hat einen Haufen Vorbestellungen entgegengenommen, für den Fall, dass sie ihm ausgehen.«

Nachdem sich die Tür des Senders hinter Brendan geschlossen hatte, trat Annie an das Fenster, das auf den Wasserfall hinausging. Sie hörte Sherris aufgeregte Stimme noch immer hinter sich am Telefon. Der Wunschbaum war voll belaubt. Das letzte Mal, dass sie sich etwas an ihm gewünscht hatte, war gewesen, bevor sie nach Nashville und aufs College gegangen war – ihr einziger Schritt hinaus in die große, weite Welt. Aber erst Seth und jetzt Brendan hatten sie dazu gebracht, wieder über Hoffnungen, Träume und vielleicht sogar Wünsche nachzudenken.

Seth' Stimme drang durch die Overhead-Lautsprecher an ihr Ohr. »Die Reaktion auf Annie und Hannah Quinns Aufnahme von ›My Hometown Heart‹ war bereits enorm. Auf vielfachen Wunsch hin werde ich es noch einmal für euch spielen. Hannah ist noch immer hier bei mir, das heißt, wenn ihr noch mehr Fragen an unseren eigenen kommenden Teenie-Musikstar habt, dann legt einfach los.«

Während ihre Stimme, die »My Hometown Heart« sang, an die Stelle von Seth' fließendem, gedehntem Georgia-Tonfall trat, spürte Annie Tränen in den Augen, und ihr Blick auf den Wunschbaum verschwamm. Ohne es zu wollen, hatte sie sich in Seth verliebt. Ihr Puls raste, und sie holte einmal tief und genießerisch Luft. Sie hatte ihr Herz und ihr Leben auf eine Weise für ihn geöffnet, auf die sie es bislang immer nur durch ihre Songs getan hatte, und auch wenn sie es vielleicht nicht zugeben wollte, wäre es niemals so weit gekommen, wenn sie ihn nicht lieben würde. Dann hätte sie auch nie mit ihm geschlafen.

Aber auch wenn Seth in letzter Zeit nicht davon geredet hatte, Irish Falls zu verlassen, war er nicht die Art Mensch, der sich hier ein Leben aufbaute, jedenfalls nicht für immer. Und wie könnte sie je irgendwo anders leben? Sie starrte wieder auf den Wunschbaum, dann wandte sie sich vom Fenster ab. Selbst wenn sie begonnen hatte zu glauben, dass Wünsche – und vielleicht sogar Träume – wahr wurden, konnte sie sich noch immer nicht das wünschen, was sie am meisten wollte.

»Du wirst nicht enttäuscht sein.« Drei Tage später hielt sich Seth mit einer Hand das Handy ans Ohr, während er mit der anderen Dollys Leine umklammerte. »Annie hat eine tolle Stimme, aber es ist ihr Songwriting, das dich wirklich vom Hocker reißen wird.«

Er hatte fast vergessen, wie sehr ihm dieses aufgeregte Kribbeln gefehlt hatte, das er jedes Mal verspürte, wenn er mit einem Produzenten wie Rick redete, der sein Metier beherrschte. Dieser Anruf war ein erstes Vorfühlen, daher hatte es keinen Sinn, Annie schon jetzt davon zu erzählen und ihr Hoffnungen auf etwas zu machen, was vielleicht nie passieren würde. Aber er wollte ihr etwas Gutes tun, das ihre Augen so zum Strahlen bringen würde wie an dem Tag, an dem sie die Aufnahme gemacht hatte.

»Wenn du mir nicht glaubst, frag Pete oder seine Studiomusiker.« Seth betrat die Brücke, damit Dolly einer Fährte folgen konnte. »Ich bitte dich lediglich, dir ein paar Minuten Zeit zu nehmen, um dir Annies Song anzuhören, und mir zu sagen, was du davon hältst.«

»Du wusstest schon immer, wie du mich weichklopfst, Taggart.« Ricks Ton enthielt einen Anflug von Belustigung, während seine Stimme in Seth' Ohr donnerte. »Weil du es bist, werde ich ihn mir anhören, aber ich kann nichts versprechen, okay?«

»Verstanden.« Seth lehnte sich gegen das Brückengeländer. »Und danke.« Er hatte es geschafft. Er besaß noch immer die alte Magie. Und diese Magie lag auch in den Songs, die er in den letzten Wochen geschrieben hatte.

Er würde wieder ins Spiel einsteigen, wenn er so weit war, aber im Moment war er zufrieden damit, wie es gerade war.

»Bedanken solltest du dich allerdings.« Rick lachte. »Meine Zeit ist Geld.«

Obwohl ihm bei diesen Worten schwer ums Herz wurde, zwang sich Seth, ebenfalls zu lachen. Im Laufe der letzten Wochen hatte er gelernt, dass Zeit so viel mehr wert war, als man in Dollars und Cents bemessen konnte. Ihr eigentlicher Wert lag darin, wie und mit wem man sie verbrachte.

Er beendete das Gespräch und fuhr sich mit einer Hand durchs Haar. Er wollte seine Songwriting-Karriere wieder zum Laufen bringen, und wenn er etwas arrangierte, um Annie zu unterstützen, könnte das nicht nur der Durchbruch sein, den sie brauchte, sondern auch der, den er brauchte, um seine Glaubwürdigkeit wiederherzustellen. Warum machte er sich dann mit den großen Fragen des Lebens verrückt? Er ließ den Blick über den bedeckten Himmel schweifen und holte einmal tief Luft. Wenn er zu Hause in Georgia wäre, hätte er gesagt, die Wolken würden wohl eine Weile bleiben und Regen bringen. Aber neben allem anderen war auch das Wetter hier völlig anders – nicht so wie in Georgia oder in L. A.

»Seth?« Annies Stimme erhob sich über das Rauschen des Flusses unter der Brücke.

Er wandte sich um, während sie von hinten an ihn herantrippelte. »Ich dachte, du musst heute Nachmittag arbeiten.«

»Das sollte ich ursprünglich auch, aber Holly springt für mich ein.« Ihre Lippen verzogen sich zu diesem sanften Lächeln, bei dem Seth jedes Mal ebenfalls lächeln musste. »Ich war eben auf der Post, um unsere Sendungen abzuholen. Hannah hat mit ihrer Berufsberaterin über Colleges geredet, bevor die Schule zu Ende war. Die Beraterin hat daraufhin ein paar Colleges kontaktiert und darum gebeten, Hannah Informationen zu schicken.« Annie schwenkte einen großen braunen Umschlag. »Das muss ein Teil davon sein. Ich glaube, nachdem sie erst mit dir und dann mit der Berufsberaterin geredet hat, sieht Hannah die ganze College-Idee mit neuen Augen.«

»Das ist ja toll.« Seth legte seine Hand in Annies, während Dolly an seiner Seite am Boden schnupperte.

»Das ist es wirklich. Ich bin so stolz auf sie. Und jetzt, wo es Duncan wieder besser geht, ist das Leben richtig schön. Ich bin so glücklich.« Sie bog vom Gehsteig auf einen Kiesweg ab und zog an Seth' Hand. »Hast du ein paar Minuten?«

»Für dich? Immer.« Er war auch glücklich. Er hatte fast vergessen, wie sich Glück anfühlte. Oder vielleicht war es auch Zufriedenheit. Was immer es war, zusammen mit dieser noch immer so verblüffenden Liebe war es in ihn eingedrungen wie ein sanfter Sommerregen und hatte die Narben eines allzu langen Winters geheilt.

Er folgte ihr auf einem grasbewachsenen Weg hinter der Malone Street, bis sie beim Wasserfall stehen blieb. Wasser stürzte über die zerklüfteten Felsen und durchtränkte das Moos und die Farne, die aus jeder kleinen Spalte wuchsen. Über ihm, in der Brise, bimmelte eine Kette mit Glöckchen, die jemand an einem niedrigen Zweig des Wunschbaums aufgehängt hatte. »Was ist los?«

»Ich habe noch ein bisschen mehr über meine Musik nachgedacht.« Sie trat näher und legte den Kopf an seine Schulter. »Diesen Song aufzunehmen, war toll, und das Interview in deiner Show lief besser, als ich erwartet hatte, aber es war genug, weißt du? Und da ich einen Teil des Erlöses aus dem Verkauf dieser ganzen CDs für die Fluthilfe gespendet habe, fühle ich mich mit der ganzen Geschichte noch besser.«

»Ich …« Er schluckte, als das Vertrauen in ihrer Miene sein Herz durchbohrte.

»Ich könnte sogar ein Konzert bei einem Volksfest geben, aber wenn ich das tue, dann zu meinen Bedingungen.« Ihre Augen glänzten. »Ich treffe selbst die Entscheidungen über die Art von Musikkarriere, die für mich richtig sein wird. Ich gehe kleine, feste Schritte, und es fühlt sich gut an, das zu tun und keine Angst zu haben. Du hast mir geholfen, aber du hast nie die Kontrolle übernommen. Und dafür bin ich dir dankbar.«

Nur dass er Rick wegen ihres Songs angerufen und ihr nichts davon gesagt hatte. Seth' Magen rumorte. »Annie, ich muss mit dir reden.« Wenn er das nicht tat, würde diese Sache vielleicht ein böses Ende nehmen.

»Später.« Sie schenkte ihm ein neckendes Grinsen und legte ihm einen Finger an die Lippen. »Es hat zu regnen begonnen, und du trägst keine Jacke. Hast du das mit dem Adirondacks-Wetter noch immer nicht gelernt?«

»Offenbar nicht.« Er hatte einen säuerlichen Geschmack im Mund.

»Vielleicht solltest du dich unter einer Dusche aufwärmen, damit du dich nicht erkältest.« In ihrer Stimme lag ein neckender, sinnlicher Unterton, und die schwüle Sommerluft war auf einmal aufgeladen von einer unmissverständlichen Bedeutung. »Wegen des Wetters ist bei uns heute Nachmittag nicht viel los, das heißt, ich muss nicht sofort zurück zur Bäckerei.« Sie dämpfte ihre Stimme und berührte seinen Arm. »Und deine Wohnung ist ganz in der Nähe.« Während der Wind den Regen horizontal peitschte, steckte sie den Umschlag unter ihre Regenjacke und zog dann an seiner Hand.

Er fiel neben ihr in einen Sprint, und Dolly sprang zwischen ihnen mit. Er hatte Annie helfen wollen, aber würde sie das auch so sehen? Oder würde sie, sobald sie die Wahrheit erfuhr, denken, dass es ihm nur darum ging, seine Karriere wieder zum Laufen zu bringen und sich Respekt von Leuten zu verschaffen, die an ihm gezweifelt hatten?

Kapitel 20

Annie beäugte den Kuchen, den sie auf dem Tapeziertisch im Partyraum des Black Duck aufgebaut hatte. Sie hatte ihn in Form einer Gitarre gestaltet und verziert und mit schwarzer Glasur »Happy Birthday« darauf geschrieben.

»Du zerbrichst dir zu sehr den Kopf. Seth wird ihn lieben.« Tara, die an ihre Seite getreten war, drückte ihren Ellenbogen.

»Vielleicht ist eine Überraschungsparty doch keine so gute Idee.«

Seth hatte seinen Geburtstag nie erwähnt, aber Annie erinnerte sich an ihn von dem Tag her, als er in der Stadt angekommen war und sie ihn nach seinem Ausweis gefragt hatte.

»Dylan ist doch ganz dafür, oder?« Taras Tonfall beschwichtigte sie. »Außerdem hat Seth diesen Geburtstags-Slot in seiner Show, daher ist es nur richtig, dass die Leute die Gelegenheit bekommen, auch seinen Geburtstag zu feiern, und dieser Samstag kommt seinem Geburtstag am nächsten.«

»Was, wenn er keine Überraschungen mag?« Ob als Überraschung oder monatelang im Voraus geplant, ihre Familie liebte Partys, doch Seth war nicht in einer Familie wie der ihren aufgewachsen.

»Er mag dich, oder? Er wird begeistert sein, dass du dir diese ganze Mühe für ihn gemacht hast. So wie er dich ansieht und du ihn, seid ihr zwei doch bis über beide Ohren ineinander verliebt.« Taras Augen funkelten.

»Ist das so offensichtlich?« Annie strich ihr Top glatt – das, welches sie bei der Aufnahmesession getragen hatte und das Seth so gut gefiel. Obwohl sie ihren Schwestern nicht offen gesagt hatte, dass sie mit ihm geschlafen hatte, konnten sie es sich mit Sicherheit denken – selbst wenn keine Gerüchte in der Stadt die Runde gemacht hätten. Es war dieses schwesterliche Band. Nichts blieb lange geheim.

»Das ist so süß.« Tara legte einen Stapel Geburtstagsservietten neben den Kuchen. »Rowan und ich freuen uns so für dich.«

»Sogar Rowan?«

»Na klar. Nur weil sie noch immer wütend darüber ist, wie es mit ihrem Ex gelaufen ist, heißt das nicht, dass sie sich nicht für dich freuen kann. Sonst hätte sie wohl kaum Dylan von der Bushaltestelle abgeholt, oder?« Taras Lächeln war warmherzig. »Es ist perfekt, und alle, einschließlich Dylan, können es kaum erwarten, ›Überraschung‹ zu brüllen, wenn Brendan Seth hereinführt.«

»Du hast recht.« Annie versuchte zurückzulächeln. Sie war es nicht gewohnt, in einer Beziehung zu sein, auch wenn sie und Seth nicht darüber geredet hatten, was das zwischen ihnen eigentlich war. Ihr Leben hatte sich in den vergangenen Monaten so sehr verändert, dass sie noch immer dabei war, es zu verdauen. Es war nur natürlich, dass Teile der alten, unsicheren Annie hervortraten, zusammen mit der neuen, selbstbewussteren Version ihrer selbst.

»Seth wird begeistert sein, wenn du ›Happy Birthday‹ für ihn singst.« Tara schwenkte Annies Arm, während sie auf die Tür des Partyraums zugingen. »Dieser Mann ist verrückt nach dir.«

Oder ist er nur verrückt nach meiner Musik? Annie verdrängte den Gedanken. Sie und Seth machten Musik zusammen, aber das war nicht alles, was sie taten. Sie gingen gemeinsam ins Fitnessstudio, und er brachte ihr auf einem der Outdoor-Tennisplätze nahe der Schule das Tennisspielen bei. Sie hatten sich Karten für eine Theateraufführung der Gemeinde Ende August gekauft, und er hatte letzte Woche sogar Hannah von ihrem Kajakkurs abgeholt, als Annie später als gedacht von einem Arzttermin mit ihrer Mom und Duncan zurückgekommen war. Aber obwohl er ein richtiger Teil ihres Lebens war, war sie sich noch immer nicht sicher, ob sie ein richtiger Teil von seinem war. Er hatte ihr nicht einmal erzählt, was mit seinem Unternehmen passiert war, und sie hatte sich immer gescheut, ihn danach zu fragen.

Sie ging auf Rowan und Dylan zu, die in einem Gedränge von Leuten nahe der Tür warteten. Als sie neben ihnen zum Stehen kam, schwang die Tür nach innen auf, und alle brüllten »Überraschung!«, wie sie es geplant hatten.

»Was zum …« Seth warf einen Blick auf Brendan, und seine Augenbrauen furchten sich.

»Das ist eine Überraschungsparty zu deinem Geburtstag.« Brendan wies mit einem Nicken auf Annie. »Jeden Morgen feierst du in der Show den Geburtstag von irgendjemand und spielst den Nummer-eins-Hit des Tages, an dem er geboren wurde, daher dachte Annie … Wir alle dachten …« Brendans Stimme verlor sich.

»Oh.« Seth suchte den Raum ab, bevor sein Blick auf Annie fiel. »Ich hatte noch nie … Eine Überraschungsparty … Das ist toll … Ich … wow.« Obwohl sein Lächeln noch immer angespannt war, glänzten seine Augen. »Dylan?« Seth' Blick schwenkte zu seinem Sohn. »Was tust du denn hier?«

»Ich bin ein Teil der Überraschung. Annie hat es organisiert. Sie hat mir eine Nachricht geschickt und gefragt, ob ich kommen wollte. Ich habe einen tollen Deal für ein Busticket bekommen.« Dylans Gesicht rötete sich. »Ich hatte in der Arbeit sowieso noch ein paar freie Tage gut, und ich wollte hier sein … bei dir.«

»Das ist … Danke, mein Sohn.« Seth' Stimme war schroff.

Dylans dunkle Augen glänzten, und der Blick, den er und Seth tauschten, verriet Annie alles, was sie wissen musste. Sie würden sich nicht umarmen, jedenfalls nicht in der Öffentlichkeit. Aber auch wenn sie vielleicht noch immer ein paar Sachen zu bereden hatten, waren sie auf einem guten Weg, um den schlimmsten Teil der Kluft zwischen ihnen zu überwinden.

Sie klatschte in die Hände. »Lasst uns diese Party in Schwung bringen. Wir haben genug Essen, um die halbe Stadt zu verköstigen, und Tara hat Spiele für die Kinder organisiert.« Sie holte einmal tief Luft und konzentrierte sich auf Seth, der noch immer mit benommener Miene an der Tür stand. »Alles Gute zum Geburtstag. Von uns allen.« Sie machte eine ausladende Armbewegung. »Wir freuen uns, dass du ein Teil von Irish Falls bist, und wir wollten sicherstellen, dass du das auch weißt.«

»Danke allerseits.« Seth' Miene entspannte sich, und er grinste Dylan an. »Wie lange warst du denn in diesem Bus unterwegs? Du musst doch am Verhungern sein.«

»Rowan hat Snacks mitgebracht, als sie mich abgeholt hat, aber ich kann immer was essen.« Er grinste zurück.

»Na dann, greif zu. Wir haben noch viel Zeit, um uns alles zu erzählen.« Seth berührte seinen Sohn an der Schulter, und Dylan stieß ihn in die Seite, bevor er sich in der Schlange beim Büfett anstellte.

Annie blieb zurück. »Seth, diese Party war meine Idee. Ich wollte dich nicht aus der Fassung bringen oder …«

»Nein, schon gut.« Sein Lächeln war wehmütig. »Mein Geburtstag wurde nie groß gefeiert, jedenfalls nicht, nachdem meine Mom gestorben war. Ich hatte ihn fast vergessen, das heißt, als ich hier hereinkam, da … Ich … Niemand hat so etwas je für mich getan.« Sein Atem stockte. »Und Dylan hierzuhaben …« Sein Mund zuckte. »Danke.«

»Gern geschehen.« Annies Herz schwoll vor Erleichterung und Liebe zugleich. »Die Leute hier sorgen sich um dich, und das wollten wir dir zeigen.« Und eines nicht so fernen Tages würde sie ihm auch sagen können, dass sie ihn liebte. Sie musste nur noch den richtigen Moment abwarten.

Der Blick aus seinen blaugrauen Augen wurde sanfter. »Ich sorge mich auch um dich, und ich …«

»Hör auf, den Mann in Beschlag zu nehmen, Annie.« Ihre Mom bahnte sich mit den Ellenbogen einen Weg zwischen sie beide. »Das ganze Essen wird aufgegessen sein, und ihr werdet noch immer hier stehen und quatschen.« Sie beäugte Seth. »Ich habe meine mit Ahornsirup glasierten Rippchen gemacht, und die gehen immer schnell weg. Aber du musst ein bisschen was von allem probieren. Das ist Regel Nummer eins bei einer Quinn-Party.«

»Ja, Ma'am.« Seth lachte und schenkte Annie einen wissenden Blick.

Annie lachte auch. Feingefühl war noch nie die Stärke ihrer Mom gewesen. Und während Maureen Seth' Arm nahm und ihn zur Spitze der Büfettschlange führte, warf er über die Schulter einen Blick auf sie. In seinem Lächeln lag diese besondere Wärme, die nur für sie bestimmt war, aber noch etwas anderes – Unsicherheit vielleicht, aber auch Schwere.

Trotz des warmen Julitages fröstelte sie. Nana Gerry hätte gesagt, ihr schwante Übles, aber das war lächerlich. Diese alten Redensarten bedeuteten nichts. Seth war die

Party recht. Es lief toll zwischen ihnen beiden und auch zwischen ihm und Dylan, und wegen Hannah war sie so unbesorgt wie schon seit Monaten nicht mehr. Es gab keinen Grund für dieses leichte unbehagliche Kribbeln.

Zwei Stunden später war fast das ganze Essen verschwunden, sie hatte »Happy Birthday« gesungen, begleitet von Hannah auf dem verstimmten Klavier des Black Duck, und Seth hatte seinen Kuchen angeschnitten, von dem jetzt nur noch Krümel übrig waren.

Annie bückte sich, um eine Papierserviette unter dem Tisch aufzuheben, als »My Hometown Heart« wieder aus den Lautsprechern ertönte. Obwohl sie den Song heute öfter gehört hatte, als sie zählen konnte, erfüllte es sie noch immer mit Stolz. Jede Note war eine spürbare Erinnerung daran, wie weit sie damit gekommen war, ihre Ängste zu besiegen.

»Tolle Party, Annie.« Dylan strahlte, als sie ihn bei der Schüssel mit der Bowle traf. »Deine Familie hat mich wirklich nett aufgenommen.«

»Danke. Wir freuen uns alle, dass du kommen konntest.« Sie mochte Dylan als den Jungen, der er war, aber noch mehr mochte sie ihn, weil er ein Teil von Seth war. Sie fand eine andere Serviette, um etwas verschüttete Bowle aufzuwischen.

»Ich mache das schon.« Dylan nahm ihr die Serviette ab. »Ich arbeite in einem Restaurant, daher bin ich das gewohnt.« Sein Lächeln schwand. »Dad hat zu Hause auch immer verlangt, dass ich beim Saubermachen und Kochen helfe. Er hat gesagt, er müsse sicherstellen, dass ich weiß, wie man allein zurechtkommt. Meine Mom war nicht oft da, daher blieb alles an ihm hängen.«

»Das muss hart gewesen sein.« Für Seth, aber auch für Dylan. Sie hatte wenigstens ihre Familie gehabt, die ihr mit Hannah geholfen hatte.

»Meine Mom ist hübsch und das alles, aber sie ist nicht wie eine Mom. Nicht so wie du.« Dylan wischte den letzten Rest Bowle auf, ohne sie anzusehen.

»Ich bin sicher, deine Mom liebt dich, und sie muss sehr stolz auf dich sein.« Trotz allem, was Seth darüber gesagt hatte, dass Amanda keine Mom sein wollte, war Dylan ein guter junger Mensch. Wie könnte eine Mutter ihn nicht lieben und stolz auf ihn sein? »Und dein Dad ist auch richtig stolz auf dich.«

Dylan knüllte die Serviette zusammen. »Dad und ich hatten ein paar Probleme, und ich habe ein paar Sachen gesagt, die ich nicht hätte sagen sollen. Eine Zeit lang lief es nicht so toll zwischen uns.«

»Aber ich glaube, jetzt ist alles wieder gut.« Annie dämpfte ihre Stimme. »Dein Dad redet ständig von dir, selbst von Dingen, die du getan hast, als du klein warst.«

Dylan schnitt eine Grimasse. »Ausgeschlossen.«

»Er will ein Teil deines Lebens sein.« Und Seth hatte sich große Mühe gegeben, die Beziehung zu seinem Sohn zu verbessern.

Dylans Wangen röteten sich, und er steckte die Hände in die Vordertaschen seiner Kakishorts. »Seit Dad dich kennengelernt hat, ist er irgendwie anders.«

Sie selbst war auf jeden Fall anders, seit sie ihn kennengelernt hatte. »Dein Dad ist für mich ein guter Freund geworden.« Sie trat von einem Fuß auf den anderen. »Ist das okay für dich?«

»Warum sollte es das nicht sein?« Dylans Lächeln war verlegen. »Ich will nicht, dass Dad für immer allein bleibt. Außerdem tust du ihm gut.«

Annie erwiderte sein Lächeln, während ihr Körper von Wärme durchströmt wurde. »Dein Dad hat dich richtig erzogen.«

»Vielleicht könntest du ihm das sagen?« Dylans Lächeln wurde breiter. »Ich glaube, bei ihm ist noch nicht angekommen, dass sein Job als mein Erzieher mehr oder weniger erledigt ist.«

»Auch wenn Kinder das vielleicht anders sehen, ist der Job eines Elternteils nie erledigt. Selbst wenn Hannah vierzig ist, werde ich ihr vermutlich immer noch sagen, dass sie ihr Gemüse essen und eine Mütze aufsetzen soll, wenn es draußen kalt ist.« Sie zog die Augenbrauen hoch. »Und sie wird mir immer noch sagen, dass ich Ruhe geben soll, so wie sie es jetzt auch tut.«

»Sie kann sich glücklich schätzen.« Dylans Miene wurde ernst. »Auch wenn Dad mir auf den Wecker geht, weiß ich immer, dass er sich sorgt.«

»Das tut er auf jeden Fall.«

»Aber manchmal wäre es irgendwie gut, auch eine Mom zu haben, mit der man über Zeug reden kann.« Dylan starrte auf seine Sneakers.

»Wenn du willst … Ich … kann … Du kannst mit mir … als Freundin reden.« Annie räusperte sich. »Ich würde dir niemals sagen, was du tun sollst, aber ich könnte zuhören, wenn du es brauchst.«

»Das wäre schön. Und als ich gesagt habe, du wärst wie eine Mom, habe ich nicht gemeint, dass du alt bist oder so. Und du bist auch richtig hübsch.« Seine Ohrenspitzen liefen rot an. »Mein Dad mag dich sehr. Das kann ich sehen.«

»Was habt ihr beide hier in der Ecke denn so Ernstes zu bereden?« Seth legte Annie eine Hand auf den Rücken.

»Nicht viel.« Dylan zuckte die Schultern, und Annie war verblüfft, wie sehr er Seth, aber auch dem jungen Jake auf den Fotos ähnelte, die sie gesehen hatte.

»Dylan hilft mir beim Saubermachen.« Sie schenkte ihm ein schiefes Lächeln. »Er hat mir erzählt, dass er in einem Restaurant arbeitet, und ich wollte ihn eben nach dem College fragen. Ich weiß gar nichts über Animation, abgesehen von dem, was ich in Filmen sehe.«

Dylan warf ihr einen dankbaren Blick zu. »Das ist so cool. Ich habe meinen Computer dabei. Ich könnte dir ein paar meiner Projekte zeigen. Dad auch. Falls es euch interessiert, meine ich.«

»Natürlich interessiert es uns. Das hört sich toll an.« Seth' Stimme klang warmherzig, und er legte eine Hand um Annies Taille, um sie an sich zu ziehen. »Vielleicht könnten wir einen Ausflug nach New York unternehmen, bevor das College wieder anfängt – und Hannah mitnehmen.«

Fast so, als wären sie eine Familie. Annie holte einmal tief Luft.

Dylan sah lächelnd zwischen den beiden hin und her. »Das wäre schön. Ihr könntet in dem Restaurant essen, in dem ich arbeite – ich lade euch ein. Ich habe einen Freund, der eine Schwester in Hannahs Alter hat. Vermutlich könnte sie mit ihr shoppen gehen.«

»Shoppen?« Hannah tauchte an Annies Seite auf. »Wo denn?«

»Seth dachte, wir könnten irgendwann mal nach New York fahren, um Dylan zu besuchen. Was meinst du?« Annies Lächeln schwankte. Ein Ausflug, egal wohin, wäre ein Riesending für sie beide, aber diese Art Ausflug wäre mehr als ein Riesending. Es klang nach Verbindlichkeit, nach Zukunft, und es verknüpfte ihrer aller Leben auf eine neue und vielleicht beängstigende Art.

»Na klar, ich wär dabei.« Hannahs Blick huschte von Annie zu Seth und dann weiter zu Dylan. »Es wäre anders … aber gut.« Sie legte ihre Hand in Annies und drückte sie. »Ich habe Tante Tara und Grandma versprochen, mit aufzuräumen.« Sie sah wieder zu Dylan. »Willst du uns helfen?«

»Na klar.« Dylan schenkte ihr die Art Lächeln, die ein großer Bruder seiner kleinen Schwester schenken würde, und die Anspannung in Annies Brust lockerte sich.

Alles lief gut. Jegliche noch verbliebenen Zweifel waren ein Überbleibsel der Frau, die sie früher einmal war, nicht der, die sie geworden war. Sie verdrängte dieses lästige, unbehagliche Zwicken und lächelte Seth an. Vielleicht, nur vielleicht, konnten Träume und sogar Wünsche tatsächlich wahr werden.

»Die Mädchen sahen auf Seth' Party auf jeden Fall hübsch aus.« Maureen streifte ihre Ringe ab und steckte sie auf die Halterung, dann sah sie im Spiegel ihres Frisiertischs zu Duncan. Er saß hinter ihr auf dem Bett und zog erst die rechte, dann die linke Socke aus, wie er es immer tat. Dieses präzise Vorgehen war ihr früher einmal auf die Nerven gegangen, aber im Laufe der letzten paar Wochen hatte es ihr eine seltsame Art von Trost verschafft, da es eines der wenigen Dinge war, die vertraut und unverändert waren.

»Aber nicht so hübsch wie ihre Mutter.« Duncan warf seine Socken in den Wäschekorb. »Und keine von ihnen kann so gut kochen wie du. Diese mit Ahornsirup glasierten Rippchen waren tadellos, und dein Kartoffelsalat und die süßen Brötchen ... Du weißt, wie man das Herz eines Mannes erobert.« Er rieb sich den Bauch, dann schlüpfte er aus seinem Hemd und warf es ebenfalls in den Wäschekorb.

»Du redest dummes Zeug.« Maureens Gesicht rötete sich, während sie Creme auftrug.

Duncan war ein Mann der kargen Worte, aber heute war er geselliger als sonst und ihr gegenüber aufmerksamer gewesen.

»Selbst Rowan sah aus, als ob sie Spaß hatte. Hast du mitbekommen, wie sie mit diesem netten Mann von der Stadtverwaltung geredet hat? Und als Tara den Geburtstagskuchen serviert hat, konnte der neue Filialleiter der Bank den Blick nicht von ihr abwenden. Ich habe gehört, er soll Single sein.«

Duncan lachte glucksend. »Ich habe mich mehr für Annie und Seth interessiert.« Er setzte sich in seinen schwarzen Boxershorts wieder aufs Bett.

Maureen schwenkte auf ihrem Stuhl zu ihm herum. Egal, wie viel Creme sie sich ins Gesicht klatschte, es hing noch immer fast ebenso schlaff herunter wie der Rest von ihr. Aber Duncan hatte selbst mit Ende sechzig den Körper eines weitaus jüngeren Mannes. Ihre Kehle schnürte sich zu. Obwohl sein wie auch ihr Arzt ihnen grünes Licht gegeben hatten, schlief er noch immer in Rowans altem Zimmer. Er würde es niemals offen sagen, aber es musste irgendetwas mit ihr zu tun haben.

»Annie und Seth scheinen sich nahezustehen, oder?«

»Ja, aber wer weiß?« Duncan atmete seufzend aus. »Misch dich da bloß nicht ein. Unsere Kinder müssen ihr eigenes Leben führen.«

»Aber vielleicht ... Annie ist noch jung genug, und wenn es mit ihr und Seth klappt, dann könnte es womöglich noch ein Enkelkind geben.«

»Reenie ...« Duncan stieß einen weiteren Seufzer aus, schwerer diesmal.

»Ich weiß, ich weiß, und ich werde kein Wort zu ihr sagen, aber eine Mutter kann immer hoffen.« Außerdem konnte es nichts schaden, Annie einen kleinen Schubs in die richtige Richtung zu geben. Erst diese Woche war sie zum Wunschbaum gegangen und hatte einen Hochzeitsglocken-Glücksbringer zusammen mit dem Wunsch angebracht, Annie und Seth mögen gemeinsam dauerhaftes

Glück finden. Sie zog den Gürtel um ihren Morgenmantel fester zu und trat zu ihrer Seite des Bettes.

»Egal, was zwischen den beiden passiert, Seth hat Annie auf jeden Fall aus ihrem Schneckenhaus geholt. Und er ist ein guter Darts-Spieler. Ich habe vor, ihn zu fragen, ob er im nächsten Winter dem Team beitreten will.« Duncan nahm seinen Tablet-PC vom Nachttisch und tippte auf den Bildschirm. »Ich habe mir überlegt, wir brauchen einen neuen Rasenmäher. Der Eisenwarenladen hat welche im Sonderangebot.«

Maureen streckte einen Arm aus und schob den Tablet-PC sanft beiseite. Anstatt sie näher zusammenzubringen, hatte der Prostatakrebs einen weiteren Keil zwischen sie getrieben, aber damit musste ab sofort Schluss sein. Wenn sie nicht die Initiative ergriff, würde sie den Rest ihres Ehelebens so verbringen – sie und Duncan zusammen, aber getrennt, während sie nur über ihre Kinder, Essen und Rasenmähen redeten anstatt über das, was wirklich wichtig war.

»Du willst keinen neuen Rasenmäher?« Seine Miene war verwirrt. »Es ist dir doch so wichtig, den Rasen schön in Ordnung zu halten. Ich dachte …«

»Du bist mir wichtiger als irgendein Rasen.« Maureens Herz raste, als sie auf dem Bett herüberrutschte, um sich neben ihn zu setzen. Sie musste ruhig und konzentriert bleiben. Und sie musste positiv denken. »Weißt du noch, wie wir früher darüber geredet haben, was wir tun würden, wenn ich mich zur Ruhe setze? All die Pläne, die wir hatten?«

»Das war … vor allem.« Duncans Stimme war dumpf und monoton.

»Wir leben noch, oder?« Sie atmete seinen vertrauten Geruch ein. »Weißt du noch, wie wir nach Irland und Schottland reisen wollten? Das ist auch immer noch da.«

»Langstreckenflüge wären nicht gut für deine Hüfte.« Er knurrte und knüllte ein Kissen hinter sich zusammen.

»Diese Entscheidung musst du schon mir überlassen, aber selbst wenn wir noch nicht so weit reisen sollten, können wir andere Dinge tun.« Maureen zwang sich, die Worte auszusprechen, die sie wochenlang hinuntergeschluckt hatte. »Angefangen damit, dass du wieder in einem Bett mit mir schläfst.«

»Ich wälze mich hin und her. Ich könnte dir wehtun oder dich wecken. Du brauchst deinen Schlaf.« Er blickte so aufrichtig, dass sie ihm fast glaubte – aber nur fast. Es war die Art, wie er ihrem Blick auswich und mit dem Rand der Bettdecke spielte, die ihn verriet.

»Ich werde noch genug Schlaf bekommen, wenn ich in unserem Familiengrab auf dem Friedhof liege.« Ihre Augen brannten, und sie schniefte. »Und ich will das, was unsere goldenen Jahre sein sollten, nicht so verbringen.« Da, sie hatte es gesagt, und sie konnte die Worte nicht mehr zurücknehmen, aber das wollte sie auch gar nicht. »Ich vermisse dich, und ich vermisse uns. Was ist aus unserem Ausgehabend geworden?«

»Na schön, dann werden wir eben wieder ausgehen. Ich gehe mit dir, wohin du willst.« Duncan tätschelte ihre Hand.

»Ausgehabende wären ein guter Anfang.« Sie hatte sich nie wohl damit gefühlt, über Sex zu reden, aber wenn sie nicht mit ihrem Ehemann darüber sprechen konnte, mit wem dann? »Jetzt, wo deine Krankenhaustermine erst mal vorbei sind, könnten wir sogar für ein paar Tage wegfahren. In der Nähe von Lake Placid gibt es einen Gasthof, der wirklich romantisch klingt. Ich habe einen Bericht darüber in den Lokalnachrichten gesehen. Sie haben Himmelbetten, Whirlpools, und man kann sogar auf dem eigenen privaten Balkon ein Champagnerfrühstück serviert bekommen.«

»Meinst du nicht, wir sind ein bisschen zu alt für das alles? Außerdem ist Champagner etwas für Hochzeiten. Warum sollten wir ihn zum Frühstück trinken wollen?« Duncans Blick verharrte auf der gestreiften Steppdecke, als wäre sie ein besonders faszinierendes Rätsel.

»Ich brauche dich, und ich brauche deine Liebe, Duncan. Du bist mein Ehemann, nicht mein Mitbewohner.« Sie legte eine Hand auf seinen nackten Schenkel, und er zuckte zusammen. »Ich weiß, ich sehe nicht mehr so aus wie damals, als wir uns kennengelernt haben, aber ich hoffe, du … ich …« Sie stützte den Kopf in die Hände und rieb sich übers Gesicht. Trotz all seiner netten Worte wollte er sie, abgesehen von ihren Kochkünsten, nicht mehr.

»Ach, Reenie.« Duncan stieß einen Seufzer aus. »Du bist noch immer eine gut aussehende Frau, die beste in meinen Augen. Es liegt nicht an dir, es liegt an mir.«

»An dir? Wie könnte es denn an dir liegen?« Sie hob den Kopf, um ihn anzustarren.

Eine leichte Röte stieg ihm unter den weißen Bartstoppeln in die Wangen. »Ein Mann wie ich will im Schlafzimmer die Verantwortung übernehmen. Er will es für seine Frau gut machen und ...« Er brach ab, und die Röte vertiefte sich.

»Es war nie nicht gut. Wie kannst du so etwas auch nur denken?« Maureen biss sich auf die Lippe. Das Problem war offensichtlich. Warum war sie nicht darauf gekommen?

»Ich bin nicht mehr der Mann, der ich früher einmal war, nicht mit meinem ... du weißt schon was, und den Ärzten, die daran herumpfuschen.« Er spielte mit seinem Ehering. »Was, wenn wir ... und ich kann nicht?« Die Worte waren ein gequältes Stöhnen.

»Das werden wir nicht wissen, solange wir es nicht versuchen, oder?« Sie lehnte sich an seine vertraute Brust. »Und wenn du im Moment nicht kannst, macht mir das nichts aus. Wir können kreativer sein. Es könnte sogar witzig sein.« Sie ballte die Fäuste. Irgendwie musste sie zu ihm durchdringen. »Wenn es sein muss, können wir auch mit einem Arzt reden. Einem, der nicht in Irish Falls niedergelassen ist. Ich will dir helfen.«

»Wirklich?« Er verharrte still, während sie mit einem Finger über die Wölbung seiner Schulter glitt.

»Ich habe es ernst gemeint, was ich in der Kirche versprochen habe.« Maureen manövrierte sich auf seinen Schoß. »In guten wie in schlechten Zeiten, in Krankheit und in Gesundheit. Wir hatten in letzter Zeit viel von den schlechten Zeiten und von Krankheit, aber in all den

Jahren, die wir jetzt schon verheiratet sind, gab es immer Liebe. Ich will dich, Duncan Bruce McNeill, in jedem Teil meines Lebens, auch im Schlafzimmer. Willst du es dir von mir nicht zeigen lassen?«

»Meine Reenie.« Seine Stimme war belegt, als er sie nah an sich zog. »Du bist eine verdammt tolle Frau, meine Frau, immer.«

»Duncan?« Das Lachen, das sie zu unterdrücken versuchte, perlte hervor, als wäre sie wieder ein junges Mädchen. »Meine Hüfte, ich kann nicht, jedenfalls nicht so.«

Er legte sie behutsam auf den Rücken und blickte ihr in die Augen. Ihr stockte der Atem, als sie die Sanftheit, Zärtlichkeit und unerschütterliche Liebe in seinen blauen Augen sah. »Kreativ klingt für mich gut.« Er schob ihren Morgenmantel von einer Schulter. »Vielleicht könnten wir doch über diese Reise nach Schottland und Irland nachdenken. Wir könnten es schrittweise tun. Island liegt irgendwo in der Mitte. Erinnerst du dich noch an diesen Film über die Wikinger, den wir gesehen haben?«

»Nein.« Sie zitterte, als seine Lippen die empfindliche Stelle an ihrem Hals fanden. »Es spielt keine Rolle, wohin wir fahren, solange wir zusammen sind.« Und Schritt für Schritt, mit einer Berührung nach der anderen, würden sie zurück zu dem Paar finden, das sie früher einmal waren.

»Ich bin zwar noch immer nicht sehr erpicht auf dieses Champagnerfrühstück, aber wir brauchen eine zweite Hochzeitsreise, meinst du nicht auch?« Sein Atem war warm an ihrer Wange und seine Stimme sanft und kehlig. »Unsere erste war ziemlich gut.«

»Sie war wundervoll.« Sie berührte sein Gesicht, lieb, vertraut und beständig.

»Genau wie du.« Er nahm ihre Hand und küsste die Innenfläche. »Das bist du noch immer.«

Eine Freude, die nur Duncan ihr bereiten konnte, wirbelte durch Maureens Magengrube. »Ich liebe dich. Ich werde dich immer lieben.«

Seine Augen verfärbten sich dunkelblau. »Und ich werde dich immer lieben. Danke, dass du mich und uns nicht aufgibst.«

»Als ob ich das könnte.« Sie bebte, als seine Hand zu ihrer Hüfte glitt.

»Ich will dir nicht wehtun.« Er stützte sich über ihr auf die Unterarme auf.

»Das wirst du nicht.« Sie nahm seine Hand und zeigte ihm, wo er sie berühren sollte.

Er stöhnte auf, so wie damals, als sie diesen Weg zum ersten Mal beschritten und nicht gewusst hatten, wohin er führen würde.

Zusammen mit dem Verlangen legte sich ein Gefühl von Frieden und Zufriedenheit um Maureen wie eine warme Umarmung. Auch wenn ihre Kinder über ihn spotteten, hatte dieser Wunschbaum doch etwas an sich. Er hatte ihr vor fast elf Jahren Duncan beschert. Und jetzt hatte er ihn ihr zurückgebracht. Sie schmiegte sich in einer schmerzlich vertrauten und zugleich neuen Geste an seinen Körper. Vielleicht, wenn sie an ihrem Glauben festhielt, würde der Baum auch für ihre Familie alles gut ausgehen lassen.

Kapitel 21

Annie betrachtete die Auslage in der Bäckerei. Die rot-weiß-blauen Dekorationen zum vierten Juli waren bis zum nächsten Jahr weggepackt worden, und in den Vitrinen türmten sich Cupcakes, Obsttörtchen und Picknickkekse mit Sommermotiven. »Sommerferien, dann Schulbeginn, Halloween, Thanksgiving und Weihnachten.« Sie warf einen Blick auf Tara hinter der Theke. »Unser Leben wird vom Backen bestimmt. Stört dich das nie?«

»Nein.« Tara zog eine Augenbraue hoch. »Es ist beruhigend. Wenigstens bei einem Teil meines Lebens weiß ich immer genau, was als Nächstes kommt.«

»Ich nehm's an.« Auch wenn dieser vorhersehbare Zyklus früher einmal tröstlich gewesen war, irritierte er Annie jetzt mehr, als er es sollte. Sie schluckte einen Seufzer hinunter. Schließlich hatte sie ein gewöhnliches Leben gewollt, und fast siebzehn Jahre lang war sie durchaus zufrieden damit gewesen.

»Hannah scheint Seth und Dylan zu mögen.« Tara schob zwei mit Fischen verzierte Cupcakes etwas weiter auseinander.

»O ja.« Annie schluckte noch einen Seufzer hinunter. Sie war besorgt gewesen, ihre Tochter könnte Seth als Konkurrenz empfinden, aber abgesehen von einem anfänglichen kurzen Zögern war das offenbar nicht der Fall. »Sie sagt, ich muss mein eigenes Leben führen.«

»Das ist doch gut, oder?« Taras Ton war vorsichtig. »Vor allem, da du und Seth jetzt so viel Zeit zusammen verbringt.«

»Das sollte es sein, aber ...« Annie zuckte die Schultern. Dieses leise nagende Gefühl, dass irgendetwas nicht ganz richtig war, war noch immer da und hatte sich seit Seth' Geburtstagsparty am vergangenen Wochenende nur noch verstärkt.

»Aber was? Nach dem, was ich auf der Party gesehen habe, mag Dylan dich auch. Wenn du und Seth heiratet, wärt ihr eine Patchworkfamilie. Es ist mit Sicherheit besser, wenn eure beiden Kinder von Anfang an mit an Bord sind.«

»Heiraten? Wer hat denn etwas von Heiraten gesagt?« Annies Kehle wurde trocken.

»Das ist doch eine logische Schlussfolgerung, oder nicht? Du würdest sicher nicht mit dem Mann schlafen, wenn es dir mit ihm nicht ernst wäre.«

Das stimmte, doch war es ihm auch ernst mit ihr? »Ja, aber eine Heirat ist ein großer Schritt.«

»Seit er dich aus diesem Trott geholt hat, in dem du gesteckt hast, strahlst du förmlich.«

»Ich habe mich auch selbst aus diesem Trott geholt.«

Aber Seth hatte ihr bei diesem Prozess auf die Sprünge geholfen.

»Das hast du mit Sicherheit.« Tara grinste.

»Außerdem war Seth schon mal verheiratet. Vielleicht will er das nicht wieder tun. Und ich war all die Jahre eine alleinerziehende Mom. Ich hab's nicht eilig, mir einen Ring an den Finger stecken zu lassen.« Aber sie hatte sich gestattet, darüber nachzudenken. Ihre Gedanken waren darübergeschlittert wie Wasserläufer über die Oberfläche eines Teichs. Was würde es bedeuten, ihr Leben mit Seth zu verbringen und ihn und Dylan als Teil ihrer Familie zu haben? Und wie wäre es, jemanden zu haben, der sich so um sie kümmerte, wie sie sich um ihn kümmern wollte?

»Es ist gut, wenn man den Richtigen findet und eine Verpflichtung miteinander eingeht. Ich will, dass du das hast, was ich mit Adam hatte.«

Die Wehmut in Taras Stimme griff Annie ans Herz, und sie streckte einen Arm nach ihrer Schwester aus und drückte ihre Schulter. »Es ist noch zu früh für Seth und mich.«

»Wartet nicht zu lange.« Taras Augen glänzten. »Wenn du willst, könntest du sogar noch ein Baby haben.«

Nach dem Tod ihres Ehemanns war das Fehlen eines Kindes der zweite große Kummer ihrer Schwester. Annie schenkte ihr ein aufmunterndes Lächeln. »Hannah reicht mir, aber deine Zeit wird noch kommen, Süße.«

»Meine Zeit ist vorbei. Ich kann sowieso noch an keinen anderen denken, aber selbst wenn ich es wollte, wie viele Singlemänner in unserem Alter gibt es hier in der Gegend denn schon?«

Abgesehen von den Touristen, die vorbeikamen, blieben längerfristig nicht mehr Singlemänner, als Annie an ihren zehn Fingern abzählen konnte, und einer von ihnen war Seth. »Der neue Filialleiter der Bank schien interessiert.«

»Ich bitte dich. Über seine *Star-Trek*-Besessenheit könnte ich vielleicht noch hinwegsehen, aber er trägt weiße Socken zu braunen Sandalen. Das gehört doch verboten.« Tara lachte, während die Glocke über der Bäckereitür bimmelte.

Seth hielt Mrs. Byrne die Tür auf, einer älteren Frau, die in Annies Kirche ging, und folgte ihr dann zur Theke.

»Hey, du.« Annies Magen schlug einen Purzelbaum. Sie hatte noch nie für jemanden so gefühlt wie für ihn, und jeder Tag war besser, wenn sie ihn gesehen hatte. Wenn das keine Liebe war, dann wusste sie auch nicht … Sie griff nach der Kaffeekanne. Sie musste ihn nicht erst fragen, was er wollte. Er bestellte sich nach der Arbeit immer einen Kaffee, dazu manchmal den Muffin des Tages oder ein Buttertörtchen.

»Warte. Ich muss mit dir reden.«

»Na klar. Ich bin in einer Stunde fertig.« Sie sah zu Tara, die mit Mrs. Byrne über glutenfreie Schwarzwälder Kirschtorte plauderte. »Wir haben noch ein paar Apfelmuffins da, und ich habe dir ein Buttertörtchen aufgehoben.«

Er streckte eine Hand über den Tresen aus, um sie davon abzuhalten, Kaffee einzuschenken. »Wenn Tara hier allein zurechtkommt, muss ich früher mit dir reden.« Seth' Mund wirkte verkniffen. »Es ist wichtig.«

»Hannah?« Annie presste sich eine Hand an die Brust. Ihre Tochter passte auf Rowans Kinder auf, und sie war vor einer halben Stunde auf dem Weg zum Park mit ihnen hier gewesen. Sie hatte keine Sirenen gehört, aber das musste nichts heißen.

»Soweit ich weiß, geht es Hannah gut. Hätte dich nicht jemand angerufen, wenn es ein Problem gäbe?«

»Doch.« Sie lockerte den Griff um ihre Schürze. Rowans Kinder waren noch nicht alt genug, um allein zu bleiben, aber sie waren alt genug, um im Notfall Hilfe zu rufen. »Ich denke, ich kann mir eine Pause nehmen. Wenn es hektisch wird, kann Tara immer noch nach mir rufen. Was ist denn los? Ist es wegen Dylan?«

»Ihm geht es auch gut. Lass uns oben in meiner Wohnung reden.« Seine Stimme klang angespannt.

Sie nestelte an ihrem Haarnetz herum und nahm es zusammen mit ihrer Schürze ab. Ihre Nackenhaare stellten sich auf. »Was ist denn nur los?«

»Nichts, hoffe ich.« Seth' Lächeln reichte nicht bis zu seinen Augen.

»Halt für mich die Stellung, okay?« Sie blickte in Taras Richtung, und ihre Schwester nickte zurück.

Seth hielt ihr die Bäckereitür auf, und sie schlüpfte hinaus in den Nachmittagssonnenschein. Irish Falls sah Mitte Juli am schönsten aus. Bunte Blumen, noch frisch vom Sommer, quollen aus den Blumenkästen in der Malone Street. Auf der gut besuchten Terrasse des italienischen Restaurants an der Ecke flatterten Sonnenschirme.

Sie liefen um das Gebäude herum und die Hintertreppe hinauf. Seth' Schritte polterten hinter ihr her. Dann gingen sie in den Sender und ließen die Helligkeit des Tages zurück.

Sie vertraute ihm, zumindest so weit, wie sie jedem Mann vertrauen konnte. Sonst hätte sie nicht mit ihm geschlafen oder ihre Musik mit ihm geteilt. Aber wie viel wusste sie eigentlich wirklich über Seth' Leben, bevor er hierhergekommen war?

Während sie ihm den Flur entlang zu seiner Wohnung folgte, stiegen leise Zweifel in ihr auf und setzten sich in ihr fest. Hatte Seth sie nicht nur aus ihrem Trott geholt, sondern sie gleichzeitig in Treibsand geführt?

»Setz dich, bitte.« Seth wies auf Jakes abgewetztes Sofa. Er nahm an, er sollte es austauschen, aber aus Gründen, über die er nicht zu genau nachdenken wollte, hatte er sich nie gestattet, in dieser Wohnung oder in Irish Falls allzu sesshaft zu werden. »Möchtest du eine Limonade?«

»Nein, danke. Ich habe keinen Durst.« Annies Miene war misstrauisch, und während er neben ihr Platz nahm, trommelten Schuldgefühle auf seine Brust ein.

»Ich hatte vor, mit dir zu reden, als wir uns neulich auf der Brücke beim Wasserfall begegnet sind. Aber dann fing es an zu regnen, und du … wir …« Er hatte ihr nicht widerstehen können. »Ich hatte nicht vor, irgendetwas vor dir zu verheimlichen, aber dann war da meine Party, und Dylan war hier …«

Er machte Ausflüchte. Er hatte nichts an dem ändern wollen, was sie zusammen hatten, aber gestern spätabends hatte Pete angerufen, gefolgt von Rick heute Morgen, und er konnte nicht länger warten.

»Na dann, rede.« Ihre Stimme war kühl, und sie saß stocksteif da, wie ein Soldat, der sich auf den Kampf vorbereitete.

»Ich hoffe, du weißt, wie viel du mir bedeutest, und dass ich niemals absichtlich irgendetwas tun würde, um dich zu verletzen.« Sein Mund wurde knochentrocken und sein Körper kalt. »Ich wollte dir nur zur Seite stehen und dich glücklich machen.«

»Du bedeutest mir auch viel. Und du machst mich schon jetzt glücklich.« Sie holte ein paarmal rasch Luft, und ihre Brust bebte unter dem Rundhalsausschnitt ihres violetten T-Shirts.

Er nahm ihre Hand, und er verspürte ein flaues Gefühl in der Magengrube. »Weißt du, die Sache ist die, ich habe deinen Song, ›My Hometown Heart‹, an diesen Musikproduzenten in Nashville geschickt, den ich kenne. Ich habe ihn gebeten, mir zu sagen, was er davon hält.«

»Du hast was?« Sie riss ihre Hand zurück, und ihr Gesicht wurde kreidebleich. »Und das, ohne vorher mit mir darüber zu reden? Wie konntest du das hinter meinem Rücken tun?« In ihren Augen loderte ein blaues Feuer, und sie schlang die Arme um sich.

»Ich wollte nicht, dass du enttäuscht bist, falls Rick nicht interessiert wäre. Aber wenn ihm dein Song gefiele, dachte ich, dann könnte es deine große Chance sein. Ich wollte das für dich wahr machen.« Seth ballte seine klammen Hände zu Fäusten.

»Es könnte auch deine große Chance sein, oder? Ich habe gehört, was mit deiner Musikproduktionsfirma passiert ist und dass du keine Songs mehr schreibst. Alle wissen es, es steht überall im Internet, aber wir wollten dich nicht aus der Fassung bringen, indem wir irgendetwas darüber sagen.« Sie sprang auf und wich vor ihm zurück. »Mein Song ist *mein* Song. Du hattest kein Recht, ihn mit diesem Rick oder sonst wem zu teilen, ohne zuerst mit mir darüber zu reden.«

Schuld- und Schamgefühle stachen auf Seth' Brust ein. »Vielleicht war es falsch von mir, aber ich wusste, wenn ich es dir erzählt hätte und Rick dann gesagt hätte, dein Song sei nichts Besonderes, wärst du verletzt gewesen. Er nimmt kein Blatt vor den Mund. Er sagt, wie es ist.« Seth stand auf und streckte die Arme nach ihr aus, aber sie stolperte rückwärts zum Tisch. »Du hattest eben erst angefangen, wieder vor einem Publikum zu singen. Du hast an dich selbst geglaubt. Ich wollte nicht, dass du damit aufhörst. Und ich *schreibe* meine eigenen Songs. Hier zu sein, du … Du bist der Grund, weshalb ich wieder schreiben kann.« Alles in ihm zog sich zusammen. Wie konnte er ihr begreiflich machen, dass er es nur gut gemeint hatte? Und warum hatte er sich von seinem dummen Stolz daran hindern lassen, ihr zu erzählen, was in L. A. passiert war?

»Ich habe dir genug vertraut, um meine Songs mit dir zu teilen. Ich habe mir sogar gestattet …« Sie atmete scharf ein, und zwei rote Flecken verfärbten ihre blassen Wangen.

»Augenblick, es ist eine gute Neuigkeit. Rick hat mich angerufen. Er ist begeistert von ›My Hometown Heart‹. Er hat auch mit Pete geredet, und Pete hat ihm gesagt, was für eine tolle Nummer du bist.« Während Seth in ihr wütendes Gesicht starrte, verhärtete sich der Knoten in seinem Innern nur noch mehr. »Rick will hierherkommen, um dich kennenzulernen und dich singen zu hören.«

»Wann?« Ihre Stimme war eisig, und sie hob eine Hand, als wollte sie ihn abwehren.

»In drei Tagen, wenn dir das recht ist.« Er wand sich, und das Kribbeln in seinen Händen breitete sich in seinem ganzen Körper aus. »Annie, es tut mir leid. Ich dachte nicht, dass dich das derart aus der Fassung bringen würde. Ich dachte, du würdest dich freuen.«

»Na ja, das tue ich nicht.« Sie umklammerte die Lehne eines der Küchenstühle. »Nur damit ich das recht verstehe.« Ihre Stimme war leise, aber er hörte jedes Wort mit entsetzlicher Klarheit. »Du hast die Aufnahme meines Songs an diesen Rick geschickt, ohne es mir zu sagen. Dann hast du mit ihm über mich geredet, und er hat mit Pete gesprochen, und ich habe die ganze Zeit nichts von alledem gewusst? Obwohl es mein Song, mein Leben und vielleicht sogar meine Karriere ist?« Sie presste sich eine Faust gegen den Mund.

Wenn sie das, was er getan hatte, so ausdrückte, klang es sogar noch schlimmer. Seth' Brust schmerzte. »Ja, das habe ich getan, aber du musst verstehen, ich wollte nicht, dass du dir große Hoffnungen machst und dann enttäuscht wirst.«

»Ich bin kein Kind mehr, und ich verstehe das durchaus.« Sie stieß die Worte mühsam hervor. »Du hast mich verraten.« Sie trat ans Fenster. »Genau wie Todd.«

»Nein, ich … Wie, was meinst du damit?«

»Todd und ich haben auch zusammen gesungen, so wie du und ich. Und anfangs mochte er meine Songs, genau wie du. Dann sagte er, er würde mir helfen, sie noch besser zu machen.« Ihre Augen röteten sich. »Und er hat einen Haufen meiner Songs genommen, Songs, an denen wir zusammen gearbeitet hatten, und sie mit einem Musikproduzenten geteilt. Dann hat er einen Deal für einen der Songs abgeschlossen, und er hat nicht mal meinen Namen als Songwriterin erwähnt.«

»Er hatte kein Recht …«

»Nein, das hatte er nicht, aber du hattest auch kein Recht. Ich bin nicht mehr das naive Mädchen, das ich vor all den Jahren war. Und ich bin auch nicht schwanger.« Sie versteifte sich. »Als ich Todd deswegen zur Rede stellte, sagte er, meine Songs hätten ohne seinen Input überhaupt nichts getaugt. Seinen Worten zufolge hatte ich kein Talent, aber später, als ein anderer Sänger meinen Song aufgenommen hat, hat er es in die Charts geschafft. Und dann hat er …« Ihre Brust bebte, und sie stieß ein leises, kehliges Schluchzen aus. »Den Rest weißt du bereits.«

Seth ballte die Hände und löste sie wieder, während die Welt sich drehte und dann zu verlangsamen schien. »Todd hat sich getäuscht. Du *hast* Talent. Ein Mann wie Rick würde nicht den ganzen Weg hierher auf sich nehmen, wenn du keines hättest.«

»Selbst wenn das stimmt … All die Male, die wir zusammen waren, hast du dir nie überlegt, mir zu sagen, du fändest meinen Song so toll, dass du ihn mit ihm teilen wolltest? Hast du dir nie überlegt, mich zu fragen, was ich davon halten würde?« Ihr Gesicht fiel in sich zusammen, und sie presste sich eine Hand an die Schläfe.

»Das habe ich, aber ich dachte, du würdest Nein sagen.« Seine Kehle wurde eng.

»Vielleicht hätte ich das getan, aber du hast mir ja nicht einmal die Wahl gelassen. Ich hätte diese Wahl haben sollen, aber genau wie Todd hast du hinter meinem Rücken gehandelt. Du und Pete, ihr beide.«

»Pete hat gar nichts getan.« Die Schuld an diesem Schlamassel lastete ausschließlich auf Seth' Schultern. »Rick hat bei ein paar Alben mit ihm zusammengearbeitet, und da Pete dir geholfen hat, die Aufnahme zu machen, hat Rick ihn angerufen.« Wenn Seth nur die Uhr zurückdrehen und die Sache anders handhaben könnte, würde er es tun, aber das war nicht möglich, daher musste er das hier jetzt zu Ende bringen, so gut er konnte. »Pete und seine Studiomusiker fanden, dass du und Hannah richtig toll wart.«

»Hannah?« Annie zuckte zusammen. »Du hast nicht nur mich verraten, sondern auch meine Tochter.«

»Natürlich nicht.« Er holte einmal tief Luft und verschränkte die Hände hinter dem Rücken. »Ob es dir gefällt oder nicht, Hannah wird versuchen, es in der Musikbranche zu etwas zu bringen. Das hast du nicht unter Kontrolle.«

»Sagt der Typ, der bereits versucht hat, meine Karriere unter Kontrolle zu halten.« Annie schluckte. »Erst letzte Woche habe ich dir gesagt, wie gut es sich anfühlt, meine eigenen Entscheidungen zu treffen und keine Angst mehr zu haben.« Ihre Stimme brach. »Ich habe mich sogar bei dir dafür bedankt, dass du bei meiner Musik nicht die Kontrolle übernommen hast, aber du hast die ganze Zeit … War das irgendeine Art perverser Witz?«

»Nein, nie.« Seine Stimme wurde heiser.

»Na ja, du kannst Rick anrufen und ihm sagen, dass er nicht hierherzukommen braucht.« Sie verschränkte die Arme vor der Brust und starrte ihn entschlossen an.

»Das könnte ich tun, aber denk doch wenigstens darüber nach. Rick könnte dir helfen, eine echte Karriere in der Musikbranche zu haben. Er könnte dir eine zweite Chance ermöglichen.« Schweiß sickerte zwischen seinen Schulterblättern hinunter. »Lass dir diese Gelegenheit nicht entgehen, nur weil du wütend auf mich bist.

Sing für ihn, Annie. Nicht weil ich es arrangiert habe. Sing für dich.«

»Und wenn ich das tue, dann was?« Ihre Stimme wurde lauter, und sie rieb sich mit einer Hand über die Stirn.

»Vielleicht wird er mit dir zusammenarbeiten wollen, vielleicht auch nicht, aber dann wirst du es wenigstens wissen. Du hast viele Jahre geleugnet, wer du bist und was du willst.« Seth starrte sie an, beschwor sie, ihm zu glauben. »Ich habe einen Fehler gemacht, und es tut mir mehr leid, als du je wissen kannst, aber ich wollte nur dein Bestes. Und da ich diese Tür nun einmal geöffnet habe, liegt es an dir, ob du durch sie gehen willst oder nicht.«

»Und du?« Annies Augen verengten sich. »Im Gegensatz zu Todd hast du meinen Song nicht als deinen ausgegeben, aber irgendwas wird für dich schon dabei herausspringen. Bin ich auch deine zweite Chance in der Musikbranche? Und was ist mit Hannah? Hattest du vor, hinter meinem Rücken einen Plattenvertrag für sie auszuhandeln?«

»Natürlich nicht. Ich würde niemals hinter deinem Rücken irgendetwas für Hannah aushandeln.« Er holte einmal tief Luft. Er war ihr die Wahrheit schuldig, auch wenn sie sie nicht hören wollte. »Wenn ich deine Songs gehört hätte, als ich meine Musikproduktionsfirma noch hatte, dann hätte ich mit dir zusammenarbeiten wollen. Aber diese Firma habe ich nicht mehr. Und ich hätte dir sagen sollen, was in L. A. passiert ist. Ich wollte es tun, aber mein Geschäftspartner … Es war mir peinlich, und ich fühlte mich gedemütigt von dem, was mir mit ihm passiert ist. Ich bin mir wie ein Versager vorgekommen. Ich hätte mich bei dir oder sonst jemandem hier nicht so fühlen brauchen, und das tut mir auch leid.«

»Es ist mir egal, was in L. A. passiert ist oder wie du dich fühlst.« Die Verbitterung in ihrer Stimme versetzte ihm einen Stich. »Aber wenn mein Song ein Hit wäre und die Leute wüssten, dass du mich entdeckt hast, würde dir das nicht wehtun, oder? Woher soll ich wissen, dass du nicht eine neue Firma gründen willst? Du bist ein Großstadttyp. Du gehörst nach L. A., nicht nach Irish Falls.« Ihre Stimme war grimmig.

»Ich …« Er hatte gedacht, er wollte zurück nach L. A., aber in letzter Zeit war er sich da gar nicht mehr sicher. Er wusste nur, dass er sie wollte, und das, was sie zusammen hatten.

»Ich habe dir vertraut.« Sie hielt einen Moment inne. »Ich habe dir so sehr vertraut, dass ich mich in dich verliebt habe. Ich hatte es nicht vor, aber ich habe es getan. Ich wollte es dir schon seit Wochen sagen, aber ich habe nie den richtigen Moment gefunden. Ich war so dumm.«

Das Blut rauschte in Seth' Ohren. »Ich liebe dich auch. Und weil ich dich liebe, wollte ich dir helfen. Deshalb habe ich Rick wegen deines Songs kontaktiert.«

»Warum sollte ich dir glauben?« Ihr Lachen war zynisch. »Du liebst meine Musik. Aber mich? Das glaube ich nicht. Wenn du mich wirklich lieben würdest, hättest du darauf geachtet, was ich will, und verstanden, wer ich bin, alles von mir.«

»Bitte …« Er trat einen Schritt auf sie zu, und sie machte einen Satz zur Tür.

»Nein.« Ihre Stimme war brüchig. »Es ist vorbei. Die Musik und alles. Ich dachte, ich würde dich kennen, aber das tue ich nicht. Und vielleicht weißt du ja selbst nicht, wer du bist.« Sie drückte die Schultern durch und reckte das Kinn. »Du bist Jakes Sohn, aber hast du das irgendjemandem außer mir erzählt? Hast du mir oder irgendjemandem sonst erzählt, was du mit dem Sender vorhast, sobald die sechs Monate um sind, die Jake in seinem Testament festgelegt hat? Oder hast du überhaupt vor, die ganzen sechs Monate zu bleiben? Vielleicht wache ich ja eines Tages auf, und du bist verschwunden.«

»Nein. Das würde ich nicht tun.« Nur dass er nicht wusste, wie seine Pläne für die Zukunft aussahen. Er hatte sich mit Dylan versöhnt, aber was den Rest seines Lebens – und Annie – betraf, hatte er bloß von einem Tag zum nächsten gedacht. Und er hatte sie enttäuscht. Seine Lippen waren auf einmal wie betäubt, und das Atmen fiel ihm schwer.

»Und du redest auch nie viel über die Vergangenheit oder deine Ex-Frau.«

»Weil das die Vergangenheit ist.« Er presste die Worte mühsam hervor.

»Mir scheint, deine Vergangenheit hat viel mit deiner Gegenwart zu tun.« Ihre Stimme war tonlos, und ihre Schultern sackten herab. »Die Leute hier mögen deine Show, und sie mögen dich. Alle sind zu dieser Geburtstagsparty gekommen, weil du ein wichtiger Teil dieser

Stadt bist.« Ihr Kinn bebte. »Du hast mich enttäuscht, aber wenn du Hannah oder die Leute von Irish Falls je enttäuschen solltest, wäre das noch schlimmer.«

»Annie, es tut mir leid.« Seine Augen brannten, und seine Knie wurden weich.

»Mir auch.« Sie sah ihn einen langen Moment an, mit trostloser Miene. »Schick mir Ricks Nummer per SMS und lass die Noten, an denen wir gearbeitet haben, in der Bäckerei. Ich will nie wieder von dir hören.« Sie holte tief Luft, und es kam ihm so vor, als wäre sie auf einmal größer und selbstbewusster. »Aber du hattest recht. Du hast eine Tür geöffnet, und es liegt an mir, ob ich durch sie oder irgendeine andere gehe.«

Sic wandtc sich ab, und dann war sie verschwunden. Die Wohnungstür fiel mit einem leisen Klicken hinter ihr ins Schloss. Es wäre weniger schmerzlich und weniger endgültig gewesen, wenn sie sie zugeknallt hätte.

Seth blickte sich in der seelenlosen Wohnung um, als hätte er sie noch nie zuvor gesehen. Er konnte nicht ändern, was er getan hatte. Wichtiger war, was er als Nächstes zu tun hatte.

Kapitel 22

»Willst du, dass ich mit Seth rede, von Mann zu Mann?« Duncan verharrte über Annie, die zusammengekauert in einer Ecke ihres Wohnzimmersofas saß.

»Nein.« Annie versuchte zu lächeln, aber dabei quollen nur noch mehr Tränen aus ihren Augen und kullerten ihr über die Wangen. »Und das nicht, weil du mein Stiefvater bist. Selbst wenn mein eigener Dad noch leben würde, würde ich nicht wollen, dass er mit Seth redet. Ich bin eine Erwachsene. Ich muss mich selbst darum kümmern.«

»Ich werde diesem Mann nie wieder ein Buttertörtchen backen, solange ich lebe.« Von ihrem Platz auf dem Teppich zu Annies Füßen reichte Tara ihr eine neue Packung Taschentücher.

»Er kann ohne deine Backkünste leben, aber ich weiß den Gedanken zu schätzen.« Annie nahm sich eine Handvoll Taschentücher und putzte sich die Nase.

»Ich kann mich in der Nacht hinter den Sender schleichen und die Luft aus seinen Reifen lassen.« Rowan, auf einem Schemel neben dem Sofa, grinste Annie an. »Eine

Freundin hat das ihrem Ex angetan. Vielleicht ist es ja kindisch, aber sie hat gesagt, es hätte sich auf jeden Fall gut angefühlt.«

»Das würdest du nicht tun.« Annie atmete keuchend aus, in einem vergeblichen Versuch zu lachen. Egal was, ihre Familie war immer da, wenn sie sie brauchte.

»Nein, aber allein schon die Vorstellung ist befriedigend.« Rowans Lächeln wurde breiter. »Eine kleine Aktion für meine Schwester, in Solidarität mit sämtlichen Frauen weltweit, die schlecht behandelt wurden.«

Nachdem Seth ihr das Herz aus dem Leib gerissen hatte und darauf herumgetrampelt war, hatte Annie nur noch nach Hause gehen wollen, ohne irgendjemanden zu sehen, schon gar nicht ihre Familie, aber sie hatte ihre Handtasche und die Schlüssel in der Bäckerei liegen gelassen. Und als sie wieder hinuntergegangen war, waren ihre Mom und Duncan da gewesen, und Duncan hatte darauf bestanden, sie nach Hause zu fahren. Dann hatte Tara Rowan eine Nachricht geschickt, und die beiden hatten früher mit der Arbeit aufgehört, um für sie da zu sein. Aber trotz der ganzen Unterstützung ihrer Familie fühlte Annie sich nur noch schlechter als vorhin in Seth' Wohnung.

»Ich sollte in der Arbeit sein. Ich habe meine Schicht nicht beendet.« Tatsächlich wollte sie nur noch ins Bett kriechen und nie wieder zum Vorschein kommen. Aber das würde heißen, dass sie die Bettwäsche wechseln müsste, die nach ihr und Seth roch, und dass sie das Plektrum sehen würde, das er auf dem Nachttisch vergessen hatte, und das Ersatz-T-Shirt, das er in ihrer obersten Kommodenschublade gelassen hatte.

»Deine Mom hat Holly angerufen, und sie war gern bereit, noch einmal in die Bäckerei zu fahren und für den Rest des Tages auszuhelfen.« Duncan tätschelte Annies Schulter. »Und was deine Mutter angeht … Auch wenn sie wegen dieses Schlamassels mit Seth genauso aufgewühlt ist wie wir alle, kann sie es kaum erwarten, wieder hinter dieser Bäckereitheke zu stehen. Der Ruhestand ist ihr nicht leichtgefallen.«

Ein Understatement, aber es war gut, dass Duncan endlich eine der Ursachen für die Unzufriedenheit ihrer Mutter erkannt hatte. Vielleicht mehr als eine, in Anbetracht des Kusses, den er ihrer Mom auf den Mund gedrückt hatte, bevor er Annie aus der Bäckerei und zum Wagen gescheucht hatte, als wäre sie ein benommenes Unfallopfer.

Sie sah Duncan und ihre Schwestern an. »Und dann ist da noch Hannah. Sie sollte Rowans Kinder zum Abendessen herbringen, aber sie darf mich so nicht sehen.« Sie rieb an ihrem Gesicht herum.

»Wenn es dir und Rowan recht ist, hole ich Hannah und die beiden anderen ab und nehme sie mit zu uns nach Hause.« Duncans Stimme war die eines Mannes, der froh war, etwas Praktisches zu tun zu haben, um all den Gefühlen zu entkommen, die durch Annies Wohnzimmer fluteten. »Wir können uns einen Film ansehen und Pizza bestellen, und nach dem Essen bringe ich sie zurück.« Er tätschelte Annies Schulter ein letztes Mal, bevor er in seiner Hosentasche nach den Autoschlüsseln kramte.

»Danke.« Annie ließ sich in das Sofa zurücksinken, während Rowan zustimmend nickte. Wenn sie noch ein paar Stunden Zeit hatte, um sich in den Griff zu kriegen, würde sie sich wieder gut fühlen. Oder wenn schon nicht gut, dann zumindest etwas mehr so, als hätte sie alles unter Kontrolle.

»Du hast seit heute Morgen nichts gegessen, Süße.« Taras Augen blickten besorgt. »Ich mache dir, was du willst.«

»Ich habe keinen Hunger.« Annie legte die Hände auf ihren Bauch, während die Haustür hinter Duncan ins Schloss fiel. Im Moment konnte sie sich nicht vorstellen, je wieder etwas zu essen.

»Dann trink wenigstens noch einen Tee.« Tara nahm Annies Becher vom Couchtisch. »Ich kann auch einen Wein aufmachen.«

»Mich zu betrinken, ist keine Lösung.« Annie wippte vor und zurück. Ihr Körper bebte, und sie nestelte an der Decke am Ende des Sofas herum und wickelte sie um sich. »Was soll ich bloß machen?«

»Du wirst diesen Rick anrufen, dich bei ihm bedanken und ihm sagen, dass du dich sehr freuen würdest, ihn in drei Tagen zu treffen.« Rowans Worte kamen abgehackt. »Und sobald er hier ist, wirst du den Mund aufmachen und singen wie die supertolle Frau, die du, wie wir alle wissen, bist. Tara wird dir helfen, dich in Schale zu werfen, und du wirst dich selbst, deine Familie und Irish Falls stolz machen.«

»Rowan hat recht.« Tara errötete leicht. »Sei nicht sauer, aber ich habe Pete eine Nachricht geschickt. Er hat mir seine Karte gegeben, als du die Aufnahme gemacht hast, weil er will, dass ich Buttertörtchen und einen Kuchen für eine Jubiläumsparty backe, die er im Oktober für seine Frau als Überraschung organisiert. Er hat gesagt, er würde herkommen, um dich zu unterstützen, wenn du es willst. Er kennt Rick ja.« Tara blickte konzentriert auf den Teppich und wich Annies Blick aus. »Da Seth nicht mehr auf der Bildfläche ist, dachte ich, du solltest dir deine Optionen offenhalten.«

»Tara hat außerdem deine Noten von Seth zurückbekommen.« In Rowans Stimme lag ein Anflug von Belustigung. »Sie wusste, dass sie mich besser nicht in seine Nähe lassen sollte.«

»Ich sage es vielleicht nicht oft genug, aber ich liebe euch, Mädels.« Annies Kehle schnürte sich zu.

»Wir lieben dich auch.« Tara und Rowan setzten sich zu ihr, um sich zu dritt zu umarmen, wie sie es immer getan hatten, als sie klein gewesen waren – die Quinn-Schwestern, die durch ein unzertrennbares Band zusammengeschweißt waren.

Rowan schüttelte ein Kissen auf und schob es sanft in Annies Rücken. »Und du liebst Seth, oder?«

»Das dachte ich, aber nach dem, was er getan hat …« Annie hielt sich die Hände vors Gesicht. Warum war sie bloß damit herausgeplatzt, dass sie ihn liebte? Kaum waren ihr die Worte über die Lippen gekommen, hatte er sie erwidert, aber es war, als ob er sich dazu genötigt gefühlt hätte. Wenn sie bloß die Klappe gehalten hätte, dann hätte sie sich wenigstens einen Funken Stolz bewahrt.

Tara steckte noch ein Kissen hinter sie. »Eins nach dem anderen. Ob du ihn liebst oder nicht, hat ein paar Tage Zeit. Jetzt geht es erst einmal darum, dass du für diesen Rick singst und ihm zeigst, was du kannst. Rowan und ich werden uns um alles andere kümmern, und Mom und Brendan und Holly werden die Bäckerei übernehmen. Ich möchte wetten, Hannah kann auch mithelfen, falls wir sie brauchen.«

Annies Kopf schnellte hoch. »Hannah. Sie hat bei der Aufnahme mit mir zusammen gesungen. Ich muss ihr sagen, was passiert ist. Sie mag Seth, und …«

»Du bist ihre Mom. Sie wird auf deiner Seite sein, immer …« Rowans Stimme stockte.

»Vor allem, wenn sie glaubt, dass ein Plattenvertrag für sie drin sein könnte.« Tara grinste. »Hannah liebt dich über alles. In ihrem Leben wird diese Sache mit Seth letztlich nicht mehr als eine Lappalie sein.«

Annies Herz schmerzte. Für sie war Seth keine Lappalie. Er war lebensverändernd gewesen. Bevor er in der Stadt aufgetaucht war, hatte sie sich nicht gestattet, viel über die Vergangenheit nachzudenken. Sie hatte sich eingeredet, dass sie so, wie sie war, glücklich war. Aber während sie ihm nahegekommen war, hatte er sowohl ihr Leben als auch sie selbst verändert, und indem er sie gezwungen hatte, zurückzublicken, hatte sie auch nach vorn geblickt und über die Möglichkeit einer anderen Zukunft nachgedacht.

Sie richtete sich auf, und ihr Blick fiel auf das Klavier. Der neue Song, an dem sie mit Seth gearbeitet hatte, lag noch immer auf dem Musikständer, der Bleistift, den er sich hinters Ohr geklemmt hatte, daneben. Obwohl er kein Teil dieser Zukunft mehr war, würde sie sich trotzdem nicht länger von ihrer Vergangenheit in Geiselhaft nehmen lassen. Anders als bei Todd wusste sie, was sie wollte. Ihr gefiel nicht, was Seth getan hatte, aber sie hatte immer noch eine Wahl. Und sie würde sich, oder auch Hannah, nicht enttäuschen.

Seth hatte Annie seit fast vierundzwanzig Stunden nicht mehr gesehen. Selbst an jenem Tag vor langer Zeit, als Amanda mit Dylan in den Wehen gelegen hatte, war die Zeit nicht so langsam verstrichen. Er hielt den Becher mit kaltem Kaffee auf seinem Schreibtisch im Sender umklammert, während der morgendliche Farmreport an seinem Ohr vorbeilief. Er musste wieder einrenken, was er angerichtet hatte, und er würde es tun. Aber das hieß, Annie zu sehen, und da die Stadt die Reihen um sie herum geschlossen hatte, würde das nicht leicht sein.

»Du siehst noch schlechter aus als vor der Show.« Brendan kam ins Büro, ohne anzuklopfen, und setzte sich in den Sessel neben Seth' Schreibtisch.

»Abgesehen davon, mir zu sagen, dass ich beschissen aussehe, was willst du?«

»Mit dir reden.« Brendan musterte ihn.

Seth' Herz pochte dumpf. »Über Annie?«

»Aber ja.« Brendans Stirn furchte sich. »Wenn sie nicht in der Bäckerei ist, fühlt sich der Tag nicht richtig an.«

Seth' Tag fühlte sich auch nicht richtig an. Annies Leben war so langsam mit seinem verschmolzen, dass ihm gar nicht bewusst gewesen war, was für einen großen Teil davon sie einnahm – bis sie es auf einmal nicht mehr tat. »Sie wird morgen doch wieder zur Arbeit kommen, oder?« Er streckte eine Hand aus, um Dolly zu tätscheln.

Der Hund blinzelte und legte sich dann hin, mit dem Rücken zu Seth. Was denn? Hatte er etwa sogar Dolly beleidigt?

»Nein. Sie nimmt sich eine Auszeit. Und Tara hat entschieden, sich ihr anzuschließen.« Die Schärfe in Brendans Stimme sorgte dafür, dass Seth' Nackenhaare sich aufstellten. »Mom ist jetzt, wo sie wieder Vollzeit in der Bäckerei arbeitet, ganz in ihrem Element. Holly schiebt Überstunden, und Hannah hilft auch aus.«

»Das ist doch etwas Gutes, nehme ich an.« Seth zuckte zusammen. Wie hatte es mit seinem Leben nur so schnell so weit bergab gehen können? Er hatte nicht gewusst, was Todd Annie alles angetan hatte, aber wenn er einen Moment innegehalten hätte, um nachzudenken, dann hätte ihm klar sein müssen, was er da getan hatte. Mit Rick zu reden, ohne es ihr vorher zu sagen, war das Schlimmste gewesen, was er hatte tun können – und der schnellste Weg, um ihr Vertrauen zu erschüttern.

»Nicht dass du mich nach meiner Meinung gefragt hast, aber du hast einen Riesenmist gebaut.« Brendan legte die Stirn in Falten. »Handle nie hinter dem Rücken einer Frau, aber vor allem nicht einer wie Annie.«

»Meinst du nicht, dass ich das inzwischen selbst weiß?« Seth rieb sich die Schläfen. »Ich dachte, ich würde ihr etwas Gutes tun. Ich habe gesehen, dass sie ein Problem hatte, und ich wollte es lösen. Ich wollte ihr helfen.«

»Siehst du, so denken Kerle nun mal.« Obwohl Brendan ihn noch immer beäugte, als wäre er der letzte Abschaum, umspielte ein leises Lächeln seine Mundwinkel. »Frauen ticken völlig anders. Das solltest du doch eigentlich wissen, wenn du schon mal verheiratet warst.«

»Meine Ehe war nicht …« Sosehr er Brendan auch mochte, er konnte mit ihm nicht über die Katastrophe reden, die seine Ehe gewesen war. Immerhin war er Annies Bruder. Er liebte Annie, aber anstatt es richtig anzupacken, hatte er diese kostbaren Worte ausgespuckt, als wären sie bedeutungslos. »Ich bin nicht mit Annie verheiratet.«

»Nein.« Brendan zog eine Augenbraue hoch. »Aber du bist doch in irgendeiner Art Beziehung mit ihr, oder?«

Das war er gewesen, auch wenn keiner von ihnen je dieses Wort gebraucht hatte. »Ja.« Das Engegefühl in seiner Brust legte sich. »Ich war es zumindest.« Und er wollte es wieder sein.

»Das heißt, du musst so denken wie eine Frau.« Brendans Grinsen wurde breiter. »Annie wäre stocksauer, wenn sie wüsste, dass ich hier bin, aber irgendjemand muss dich ja zur Vernunft bringen. Was du als Hilfe angesehen hast, hat sich für sie so dargestellt, als würdest du deine Nase in ihre Angelegenheiten stecken. Du hast sie nicht mitreden lassen. Du hast entschieden, was in deinen Augen das Beste für sie ist, als wäre sie ein kleines Kind oder irgendeine hilflose Frau.«

»Sie ist die am wenigsten hilflose Frau, die ich kenne.« Seth stöhnte und stützte den Kopf in die Hände. Selbst wenn er nicht etwas Ähnliches getan hätte wie Todd, wäre es trotzdem schlimm gewesen. Er hatte Annie so behandelt, wie seine Großeltern mit ihm als Kind umgegangen waren – als ob er keine eigenen Ideen und Gedanken hätte. Und er hatte in diesem vergangenen Jahr dasselbe mit Dylan gemacht. »Ich weiß, es war falsch von mir, aber Annie will nicht auf mich hören. Ich habe ihr gesagt, dass es mir leidtut.«

»Frauen wollen nicht nur Worte hören. Sie wollen Taten sehen. Was für eine Ehe hattest du denn überhaupt?«

»Keine gute.« Seth starrte Dolly an, die ausgestreckt auf dem Boden lag. »Wenn ich noch einmal heiraten sollte, würde ich es anders anpacken.«

»Dann fang jetzt gleich damit an.« Brendans Ton war forsch. »Wenn nicht, lasse ich dich nicht einmal mehr auch nur in die Nähe meiner Schwester.« Er fixierte Seth mit einem starren Blick, aber seine Augen funkelten.

»Taten, ach ja?« Ein Lächeln umspielte ungewollt Seth' Mundwinkel. Er bückte sich, um Dollys Ohren zu kraulen, und sie schlug mit dem Schwanz gegen seinen Fuß.

Im Gegensatz zu Frauen waren Hunde nicht nachtragend.

»Dann brauche ich deine Hilfe.«

Dolly starrte zu ihm hoch.

»Deine auch, Köter.«

Rick Meyer sah absolut nicht so aus, wie Annie sich einen großen Nashville-Produzenten vorgestellt hatte. Sein sandblondes Haar lichtete sich, und er hatte einen schmächtigen Körperbau und trug eine rechteckige Brille. Hinter der Brille blickten seine hellblauen Augen scharf, aber freundlich. Tatsächlich ähnelte er dem Partner in der Steuerkanzlei oben in der Malone Street, der einmal im Jahr zu Quinn's kam, um für ihre Steuererklärung die Bücher zu prüfen, die Tara ihm aushändigte.

Rick sagte etwas zu Pete, dann hob er eine Hand und winkte Annie zu ihnen an den Tisch vor der Bühne des Black Duck.

»Du kannst das«, flüsterte Rowan Annie ins Ohr.

»Wir glauben an dich.« Tara strich Annie eine Locke aus dem Gesicht.

Annies Schuhe hallten über den zerkratzten Holzboden. Sie kam vorwärts im Leben. Sie hatte ihre alten Stiefel endlich zu einem Wohlfahrtsladen in einer Stadt zwanzig Meilen weiter gebracht und die, die Seth ihr geschenkt hatte, in die dunkelste Ecke ihres Kellers verbannt. Es waren hübsche Stiefel, und sie musste praktisch denken. Sie würde sie wieder tragen, wenn Seth ein anderer Teil ihrer Vergangenheit war – ein Sprungbrett auf dem Weg, die Frau zu werden, die sie immer noch sein wollte.

»Annie?« Rick erhob sich, kam um den Tisch und streckte die Hand aus. Sein Händedruck war warm und fest. »Seth und Pete haben mir viel von dir erzählt.« Auch sein Lächeln war warm. »Und dein Song gefällt mir, daher habe ich beschlossen, einen kleinen Ausflug in den Norden zu unternehmen, um dich persönlich kennenzulernen.« Seine Stimme hatte einen undeutlichen, leicht gedehnten Akzent, wie jemand, der viel Zeit im Süden verbracht hatte, aber nicht im Süden geboren war. »Ich freue mich darauf, dich singen zu hören.«

»Danke.« Annie sah zu Pete, der aufmunternd nickte.

»Ich will das hier ganz zwanglos und entspannt halten.« Rick ließ den Blick durchs Black Duck schweifen. Tara und Rowan hatten den Besitzer irgendwie überredet, heute Nachmittag für ein paar Stunden zu schließen, und Annie wollte lieber nicht darüber nachdenken, was die Familienbäckerei das womöglich gekostet hatte. Eine kostenlose Brotlieferung mindestens, vielleicht mehr.

»Klingt gut.« Annie presste die Lippen zusammen. Sie würde nicht herumzappeln, und sie würde nicht reden, bevor sie nachgedacht hatte. Und vor allem würde sie sich nicht gestatten, über Seth nachzudenken.

Rick schob seine Brille auf der Nase hoch. Er trug eine sandfarbene Baumwollhose und ein blaues Button-down-Hemd, wie Duncan eines hatte, wobei Rick höchstens Anfang fünfzig sein konnte. »Seth hat mir erzählt, dass du dich selbst begleiten kannst?«

Annie nickte nur, denn sie traute sich nicht zu, etwas zu sagen.

»Er hat mich gebeten, dir etwas zu geben.« Pete erhob sich, griff unter einen Tisch und holte einen Gitarrenkoffer hervor. »Er dachte, du würdest heute vielleicht diese Gitarre spielen wollen.«

Jakes Gibson. Annie atmete hörbar ein.

Pete legte den Koffer auf den Tisch und öffnete ihn.

»Hübsch.« Rick trat näher, um einen Blick darauf zu werfen. »Mein Daddy hatte eine alte Gibson. Ab und zu spiele ich sie noch. Er ist vor ein paar Jahren gestorben, und ich habe festgestellt, wenn ich sie spiele, fühle ich mich ihm näher.«

Annies Augen brannten, und sie schluckte den Kloß in ihrer Kehle hinunter. Seth kannte sie so gut, dass er gewusst hatte, dass ihre Gedanken heute bei Jake sein würden. Seine Gitarre zu spielen, würde sein, als wäre ein Teil von Jake an ihrer Seite.

Sie stellte sich neben Pete vor den offenen Gitarrenkoffer. Über dem üblichen Gaststättengeruch von schalem Bier und frittiertem Essen lag ein Hauch von Jake in der Luft – holzig, zitrusartig und frische Männlichkeit. Sie blinzelte, dann nahm sie die Gitarre und legte sie an die Wölbung ihres Körpers.

Ich habe in meinem Leben einen Haufen Fehler gemacht, aber du bist die Tochter, die ich mir immer gewünscht habe. Die Tochter meines Herzens, Annie-Mädchen.

Sie zuckte zusammen, als sie Jakes melodische Stimme in ihrem Kopf hörte.

»Annie?« Petes verwirrte Miene riss sie aus ihrer Tagträumerei.

»Nichts.« Ihre verkrampften Schultern entspannten sich, als Wärme, vermischt mit felsenfester Ruhe, ihren Körper durchströmte. »Ich bin bereit, wenn ihr es seid.«

»Okay, dann zeig mir, was du draufhast.« Rick ging um den Tisch und setzte sich wieder. Er legte den Kopf auf die Seite und lächelte sie an.

Obwohl die Worte eher gewöhnlich waren, hatte ein Teil von ihr ihr Leben lang darauf gewartet, sie zu hören. Sie betrat die kleine Bühne. In dem diesigen Sonnenlicht, das durch die schmalen Fenster des Black Duck hereinströmte, war die Bühne zerkratzt von Hunderten von Füßen und dem ganzen Equipment, das im Laufe der Jahre über sie geschleift worden war. Tara und Rowan hatten einen kleinen Tisch mit einem Glas Wasser und einen Restaurantstuhl für sie bereitgestellt. Sie sah zu einer Seite der Bühne und schenkte ihren Schwestern und Hannah, die zwischen ihnen saß, ein leises Lächeln.

Annie spielte ein paar Akkorde und stimmte die Gitarre. Ob sie es sich nur einbildete oder nicht, Jake war hier bei ihr. Vielleicht auch ihr Dad und Nana Gerry. Daher sang sie für die drei, für Hannah und vor allem für sich selbst. Als Erstes »My Hometown Heart«, dann Dolly Partons »Coat of Many Colors« für Jake und noch ein paar der anderen Songs, die sie geschrieben hatte. Die Lieder kamen aus ihrem Herzen, und während die Musik zwischen ihrer Stimme und der Gitarre strömte, konnte sie nicht sagen, wo das eine endete und das andere begann.

Annie spielte vielleicht nur vor einem Publikum von zwei Leuten (fünf, wenn sie ihre Schwestern und Hannah mitzählte), aber es war das Publikum, das die Musik und die Performance aus ihr herausholte. Und daher war sie eine andere Annie als die, die heute Morgen Hannah das Frühstück gemacht und gestern Nacht wegen Seth in ihr Kissen geweint hatte.

Als sie den kurzen Set beendet hatte, zitterten ihre Beine, und ihre Handflächen waren feucht. Pete stand auf und klatschte, und dann scharten sich ihre Schwestern und Hannah um sie.

»Du warst toll, Mom.« Hannah vergrub das Gesicht an Annies Schulter. »Wenn ich so singen könnte wie du, würde ich ...« Sie schluckte.

»Eines Tages wirst du sogar noch besser singen, Schatz.« Annie strich ihrer Tochter übers Haar.

»Gut gemacht, Annie.« Rowans Stimme klang schroff, aber die Augen ihrer praktisch veranlagten, im Allgemeinen eher emotionslosen Schwester leuchteten verdächtig.

»Ich bin so stolz auf dich«, flüsterte Tara Annie ins Ohr.

Und Annie war auch stolz auf sich. Sie tätschelte Jakes Gitarre und legte sie beiseite, bevor sie sich ein paar Schritte von ihrer Familie entfernte. Rick erhob sich neben Pete, fing ihren Blick auf und hielt ihm stand.

Dann klatschte er dreimal, und das Geräusch hallte in dem fast leeren Raum wider.

»Gute Arbeit.« Pete zog sie zu einer Umarmung an sich, als sie den Tisch erreichte. »Kann ich dir ein Wasser oder eine Limonade bringen?«

»Wasser, bitte.« Annie ließ sich auf den Stuhl sinken, den Pete ihr hinschob. Ihre Beine waren noch immer butterweich, und ihr Herz hämmerte, als wäre sie eben ein Rennen gelaufen.

»Also.« Rick beäugte sie über den Tisch hinweg. »Singen kannst du auf jeden Fall.« Er klappte seinen Tablet-PC zu und legte ihn auf einen grünen Ordner. »Du hast Bühnenpräsenz. Du bist hübsch, aber nicht auf eine bedrohliche Art. Du hast diesen ›Das-Mädchen-von-nebenan‹-Look, auf den viele Männer stehen, aber ihre Ehefrauen und Freundinnen würden dich eher als Freundin sehen und nicht als Konkurrenz.«

»Aber?« Irgendwo dadrin steckte ein Aber. Das Zögern in Ricks Stimme war nicht zu überhören. Sie nahm das Glas Wasser von Pete entgegen und wartete, bis er sich wieder hingesetzt hatte.

»Seth hat's noch immer drauf.« Rick faltete die Hände.

»Wie bitte?« Annie trank einen Schluck Wasser, schlug die Beine übereinander und löste sie dann wieder.

»Er hatte schon immer ein Auge für Talent. Ich habe ihm oft gesagt, er sollte nebenbei als Musiktalentscout arbeiten.« Ricks Miene war grüblerisch. »Er hat mir gesagt, du seist gut, und das bist du auch. Aber die Frage ist, wie sehr willst du es?«

»Ich … Was meinst du damit?« Annie legte die Hände um das Glas, und die Kälte des eisgekühlten Wassers drang in ihre Haut.

»Wie sehr willst du eine Karriere in der Musik?« Rick lehnte sich auf seinem Stuhl zurück und verschränkte die Hände hinter dem Kopf. »In dieser Branche musst du dich überall nach vorn boxen. Außerdem musst du viel reisen und getrennt von deiner Familie leben. Und irgendwann, wenn du hart gearbeitet und ein paar Erfolge vorzuweisen hast, könnte ich dich vielleicht im Vorprogramm für ein paar große Namen unterbringen, aber du würdest viel Zeit damit totschlagen müssen, im Backstagebereich oder in einem Tourneebus zu sitzen. Das ist okay, wenn man zwanzig Jahre alt und ehrgeizig ist, aber du scheinst mir ein eher häuslicher Typ zu sein.«

»Das bin ich.« Ihre Augen brannten. Sie würde nicht weinen, jedenfalls nicht in der Öffentlichkeit. Rick war nur ehrlich, und Ehrlichkeit war gut.

»Wurzeln sind gut und schön.« Rick beugte sich mit gebannter Miene vor. »Nichts gegen die großartige Dolly Parton, aber der einzige Song, den du gesungen hast und der mir nicht zu Herzen gegangen ist, war ihrer. Du hast die Worte von jemand anderem gesungen, und deine Stimme war leblos.«

»Oh.« Annie sah auf ihre Hände. Sie hatte ihr Bestes gegeben, und es musste genug sein.

»Ich könnte das hinbiegen, oder ein guter Gesangscoach könnte es. Zumindest so weit hinbiegen, dass es nicht mehr so auffällt, aber letztendlich hängt es immer noch davon ab, wie sehr du es willst.« Ricks Blick bohrte sich in sie.

»Ich weiß nicht.« Annie verhakte die Finger ineinander, damit er nicht sehen konnte, wie ihre Hände zitterten. Was war denn bloß los mit ihr? Alles, was sie je gewollt hatte, war eine Karriere in der Musik, und jetzt bot sich ihr vielleicht die Chance dazu. Warum zögerte sie also?

»Ich bin in Nebraska aufgewachsen.« Ricks Stimme nahm einen wehmütigen Ton an. »Ich war ein Farmjunge, der im Sommer auf den Feldern gearbeitet und im Winter in einer Highschoolband eine alte Gitarre gezupft hat. Ich war gut in Mathe und bekam ein Stipendium fürs College. Meine Familie wollte, dass ich Buchhalter werde und mich in der nächstgrößeren Stadt nahe unserer Farm niederlasse, aber nachdem ich meinen Abschluss in der Tasche hatte, war die Anziehungskraft der Musik zu stark. Ich habe ziemlich schnell kapiert, dass ich nicht gut genug war, um es auf der Bühne zu etwas zu bringen, aber ich hatte Glück und fand meine Nische im geschäftlichen Bereich. Doch ich musste es trotzdem wollen und viele Jahre praktisch rund um die Uhr arbeiten, um dort zu landen, wo ich heute bin.«

Annies Eingeweide verkrampften sich. Vielleicht wollte sie es doch nicht so sehr, wie sie gedacht hatte. »Musik war schon immer mein Traum, seit ich ein kleines Mädchen war, aber dann habe ich meine Tochter Hannah bekommen, die dort drüben sitzt.« Annie wies mit einem Nicken zu ihrer Tochter und ihren Schwestern. »Ich musste die Musik beiseiteschieben, und jetzt … Ich …«

Was? Sie war müde, emotional verausgabt, und sie wollte nach Hause und nicht mehr über Musik, Seth oder den Rest ihres Lebens nachdenken – jedenfalls nicht in den nächsten achtundvierzig Stunden.

»Deine Tochter hat ›My Hometown Heart‹ bei dieser Aufnahme mit dir zusammen gesungen.« Rick warf einen Blick in Hannahs Richtung.

»Ja, das hat sie«, schaltete sich Pete ein, bevor Annie den Mund aufmachen konnte. »Hannah ist erst sechzehn, aber du solltest sie mal singen hören. Ihre Stimme ist anders als Annies, doch ich glaube, sie hat auch etwas ganz Besonderes.«

So würde es also laufen. Rick würde Hannah singen hören, und bevor Annie sich versah, würde Hannah auf dem Weg nach Nashville sein – und vielleicht auf dem Weg, sich ebenfalls das Herz brechen zu lassen. Annie richtete sich auf. Nein, so würde es *nicht* laufen, weil sie nämlich ein Wort mitzureden hatte. »Meine Tochter will eine Karriere in der Musik, aber sechzehn ist zu jung. Hört sie singen, wenn ihr wollt, aber ich werde nicht zulassen, dass ihr Hannah mit falschen Versprechungen den Kopf verdreht.«

»Da gebe ich dir recht.« Rick kicherte. »Es gibt schon zu viele Teeniemädchen dort draußen, die denken, dass sie die nächste Taylor Swift sind. Wenn Hannah echtes Talent hat, wird es sich noch ein paar Jahre halten. Diese

Zeit wird es ihr außerdem ermöglichen, sich auf die Schule zu konzentrieren und auf dem Boden der Tatsachen zu bleiben.«

»Wirklich?« Annie lachte zitternd auf.

Rick nickte, und jetzt sah er noch mehr wie der Steuerberater aus, der er hätte sein können. »Meine Frau und ich haben eine Tochter, die ungefähr in Hannahs Alter ist. Gracie will Kinderärztin werden. Sie hat kein musikalisches Talent oder Interesse an der Branche, aber selbst wenn, würde ich sie im Moment nicht einmal auch nur in die Nähe eines Studios lassen.«

»Danke.« Annie schwirrte der Kopf, und Erleichterung durchströmte sie. »Ich weiß deine Zeit zu schätzen, aber ich muss darüber nachdenken …«

»Augenblick. Ich bin noch nicht fertig.« Rick lächelte, und der beschützerische Dad verwandelte sich wieder in den erfolgreichen Produzenten. »Es gibt mehr als einen Weg, um Karriere in der Musikbranche zu machen.«

Annie wurde still. »Was meinst du damit?«

»Abgesehen von dieser Coverversion von Dollys Song, hat Pete gemeint, du hättest die restlichen Songs, die du heute gesungen hast, alle selbst geschrieben, richtig?«

»Ja, aber Seth hat mir bei einigen geholfen.« Trotz dem, was Annie im Moment von Seth hielt, hatte er ihre Songs besser gemacht. »Er hat auch bei ›My Hometown Heart‹ mit mir zusammengearbeitet, damit Hannah die Begleitstimme singen konnte.«

»Seth ist als Musiker ein Naturtalent, und er ist ein toller Typ. Es ist ein Jammer, dass er …« Rick brach ab, und in seiner Miene flackerte irgendetwas auf, was Annie nicht deuten konnte. »Wie auch immer, jetzt, wo ich dich kennengelernt habe, interessiere ich mich mehr für diese Songs, die du geschrieben hast, als dafür, dich zu einer Solonummer zu machen.«

Annie biss sich auf die Unterlippe. Todd hatte ihre Songs genommen, aber er hatte behauptet, sie wären ohne ihn nichts wert. Er hatte sie gemischt, durcheinandergewirbelt und so ziemlich alles an ihnen geändert, bevor er diesen Deal bekommen hatte.

»Du bist eine gute Sängerin.« Ricks Augen hatten wieder diesen scharfen Blick. »Aber nach dem, was ich gehört habe, hast du das Potenzial, eine wirklich tolle Songwriterin zu sein – die Art, bei der viele Leute Schlange stehen würden, um mit ihr zusammenzuarbeiten. Du hast ein angeborenes Gefühl dafür, wie man Worte in Musik ausdrückt, und das, worüber du schreibst, ist authentisch. Das ist etwas, was weder Seth noch ich oder irgendjemand sonst dir beibringen oder in ein paar Harmonien verpacken könnte. Man hat es, oder man hat es nicht, und du hast es auf jeden Fall.«

Annie fuhr sich mit einer Hand an den Mund. Sie sah Pete an und dann wieder zu Rick. »Du glaubst an mich?« Ihre Stimme bebte.

»Das tue ich, aber was noch wichtiger ist, du glaubst selbst an dich. Wer du bist und was du willst, zeigt sich in jedem einzelnen dieser Songs, die du geschrieben hast. Und auch daran, wie du deine Tochter von Typen wie mir fernhalten willst.« Rick schob eine Visitenkarte über den Tisch. »Nimm dir alle Zeit, die du brauchst, um über das nachzudenken, was ich gesagt habe. Und dann ruf mich an, damit wir uns weiter unterhalten können.« Er lachte. »Ich will dir helfen, deinen Songs Gehör zu verschaffen, und das mit den Tantiemen, die du verdient hast.«

»Ich … danke.« Annies Stimme stockte.

»Und was Hannah betrifft, sag ihr, sie soll mich in ein paar Jahren anrufen.« Er zog eine Augenbraue hoch. »Ich will nichts versprechen, aber falls die nächste Taylor dort draußen ist, will ich sie zuerst unter Vertrag nehmen.« Er schob seinen Tablet-PC in eine schmale schwarze Aktentasche. »Oh, fast hätte ich's vergessen. Als ich mit Seth geredet habe, hat er gesagt, du seist auf der Suche nach irgendeinem Typen. Todd irgendwas? Er hat gesagt, du seist nicht gut auf ihn zu sprechen.«

Annies Herz setzte einen Takt aus. »Todd Smith.«

Rick zog ein Blatt Papier aus dem grünen Ordner und schob es ihr über den Tisch hinweg zu. »Meine Assistentin hat die Details ausgegraben und für dich zusammengestellt. Todd hat als DJ in einem Club gearbeitet, der früher ein paar Freunden und mir gehört hat. Ich kann mich an ihn erinnern, weil er sich für einen Songwriter gehalten hat. Aber hauptsächlich war er arrogant, respektlos und ein wandelndes Klischee.« Er machte ein verächtliches Geräusch. »Er wurde gefeuert, als mein Geschäftsführer ihn mit den Fingern in der Kasse erwischte. Ein paar Wochen später kam er bei einer Kneipenschlägerei in Miami ums Leben. Die Cops befragten uns, weil unser Laden der letzte war, in dem er gearbeitet hatte. Sie wollten wissen, ob er irgendwelche Feinde hatte. Aber wen hatte der Typ nicht zum Feind?«

»Ich …« Annie betastete das Blatt Papier, während Adrenalin durch ihre Adern schoss. »Danke.« Sie konnte sich nicht darüber freuen, was mit Todd passiert war. Ein schlechtes Leben hatte ein schlechtes Ende genommen, doch er war immer noch Hannahs Vater, und er hatte ihr einmal viel bedeutet. Aber zu wissen, dass er weder sie noch irgendjemanden sonst je wieder belästigen konnte, begrub den letzten Rest Angst in ihr für immer. Jetzt lag das Leben offen und voller Möglichkeiten vor ihr.

Ricks beunruhigte Miene hellte sich auf. »Gern geschehen.« Er schwieg einen Moment. »Ich möchte mit dir zusammenarbeiten, Annie, aber ob und wenn ja, wie, das liegt ganz bei dir.«

Kapitel 23

Seth bürstete einen Schmutzfilm von Jakes schlichtem Granitgrabstein. Egal, was für eine innere Macht ihn gezwungen hatte, zum Friedhof zu fahren, jetzt, wo er hier war, war sie verstummt. Und wie überall anders auch konnte er nicht aufhören, an Annie zu denken. Er hatte sie seit nunmehr drei Tagen nicht gesehen. Weder in der Bäckerei noch im Fitnessstudio, und obwohl er ein paarmal an ihrem Haus vorbeigefahren war wie ein liebestoller Teenager, waren die Vorhänge immer geschlossen gewesen. In seiner Verzweiflung hatte er sich sogar spätabends am Wunschbaum etwas gewünscht, als niemand in der Nähe gewesen war.

»Wie kann ich das mit Annie denn wieder einrenken, wenn ich sie nirgends finde?« Er schob mit der Stiefelspitze ein paar Erdklumpen vom Sockel des Grabsteins. Was dachte er sich eigentlich dabei, hier Selbstgespräche zu führen? Und warum war die Erde so aufgewühlt? Der Boden war glatt gewesen, als er das letzte Mal hier gewesen war, bald nachdem der Grabstein aufgestellt wurde.

»Wirst du Blumen pflanzen? Dafür ist es dieses Jahr

schon ein bisschen spät. Besser nimmst du jetzt einen Strauß künstlicher Blumen und bepflanzt das Grab erst im nächsten Frühjahr.«

Seth zuckte zusammen, und als er herumschnellte, sah er sich Annies Mom gegenüber. Sie trug eine marineblaue Caprihose und ein weißes T-Shirt, außerdem Gartenhandschuhe und einen kleinen Weidenkorb über einem Arm.

»Meinst du, Jake hätten Blumen gefallen?« Seine Großmutter hatte auf das Grab seiner Mom einen rosa Rosenbusch gepflanzt, und Seth schickte noch immer jedes Jahr am Muttertag Blumen von ihm und Dylan zum Friedhof.

»Vermutlich nicht, aber er hätte sich über den Gedanken gefreut.« Maureen kicherte. »Aber noch mehr hätte er sich gefreut, wenn du ihn besucht hättest.«

Seth steckte die Hände in die Vordertaschen seiner Jeans. »Ich habe Dolly im Truck gelassen. Ich sollte …«

»Du hast ein Fenster offen gelassen, daher wird der Hund noch ein paar Minuten länger klarkommen. Du solltest lieber mit mir darüber reden, was zwischen dir und meiner Annie schiefgelaufen ist.« Maureens Blick war scharfsinnig, und sie zeigte auf eine Holzbank unter einem Baum in der Nähe. »Dort drüben werden wir Jake nicht stören.«

»Ihn stören?« Seth hätte um ein Haar gelacht, aber in Maureens Ton lag kein Humor.

Sie ging auf die Bank zu, um sich zu setzen, und klopfte auf den Platz neben sich. »Siehst du diese ganze aufgewühlte Erde? Das heißt, dass der Geist rastlos ist. Im Allgemeinen ist er es, weil er irgendeine unerledigte Angelegenheit auf der Erde zurückgelassen hat.«

Da er noch immer ein höflicher Junge aus dem Süden war, versuchte Seth, eine neutrale Miene zu wahren. Der Boden war von einem Tier aufgewühlt, oder der Friedhofsgärtner hatte hier gearbeitet. »Ich denke nicht …«

»Mir scheint, du hast zu viel gedacht und nicht genug gefühlt.« Maureen klopfte noch einmal auf die Bank, und Seth setzte sich. »Dieser Mann dort drüben ist um dich genauso besorgt wie ich um Annie.«

Seth starrte Maureen an. »Aber Jake ist … tot.«

Sie zog die Augenbrauen hoch. »Das ändert überhaupt nichts. Er passt noch immer auf dich auf, vermutlich sogar mehr als früher, als er hier auf der Erde war.«

Seth presste die Lippen zusammen. Abgesehen von den Worten, die aus ihrem Mund kamen, sah Maureen so normal aus wie immer.

»Du denkst, ich bin übergeschnappt, stimmt's?« Sie kicherte wieder. »Und du suchst nach einer netten Art, mich in deinen Truck zu verfrachten, dafür zu sorgen, dass ich auf der Fahrt zurück in die Stadt den Mund halte, und mich in die nächstbeste Arztpraxis zu schleifen.«

Seth schenkte ihr ein verwirrtes Lächeln. »Ich habe dich nur noch nie zuvor von rastlosen Geistern reden hören.« Auch wenn er sich wohl nicht wundern sollte. Was waren in einer Stadt mit einem Wunschbaum schon ein paar Geister, die von Zeit zu Zeit über die Erde streiften?

»Die Leute in diesem Tal halten noch immer an vielen der alten Glaubensvorstellungen fest. Vielleicht ist an ihnen etwas dran, vielleicht auch nicht, aber Jake hatte auf jeden Fall noch einige unerledigte Angelegenheiten. Angefangen mit dir. Was für ein Mann erkennt denn seinen eigenen Sohn nicht an?«

Seth zuckte zusammen. »Woher wusstest du, dass er mein Vater war?«

»Ich habe es mir schon gedacht, als ich dich zum ersten Mal gesehen habe. Du bist das Ebenbild von Jake, als er jünger war. Außerdem, wenn du wirklich sein Neffe wärst, warum hätte er es all die Jahre geheim halten sollen?« Maureens Stimme war sanft. »Abgesehen von Annie, habe ich kein Wort zu irgendjemandem gesagt, nicht einmal zu Duncan. Deine Privatsache geht niemanden etwas an, aber die Leute würden keinen von euch verurteilen. Ihr habt beide schon zu viel verloren.«

Seth umklammerte die Armlehne der Bank. »Ich … danke.« Er verspürte ein kaltes, leeres Gefühl in der Brust.

»Also, du und Annie.« Maureens Stimme wurde forsch. »Welche Absichten hast du in Bezug auf sie?«

Seth' Gesicht begann zu glühen. »Erst einmal will ich mit ihr reden, aber sie hat mir gesagt, dass sie nichts mehr von mir hören will. Und Brendan hat erzählt, dass sie sich eine Auszeit von der Arbeit nimmt, aber ich habe sie nirgends in der Stadt gesehen.«

»Sie und ihre Schwestern sind für ein paar Tage in

ein Wellnesshotel in Lake Placid gefahren. Hannah und Rowans Kinder wohnen bei Duncan und mir.« Maureens Miene war freundlich. »Ich bezweifle, dass ein paar Schönheitsbehandlungen heilen werden, was Annie bedrückt, aber sie musste mal weg.«

»Von mir?« Sein Herz krampfte sich zusammen. Er würde Annies Bedürfnis nach Abstand respektieren, aber das hieß nicht, dass er beim ersten Hindernis aufgeben würde.

»Unter anderem.« Maureen atmete aus. »Von mir hast du es nicht gehört, aber sie wird morgen Abend gegen sieben nach Hause kommen. Soll ich Hannah noch ein bisschen länger bei mir behalten?«

»Dafür wäre ich dir sehr verbunden, Ma'am.« Ein Teil des verworrenen Knotens in Seth' Brust lockerte sich ein wenig.

»Annie liebt dich, und wenn ich richtig deute, was ich in deiner Miene lese, wann immer du sie ansiehst, dann liebst du sie auch.« Maureen starrte in die Ferne. »Das ist das Einzige, was zählt.«

»Ich liebe sie wirklich, aber so wie du es sagst, klingt es so einfach.« Und seine Gefühle für Annie waren chaotisch und kompliziert.

Maureen wies mit einer Handbewegung auf die ordentlichen Gräber, die sich über den friedlichen Hang erstreckten. »Solange es Liebe gibt, *ist* es einfach. Als ich mir die Hüfte gebrochen hatte, gab es ein paar Tage, an denen ich dachte, ich würde bald dort drüben neben meinem ersten Ehemann im Familiengrab der Quinns liegen. Gott sei Dank ist es nicht so weit gekommen, aber die Erkenntnis, dass es hätte passieren können, hat mir geholfen zu sehen, was wirklich wichtig ist.«

Seth' Herzschlag beschleunigte sich. »Ich will Annie nicht verlieren, aber ich weiß nicht, ob sie mir noch eine Chance geben wird.«

»Das wirst du nicht wissen, wenn du es nicht weiterhin versuchst.« Maureens Lächeln machte Seth Hoffnung. »Sie ist ihrem Dad sehr ähnlich. Wenn irgendetwas sie verletzt, dann reicht es sehr tief, aber sie ist absolut nicht nachtragend. Außerdem, wenn das, was zwischen euch beiden besteht, wahre Liebe ist, dann wird es nicht einfach verschwinden. Diese Art Liebe wird mit der Zeit nur noch stärker.«

Und er würde es weiterhin versuchen, egal, wie lange es dauerte. »Danke.«

Maureen nickte und beugte sich näher vor. »Jake wäre stolz auf dich. Auch wenn er nicht darüber reden konnte, bezweifle ich nicht, dass er dich geliebt hat.« Sie presste sich die Hände an die Brust. »Ich frage mich ständig, warum er dich nicht anerkannt hat. Es tut mir weh, daher kann ich mir vorstellen, wie sehr es dir wehtun muss. Die einzige Erklärung, die mir einfällt, ist, dass er dir ein, wie er glaubte, besseres Leben bieten wollte. Er hat einen Fehler gemacht, aber wer sind wir, darüber den Stab zu brechen? Keiner von uns weiß, wie Jakes Leben damals aussah.« Sie zuckte die Schultern. »Am besten konzentrierst du dich auf das, was er dir gegeben hat, nicht auf das, was er dir nicht gegeben hat.«

Seth holte einmal tief Luft. Die Verletztheit und Enttäuschung waren nach wie vor da und würden es vielleicht immer sein, aber er durfte sich davon, dass Jake ihn verlassen hatte, nicht den Rest seines Lebens ruinieren lassen. So schwer es auch war, er musste verzeihen, loslassen und nach vorn blicken. »Da ich zu Jakes Beerdigung nicht hier war, würde ich ihm gern die Ehre erweisen und sein Leben feiern. Das konnte ich nie tun, und ich muss ihn, für mich selbst ebenso wie für ihn, öffentlich als meinen Vater anerkennen.«

Maureens Lächeln erwärmte Seth durch und durch. »Sag mir, was du willst, und wir werden dir alle helfen, es in die Tat umzusetzen.«

»Danke.« Seth erwiderte ihr Lächeln. »Was Annie angeht …«

Maureen lachte ironisch. »Sie braucht dich ebenso sehr in ihrem Leben wie du sie.«

Das hoffte er innig, denn er brauchte Annie auf jede nur erdenkliche Weise. Er brauchte ihre sanfte Berührung und die Art, wie sie ihn verstand. Er musste ihre Stimme hören und wieder mit ihr Musik machen, nicht weil es um Nashville oder L. A. oder einen Plattenvertrag ging, sondern weil es etwas war, was sie beide erfüllte.

Und er brauchte sie jeden Abend in einem Bett, das sie zusammen aussuchen würden. In einem Haus mit ihren Katzen und seinem Hund, wo Dylan in den Ferien zu Besuch kommen konnte und Hannah laute Musik spielen, mit Türen knallen und schmutzige Wäsche auf dem Boden liegen lassen würde, wie es Teenager eben taten.

Aber vor allem brauchte er einen Ort, den er ihr gemeinsames Zuhause nennen konnte, wo sie sich zusammen eine Zukunft aufbauen konnten.

Taras Jeep kam vor Annies Haus zum Stehen. Auf der Rückbank schnallte Annie sich los und hob die Reisetasche vom Boden auf. Der Ausflug zu dem Wellnesshotel hatte ihr gutgetan. Wenn sie auch nicht glücklich war, fühlte sie sich zumindest leichter und zufriedener – wenngleich das vielleicht an dem langen Gespräch lag, das sie mit Hannah geführt hatte, nachdem sie für Rick gesungen hatte. Da Todd jetzt endgültig der Vergangenheit angehörte, konnten sie und Hannah in eine neue Zukunft blicken – eine, die Musik beinhaltete, in der das College aber an erster Stelle kam.

Sie beugte sich vor und sah zwischen Tara und Rowan hin und her. »Ich sollte aussteigen und …«

»Warte.« Rowan drehte sich auf dem Beifahrersitz zu ihr um. »Du hast uns noch gar nicht gesagt, was du jetzt wegen Rick unternehmen wirst.« Ihre Worte klangen vorsichtig.

Annie hielt einen Moment inne, eine Hand auf dem Türgriff. In den vergangenen paar Tagen hatte sie mit ihren Schwestern über alles andere – einschließlich Todd und Seth – geredet, aber ihre Musik war das eine Thema, das sie vermieden hatte, obwohl es ständig in ihren Gedanken war. Durch das offene Fenster atmete sie die warme Abendluft ein, die schwer vom Duft der Rosen und anderen Sommerblumen war. »Ich will nicht versuchen, eine Solonummer zu sein, jedenfalls nicht so, wie Rick davon geredet hat.«

»Okay.« Tara, die auf dem Fahrersitz saß, tauschte einen raschen Blick mit Rowan.

»Früher wollte ich solo singen, oder ich dachte zumindest, ich wollte es, aber das Gespräch mit Rick hat mir klargemacht, dass ich es doch nicht will. Das Singen macht mir Spaß, aber mir würde nicht alles Spaß machen, was dazugehört, um es an einem Ort wie Nashville professionell zu tun.« Wärme durchflutete ihren Körper. Obwohl sie es manchmal vielleicht bedauerte, dass sie diesen Weg nicht eingeschlagen hatte, spürte sie auch, wie sich eine gewisse Anspannung in ihr unerwartet legte.

»Gut für dich.« Rowans Lächeln war bittersüß. »Du kannst dich glücklich schätzen, dass du weißt, was du willst.«

»Das tue ich wirklich.« Und vielleicht zum ersten Mal in ihrem Leben war es die Wahrheit. »Erst einmal muss ich Hannah gut ins Erwachsenenleben bringen, aber es geht um mehr als nur sie. Ich habe hier Wurzeln, die mir viel bedeuten, und die will ich nicht ausreißen. Ihr beide, Mom und Duncan und Brendan und seine Familie. Sowohl die Leute als auch der Ort machen Irish Falls zu meinem Zuhause.« Sie holte einmal tief Luft und spielte mit dem Reißverschluss ihrer Reisetasche. »Außerdem … Da ich mir eben erst darüber klar geworden bin, wer ich bin und was ich will, will ich nicht zu jemand anderem gestylt werden, um aufzutreten oder Songs zu singen, die nicht meine eigenen sind. Ich bin mir nicht einmal sicher, ob ich noch eine Aufnahme machen will.«

»Aber du hast eine so wunderschöne Stimme, Süße. Die darfst du nicht wieder wegsperren.« Tara musterte sie mit besorgter Miene.

»Ich habe nie gesagt, dass ich sie wegsperren will. Wenn ich nicht singen würde, würde ich es vermissen.« So, wie sie Seth vermisste. Ihre Brust schnürte sich zu. »Aber ich will nicht auf einer Bühne vor Tausenden von Leuten singen. Selbst wenn ich es in Nashville zu etwas bringen sollte – und nach dem, was Rick gesagt hat, wäre das mehr als fraglich –, will ich keine Berühmtheit sein.«

»Was denn dann?« Tara legte den Kopf schief.

»Ich werde morgen früh in der Bäckerei stehen, wie sonst auch, und ich werde weiterhin meine Songs schreiben. Ich muss immer noch über ein paar Dinge nachdenken, aber ich werde Rick anrufen, wenn ich so weit bin.« Und wenn ihr Songwriting nicht mehr so verflochten mit Seth und der Musik war, die sie zusammen gemacht hatten. Sie rieb sich mit einer Hand über die Brust. »Zuerst habe ich es mir in den Kopf gesetzt, es in der Musikbranche zu etwas zu bringen. Dann habe ich es mir in den Kopf gesetzt, allem aus dem Weg zu gehen, was irgendetwas mit der Branche zu tun hat. Und jetzt? Jetzt bin ich älter und ein ganzes Stück weiser, und jeder Deal, den ich mache, wird so sein, dass er gut für mich und auch für Hannah ist.« Sie schluckte den Kloß in ihrer Kehle hinunter. »Ich werde mich nie wieder von irgendjemandem ausnutzen lassen.«

»Wir sind so stolz auf dich, Annie-Bella.« Taras Stimme war heiser.

»Ich bin auch stolz auf mich. Ich habe viele Jahre gebraucht, aber jetzt bin ich endlich zufrieden mit dem, wer und wo ich bin.« Annie lächelte ihre Schwestern an. Es würde eine Weile dauern, aber eines Tages würde Seth nicht mehr als eine bittersüße Erinnerung sein. »Fahrt ihr zwei jetzt nach Hause. Wir müssen morgen für die Arbeit früh aus den Federn.« Sie öffnete die Tür und sprang hinaus.

Rowan grinste. »Mom muss Hannah und meine beiden dazu gekriegt haben, deinen Rasen zu mähen und aufzuräumen. Ich hoffe, mein Haus war in dem Deal inbegriffen, den sie mit ihnen ausgehandelt hat.«

»Es sieht so aus, als ob sie sogar das Verandageländer gestrichen haben. Duncan und Brendan müssen auch mitgeholfen haben.« Tara sah noch einmal genauer hin. »Soll ich mit reinkommen und mit dir zusammen warten, bis Mom Hannah zurückbringt? Rowan kann den Jeep nehmen, und ich kann von hier zu Fuß nach Hause gehen.«

»Nein. Ich komme schon klar. Sie müssten jeden Augenblick hier sein.« Annie trat auf den Grünstreifen am Straßenrand. »Danke für den Ausflug, dafür, dass ihr mich nicht mit irgendwelchem Zeug genervt habt und dass ihr meine Schwestern seid.«

»Gern geschehen.« Rowans Augen glänzten.

Tara schniefte. »Seth, er …«

»Ich werde über ihn hinwegkommen … über … das alles.« Und vielleicht würde sie eines Tages sogar dankbar für das sein, was Seth hinter ihrem Rücken getan hatte. Ohne ihn hätte sie diesen letzten Schritt vielleicht niemals gemacht, um die Kontrolle über ihr Leben zurückzugewinnen.

»Aber Seth arbeitet genau über uns.« Taras Stimme war leise.

»Das heißt nicht, dass ich nicht unten arbeiten kann. Ich werde ihn nicht oft sehen müssen.« Dafür würde Annie schon sorgen, genau wie sie dafür sorgen würde, die Teile ihres Herzens so gut wieder zusammenzufügen, dass niemand, nicht einmal Tara oder Rowan, je ahnen würden, wie es in winzige Scherben zersplittert war.

»Ich nehm's an.« Taras Stimme klang nicht überzeugt. »Ruf uns an, wenn du irgendetwas brauchst.« Sie winkte kurz, bevor der Jeep losfuhr, und Annie ging den Weg zu ihrem Haus hoch. Das Geländer war tatsächlich gestrichen worden, und der Verandaboden war außerdem gefegt und geschrubbt worden. Zwei neue Blumentöpfe mit weißen Geranien standen zu beiden Seiten ihrer Haustür, der Messingknauf glänzte, und der rostige Briefkasten, den sie seit Monaten in Angriff nehmen wollte, strahlte von frischer schwarzer Farbe.

Hannah musste mit dem Rest ihrer Familie zusammengearbeitet haben, um etwas ganz Besonderes für sie zu tun. Sie lächelte, während sie den Schlüssel ins

Schloss der Haustür steckte. Sobald die Tür aufschwang, begrüßten Hazel und Olivia sie mit lautem Miauen und strichen um ihre Beine.

Sie ließ die Tasche in der Diele fallen und bückte sich, um die beiden zu streicheln, aber kaum hatte sie Hazels Lieblingsstelle zwischen ihren Ohren berührt, schoss die Tigerkatze auf einmal durch die halb offene Tür, dicht gefolgt von Olivia, einem verschwommenen Klecks aus weiß-grauem Fell.

Annie stürzte ihnen hinterher und kam am oberen Ende der Verandastufen schlitternd zum Stehen. Beide Katzen saßen auf dem Geländer, und ihre Schwänze zuckten im Takt, während sie Dolly beäugten. Dolly knurrte, ein winziges, flauschiges Bündel voller Empörung. Der Hund stand mitten auf dem Gehsteig und wedelte mit dem Schwanz, während Brendan die Leine festhielt.

»Hey.« Annie ging die Stufen hinunter, um ihren Bruder zu begrüßen. »Ich bin eben nach Hause gekommen. Was tut ihr zwei denn hier?« Sie streckte sich und erwiderte Brendans Umarmung. »Und wo ist Holly?«

»Zu Hause.« Brendan ließ sie los, und seine haselnussbraunen Augen funkelten. »Dolly und ich haben unten an der Straße auf dich gewartet. Wir haben eine Überraschung für dich.«

»Habe ich die nicht schon bekommen? Der Garten und die Veranda sehen toll aus, dank dir, Hannah und jedem, der sonst noch geholfen hat.« Sie ging zurück zum Haus und scheuchte die fauchenden Katzen hinein.

»Das waren nicht ich oder Hannah.« Brendan folgte ihr die Verandastufen hoch. »Abgesehen davon, dass ich deinen Werkzeugschuppen aufgesperrt habe, hatte niemand in der Familie irgendetwas damit zu tun.«

»Wer denn dann?« Sie schloss die Tür hinter den Katzen und musterte die frische weiße Farbe auf dem Verandageländer.

»Sieh an Dollys Halsband nach.« Brendan zeigte auf die grüne Schleife, die um das schicke rosa Halsband gebunden war, das Seth dem Hund gekauft hatte. Ein kleiner rosafarbener Organzabeutel baumelte von der Schleife, fast verborgen von dem Fell unter Dollys Kinn.

Annie kniete sich auf der Veranda hin, und ihre Finger kribbelten, während sie an dem Päckchen herumfummelte.

Dolly drehte den Kopf und schnupperte an Annies Hand.

»Was hast du denn da?« Als Annie den Beutel vom Halsband des Hundes löste, raschelte irgendetwas darin.

»Wir sind nur das Lieferteam. Du musst es selbst aufmachen und herausfinden.« Ein Lächeln lag in Brendans Stimme.

Annies Magen flatterte. Sie hatte Seth gesagt, er solle sie nie wieder kontaktieren. Hatte er daher Brendan und Dolly geschickt, da er wusste, dass sie die beiden nicht abweisen würde? Und wenn ja, warum? Ihre Beine schwankten, als sie aufstand.

»Sehen wir uns morgen in der Arbeit?« Brendan grinste.

»Natürlich.« Annie atmete einmal tief ein und wieder aus. Hatte sie Seth falsch eingeschätzt?

»Toll. Ich habe deinen Kaffee vermisst.« Brendan tätschelte ihre steife Schulter. »Und dich habe ich auch vermisst, Annie-Bella.«

Der Kloß in Annies Kehle wurde dicker, und sie konnte nur nicken. Nachdem ihr Bruder und Dolly den Fußweg wieder hinuntergegangen waren, trat sie ins Haus und setzte sich auf die Treppe, den Beutel noch immer mit einer Hand umklammernd. Sie zog an der Schlaufe, die ihn zusammenhielt, und entnahm ihm ein kleines Blatt Papier, das zweimal zusammengefaltet war, mit ihrem Namen in schwarzen Buchstaben darauf.

Als sie das Papier auseinanderfaltete, fiel ihr ein winziger silberner Schlüssel-Glücksbringer an einem feinen Kettchen in die hohle Hand. Sie betastete ihn, während sie die Nachricht las.

Ich weiß, du willst nicht mit mir reden, aber ich hoffe, du wirst am Montagmorgen um Viertel vor acht meine Show hören.

Annie bekam eine Gänsehaut, während sie Seth' entschlossene Worte las.

Rick hat dir einen Schlüssel zu deiner Zukunft gegeben, aber du hältst den Schlüssel zu meinem Herzen in deinen Händen. Darunter war Seth' Name gekritzelt, gefolgt von einem P. S. in einer etwas kleineren Schrift: *Ich habe die Arbeiten an deinem Haus erledigt, weil ich dir helfen wollte, nicht weil ich denke, dass du es nicht selbst kannst.*

Sie blinzelte den plötzlichen heißen Schwall von Tränen zurück. Vor dem Haus knallte eine Wagentür. Hannahs Stimme erschallte laut, und Schritte polterten über den Fußweg. Annie rieb sich mit einer Hand die Augen und steckte Seth' Nachricht, den Organzabeutel und das Halskettchen mit dem Schlüssel in eine Tasche ihres Kapuzenpullis.

Er war nicht die Art Mann, der vor der ganzen Stadt ein Statement abgeben würde, oder? Vielleicht meinte er nicht das, was sie vermutete. Sie presste die Hände an ihre Seiten. Oder vielleicht tat er es doch.

Ihr Magen rumorte vor Hoffnung, Aufregung und diesem felsenfesten Glauben an sich selbst, der so neu war. Egal, was zwischen ihr und Seth passierte oder nicht passierte, es würde ihr gut gehen – und Hannah auch.

Kapitel 24

»Wo hast du heute Morgen denn deinen Kopf?« Tara nahm Annie den Behälter ab. »Ich brauche Ingwer, kein Kakaopulver. Gewöhnliche Ingwerkekse, erinnerst du dich? Du hast gesagt, du würdest mir helfen.«

»Das habe ich. Entschuldige.« Annie atmete ein paarmal stoßweise ein und aus und sah auf die Wanduhr in der Bäckereiküche. Nur noch zwei Minuten bis Viertel vor acht.

»Vielleicht ist es zu früh für dich, um wieder zur Arbeit zu kommen.« Holly sah von dem Blech mit Scones auf, das sie eben in den Ofen schieben wollte. »Brendan wird mit diesem Telefonat im Büro bald fertig sein. Wir kommen auch ohne dich zurecht, falls du dir eine Pause gönnen oder vielleicht sogar lieber nach Hause willst.«

»Es geht mir gut.« Sie schenkte ihnen ihr bestes gekünsteltes Lächeln und kramte in einer Schublade nach einem sauberen Satz Messlöffel.

»Nein, das tut es nicht.« Taras Augen verengten sich, und sie nahm die Löffel aus Annies zitternden Fingern entgegen. »Holly hat recht. Du solltest nach Hause gehen.«

Annie berührte den Schlüssel-Glücksbringer, der unter ihrer Schürze von dem Kettchen um ihren Hals baumelte, und warf noch einmal einen verstohlenen Blick auf die Uhr. Obwohl sie sich in Seth verliebt hatte, hatte sie Angst davor gehabt, ihm völlig zu vertrauen. Und was am schlimmsten war, sie hatte ihn mit Todd verglichen und ihm das, was mit seiner Firma passiert war, ins Gesicht geschleudert, als wollte sie ihn verspotten. »Ich muss hierbleiben. Wenigstens noch ein paar Minuten.«

»Dann könntest du vielleicht die Lieferung der Kuchenschachteln auspacken, die gekommen ist, während wir verreist waren.« Tara sah sie entnervt an. »Du solltest im Moment lieber nichts mit Backen zu tun haben.«

»Habt ihr gehört, was Seth gerade gesagt hat? Wie kann es denn heute Morgen auf der Brücke einen Stau geben?« Holly zeigte zum Radio, dann schloss sie die Ofentür und stellte die Zeitschaltuhr. »Es ist noch nicht mal acht, und das Wetter ist perfekt.«

»Ich habe gehört, dass sich mehr Leute durch die Stadt schlängeln wegen dieser Baustelle bei …«

»Würdet ihr zwei bitte den Mund halten?« Annie schnitt Tara das Wort ab und ballte die Hände in ihrer Schürze. »Es ist doch egal, warum oder ob es überhaupt einen Stau gibt. Es ist schließlich nicht so, dass eine von euch heute Morgen über diese Brücke fahren wird.«

»Aber …« Tara machte den Mund rasch zu, und sie und Holly starrten Annie verdutzt an.

»Entschuldigung.« Ihre Stimme war kaum mehr als ein Flüstern. Es war sieben Uhr sechsundvierzig. Vielleicht ging die Bäckereiuhr vor. Annie zuckte zusammen, als die Hintertür aufging und Rowan hereinkam.

»Kann ich einen Kaffee und ein Zimtbrötchen zum Mitnehmen haben? Ich brauche Koffein und Zucker, bevor ich es mit diesen Kindern von der Ferienschule aufnehme und …«

»Psst«, sagten Annie, Tara und Holly gleichzeitig.

Annie streckte eine Hand nach dem Radio aus und stellte es lauter.

»Für Farmzubehör aller Art wenden Sie sich an Ihren John-Deere-Händler, wo Keith und sein freundliches Team sich freuen werden, Ihnen zu helfen.« Seth' Stimme verhallte, gefolgt von einem Werbespot für die örtliche Käsefabrik.

»Was ist denn los?« Rowan trat in die Küche und griff nach der Kaffeekanne.

»Nichts.« Die Zeiger rückten auf sieben Uhr siebenundvierzig vor. Vielleicht war es ein Trick. Annie dachte nicht, dass sie so leichtgläubig war, aber sie hatte bereits bewiesen, dass sie keine gute Menschenkenntnis besaß, daher …

»Der nächste Song ist etwas ganz Besonderes.« Seth war wieder da, und seine seidige Stimme umfing Annie so wie immer, ein tröstlicher Schutzschild vor den Stürmen des Lebens. »Als ich damals nach Irish Falls kam, dachte ich, ich hätte vergessen, wie man Songs schreibt. Ich dachte, ich hätte vieles vergessen, und bis vor ein paar Monaten glaubte ich nicht, dass das Leben mir noch mehr zu bieten hätte oder dass ich irgendjemandem je wieder vertrauen könnte. Wie sich herausgestellt hat, habe ich mich getäuscht.«

Im Hintergrund bellte ein Hund, und Seth machte ein Pst-Geräusch. »Ich verdanke dieser Stadt viel. Und noch mehr verdanke ich einer Person hier, die mir geholfen hat, meinem Leben eine Wende zu geben, und die ihr Leben und ihr Herz mit mir geteilt hat.«

Drei Augenpaare schnellten herum, um Annie anzusehen.

»Wenn sie es noch immer will, gehört dieser Frau auch mein Herz.« Seth' Stimme wurde leise, und Annie hielt den Atem an. »Ich liebe dich, Annie Quinn. Ich hatte Angst davor, es zu fühlen, und lange Zeit hatte ich auch Angst davor, es zu sagen. Und dann, als ich es gesagt habe, habe ich es vermasselt. Ich habe deinen Song mit einem Typen geteilt, dem ich zutraute, dass er dir bei deiner Karriere helfen könnte, denn damals dachte ich, das sei alles, was ich dir geben könnte. Wie sich herausgestellt hat, habe ich mich getäuscht. Ich kann dir alles von mir geben, wenn du es willst.« Sein Atem wurde abgehackt, und er räusperte sich.

Annies Beine gaben unter ihr nach, und sie hielt sich an der Kante des Küchentresens fest, um nicht umzukippen.

»Ooh.« Ihre Schwestern und Holly scharten sich um sie.

»Da die meisten Leute gehört haben, wie unrecht ich dir getan habe, ist es nur richtig, dass sie auch hören, was ich wirklich für dich fühle. Dieser Song heißt ›Key to My Heart and Soul‹, und ich habe ihn für dich geschrieben, Annie.«

Annie atmete geräuschvoll ein, und ihr Puls raste, während die ersten beschwörenden Akkorde von Jakes Gibson durch die Stille der Küche hallten. Dann drang Seth' Stimme in ihr Herz und ihre Seele ein, und sie leckte sich die Lippen, während all die Liebe, die sie für ihn empfand, wie eine Welle über sie hinwegschwappte.

Seth liebte sie wirklich. Es sollte ihr peinlich sein, dass er es im Radio verkündet hatte, aber das war es nicht. Er war nicht nur aufrichtig zu ihr gewesen, er war auch aufrichtig zu ihrer Familie und Gemeinde gewesen. Sie zog an den Bändern ihrer Schürze, aber Tara hatte die Schleife bereits gelöst.

»Geh schon.« In der Stille, nachdem der Song geendet hatte, klang Rowans Stimme schroff, und sie nahm Annie die Schürze und das Haarnetz ab und schob sie sanft zur Tür.

Annie presste sich eine Hand ans Herz. »Ich … Er hat gesagt …«

»Er liebt dich.« Taras Blick war zärtlich.

»Natürlich tut er das.« Holly tupfte sich mit dem Zipfel eines Geschirrtuchs die Augen. »Das war das Romantischste, was ich je gehört habe.«

Es war auch das Romantischste, was Annie je gehört

hatte, und Seth hatte es für sie getan. Sie sah sich in der Küche um. »Ich sollte …« Sie schluckte schwer.

»Du solltest zum Sender hochgehen, das ist, was du tun solltest. Und *ich* sollte jetzt diese Ingwerkekse in den Ofen schieben und einen Schwung Buttertörtchen in Angriff nehmen.« Tara schenkte Annie ein zittriges Lächeln. »Dieser Mann kann so viele haben, wie er will. Ich werde ihm auch nichts dafür berechnen.«

Ein Schluchzer mischte sich unter Annies Lachen, als sie ihre Schwestern und Holly umarmte. Sie hatte nicht geglaubt, dass das mit ihr und Seth klappen könnte. Sie hatte gedacht, er sei nur ein weiterer Mann, der ihre Musik, aber nicht ihre Liebe wollte. Doch sie hatte sich getäuscht, und oben erwartete sie die zweite Chance, von der sie nie erwartet hatte, dass sie sie bekommen würde.

Seth nahm einen Schluck lauwarmen Kaffee. Hatte Annie seine Nachricht gelesen, oder hatte sie das ganze Ding ungeöffnet in den Müll geworfen? Und wenn sie sie gelesen hatte, hatte sie seine Show gehört, oder hatte sie Tara und Holly gebeten, das Bäckereiradio auf einen anderen Sender umzuschalten? Während die Worte eines Songs, den er kaum hörte, durch seine Kopfhörer hallten, sah er auf seinem Computer nach der Uhrzeit.

Annie war unten, darauf würde er wetten. Obwohl er sie nicht gesehen hatte, fühlte sich das Gebäude anders an, wenn sie da war. Glücklicher, erstens einmal, aber es hatte auch ein Gefühl von Behaglichkeit und Entspanntheit und dass die Welt ein besserer Ort war, einfach weil sie in der Nähe war.

Er hatte das Richtige tun wollen, aber was, wenn es wieder einmal das Falsche gewesen war und er sich vor der ganzen Stadt lächerlich gemacht hatte?

Er warf einen Blick auf Dolly, die in einer Ecke des Studios in ihrem Hundebett lag.

»Was meinst du, Dolly? Hat dir der Song gefallen, den ich für Annie gesungen habe?« Nachdem er die Gibson hingelegt hatte, war Seth sofort zu den nächsten drei Songs auf der Playlist übergegangen, und danach wäre es an der Zeit für den vorab aufgezeichneten »Gedanken für den Tag« des Baptistenpfarrers.

Der Hund huschte zur Studiotür.

Seth' Kopf schnellte hoch. Annie stand am Empfang, in einem grünen T-Shirt und schwarzen Shorts. Ohne auf Sherri zu achten, die mit halb offenem Mund an ihrem Schreibtisch saß, fing Annie seinen Blick auf und hielt ihm stand.

Die Außentür schwang auf, und Brendan kam herein. Er sagte etwas zu Annie, und sie schenkte ihm ein zögerndes Lächeln. Dann zeigte er auf Seth.

Seth zwang sich, aus seinem Sessel aufzustehen, und ging mit zittrigen Knien zur Studiotür, um sie zu öffnen. Er sah zwischen Annie und ihrem Bruder hin und her.

»Ich übernehme die nächste halbe Stunde für dich.« Brendans Ton besagte, dass er kein Nein akzeptieren würde.

»Ich kann doch nicht mitten in der Show weggehen.« Nur dass seine Finger kribbelten, sein Herz raste und er die ganze Show am liebsten vergessen würde.

»Klar kannst du das.« Brendan grinste. »Es ist ein Kleinstadtsender, und nach dem, was du getan hast, werden die Leute wissen wollen, dass es ein Happy End gibt.«

Würde es das geben? Seth schob Dolly sanft beiseite und trat einen Schritt auf Annie zu, die ihn noch immer mit unsicherer Miene anstarrte.

»Ich will eines.« Ihr Mund bebte, und ihre Augen blickten sanft. »Das Happy End, meine ich.«

»Ich auch.« Seth holte einmal tief Luft, während Brendan an ihm vorbei ins Studio schlüpfte. »Annie … ich …« Seine Kehle schnürte sich zu, und zum ersten Mal, seit er sich erinnern konnte, fühlte er sich vollständig und ganz. »Komm her.« Er hakte sie bei sich unter und führte sie den Flur hinunter zu seiner Wohnung, schloss die Tür vor Dolly, Sherri und allen anderen.

In dem kleinen Flur wandte er sich zu ihr um und nahm ihre beiden Hände in seine. »Es tut mir leid, und ich hoffe, du weißt, wie ernst ich das meine.«

»Natürlich weiß ich das.« Sie drückte seine Hände, und gemeinsam gingen sie weiter ins Wohnzimmer. »Mir tut es auch leid. Du bist nicht Todd, du bist überhaupt nicht so wie er, aber ich habe dich so beurteilt, als ob du es wärst, und ich habe grässliche Dinge über deine Firma in L. A. und dein Songwriting gesagt …« Sie brach ab und starrte auf ihre ineinander verhakten Hände.

»Das hatte ich verdient. Ich hätte dir alles schon längst

erzählen sollen. Mein Geschäftspartner hat mich betrogen. Nicht so, wie Todd dich betrogen hat, aber trotzdem …« Er rieb sich mit einer Hand übers Gesicht. »Ich will meinen Namen reinwaschen. Ich bringe den Typen vor Gericht, aber … es könnte trotzdem Leute geben, die das Schlimmste von mir denken.«

»Diese Leute sind egal.« Ihr entschlossener Blick fing seinen auf, erfüllt von Liebe und allem, was er sich je erhofft und je gebraucht hatte. »Ich glaube an dich und alle anderen hier auch.« Sie schluckte. »Rick, er …«

»Er hat mir erzählt, was mit Todd passiert ist.« Seth streckte die Arme aus, um sie an sich zu ziehen. »Es ist vorbei. Wir müssen nie wieder über ihn reden. Aber du sollst wissen, dass es mir um dich geht, nicht um die Musik. Auch wenn ich liebend gern Musik mit dir mache, ist es vollkommen in Ordnung, wenn du sie weiterhin nur als Hobby betreiben willst. Ich hatte kein Recht, zu versuchen, die Kontrolle zu übernehmen.«

»Ich …« Ihr Gesicht zuckte. »Du …« Sie stolperte rückwärts und setzte sich aufs Sofa, zog ihn dabei mit. »Als du gesagt hast, dass du mich liebst, live im Radio, da … ich …« Tränen kullerten ihr über die Wangen, und Seth löste eine Hand aus ihrem Griff, um sie fortzuwischen.

»Ich habe das ernster gemeint, als ich je irgendetwas in meinem Leben gemeint habe.« Er versuchte zu lächeln. »Abgesehen davon, wie sehr ich meinen Sohn liebe, wusste ich nicht, was Liebe ist, bis ich dir begegnet bin, und dann, als du sagtest, du hättest dich in mich verliebt, da war ich, obwohl ich dasselbe zu dir sagte, verwirrt. Ich nehme an, ich hielt mich selbst nicht für liebenswert. Wenn nicht einmal mein eigener Vater bei mir bleiben konnte und meine Großeltern mich nicht wirklich wollten, welche Hoffnung gab es dann noch für mich? Amanda verließ mich, sobald ein anderer Typ daherkam, den sie für eine bessere Partie hielt. Aber du hast mich als den Menschen geliebt, der ich bin, nicht weil du es tun solltest oder weil ich etwas für deine Karriere tun könnte.«

»Immer.« Annie schmiegte sich an seine Schulter und steckte den Kopf unter sein Kinn.

»Dylan hat mir erzählt, was du zu ihm gesagt hast. Dass du gern bereit wärst, wie eine Freundin mit ihm zu reden. Genau das braucht er. Er braucht dich auch in seinem Leben.«

»So, wie Hannah dich braucht.« Annies Stimme war leise. »Nicht als Dad, aber als Freund und Mentor. Ein anderer Mann in ihrem Leben, abgesehen von Duncan und Brendan, auf den sie sich verlassen kann.«

»Bis du gegangen warst, wusste ich nicht, dass Liebe sich so anfühlen kann.« Er lehnte sich an sie.

»Wie was?« Ihre Miene war verwirrt.

»Als ob man nach Hause kommt.« Als er sie an seine Brust zog, passte ihr Körper genau an seinen, so als ob er dorthin gehörte. »Und jetzt will ich herausfinden, wie es mit uns weitergeht.«

»Ich auch.« Ihre Augen füllten sich mit Wärme und Liebe.

»Es wird eine Weile dauern, weil das alles neu für mich

ist.« Sein Gesicht begann zu glühen. »Ich hatte keine guten Vorbilder für Beziehungen. Nicht so wie du mit deiner Familie und jetzt mit deiner Mom und Duncan. Ich brauche deine Hilfe, um es richtig hinzukriegen.«

»Und ich brauche deine Hilfe. Ich bin diejenige, die in alten, bequemen Mustern festgesteckt hat.« Sie schenkte ihm ein klägliches Lächeln. »Ich wollte etwas mit meiner Musik machen, aber ich hatte Angst. Ganz abgesehen von der Sache mit Todd, ist das der Grund, weshalb ich so sauer auf dich war, dass du meinen Song mit Rick geteilt hattest.« Sie glitt mit einem Finger über die Rundung seiner Schulter, und sein Körper zitterte. »Wir können uns gegenseitig helfen.«

»Natürlich können wir das.« Er nahm ihre Hand in seine. »Das hier ist für uns beide ein Neuanfang.«

»Für uns alle, auch für Hannah und Dylan.« Ihre Stimme stockte. »Wie eine …«

»Wie eine Familie.« Und es würde die Art Familie sein, die er sich sein Leben lang gewünscht, aber nie gehabt hatte.

»Ich liebe dich, Seth. Ich hatte es nicht geplant. Ich habe versucht, es zu vermeiden, weil ich Angst vor der Liebe hatte, und erst recht davor, mich mit jemandem aus der Musikbranche einzulassen. Aber du bist ein solch großer Teil meines Lebens, dass ich es mir ohne dich nicht vorstellen kann. Du bist kein Großstadttyp. Du bist *mein* Typ.«

»Das trifft sich gut, ich habe nämlich vor zu bleiben.« Er küsste sie auf den Kopf, und er roch Zimt, blumiges Shampoo und eine Süße, die allein sie war, die Frau, die er von ganzem Herzen und ganzer Seele liebte. »Wir haben viel zu klären, aber ich will mit dir zusammen daran arbeiten … für immer.«

»Ich auch.« Ihre Stimme war heiser.

»Für dich und uns habe ich alle Zeit der Welt.« Seth zog sie näher an sich.

»Ähm …« Annie drückte sich an seine Brust und kicherte. »Du musst zurück zu deiner Show.«

»Ich nehm's an. Wer weiß, was dein Bruder dort draußen anstellt?« Er bedeckte ihren Mund mit einem Kuss, der so süß war, dass es wehtat, und dann wich er ein wenig zurück und betrachtete die winzigen Sommersprossen, die ihren Nasenrücken sprenkelten. »Was soll ich meinen Zuhörern über dieses Happy End sagen, auf das sie hoffen?«

»Sag ihnen, wir arbeiten daran.« Annies Mund verzog sich zu dem Lächeln, das er am meisten liebte. »Und dass du auch den Schlüssel zu meinem Herzen und meiner Seele hast.«

Epilog

Oktober, drei Monate später

»Ich habe diese Bäckerei gut geführt, als du noch in den Windeln lagst. Ich kann eine Woche zurechtkommen, während du mit Seth in Nashville bist.« Annies Mom stemmte die Hände in die Hüften und schenkte ihr den Blick, den sie aus ihrer Kindheit in Erinnerung hatte – liebevoll, aber mit einer Spur von Stahl.

»Außerdem, was ist mit Brendan, Holly und mir? Zählen wir denn gar nicht?« Tara gab Annie einen Klaps auf den Arm. »Hannah wird nach der Schule und samstags mithelfen, wenn wir sie brauchen, und unser neuer Auszubildender fängt morgen an.« Tara sah hinüber zu Holly und Brendan, die auf der anderen Seite der Bäckereiküche in eine Liste mit Bestellungen vertieft waren. »Du hast Wichtigeres, worüber du nachdenken musst, als den Muffin des Tages.«

Annie lächelte ihre Schwester an. »Der Erfolg dieser Bäckerei wird mir immer am Herzen liegen, aber den ganzen Rest kann ich noch immer nicht glauben.« Sie und Tara gingen mit einem Tablett mit Halloween-Cupcakes in den Laden hinaus.

»Welchen Teil kannst du nicht glauben?« Taras Ton war belustigt. »Dass sich die Leute dank Rick darum reißen, deine Songs aufzunehmen? Oder dass du eine Karriere in der Musik haben kannst, während du trotzdem in Irish Falls lebst und Teilzeit hier arbeitest? Oder dass Seth dich so ansieht, als wärst du ein leckeres Buttertörtchen, das er auf der Stelle vernaschen will?«

»Alles von dem Obengenannten!« Annie lachte und schob einen orange glasierten Cupcake in die Vitrine.

Die Glocke über der Tür bimmelte, und Seth kam herein.

Annies Herz setzte einen Takt aus, so wie immer, wenn sie ihn sah. Ein Mann in Jeans, Stiefeln und einem weißen T-Shirt unter einem heraushängenden Hemd hatte etwas. Oder vielleicht hatte auch nur er es. Aber egal, die vergangenen drei Monate waren glücklicher gewesen, als sie sich je hätte vorstellen können.

»Bist du so weit?« Er nickte Tara zu, während seine Stiefel in diesem synkopischen Rhythmus auf den Boden schlugen, den Annie nie leid wurde.

Sie nahm den Plastikbehälter, den sie vor einer Weile gepackt hatte, aus dem Kühlschrank hinter der Theke, dann schnappte sie sich Gabeln, Pappteller und Servietten und warf sie in eine Quinn's-Tüte.

»Viel Spaß.« Tara winkte, und Annie winkte zurück, während die Tür wieder bimmelte und sich hinter ihr und Seth schloss.

»Also, was ist das für eine Überraschung?« Seth sah auf die belebte Straße, die mit Kürbissen, Herbstkränzen, Heuballen und einem lächelnden Trio aufblasbarer Geister geschmückt war, und dann zur Sonne hoch, die so warm schien, wie sie es im August getan hatte.

»Komm mit.« Annie legte seine Hand in ihre, während sie um die Bäckerei zum Wasserfall gingen. Sie zeigte zu dem Picknicktisch neben dem Wunschbaum. »Setz dich.«

Seth tat, worum sie ihn bat, und beäugte die Tüte, die sie auf den Tisch stellte.

»Heute ist ein besonderer Tag.« Sie setzte sich neben ihn und stieß seine Schulter an.

Er zog eine Augenbraue hoch. »Jeder Tag mit dir ist für mich besonders.«

Sie lächelte und versuchte sich zu konzentrieren. »Heute ist extra besonders, weil es genau sechs Monate her ist, seit du nach Irish Falls gekommen bist.« Sie öffnete die Tüte und entnahm ihr den Plastikbehälter. »An dem Tag hast du mich sagen hören, dass mein Nanaimo-Bar-Cheesecake besser als Sex sei. Es war mir so peinlich, dass ich diesen Käsekuchen seitdem nicht mehr gebacken habe, aber heute Morgen habe ich es doch getan, weil es die beste Art war, die mir einfiel, um dir zu zeigen, wie sehr ich dich liebe und was du in mein Leben gebracht hast.« Sie nahm den Deckel des Behälters ab und legte zwei Teller, Gabeln und Servietten zurecht.

Seth' Augen wurden dunkel. »Gestern Nacht in unserem Bett war dir nicht genug?«

»Hier geht es nicht nur um Sex.« Annies Gesicht begann zu glühen.

»Sagt die Frau, die denkt, dass ihr Käsekuchen besser als Sex ist.« Seth nahm einen Bissen von dem Kuchen, kaute ihn und schluckte. »Gut, aber niemals besser als Sex, jedenfalls nicht mit dir.« Er legte die Gabel hin und nahm ihre Hand. Zusammen mit dem neckenden Funkeln lag in seinem Blick etwas Ernsteres, und Annie stockte der Atem.

»Ich erinnere mich an alles an dir von dem Tag, an dem ich Quinn's zum ersten Mal betreten habe, bis jetzt.« Seine Stimme wurde heiser. »Und ich habe mich auch erinnert, dass heute ein besonderer Tag ist. Du weißt bereits, dass ich den Sender nicht verkaufen werde, und jetzt, wo ich meinen Namen reingewaschen und meinen guten Ruf wiederhergestellt habe, kann ich, wenn alles so klappt, wie ich es mir vorstelle, meine Songs schreiben und mit Pete und Rick ein bisschen als Musiktalentscout arbeiten, während ich hier meinen Wohnsitz habe. Ich will nicht zurück nach L. A. gehen, das heißt, wir müssten uns eine Lebensweise überlegen, die für uns beide klappt.«

»Und für Hannah und Dylan.« Annie verhakte ihre Finger mit seinen.

Obwohl es zwischendurch ein paar Stolpersteine gegeben hatte, waren Seth' Sohn und ihre Tochter mitten im Herzen der neuen Familie, die sie gründeten. Hannah hatte einen großen Bruder, der auf sie aufpasste, und Dylan hatte eine kleine Schwester, die er über alles liebte.

»Genau deswegen habe ich mit den beiden geredet, bevor ich mit dir rede.« Seth löste seine Hand aus ihrer und steckte sie in die Vordertasche seiner Jeans. »Selbst deine Katzen haben aufgehört, Dolly anzufauchen. Wenn das kein Zeichen ist, dann weiß ich nicht, was eines ist.«

Er hielt eine kleine blaue Samtschatulle in der hohlen Hand, und Annie stockte der Atem. »Das hier habe ich vor einer Weile in Jakes Bankschließfach gefunden. Dabei lag eine Notiz in der Handschrift meiner Mom.« Er rutschte auf der schmalen Picknickbank näher zu ihr heran und klappte die Schatulle auf. Ein Rubin-Diamantring in Form einer Blume kam zum Vorschein. »Jake hat diesen Ring meiner Mutter geschenkt, bevor ich geboren wurde. Ich kann mich erinnern, dass Mom ihn manchmal getragen hat, aber ich wusste nicht, dass er von ihm war. Als sie starb, muss meine Großmutter ihm den Ring zurückgegeben haben.«

Annie holte einmal scharf Luft, überwältigt von Gefühlen.

Seth nahm ihre linke Hand in seine. »Trotz allem hat Jake meine Mom geliebt, genau wie ich dich liebe, und ich würde mich geehrt fühlen, wenn du diesen Ring trägst und mich heiratest. Es ist kein traditioneller Verlobungsring, und wenn er dir nicht gefällt, werde ich dir etwas anderes besorgen, aber ich will trotzdem, dass du ihn hast.«

»Natürlich will ich dich heiraten, und ich will keinen anderen Ring als diesen. Ich liebe ihn.« Annies Blick verschwamm, und der Ring verschwamm mit ihm. Sie schluckte und schniefte. »Und ich liebe dich mehr als jeden Ring.«

»Ich liebe dich auch, Annie-Bella, und Jake hat uns beide geliebt.« Seth reichte ihr eine Serviette, und sie tupfte sich die Augen trocken. »Ich bin mir sicher, irgendwie weiß er das mit uns und freut sich darüber. Nach ein paar Unterlagen, die ich in der Bank gefunden habe, war sein Leben, bevor er hierherkam, offenbar noch härter, als ich dachte. Vielleicht war es besser, dass er damals nicht versucht hat, das Sorgerecht für mich zu bekommen. Vermutlich hätte er keinen guten Dad abgegeben, und wer weiß, was dann aus mir geworden wäre.«

Annie sah zum Wunschbaum. Seine Zweige hatten jetzt einen Teil ihrer Blätter verloren, aber die kleinen Zettel und Glücksbringer, die an ihm befestigt waren, flüsterten in der leichten Brise – ein Versprechen auf einen neuen Frühling und neue Wünsche. »Jake hat mir nie erzählt, was er sich an diesem Baum gewünscht hat, aber ich denke, es muss irgendetwas mit dir zu tun gehabt haben.«

»Und mit dir.« Seth steckte ihr den Ring an den Ringfinger. »Sieh mal, er passt perfekt.«

»So, wie es immer sein sollte.« Annie streckte die Hand aus, und der Ring funkelte in der Sonne. »Ich habe dir vor langer Zeit einmal gesagt, dass ich nicht an Wünsche glaube. Ich habe es aufgegeben, mir an diesem Baum etwas zu wünschen, weil keiner meiner Wünsche je wahr geworden ist. Aber wie sich herausstellt, habe ich mir die falschen Dinge gewünscht.« Sie sah Seth an, und sie erkannte die Liebe zu ihr in seinen Augen. »Ein

Wunsch ist nur ein Wunsch, aber du hast mir geholfen, mir darüber klar zu werden, was ich wirklich will und wie ich es in die Tat umsetzen kann.«

Seth' Lachen war leise und sexy. »Aber immer, Annie-Bella.« Er zog sie zu einer Umarmung an sich.

Über ihnen seufzten die Zweige des Wunschbaums. Annie sah hoch, und für einen Moment war es, als ob die schwachen Umrisse von Jake, Nana Gerry und ihrem Dad zwischen dem Baum und dem Himmel flackerten. »Ich liebe ihn«, flüsterte sie, »und er liebt mich, und wir werden gut aufeinander und auf unsere Familie aufpassen.«

»Und eure künftige Familie.« Die schwachen Worte hallten im Wind wider.

»Hast du etwas gesagt?« Seth sah auf, eine Frage in den Augen.

»Nein.« Ihr Verstand musste ihr einen Streich gespielt haben. Sie war genauso überspannt wie die älteren Frauen, die zu Quinn's kamen, um an den kleinen Tischen, die Tara aufgestellt hatte, Tee zu trinken und zu plaudern, und die an dem alten irischen Aberglauben festhielten, obwohl die meisten von ihnen nie einen Fuß auf irischen Boden gesetzt hatten. »Wir sollten besser zurückgehen. Der Wind frischt auf, und eine Wolke zieht über den Berg. Der Herbst ist endgültig da. Wir können den Käsekuchen zu Hause aufessen.«

»Nichts gegen deinen Käsekuchen, aber zu Hause würde ich lieber etwas anderes tun.« Im Nu verwandelte sich Seth' Lächeln von süß zu sinnlich.

Annie lachte. »Das hättest du wohl gern, was?« Sie stand auf und packte das kleine Picknick zusammen.

»Aber ja.« Er stellte sich neben sie.

Sie schenkte ihm ein neckendes Grinsen und sah ein letztes Mal zum Wunschbaum. »Danke«, hauchte sie.

Obwohl sie ihren Glauben an Wünsche und den Wunschbaum für eine Weile verloren hatte, war ihr größter Wunsch von allen – der eine, den sie sich nicht gestatten konnte – mit Seth wahr geworden.

Danksagung

Ich danke Laura Lichtenwalter, meiner deutschen Lektorin, und dem Team beim Penguin Verlag für ihre Unterstützung meines Schreibens und dafür, dass sie dieses Buch zur Veröffentlichung gebracht haben. Ich danke außerdem Veronika Dünninger für ihre Übersetzungsarbeit, die dem Geist meines Schreibens gerecht wird und mir hilft, mit neuen Lesern in Kontakt zu treten.

Ich danke meiner amerikanischen Lektorin Janine Phillips bei Soul Mate Publishing, die die englische Version dieses Buchs geliebt, mir wertvolles Feedback gegeben und mir beim Manuskript geholfen hat, um es mit meinen Lesern zu teilen. Ich danke außerdem Deborah Gilbert und dem Soul-Mate-Team für ihre Arbeit, um dieses Buch auf englischsprachigen Märkten zu veröffentlichen.

Jetzt, wo diese Geschichte in deutscher Übersetzung erhältlich ist, möchte ich ein besonderes Hallo und Dankeschön an die deutschen Leser aussprechen. Ich fühle mich geehrt, dass Sie meine Bücher in Ihre Bücherregale und Ihre Herzen aufgenommen haben, und freue mich zu hören, was meine Geschichten und Figuren Ihnen bedeuten. Danke, dass Sie ein Teil meines Lebens und Schreibens sind.

Ein großes Dankeschön an Anne Barr und ihre Tochter Leia von Nana B's Bakery in Merrickville, Ontario, Kanada. Mit ihren hilfreichen Einblicken in den Betrieb einer Kleinstadt-Familienbäckerei haben sie dazu beigetragen, die fiktive Quinn's-Bäckerei zu gestalten.

Ian Angus und Diana Fisher haben meine Fragen zu großen und kleinen Radiosendern beantwortet, und ich bin dankbar für ihre Hilfe bei der Klärung technischer Details. Ich hoffe, dass mein fiktiver Radiosender ihren Erfahrungen mit echten Radiosendern, von denen sie mir berichtet haben, gerecht wird.

Außerdem danke ich Ian Angus dafür, dass er meine Fragen zu Aufnahmestudios und diesem Aspekt meiner fiktiven Welt beantwortet hat.

Ich danke all den Lehrern, Musikern, Chorleitern und Chormitgliedern, die Musik in mein Leben gebracht haben. Mein eigenes »Leben in Musik« hat dieses Buch ebenfalls beeinflusst.

Eine meiner wundervollen Leserinnen, Liz Deshayes, hat das Kätzchen Olivia bei einem Wettbewerb auf meiner Facebook-Autorenseite benannt. Liz hat den perfekten Namen gewählt, und ich freue mich, dass eine Leserin einen Anteil an dieser Geschichte hat.

Ich danke vielmals den Lesern, die meine Bücher kaufen, sie aus Bibliotheken ausleihen, mich in den sozialen Medien kontaktieren, mir Nachrichten schicken und Rezensionen schreiben. Ihnen habe ich zu verdanken, dass ich tun kann, was ich tue.

Ein besonderer Dank gilt der Leserin Lynn Folliott,

die mich in den sozialen Medien unterstützt und über viele Meilen hinweg eine liebe Freundin ist.

Ich danke den vielen Buchbloggern und Rezensenten, die mein Schreiben mit ihren Lesern teilen. Ein besonderer Dank gilt Linda Levack Zagon von Linda's Book Obsession und Susan Peterson von Sue's Reading Neighborhood für alles, was sie tun, um Autoren und Leser, mich eingeschlossen, zu unterstützen.

Wie immer danke ich meiner Agentin Dawn Dowdle für ihre Anleitung, Ermunterung und Hilfe dabei, mein Schreiben zu verbessern.

Ich danke insbesondere meinen Autorenfreundinnen Susanna Bavin und Kate Field für ihren weisen Rat und ihre Unterstützung beim Schreiben und im Leben.

Und zu einer besonders schweren Zeit hat Susannas Ermutigung, ihr virtueller Tee und Kuchen und schließlich ihre Einladung in ihr Zuhause am Meer in Wales einen wesentlichen Unterschied gemacht.

Zu guter Letzt danke ich meinem Ehemann, meiner jugendlichen Tochter und unserem Tierheimhund Floppy Ears, die mein Leben auf kleine und große Arten bereichern. Ich danke euch für eure Liebe und Unterstützung und dafür, dass ihr die Familie seid, die durch die Höhen und Tiefen des Lebens mein Mittelpunkt und Fels in der Brandung ist.

Lesen Sie weiter >>

Kapitel 1

Sean Carmichael balancierte das Kanupaddel auf den Knien. Sein Blick schweifte langsam über den See und das sandige Ufer und blieb an dem von hohen Kiefern gesäumten Cottage hängen.

»Dad?« Ty lenkte das Mietkanu neben seines. Das weiße Carmichael's-Logo glänzte von frischer Farbe. »Willst du dieses Kanu zum Gibbs-Haus liefern oder den ganzen Nachmittag mitten auf dem See sitzen?« Sein fünfzehnjähriger Sohn neckte ihn mit einem frechen Grinsen im Gesicht.

»Ich habe nur darauf gewartet, dass du mich einholst«, gab Sean ebenso neckend zurück.

»Wettrennen?« Tys blaue Augen funkelten.

»Na klar.«

Shadow, ihr schwarzer Labrador, der im Bootsrumpf saß, schlug mit dem Schwanz, als Sean das Paddel eintauchte und das Kanu durch das makellose Wasser des Vermonter Sees nach vorn schoss. Sieben Meter vor der Küste verlangsamte Sean sein Tempo, um Ty an sich vorbeiziehen zu lassen.

Ty kletterte aus dem Kanu und wartete im knietiefen Wasser auf Sean. Er fixierte Sean mit einem vorwurfsvollen Blick. »Du musst aufhören damit.«

»Womit?« Sean sprang aus seinem Kanu und zog es an den sandigen Strand. Shadow sprang an ihm vorbei und bespritzte Seans Boardshorts und T-Shirt.

»Mich gewinnen zu lassen.« Ty zog das andere Kanu an den Strand und stemmte dann anklagend die Hände in die Hüften. Große, kräftige Hände wie Seans, die bereits Männerarbeit leisten konnten. »Ich bin fast sechzehn. Ich bin kein Kind mehr.«

»Ich weiß.« Sean schluckte einen Seufzer hinunter.

»Netter Wagen.« Ty zeigte auf einen schwarzen BMW, der neben dem Cottage unter den Kiefern parkte. »Neue Leute, die das Gibbs-Haus diesen Sommer mieten?«

»Nicht dass ich wüsste.« Sean zog sich seine Baseballmütze tiefer in die Stirn, um sein Gesicht vor der Julisonne zu schützen. In dieser kleinen Ecke im Nordosten von Vermont änderte sich nie viel.

Ty schleuderte für Shadow ein Stöckchen. »Warum heißt es eigentlich das Gibbs-Haus? In der Gegend um Firefly Lake hat es doch nie Leute namens Gibbs gegeben.«

»Nicht seit du dich erinnern könntest.« Seit Jahren war kein Gibbs mehr hier gewesen. Seit achtzehn Jahren, wenn man mitzählte. Was Sean nicht tat. »Wir sollten zusehen, dass wir in die Gänge kommen. Wenn wir dieses Mietkanu ausgeliefert haben, müssen wir zurückpaddeln und noch ein bisschen an dem Rennkanu arbeiten, bevor deine Mom dich abholt.«

»Ich habe noch anderes vor. Kann die Arbeit nicht bis morgen warten? Oder ich könnte Mom anrufen und sie bitten, mich später abzuholen.« Tys Stimme klang hoffnungsvoll.

»Tut mir leid, aber nein. Deine Mom hält sich gern an einen Zeitplan.« Und der Zeitplan seiner Ex-Frau war einer, dem Sean noch nie gerecht werden konnte. »Außerdem kann die Arbeit nicht bis morgen warten. Wir haben eine Verpflichtung gegenüber dem Kunden.«

Tys Mund verflachte sich zu einer sturen Linie. »*Du* hast eine Verpflichtung gegenüber dem Kunden, nicht ich.«

Sean schnappte sich ein Ende des Mietkanus und Ty das andere, und sie hoben es über ihre Köpfe. »Du bist ebenso ein Teil dieses Geschäfts wie ich.«

»Und was, wenn ich etwas anderes will?« Tys Stimme klang scharf.

Sean wurde schwer ums Herz, während die Sorge um seinen Sohn Erinnerungen daran, was – und wen – er einmal gewollt hatte, wachrief. »Ich habe hier ein gutes Leben. Ich will nur, dass du auch ein gutes Leben hast. Dieses Geschäft ist ein Teil unserer Familie. Ich wollte Carmichael's übernehmen, als ich in deinem Alter war.«

»Ich bin aber nicht du.«

»Das weiß ich, aber wenn du nicht mit mir redest, wie soll ich dann wissen, wer du bist oder was du willst?« Sean blieb auf dem Stück Gras vor dem Cottage stehen, und sie setzten das Kanu vorsichtig auf dem Boden ab.

»Egal.« Ty stapfte die Stufen zu der breiten Veranda

hoch. Weiße Schindelwände erhoben sich dahinter zu einem ersten Stockwerk.

Sean schluckte die Worte der Enttäuschung hinunter, die ihm auf der Zunge lagen, um seinen Sohn nicht zu vergraulen. Er durfte Ty nicht verlieren. Sein Vater und Großvater waren die Vergangenheit, aber sein Sohn war die Zukunft. Die Zukunft des Geschäfts, das sie zusammen aufgebaut hatten. Ein Vermächtnis.

Er folgte Ty, trat an ihm vorbei und klopfte an die Fliegengittertür. Drinnen war ein Radio auf einen Nachrichtensender eingestellt, und leichte Schritte liefen den Flur hinunter. »Mein Sohn, ich will doch nur dein Bestes …«

»Äh, Dad.« Tys Stimme stockte.

Seans Kopf schnellte hoch, und seine Welt sackte in sich zusammen.

Ein junges Mädchen stand auf der anderen Seite der halb geöffneten Tür. Sie trug ein türkisblaues Bikinioberteil und einen weißen Sarong, den sie sich um die Hüften geschlungen hatte. Und sie hatte lange braune Haare und große braune Augen, wie geschmolzene Schokoladentropfen.

Sean wich einen Schritt zurück und stieß gegen Ty. Nein, es konnte nicht Charlie Gibbs sein, denn Charlie war sieben Monate jünger als Sean. Aber sie hatte Charlies Gesicht und Haare und diese Augen, die immer genau durch ihn hindurchgesehen hatten.

Die Vergangenheit zu vergessen, war eines der vielen Dinge, die Sean gut konnte. Nur dass ihn diese Vergangenheit manchmal genau dann einholte, wenn er am wenigsten damit rechnete.

»Kann ich Ihnen helfen?« Das Mädchen hatte einen langsamen, gedehnten Tonfall, eindeutig Südstaaten. Texas vielleicht.

Ty schob sich vor, und ein Lächeln purer männlicher Bewunderung zeigte sich auf dem Gesicht seines Sohnes. »Ich bin Ty Carmichael, und das ist mein Dad. Jemand hier hat ein Kanu bei uns gemietet.« Er nahm seinen Fischerhut ab und stopfte ihn in die Gesäßtasche seiner Shorts. »Wir sind die Besitzer von Carmichael's, dem Jachthafen und der Bootswerft nebenan.«

»Ich bin Naomi Connell.« Das Mädchen lächelte zurück, zeigte einen Mundvoll Zahnspange. »Ich weiß nichts von einem Mietkanu.«

»Vielleicht hat dein Dad es gebucht?« Seans Stimme war höher, als ob sie irgendeinem anderen Typen gehörte.

Naomi musterte ihn. »Mein Dad ist nicht da, aber ich kann meine …«

»Nein!«, unterbrach Sean sie. »Wenn es ein Irrtum war, wird mein Bruder das Kanu später abholen.« Unter dem Hemd lief ihm Schweiß über den Rücken.

Naomi zog fragend eine Augenbraue hoch, und was von Seans Herz noch übrig war, dem Herzen, das Charlie ihm aus der Brust gerissen und zerschreddert hatte, hämmerte gegen seine Rippen.

Im Cottage verstummte das Radio. »Wer ist denn da?« Es war die Stimme einer Frau. Ein Akzent, den Sean nicht einordnen konnte. Sein Magen verkrampfte sich.

Naomi, das Mädchen, das Charlie war und doch nicht war, rief nach hinten in die schattige Diele, wo Strandtaschen und Sommerschuhe auf einem unordentlichen Haufen lagen. »Hier sind zwei Typen wegen eines Mietkanus.« Sie wandte sich wieder zu Sean und Ty um und öffnete die Tür etwas weiter. »Möchtet ihr vielleicht hereinkommen? Wir haben Eistee gemacht.« Ein Lächeln erblühte auf Naomis Gesicht. Ein Lächeln, das süß und unschuldig und so sehr wie Charlies war, dass Sean schwer ums Herz wurde.

»Na klar.« Tys Lächeln wurde breiter. »Eistee klingt toll.« Er schüttelte sich den Sand von den Füßen und trat auf Naomi zu, wie von einer magnetischen Kraft angezogen.

»Wir müssen los.« Sean hielt Shadow am Halsband fest, als der Hund die Nase ins Cottage steckte.

»Sean?«

Er erstarrte, und die Vergangenheit, die er achtzehn Jahre lang vergessen hatte, traf ihn mit voller Wucht.

Charlies braune Augen sahen in seine, umgeben von dichten dunklen Wimpern. Wenn sie die Augen geschlossen hatte, hatten sie ihn immer an zwei kleine Fächer erinnert, die auf ihrem Gesicht lagen. Aber anstatt von Lachen erfüllt zu sein, wie er sie in Erinnerung hatte, blickten ihre Augen argwöhnisch. Sie wurden von braunen Haaren umrahmt, die zu einem kantigen Bob geschnitten waren, der ihrem herzförmigen Gesicht schärfere Konturen verlieh.

»Charlie.« Er presste ihren Namen zwischen betäubten Lippen hervor. Über einer weit geschnittenen weißen Hose schmiegte sich ihr zitronengelbes Tanktop an ihre üppigen Kurven wie eine zweite Haut. Ihre Haut glänzte goldbraun wie ein reifer Pfirsich. Die Erinnerung an sie und daran, was sie einander einst bedeutet hatten, wühlte ihn auf.

Sie schenkte ihm ein ausdrucksloses Lächeln. Die Art Lächeln, die ihre Mom und ihre Schwester perfektioniert hatten. Kein Lächeln, das er je auf Charlies Gesicht erwartet hätte. »Schön, dich wiederzusehen.«

»Wirklich?« Sean sog scharf die Luft ein.

Charlies Lächeln schwand. »Wir waren Freunde.«

»Freunde?« Sean fing ihren dunklen Blick auf und hielt ihm stand. Ihr Kiefer war angespannt.

Shadow zerrte nach vorn, wedelte zur Begrüßung mit dem Schwanz.

»Es ist lange Zeit her.« Ihre Stimme war kühl, doch als sie sich bückte, um den Hund zu tätscheln, zitterte ihre Hand.

Sean machte seinen ausgedörrten Mund auf und gleich wieder zu, bevor er irgendetwas Dummes sagen konnte. Etwas, das er bereuen würde. In dieser Zeit hatte er sich ein Leben aufgebaut. Und das Mädchen, das seine beste Freundin, seine erste Liebe und seine ganze Welt gewesen war, war kein Teil davon.

Er sah hinüber zu seinem Sohn und Naomi, die dort standen, wo er und Charlie einst gestanden hatten, Charlies Gesicht für einen Gutenachtkuss zu seinem gereckt. Sein Magen verknotete sich beim Anblick von Tys Miene.

Vor langer Zeit hatte er Charlie genauso angesehen. Als ob sie das hübscheste Mädchen auf der Welt wäre. Das einzige Mädchen auf der Welt für ihn.

»Gib uns Bescheid, was mit dem Kanu passieren soll.« Obwohl sein Puls raste, war seine Stimme ebenso kühl wie Charlies, während er die Mietvereinbarung aus der Tasche seiner Shorts zog und sie ihr hinhielt. Er war sechsunddreißig, nicht achtzehn, und er hatte sichergestellt, dass er nie über diese Gutenachtküsse oder irgendwelche anderen Erinnerungen, die er tief in sich vergraben hatte, nachdachte.

Charlie nahm das Papier mit ausgestrecktem Arm entgegen. »Ich bin sicher, es gibt eine Erklärung für die Bestellung.«

»Ty?« Er sah seinen Sohn mit schräg gelegtem Kopf an.

»Aber, Dad …«

»Nein.«

Mit einem letzten Blick auf Naomi schwang sich Ty über das Verandageländer und landete auf dem Gras davor.

Sean wandte sich mit bewussten Schritten ab. Diesmal hatte er vor, selbst derjenige zu sein, der ging.

Sean Carmichael sah gut aus, zu gut, und er war so selbstbeherrscht wie immer. Im Gegensatz zu ihr. Charlie holte einmal tief Luft gegen den Vulkan von Emotionen, der aus ihrer Brust hervorzubrechen drohte.

»Tante Charlotte?«, flüsterte Naomi. »Geht es dir gut?«

»Bestens, Schatz.« Die tröstliche Lüge, die sie sich selbst glauben machen würde. Sie zwang ihre Füße, die

Veranda zu überqueren und neben dem Geländer stehen zu bleiben. »Sean?« Firefly Lake war eine Kleinstadt. Früher oder später würde sie ihm gegenübertreten und eine Wahrheit aussprechen müssen, vor der sie lieber die Augen verschließen würde. Zumindest eine Wahrheit.

Er blieb auf der untersten Stufe stehen, und sein großer Körper versteifte sich. »Was?« Die Stimme angespannt, wandte er sich halb um, seine dunkelblauen Augen auf diese Art auf sie gerichtet, die sie immer nervös gemacht hatte. Weil sie sich sicher war, dass er sehen konnte, was sie dachte.

»Warte.« Sie überflog das Blatt Papier, das er ihr gegeben hatte.

»Warum?« Der schwarze Hund an seiner Seite sah zuerst sie mit weisen Augen an und dann zurück zu Sean.

»Das mit der Miete geht in Ordnung.« Sie würde nicht zusammenbrechen. Auch wenn sein Anblick sie fast in die Knie zwang. »Kann dein Sohn das Kanu im Bootshaus lassen? Naomi wird den Schlüssel holen und ihm helfen.«

Sie warf einen Blick auf Ty. Der Junge hatte Seans sandblonde Haare, dicht, zerzaust, als hätte er sich eben aus dem Bett gerollt. Er hatte Seans Größe, aber seine Augen hatten ein helleres Blau, und sein Gesicht war schmaler. Bei der Erinnerung an das, was hätte sein können, verkrampfte sich ihr Herz.

Im Profil hatte Seans Nase noch immer die Beule von damals, als er sie sich in dem Winter beim Eishockeyspielen gebrochen hatte, in dem er sechzehn wurde. Aber sein sinnlicher Mund war inzwischen von zwei feinen Falten umrahmt, nicht länger das Gesicht des Jungen, den sie gekannt hatte.

»Natürlich.« Seans Miene war verschlossen. Als wäre Charlie irgendeine x-beliebige Kundin.

Naomi schoss ins Cottage und tauchte Sekunden später mit dem Bootshausschlüssel an seinem roten Band wieder auf. »Tante Charlotte?« Sie sah Ty an und warf sich die Haare über die Schultern.

»Bitte schließ das Bootshaus auf und warte dann am Strand auf mich.« Die Vergangenheit bäumte sich auf, drückte Charlie die Luft ab und machte ihr das Atmen schwer. Sie erinnerte sich an die Zeit, als sie selbst ein Mädchen wie Naomi und bis über beide Ohren in Sean verliebt gewesen war. Das ganze Leben vor sich, noch keine Fehler begangen. Und auch noch nichts zu bereuen.

»Na klar!« Naomi sprang die Stufen hinunter.

»Tante Charlotte?« Sean stellte einen nackten Fuß auf die unterste Stufe, seine Beine muskulös und mit dunkelblonden Härchen bedeckt. Mit achtzehn war er noch schlaksig gewesen, aber jetzt war er ein Mann, mit schlanken, langen Gliedern von magnetischer Kraft.

»Naomi ist Mias Tochter. Du erinnerst dich an meine Schwester?« Charlies Beine zitterten, und sie legte eine Hand an das Verandageländer, um nicht den Halt zu verlieren.

»Ja.« Seans Stimme war tiefer, als sie sie in Erinnerung hatte, rauer, mit einem Unterton, der ihre Nervenenden zum Kribbeln brachte. »Aber Charlotte? Du hast diesen Namen gehasst.«

»Leute ändern sich.« Als sie Firefly Lake verlassen hatte, hatte sie Charlie hinter sich zurückgelassen und sich in Charlotte verwandelt. Eine Person, die nicht mehr das verängstigte Mädchen von damals war und die sich eingeredet hatte, die einzige Entscheidung getroffen zu haben, die sie treffen konnte.

Sean klopfte mit dem Fuß auf die Stufe. »Wenn du das sagst.«

»Ty, dein Sohn?« Ihre Zunge stolperte über die Worte. »Ihr müsst stolz auf ihn sein, du und deine Frau.« Sie verdrängte den stechenden Schmerz, den der Gedanke an Seans Ehefrau in ihr auslöste. Einen Schmerz, der ebenso scharf wie unerwartet war.

»Er ist ein guter Junge.« Seans Miene wurde sanfter, gewährte ihr einen flüchtigen Blick auf den Jungen, der er gewesen war. »Er arbeitet den Sommer über bei mir.«

»Du hast ein bisschen angebaut.« Charlie zeigte zu dem Strand, der sich an der Landspitze verschmälerte, noch immer umrahmt von den Bäumen und wogenden Hügeln, die sie von Kindheitssommern in Erinnerung hatte. Carmichael's lag auf der anderen Seite, und ein unbekanntes Blechdach funkelte in der Sonne.

»Wir haben seit letztem Jahr eine neue Werkstatt. Vor einer Weile habe ich dort auch ein Haus gebaut. Bin aus der Stadt weggezogen.« Sean strich den Schirm seiner Baseballmütze glatt, und Charlie konnte nicht umhin zu bemerken, dass an seinem Ringfinger kein Ehering steckte.

Sean musste verheiratet sein. Er hatte einen Sohn, und er war schon immer ein konventioneller Typ gewesen.

Loyal und treu. Ihr Herz verkrampfte sich noch etwas mehr, und sie hatte einen säuerlichen Geschmack im Mund. »Du bist also hiergeblieben.«

»Ich wollte schon immer Carmichael's übernehmen.« Sean schwieg einen Moment. »Aber wenn wir schon in Erinnerungen schwelgen, was ist mit dir? Hast du bekommen, was du wolltest?«

Als du vor mir und vor uns davongelaufen bist. Die Worte, die er nicht sagte, hingen schwer zwischen ihnen.

»Ich bin Auslandskorrespondentin für Associated Press, mit Sitz in London, aber ich reise überallhin. Wo immer die nächste Story auf mich wartet, dorthin fahre ich.« Es war das Leben, das sie wollte und für das sie hart gearbeitet hatte, um es zu bekommen. Und sie liebte es. Zumindest bis vor vier Monaten.

»Du wolltest schon immer die Welt sehen.« Seans Stimme war tonlos.

»Ja, das wollte ich.« Sie sah zum Strand, wo Ty und Naomi Frisbee spielten. Der Hund sprang zwischen ihnen hin und her. Naomi lachte über irgendetwas, das Ty sagte, und er lachte auch. Seans Lachen.

Charlies Magen rumorte. Sie musste sich zusammenreißen. Sich darauf konzentrieren, wer sie jetzt war, nicht wer sie früher gewesen war. Sie sah nicht sich und Sean an diesem Strand.

»Muss ein aufregendes Leben sein.« Seans Stimme hatte einen stählernen Unterton.

Aufregung war gar kein Ausdruck. Charlies Hände waren klamm. Sie setzte sich auf einen der Gartenstühle, die Mia im Schuppen gefunden hatte, und schlug das rechte Bein über das linke. Ihre Hose bedeckte das Narbengewebe, das sich von ihrem linken Knie bis zum Knöchel erstreckte. »Es bezahlt die Rechnungen.« Aber es blieb nicht viel übrig, um für die Zukunft zu sparen, und sie wurde nicht jünger.

»Charlotte …« Er zögerte, und der Name, bei dem er sie nie genannt hatte, hallte in ihren Ohren. »Was willst du von mir?« Seine Augen verengten sich zu blauen Schlitzen, umrahmt von spitzen Wimpern, mehrere Töne dunkler als seine Haare. »Du hättest dieses Kanu ebenso leicht wie Ty ins Bootshaus bringen können.«

Ihr Herz hämmerte, ein dumpfes Pochen, das quälender war als der Schmerz in ihrem Bein. »Ich habe nicht damit gerechnet, dass du auf der Türschwelle stehen würdest, aber da du es nun einmal getan hast, will ich nicht, dass du es in der Stadt hörst.«

»Dass ich was nicht höre?« Er zupfte an seinem T-Shirt und strich es über einem noch immer straffen Bauch glatt. Seine Schultern waren kräftiger, die Muskeln definierter.

»Mia und ich und ihre zwei Mädchen, wir sind für einen Monat hier, um das Cottage zu verkaufen.« Sie schluckte den Kloß in ihrer Kehle hinunter. Verkaufen war die richtige Entscheidung, die einzige Entscheidung.

»Deine Eltern, sie …« Sean riss sich die Mütze vom Kopf und setzte sich seitlich auf die mittlere Stufe, ihr zugewandt. Die verwitterten Bretter knarrten unter seinem Gewicht.

Sie nickte. Die einzigen Geräusche waren das Zirpen der Grillen und das Flüstern des Windes in den Kiefern.

»Das tut mir leid.« Seine Stimme war rau.

»Wir haben Mom letztes Weihnachten verloren. Krebs.« Charlie blinzelte, während Tränen hinter ihren Augen brannten.

»Das ist hart.« Er schwieg einen Herzschlag lang. »Mein Beileid. Meine Mom wird traurig sein, das zu hören.«

Und das Cottage war ihre letzte greifbare Verbindung zu ihrer Mom, und gleichzeitig der Ort, den Charlie immer als Zuhause angesehen hatte. Es war die einzige Konstante in ihrem Leben nach dem Sommer, in dem sie zehn wurde und sie Montreal wegen des neuen Jobs ihres Dads in Boston verlassen hatten. Aber sie musste praktisch denken. Das Geld aus dem Cottageverkauf würde ihre Zukunft sichern, um die sie sich sorgte.

Sean setzte seine Mütze wieder auf und sah zum See hinaus. »Was ist mit deinem Dad?«

»Er ist vor fünf Jahren gestorben.« Charlie schauderte. »Er hatte auf dem Golfplatz einen Herzinfarkt.«

»Mein Dad ist vor etwas über einem Jahr genauso gestorben. Drüben beim Jachthafen.« Seans Stimme stockte, und er legte die Hände auf die Knie, diese starken, fähigen Hände, die ihr beigebracht hatten, wie man ein Kanu paddelte und ein Lagerfeuer machte. Hände, die sie getröstet hatten, als sie Angst vor dem Bären mit den scharfen gelben Zähnen hatte, der, wie Mia ihr erzählt hatte, im Bootshaus lebte. Und Hände, die sie geliebt und sie gelehrt hatten, ihrerseits zu lieben …